KiWi

1515

Das Buch

Tiefster Winter in Småland: Die Januartage in Südschweden sind kurz, dunkel und bitterkalt, als unter der Eisdecke des Toftasees der verstümmelte Körper einer Frau gefunden wird. Die beiden ungleichen Kommissarinnen Ingrid Nyström und Stina Forss nehmen die Ermittlungen auf und bald zeigt sich, dass das Mordopfer nicht nur beste Beziehungen ins Växjöer Rathaus hatte, sondern ebenfalls ein gut gehütetes persönliches Geheimnis. Als wenige Tage später in den verschneiten Wäldern ein junger Familienvater heimtückisch getötet wird, stoßen Nyström und Forss auf ein komplexes Geflecht aus Lügen, Verrat und Gewalt und müssen sich nach und nach eingestehen, dass der Fall eine viel größere und bedrohlichere Dimension hat als zunächst angenommen.

»Haben Sie in Ihrem Schwedenkrimi-Herzen noch ein Plätzchen frei? Dann reservieren Sie das für die beiden neuen Ermittlerinnen Ingrid Nyström – erfahren, besonnen, frisch befördert – und Stina Foss – jung, heißblütig, soeben aus Berlin in der schwedischen Provinz eingetroffen.«
Brigitte

»Fesselnde Verwicklungen, interessante Hintergründe – was erwartet man mehr von einem guten Krimi?«
News

Die Autoren

Roman Voosen, Jahrgang 1973, aufgewachsen in Papenburg, studierte und arbeitete in Bremen, Hamburg und Växjö.
Kerstin Signe Danielsson, Jahrgang 1983, geboren und aufgewachsen in Växjö, studierte und arbeitete in Deutschland und Schweden.
Sie leben und arbeiten gemeinsam im småländischen Växjö. Ihre Romane stehen regelmäßig auf der SPIEGEL-Bestsellerliste und werden auch in Schweden von der Presse gefeiert.
www.voosen-danielsson.de

Roman Voosen
Kerstin Signe Danielsson

DER UNERBITTLICHE GEGNER

EIN FALL FÜR INGRID NYSTRÖM
UND STINA FORSS

Kiepenheuer & Witsch

MIX
Papier aus verantwortungsvollen Quellen
FSC® C083411

Verlag Kiepenheuer & Witsch, FSC®-N001512

4. Auflage 2020

Umschlaggestaltung: Barbara Thoben, Köln
Umschlagmotiv: © plainpicture/Johner/Hans Berggren
© 123RF/vadimmmus (Adler)
Gesetzt aus der Dante und Kabel
Satz: Felder KölnBerlin
Druck und Bindearbeiten: CPI books GmbH, Leck
ISBN 978-3-462-04938-1

»Auf den Norden, wo wir machen, was wir wollen!«

DAVID PEACE, RED RIDING QUARTET

PROLOG

Vom Meer her wehte ein feuchter, böiger Wind. Der Mann, der am Geländer der steinernen Brücke lehnte, die Stumholmen mit der zerklüfteten Küste von Blekinge verband, sog Luft ein und bleckte die Zähne, dann betastete er mit der Zungenspitze die Lippen. Er schmeckte Salz, Tang und den Hauch der Geschichte. Bereits König Gustav III. hatte hier gestanden und auf die schimmernden Lichter über dem Wasser geschaut. Auf die Inseln Möcklö und Östernäs, auf Sturkö und Drottningskär. Hatte den Horizont betrachtet, der irgendwo zwischen den Lichtern und Seezeichen der Schären in der Dunkelheit verschwand. Ein König, ein Kriegsherr. Ein Anführer wie er selbst. Ein Prickeln ging durch seinen muskulösen, austrainierten Körper. Dieser Moment war groß. Er zögerte ihn noch einen Wimpernschlag hinaus, spürte der Bedeutung nach, fühlte die Ergriffenheit.

Es war an der Zeit.

Dann zog er sich die Sturmmaske über das Gesicht und gab seinen Kameraden, die in dem Unimog warteten, ein Zeichen. Der Wagen fuhr an und rammte mit Wucht das gläserne Foyer des Marinemuseums. Es gab einen ohrenbetäubenden Knall, Glas zersplitterte, Aluminium- und Stahlleisten schepperten und barsten. Eine Sirene begann zu heulen, erstarb aber kurz darauf wieder. Alles ging sehr schnell, sie hatten es oft genug trainiert. Nichts konnte sie aufhalten. Die Polizei würde mindestens neun Minuten brauchen, ihnen reichten sechseinhalb. Ruhigen Schrittes trat er durch den schartigen Eingang, den das Fahrzeug geschaffen hatte. Unter seinen Armeestiefeln knirschten Glasscherben. Während seine Männer vom Unimog sprangen und damit begannen, die mächtige blutrote Galionsfigur abzumontieren, die den Kriegsgott Thor verkörperte, ging er weiter durch das Foyer und die Ausstellungshallen, die Schiffsmodelle und historische Konstruktionszeichnungen der Festungsanlage Stumholmen zeigten. Was er wollte, lag dahinter. Zielstrebig marschierte er auf die Vitrine zu, zerschlug mit dem Schaft seiner schweren Taschenlampe die Scheibe, entfernte sorgfältig die Glasscherben und nahm den Gegenstand an sich. Deswegen war er gekommen: Der Kommandostab des Königs. Andächtig, fast zärtlich umschloss er den golden schimmernden Knauf. Unter dem eingravierten Wappen der Krone kreuzten sich zwei Kanonen. Der Stab, der viel schwerer war, als er vermutet hatte, war für den Krieg gemacht, nicht für den Frieden. Ihn schauderte vor Erregung. Bevor er sich umwandte und ging, legte er für einen Augenblick seine Hand auf die lebensgroße Büste von Gustav III., die in der zerschlagenen Vitrine stand. Auf das Herz des Königs, der Schwedens größte Seeschlacht gewonnen hatte. Das war mehr als zweihundert Jahre her. Es war an der Zeit, dass die doppelzüngige blaugelbe Kriegsflagge wieder gehisst wurde, dazu die rote, die Blutfahne, die Angriff si-

gnalisierte. Es war an der Zeit, dass ein Ruck durch das Land ging. Es war an der Zeit, dass eine neue Schlacht geschlagen wurde.

Es war an der Zeit.

SCHWEDEN, HEUTE

Als Åsa Hylander am frühen Freitagabend nach Hause kam und in den Spiegel schaute, blickten ihr die Müdigkeit und Verspannung entgegen, die eine lange Arbeitswoche hinterlassen hatten. Wie Furchen in einem Acker, dachte sie, löste sich von ihrem Spiegelbild, ging ins Wohnzimmer, ließ sich auf der Couch nieder und schloss erschöpft die Augen. Einen merkwürdig intensiven Moment lang erschien das Bild eines Feldes, das gerade von einem Bauern bestellt wurde, vor ihrem inneren Auge. Über dem Pflug, den ein leuchtend grüner Traktor hinter sich herzog, flog ein Schwarm Möwen, aus dem sich immer wieder einzelne Vögel lösten und in die Ackerfurchen niederstießen. Eine Kindheitserinnerung? Aber woher kamen dann die Wasservögel? Das Dorf, in dem sie aufgewachsen war, lag viel zu weit vom Meer oder dem nächsten großen See entfernt. Sie verscheuchte die Gedanken und stellte eine Flasche guten Chardonnay in einen Kübel mit Eiswürfeln. Nachdem sie sich abgeschminkt und bequeme Sachen angezogen hatte, öffnete sie den Wein und schenkte sich ein großzügiges Glas ein. Wie immer genoss sie das mineralisch saure Zwicken der ersten Schlucke. Dann stellte sie das Glas zur Seite und ging nach draußen, um die Holzsauna anzuheizen, die hinter dem Haus direkt am Ufer des Toftasees stand. Ihre Clogs hinterließen Abdrücke in der frischen Schneedecke. Der Winter war bisher wechselhaft gewesen. Auf einen viel zu warmen November waren ein bitterkalter Dezember und Januar gefolgt. Aus dem weichen Schneematsch auf den Straßen war ein spiegelglatter, scharfkantiger Untergrund geworden, der durch den erneuten Schneefall noch heimtückischer geworden war. Am Morgen war sie an gleich zwei Autounfällen vorbeigefahren. Vorsichtig stakste sie durch den verschneiten Garten zur Sauna. Sie feuerte den Ofen an. Eine knappe Stunde würde die Sauna zum Aufheizen brauchen. Als Nächstes kontrollierte sie das Abtauchloch im See, das ihr Nachbar Nisse für sie mit einer Motorsäge ins Eis geschnitten hatte, wohlgemerkt zufällig genau so platziert, dass er die Stelle von seinem Schlafzimmerfenster aus einsehen konnte. Åsa wusste von dem Fernglas hinter der Fensterscheibe, aber es machte ihr wenig aus, wenn der alleinstehende alte Sack sie heimlich begaffte. Sollte er sich doch ruhig an ihrem Anblick ergötzen. Ehrlich gesagt genoss sie die Vorstellung sogar ein wenig, bedeutete es doch, dass ihr neunundvierzig Jahre alter Körper noch ganz gut in Schuss war. Auf dem Loch im Eis hatte sich seit ihrem letzten Saunagang eine dünne Eisschicht gebildet, die sie ohne große Mühe mit dem Stiel einer Harke zerstieß. Sie füllte den Aufgussbottich mit klarem Seewasser. Sicherheitshalber überprüfte sie das etwa zehn Meter lange Seil, das um einen Baumstamm am Ufer geknotet war. Das andere Ende verschwand im Eisloch, sodass man sich nach dem Abtauchen leicht wieder herausziehen konnte und sich nicht an den glatten Kanten der Eisdecke hochstemmen musste. Das Seil saß, wie es sollte. Sicherheit ging vor, das hatte sie früh gelernt. Wenn sie zum Beispiel einen Spaziergang auf dem zugefrorenen See unternahm, hatte sie immer zwei lange Nägel in der Jackentasche, um sich im Fall der Fälle, wenn sie tatsächlich einmal einbrechen sollte, aus der Bruchstelle ziehen zu können, diese Vorsichtsmaßnahme hatte sie schon als kleines Mädchen von ihrem Vater eingebläut bekommen, als sie auf dem Weiher hinter ihrem Haus Schlittschuh gelaufen war.

Bevor sie wieder zu ihrem Chardonnay zurückkehrte, warf sie einen Blick zu Nisses Haus hinüber. Alle Fenster waren dunkel. Entweder war er nicht da oder sie sollte glauben, dass er nicht zu Hause wäre. Sie lächelte in sich hinein. Wenn er unbedingt wollte, sollte der alte Spanner seine Show bekommen. Drinnen machte sie es sich mit dem Wein und einem Buch auf dem Sofa bequem. Der Roman handelte von den erotischen Eskapaden einer gelangweilten Mätresse am französischen Hof des 17. Jahrhunderts. Er war nicht besonders gut geschrieben, fand sie, aber trotzdem blieb sie seit 350 Seiten dabei. Zwischendurch telefonierte sie kurz und ging zweimal nach draußen, um in der Sauna Holz nachzulegen. Nach einer knappen Stunde und einem zweiten halb vollen Weinglas war die Sauna so weit. Das Thermometer zeigte vierundachtzig Grad. Als Aufgussduft wählte sie etwas Warmes, Waldiges. Das Wasser zischte, als sie es auf die heißen Steine goss. Irgendwie passte das: draußen, hinter der getönten Scheibe die weiße Weite des zugefrorenen und schneebedeckten Sees, hier drinnen der eindringliche Birkenduft. Ein Teil des Aufgusswassers kondensierte auf ihrer Haut und vermischte sich mit ihrem Schweiß. Sie streckte und räkelte sich. Das unterschwellige Frösteln, das sie den ganzen Tag begleitet hatte, verschwand, ihre Füße wurden warm, die Brustwarzen brannten. Gab es ein besseres Gefühl?

Sie harrte so lange in der angenehm pochenden Hitze aus, bis ihr das Atmen schwerfiel. Draußen umfing sie die Winterluft wie kühler Seidenstoff. Ein gutes, ein körperliches Gefühl. Sie streckte die Arme von sich und atmete tief ein und aus. Dann schlüpfte sie in die Clogs, zog sich einen Bademantel über und trat auf das Eis hinaus. Obwohl der Himmel bedeckt war, schien er in der Dunkelheit zu schimmern. Vereinzelt fielen Schneeflocken herab, am anderen Ufer glommen Lichter. Vor dem Eisloch zog sie den Bademantel aus und bückte sich mit durchgedrückten Beinen nach dem Seil. Ihr runder, straffer Po zeigte in die Richtung von Nisses Haus. Mit dem Seil in der Hand kickte sie die Clogs weg und trat auf die andere Seite des Lochs. Als wäre ihr plötzlich eiskalt, zitterte sie mit Absicht so übertrieben, dass ihre Brüste wippten.

Na, Nisse, wie gefällt dir das, du alter Bock?

Sie zählte bis drei, dann hüpfte sie mit einem großen Platscher in das eisige Wasser. Die Kälte schnappte und biss nach ihr. In alle Körperteile gleichzeitig. Ihr Herz raste. Sie tauchte mit dem Kopf wieder auf, rang nach Luft und tastete nach dem Seil. Da war es. Sie umgriff es mit beiden Händen und zog sich so weit hoch, bis sie ein Bein auf die Eiskante schwingen und sich seitwärts herausstemmen konnte. Ihre Haut prickelte. Wie gut das tat! Fest schlang sie den Bademantel um sich, schlüpfte zurück in die Clogs und schlitterte beschwingt zurück ans Ufer. Ihr Kreislauf arbeitete auf Hochtouren. Vor ihren Augen flimmerte die Luft. So, stellte sie sich vor, musste man sich fühlen, wenn man Drogen genommen hatte. Aber dies hier war viel besser. Kurz bevor sich ihr flirrender Blick wieder klärte, sah sie etwas, nein, sie meinte etwas gesehen zu haben, denn im nächsten Moment war es schon wieder verschwunden. Oder? Ein Augenpaar im schwarzen Ufergebüsch. Irre, was das Gehirn einem für Streiche spielen konnte, wenn es mit körpereigenen Endorphinen geflutet wurde! Sie blinzelte noch einmal, fokussierte den Busch. Nein, da war wirklich nichts.

Der zweite Saunagang war fast noch besser als der erste. Sie wurde eins mit der Hitze. Die Verspannungen, die sich im Laufe der vergangenen Tage angesammelt hatten, lösten sich. Bevor sie wieder nach draußen ging, um sich abzukühlen, legte sie noch einmal Holz nach. Sie war so sehr im Einklang mit sich, dass sie keinen Gedanken mehr an ihren Nachbarn verschwendete. Sie ließ sich ins eisige Wasser plumpsen. Tauchte unter. Griff nach dem Seil, zog sich hoch und stemmte sich heraus. Die körperliche Sensation wiederholte sich tatsächlich. Besser als Sex, dachte sie, nein, auf eine andere Art aufregend, anregend, denn wer sagte denn, dass das eine das andere ausschließen musste? Ihr Körper prickelte. Sie stand in einem Bademantel im kalten Wind auf dem Eis und fühlte sich dennoch gut und warm. Heiß sogar. Vielleicht sollte sie es später wagen? Der Versuchung nachgeben und noch einmal die Nummer wählen? Ihn bitten herzukommen? Vielleicht wäre das der perfekte Abschluss für diesen Abend? Sie ging zurück zum Ufer und wog das Für und Wider ab. Den Büschen schenkte sie nur einen knappen Blick. Von einem Augenpaar war keine Spur. Zurück in der Sauna, vertraute sie sich zum dritten Mal der Hitze an. Wie gut das tat! Sie kniff sich in die Brüste und streichelte ihren Schritt. Womöglich war sie sich an diesem Abend selbst genug. Als sie schließlich kam, schrie sie ihre

Lust hemmungslos in die heiße Luft. Ihr Puls raste, kurzatmig öffnete sie die Tür und taumelte glückstrunken in die Kälte hinaus. Göttinnen mussten sich so fühlen! Übermütig sprang sie zum dritten Mal in das Eisloch. Tauchte unter und wieder auf.

Wischte sich Wasser aus dem Gesicht.

Tastete nach dem Seil.

Nur:

Da war kein Seil.

Das Seil war weg.

Warum war das Seil nicht da?

Auf der Stelle schwimmend fasste sie nach dem Rand der Eiskante und hielt sich daran fest. Die Axt, die auf ihre Hand niedersauste, schien aus dem Nichts zu kommen. Noch bevor sie irgendeinen Schmerz spürte, sah sie es.

Waren das ihre Finger, die da auf dem Eis lagen?

Die Axt fuhr ein zweites Mal herab, diesmal auf ihre andere Hand.

Sie hörte sich schreien. Sie starrte die Gestalt an, die sich über ihr aufgebaut hatte. In diesem Moment begriff sie, dass sie keine Chance hatte. Der dritte Hieb spaltete ihren Schädel. Ihr lebloser Körper versank wie ihr Bewusstsein in der Dunkelheit.

Zurück blieben nur die Finger auf dem Eis.

MONTAG

1

Hauptkommissarin Ingrid Nyström fühlte sich unwohl. Ihr Wollpullover kratzte am Hals und an den breiten Schultern; der Gummisaum der Unterwäsche schnitt unangenehm in ihre Hüftpolster; Schweißtropfen suchten sich ihren Weg vom hinteren Haaransatz bis hinunter zum Steißbein. Es gab wenig, was ihr so sehr widerstrebte, wie im Mittelpunkt zu stehen. Sie ballte die rechte Hand zur Faust, hielt sie sich vor den Mund und räusperte sich. Eine überflüssige Geste, wie sie sofort registrierte, denn die Aufmerksamkeit aller Anwesenden ruhte bereits längst auf ihr.

Wie auch nicht?

Stand sie doch mit einem Zeigestock in der Hand auf einem Podest, eingerahmt vom gleißenden Lichtquadrat, das der Tageslichtprojektor auf die Rückwand des Hörsaals warf. Rund zwei Dutzend angehende Polizisten und Studenten der Kriminalistik sahen sie an. Sie räusperte sich ein zweites Mal. Als ihr vor einigen Jahren plötzlich und unerwartet die Leitung der Abteilung für Gewaltverbrechen des Bezirks Kronoberg übertragen worden war, hatte sie außer Acht gelassen, dass man von einer Führungskraft auch gelegentliche Vorträge an der Hochschule erwartete, um die Ausbildung der Polizeianwärter mit Lehrbeispielen aus der Praxis zu bereichern. Nachdem sie sich lange mit vorgeschobenen Gründen und immer absurder klingenden Ausreden davor gedrückt hatte, hatte sie schließlich dem Drängen ihres Vorgesetzten nachgegeben und in tagelanger Kleinarbeit eine Powerpoint-Präsentation über einen spektakulären Mord erstellt, der die Region vor einigen Jahren erschüttert hatte und zu dessen Aufklärung ihr Team und sie maßgeblich beigetragen hatten. Nach einer mehr oder weniger schlaflosen Nacht hatte sie den Vortrag jedoch am Morgen in letzter Minute verworfen und stattdessen einige aktuelle Fälle zur Hand genommen. Schließlich ging es an der Hochschule nicht um ihre Selbstinszenierung als brillante Ermittlerin, sondern darum, den angehenden Polizisten Praxisnähe zu vermitteln. Ein aufsehenerregender Mord kam selten vor; Fälle, wie die, die sie herausgesucht hatte, passierten dagegen in ihrem Beruf häufig.

»Guten Morgen«, presste sie hervor und war sich im selben Moment unsicher, ob sie die Seminarteilnehmer nicht bereits vor einer halben Minute begrüßt hatte.

»Ich bin Hauptkommissarin Ingrid Nyström. Schön, dass ihr so zahlreich erschienen seid.« Sie fummelte eine der in letzter Sekunde hektisch zusammenkopierten Folien aus ihren Unterlagen, legte sie auf den altmodischen, eingestaubten Tageslichtprojektor, den ihr ein junger Angestellter der Hochschule auf ihr Bitten hin schulterzuckend bereitgestellt hatte, und trat einige Schritte zur Seite. Sie registrierte mit Erleichterung, wie die musternden Blicke von ihr abließen und sich stattdessen dem Foto zuwandten, das nun metergroß auf der Leinwand hinter ihr zu sehen war. Es war eins der Bilder, die so schrecklich waren, dass man es kaum aushielt, hinzuschauen. Andererseits wusste sie, dass man auch nicht wegblicken konnte. Sie kannte die seltsame Ambivalenz solcher Bilder, denn einer Kriminalpolizistin begegnet die Brutalität oft. Ein kaum unterdrücktes Raunen ging durch die Ränge. Irgendjemand kicherte, eine typische paradoxe Reaktion von Menschen, die einen solchen Anblick nicht gewohnt waren. Man will das, was man sieht, nicht wahrhaben, dachte Nyström. Und doch war das Foto echt.

»Ich möchte meine Vorlesung über vermeintliche Gewaltverbrechen mit einigen aktuellen Beispielen bebildern.«

Nun, wo die Aufmerksamkeit der Studenten auf den aufgeblähten, entstellten Leichnam gerichtet war, gewann Nyströms Stimme an Ruhe und Kraft. Ihrer Stimme vertraute sie, das war schon immer so gewesen, ihrer weichen, aber durchsetzungsstarken Altstimme, geformt von dreißig Jahren Kirchenchor.

»Die Frage, mit der wir uns heute beschäftigen wollen, mag zunächst banal klingen, aber im Alltag wird sie für euch von entscheidender Bedeutung sein, denn häufig ist sie gar nicht leicht zu beantworten: Ist ein Todesfall auf ein Verbrechen zurückzuführen oder ist die Ursache natürlich? Haben wir es mit einer Gewalttat zu tun oder mit einem Unfall? Mord, Totschlag, fahrlässige Tötung oder doch ein unglücklicher Schicksalsschlag?«

Sie ließ ihre Worte einen Augenblick wirken.

»Auf dem Foto hier seht ihr den Leichnam eines jungen Mannes, der vor etwa drei Wochen auf einer kleinen Vogelinsel am südwestlichen Zipfel des Helgasees gefunden wurde. Entdeckt haben ihn zwei Skilangläufer, die auf dem zugefrorenen See unterwegs waren und auf einem Felsen eine Pause eingelegt haben. Hätten sie nicht am Ende ihrer Rast den letzten Schluck von ihrem Tee aus der Thermoskanne weggeschüttet, wäre der schneebedeckte Tote vermutlich erst Monate später gefunden worden.« Wieder ging ein Raunen durch den Raum, diesmal lauter. Nyström sah eine junge Frau in der ersten Reihe, die sich bestürzt die Hand vor den Mund hielt. Eine verständliche Reaktion. Die beiden Skifahrer hatten anschließend psychologisch betreut werden müssen. Eine andere Studentin hob die Hand.

»Ja, bitte.«

»Warum hat der Mann kein Gesicht mehr?«

»Gute Frage. Wer hat eine Vermutung?«

»Es wurde ihm weggeschnitten?«, schlug jemand vor.

Nyström schüttelte den Kopf.

»Womöglich ein Bootsunfall«, sagte ein junger Uniformierter mit rötlichen Haaren. »Er könnte ins Wasser gefallen sein und dann von einem Motorboot überfahren. Das würde die massiven Gesichtsverletzungen erklären. Außerdem sieht es aus, als sei die Leiche lange im Wasser gewesen.«

»Gute Schlussfolgerungen«, lobte Nyström. »Das Letzte ist richtig, der Tote war lange im Wasser. Aber passiert ist etwas anderes.«

»Dann waren es Fische, die das Gesicht so verwüstet haben«, sagte eine Studentin mit einer auffälligen Brille.

»Richtig.« Nystöm nickte. »Davon gehen wir auch aus. Was fällt denn noch auf?«

»Die Hautfarbe«, sagte eine dunkelhäutige Uniformierte. »Der Tote ist ein Farbiger. Vielleicht ein Einwanderer aus Somalia oder Eritrea?«

»Ja und nein«, antwortete Nyström. »Natürlich die Hautfarbe. Aber er ist kein Migrant aus Somalia und kommt auch nicht aus Eritrea. Den Papieren nach, die der Mann bei sich führte, ist er achtzehn Jahre alt und stammt aus der Demokratischen Republik Kongo.«

»Wieso *ist*?«, fragte der Rothaarige. »Wieso *stammt*?«

»Wie bitte?«

»Ich meine, warum benutzt die Polizei in solchen Fällen immer Präsens, warum benutzt man die Gegenwartsform, wenn er doch längst tot ist?«

Nyström zuckte mit den Schultern.

»Darüber habe ich ehrlich gesagt noch nicht nachgedacht. Respekt vor den Toten wahrscheinlich.« Oder nur eine unreflektierte Angewohnheit, dachte sie, typische Polizeisprache, so wie *Zapfen* Blutabnahme bei Betrunkenen hieß, oder wie mit *Blauem Salon* die Ausnüchterungszelle gemeint war. »Aber lasst uns zu der Leitfrage zurückkehren«, forderte sie die Anwesenden auf. »Gewaltverbrechen? Selbstmord? Unfall? Womit haben wir es hier zu tun?«

Sie legte nacheinander weitere Folien auf. Fotos von der Autopsie. Einen Auszug aus dem Autopsiebericht, in dem von einer vor Langem verheilten Schussverletzung in der Brust, einem schweren Schädeltrauma sowie massiven inneren Verletzungen und Brüchen die Rede war. Eine Karte, auf der der Fundort eingetragen war. Dinge, die der Tote bei sich gehabt hatte: einen Kunststoffzylinder, in dem sich ein Kinderausweis befunden hatte, eine Rolle Geldscheine, etwa dreihundert amerikanische Dollar und siebenhundert Euro. Ein Taschenmesser. Ein einfaches Klapphandy. Eine Telefonkarte mit französischer Aufschrift.

Die Studenten diskutierten und entwickelten Theorien. Ein Streit unter Einwanderern. Eine rassistisch motivierte Tat. Ein verunglückter afrikanischer Angeltourist. Als Nyström merkte, dass der Ernst schwand, löste sie das Rätsel auf.

»Wir selbst sind tatsächlich erst nach einer guten Woche darauf gekommen.« Sie tippte mit der Spitze ihres Zeigestocks auf den Fundort. »Schaut mal, was hier in der Nähe ist.«

»Öjaby.«

»Die Schlossruine.«

»Der Flughafen.«

»Bingo.« Nyström lächelte schmal. »Der Flughafen. Der Mann hat sich im Fahrwerkschacht eines Passagierflugzeugs versteckt. Beim Landeanflug ist er aus einer Höhe von fünfzig bis hundert Metern aus dem sich öffnenden Schacht aufs Wasser gefallen, dabei hat er sich das Genick und mehrere andere Knochen gebrochen. Passiert ist das im August des vergangenen Jahres. Der Leichnam muss eine ganze Zeit lang im See umhergetrieben sein, bevor er auf der Vogelinsel angeschwemmt worden ist. Der Helgasee ist immerhin fünfzig Quadratmeter groß. Dann folgten Frost und Schnee und schließlich zwei Langläufer. Für uns bestand die entscheidende Ermittlungsarbeit vor allem aus Telefonaten und E-Mails. Wir konnten schließlich herausfinden, dass er im Sommer beim Grenzübertritt zwischen Algerien und Libyen registriert worden war. Von der libyschen Küste aus muss er mithilfe eines Flüchtlingsboots nach Malta gekommen sein, wo es ihm gelungen ist, als blinder Passagier in das Fahrwerk einer Chartermaschine nach Växjö zu gelangen. Bei den Wartungsarbeiten an dem Airbus A320 wurde dort eine Schlafsackhülle gefunden. Ähnliche Vorfälle gab es in letzter Zeit häufiger. So sind allein in London zwei solcher tragischen Stürze bekannt, ebenfalls mit tödlichem Ausgang, und in einer Maschine aus Südafrika wurde nach der Landung in Heathrow ein erfrorener Mann im Fahrwerk gefunden. Die Überlebenschance ist minimal, was vor allem an den niedrigen Temperaturen und dem geringen Sauerstoffgehalt liegt. Die Bedingungen sind so extrem, dass man beinahe zwangsläufig bewusstlos wird. Der Körper schaltet einfach ab. Wahrscheinlich ist ihm genau das zum Verhängnis geworden.«

»Was für ein schrecklicher Tod«, flüsterte eine Studentin.

»Den Schlafsack, mit dem sich der junge Mann vor den Temperaturen schützen wollte, oder anderes Gepäck haben wir übrigens nicht gefunden. Vielleicht taucht noch etwas auf, wenn der Schnee im Frühjahr geschmolzen ist. Festhalten kann man auf jeden Fall, dass der Tod des jungen Manns eine zwar sehr traurige, aber natürliche Ursache hat.«

Auch wenn Tragik und Leid in einer polizeilichen Untersuchung leider keine ausschlaggebenden Faktoren sind, dachte Nyström. Sie trank einen Schluck aus einer Wasserflasche, die sie bereitgestellt hatte.

»Kommen wir zu einem anderen Beispiel.«

Sie legte eine neue Folie auf den Projektor. Das Foto zeigte einen unbekleideten, älteren Mann in einer Badewanne, die Augen geschlossen.

»Henning S., zweiundsechzig Jahre alt, Mechaniker, verheiratet. Zwei erwachsene Kinder, fünf Enkel. Während seine Frau am Wochenende auf einer Tagung war, hat er sich im Badezimmer eingeschlossen, die Lüftung mit Watte zugestopft, den Spalt unter der Tür mit einem feuchten Handtuch abgedichtet und sogar den Überlauf im Waschbecken mit Silikon versiegelt. Dann hat er drei Einweggrills, diese Aluminiumschalen, gefüllt mit Grillkohle und einem Brandbeschleuniger, angezündet und sich in die Wanne gesetzt. Die Obduktion hat eine Kohlenmonoxid-Vergiftung ergeben. Außerdem wurden Reste eines starken Schlaf- und Beruhigungsmittels in seinem Blut gefunden. Suizidwillige nehmen so etwas häufig gegen die Angst.«

»Er sieht so lebendig aus«, sagte jemand. »Er hat ganz rosige Wangen.«

»Das ist typisch für solche Vergiftungen. Das Kohlenmonoxid dockt viel leichter an den roten Blutkörperchen an als Sauerstoff. Das macht das geruchlose und unsichtbare Gas so heimtückisch. Viele Kollegen, Sanitäter und Notärzte tragen mittlerweile Kohlenmonoxid-Melder bei sich, um sich nicht selbst zu gefährden. Es gibt europaweit eine regelrechte Welle ähnlicher Fälle. Wenn man nach zuverlässigen Methoden sucht, um Selbstmord zu begehen, sind die Einweggrills mittlerweile das Erste, was Suchmaschinen im Internet anzeigen. Im Sommer haben sich auf diese Weise in Finnland drei schwangere Teenager das Leben genommen, ein Gruppensuizid.«

»Aber dann ist der Fall doch klar«, bemerkte ein junger Mann mit Bart. »Ein Selbstmord.«

»Davon sind wir auch ausgegangen. Alles spricht dafür. Aber eine, nun ja, sehr hartnäckige Kollegin, die lange in der Mordkommission einer Großstadt gearbeitet hat, hat auf einer Rekonstruktion bestanden. Wir haben also vor Ort versucht, das Geschehen anhand aller uns zur Verfügung stehenden Anhaltspunkte nachzustellen: haben identische Einweggrills besorgt, ein Kollege von der Feuerwehr hat sich bis auf eine Badehose unbekleidet mit Atemmaske und Messgerät in dem Badezimmer eingeschlossen, sich in die Wanne gesetzt und dann …«, Nyström lächelte knapp. »… Und dann stellte sich heraus, dass die Streichhölzer fehlten. Oder ein Feuerzeug. Irgendetwas, um die Grills anzuzünden. Im Bad war nichts dergleichen aufgefunden worden, auch nicht in der abgelegten Kleidung des Toten. Wir haben sogar die Grillasche im kriminaltechnischen Labor in Linköping untersuchen lassen, aber auch dort: nichts. Keine Spuren verbrannter Streichhölzer oder eines Feuerzeugs.

Wir wurden misstrauisch. Hatten wir etwas übersehen? Konnte der Mann diese Dinge in der Toilette weggespült haben? Aber wozu? Wir standen vor einem Rätsel. Schließlich haben wir uns das Alibi der Ehefrau genauer angeschaut. Die Ergotherapeutin Barbro S. war zum Tatzeitpunkt nachweislich auf einer Fachtagung in Göteborg gewesen, allerdings gab es ein Zeitfenster von neun Stunden, von Samstagabend bis Sonntagmorgen, in dem niemand die Anwesenheit der Frau bestätigen konnte, was an sich natürlich nichts bedeuten musste, es war schließlich Schlafenszeit. Als wir die Zeugen dann intensiver befragt haben, konnten sich einige Tagungsgäste daran erinnern, dass die Frau bei mehreren Gelegenheiten in intensive Gespräche mit einem anderen Teilnehmer verwickelt gewesen war. Es stellte sich heraus, dass dieser Mann ein Kollege von ihr war, der ebenfalls aus Växjö stammte. In einem langen Verhör ist der Mann schließlich eingebrochen. Er hat zugegeben, seit Jahren eine Liebesbeziehung mit seiner Kollegin zu haben. Gemeinsam haben sie den Mord geplant und ausgeführt. Sie sind nachts von Göteborg nach Växjö gefahren, wo sie ihn in einem komaartigen Tiefschlaf aufgefunden haben. Barbro S. hatte ihrem Mann – wie immer, wenn sie unterwegs war – Essen vorgekocht. In diesem Fall eine mit einem starken Beruhigungsmittel versetzte Erbsensuppe. Der Rest war denkbar einfach. Sie haben den Ehemann ausgezogen, gemeinsam ins Badezimmer geschleppt und in die Wanne gewuchtet. Dann haben sie das Bad präpariert und die Grills angezündet. Hätten sie in ihrer Unachtsamkeit nicht vergessen, das Feuerzeug einfach im Bad liegen zu lassen, hätte höchstwahrscheinlich niemand jemals ihre Tat bemerkt. Barbro S. war es als Raucherin einfach gewohnt, immer ihr Feuerzeug einzustecken. Ein Reflex, wie sie uns später in ihrem Geständnis erklärt hat.« Nyström legte ein Foto des Feuerzeugs auf den Projektor. Ein billiges Plastikfeuerzeug, auf dem ein Korb mit Katzenjungen abgebildet war. »So wurde ihr Laster schließlich zu ihrem Verhängnis.«

»Wie kann man nur so ein Feuerzeug für einen Mord benutzen?«, fragte die junge Frau mit der extravaganten Brille.

»Hitler war auch Tierfreund und Vegetarier«, antwortete ihr der Bartträger.

Mehrere Leute lachten.

Nyström schaltete den Projektor aus. 45 Minuten waren im Nu verflogen. Sie hatte eigentlich noch zwei weitere Fälle besprechen wollen, aber die mussten wohl bis zum nächsten Mal warten. Obwohl sie ihren kratzigen Pullover durchgeschwitzt hatte, musste sie sich eingestehen, dass es ihr sogar ein wenig Spaß gemacht hatte. Sie räusperte sich ein letztes Mal.

»Wir sind mit unserer Zeit bereits am Ende. Zum Abschluss möchte ich euch noch eine Sache mit auf den Weg geben, die mir sehr am Herzen liegt. Ich komme gerade jetzt darauf, weil es noch keine vier Wochen her ist, genauer gesagt war es am Luciafest, am 13. Dezember, als sich hier in Växjö ein schlimmer und vollkommen unnötiger Unfall ereignet hat, ein Unfall wie es ihn vorher schon oft gegeben hat und wie es ihn wahrscheinlich noch häufig geben wird. Die Statistik sagt, dass allein in Schweden jährlich zehn bis zwanzig Verkehrsteilnehmer auf diese Weise ums Leben kommen. Ein junger Mann in eurem Alter wurde auf dem Fahrrad von einem Auto erfasst und dabei tödlich verletzt. Ursachen? Erstens: ein rücksichtsloser, unvorsichtiger Autofahrer. Zweitens: Es war dunkel. Drittens: Das Fahrrad hatte kein Licht. Und Viertens und am wichtigsten: Der Radfahrer war von Kopf bis Fuß dunkel gekleidet. Schuhe, Kleid, Jacke: alles dunkelblau oder schwarz. Genau wie eure Uniformen. Was lernen wir daraus?«

»Niemals mit dem Fahrrad auf Streife gehen!«, antwortete der Scherzkeks mit dem Bart, aber diesmal lachte niemand.

»Zieht da draußen um Gottes willen eure Sicherheitsjacken mit den Reflektoren an!«, mahnte Nyström eindringlich. »Das kann euer Leben retten, vor allen Dingen zu dieser Jahreszeit.«

Während die jungen Leute aufstanden, Stühle rückten und miteinander redeten, räumte sie ihre Unterlagen zusammen und sortierte ihre Folien. Sie war nicht völlig unzufrieden mit sich. Auch wenn sie das Gefühl hatte, dass ihr Appell nur von wenigen mit dem gebührenden Ernst aufgenommen worden war, war ihr Gesamteindruck positiv. Falls sie sich nicht völlig täuschte, hatten die Polizeianwärter und Studenten ihren Vortrag größtenteils mit Interesse verfolgt. Als sie ihre Sachen in ihrem Lederbeutel, ihrem ständigen Begleiter, den sie anstatt einer Handtasche bei sich trug, verstaut hatte und aufblickte, standen zwei junge Frauen vor ihr. Die mit der auffälligen Brille und eine sehr hübsche, mit einem dunklen Teint.

»Interessanter Vortrag«, sagte die Brille.

»Vielen Dank! Habt ihr noch eine Frage?«

»Es geht eher um eine Anmerkung«, sagte die Hübsche gedehnt.

»Einen Hinweis unsererseits«, sagte die Brille. »Bezüglich der Auswahl deiner Beispiele.«

»Meine Bespiele ...?«

»... sind strukturell rassistisch«, ergänzte die Brille.

»Strukturell ...?«

»Der farbige Mann aus dem Kongo ist in deinem Beispiel das Opfer seiner eigenen Dummheit, während *zufälligerweise* der heteronormative weiße Mann Opfer eines heimtückischen Verbrechens wird«, erklärte die Hübsche.

»Heteronormativ?«, wiederholte Nyström. Sie war sprachlos. Was sollte das Wort überhaupt bedeuten?

»Denk mal drüber nach!«, empfahl die Brille. Dann drehten sich die beiden um und marschierten auf den Ausgang zu.

»Aber die Fälle kommen doch aus dem echten Leben!«, wollte Nyström ihnen hinterherrufen, doch im selben Augenblick zog ihr brummendes Handy ihre Aufmerksamkeit auf sich.

2

Kommissarin Stina Forss ließ ihren Blick vom Beifahrersitz aus über die verschneite Landschaft gleiten. Obwohl es fast zwölf war, die hellste Stunde dieses kurzen, blassen Januartags, war die Sonne nicht mehr als ein diffuser grünlicher Aquarellklecks, der über den Tannenspitzen auf den grafitgrauen Himmel gepinselt worden war. Links und rechts der Landstraße türmten sich Wälle aus schmutzigem Schnee. Die glatte Fahrbahn hielt ihren Kollegen Lars »Lasse« Knutsson nicht davon ab, seinen schweren Pick-up-Truck mit hoher Geschwindigkeit über die L23 zu jagen. Der bärenhafte, meistens aber sehr sanftmütige Knutsson wirkte angespannt. Forss vermutete, dass dies daran lag, dass er hungrig war. Und wahrscheinlich auch genervt, genau wie sie selbst. Sie befanden sich auf dem Rückweg von einer unerquicklichen Zeugenbefragung, wegen eines Falls von Brandstiftung in einer Erstaufnahmestelle für Asylbewerber, die sich unnötig in die Länge gezogen hatte. Was für fremdenfeindliche Arschlöcher, dachte Forss, die nichts Besseres zu tun hatten, als traumatisierten Bürgerkriegsflüchtlingen das Dach über dem Kopf anzuzünden. Der traurige Vorfall war nur einer von mehreren in der Region Kronoberg. Landesweit betrachtet sah das Ganze noch viel schlimmer aus. Sicher, der Flüchtlingsstrom, der sich im vergangenen Jahr einen Weg aus Syrien und Irak, Afghanistan und einigen afrikanischen Staaten über Südeuropa nach Deutschland und durch Dänemark bis nach Schweden gebahnt hatte, stellte die Städte und Kommunen auf eine gewaltige Belastungsprobe. Überforderung war ein Wort, das man in diesen Tagen oft zu hören bekam, von den verantwortlichen Behörden bis zu den Lokalpolitikern, von den Kollegen bis zu den Morgennachrichten im Radio. Aber man wurde der vielen Schwierigkeiten und Probleme doch nicht dadurch Herr, dass man seinen Ängsten und Sorgen mit einem Benzinkanister und einer Fackel in der Hand Ausdruck verlieh! Es gab wenig, was Forss so erbärmlich und feige fand wie anonyme Brandstifter, die, von dem falschen und anmaßenden Gefühl getragen, eine schweigende Mehrheit zu vertreten, das Leben Unschuldiger gefährdeten und zu Mord und Todschlag aufhetzten.

Auf ihre Empörung reagierte ihr Magen mit einem Knurren. Außer einem Kaffee und etwas Müsli hatte sie an diesem Tag noch nichts zu sich genommen.

»Cheeseburger?«, schlug sie vor.

Im Gestrüpp von Knutssons Vollbart formte sich ein Lächeln.

»Bei MAX haben sie seit Neuestem Brioche-Brot«, sagte er.

Forss nickte. Dann war das also abgemacht. Die Konversationen zwischen dem zwanzig Jahre älteren Knutsson und ihr waren meistens sehr knapp, trotzdem mochte sie ihn. Wenn sie genauer darüber nachdachte, hatte sich diese kumpelhafte Sympathie nach dem Tod ihres Vaters entwickelt. Wie ihr Therapeut das wohl gedeutet hätte? Doch sie hatte ihre Therapie abgebrochen, als sie vor einigen Jahren aus Berlin nach Schweden, in das Land ihrer Kindheit, zurückgekehrt war, um sich um ihren kranken Vater zu kümmern. Nun war Kjell Forss seit über einem Jahr tot, und sie war immer noch hier, in Småland, in der Provinz, in diesem weitläufigen, aber manchmal doch so eng und genormt wirkenden Land, in dem sich so viel um Familie und Kinder, um Gesundheit und Sport, um die richtige Ernährung und ein schönes Zuhause zu drehen schien. Dinge, die ihr immer ziemlich egal gewesen waren. Was sie neuerdings manchmal erschreckte, war, dass sie sich allmählich anzupassen schien. Dass sie sich diese Spießergedanken langsam, aber sicher zu eigen machte. Das kleine Haus am See in der Nähe von Väckelsång, das sie von ihrem Vater geerbt hatte, war ihr ein Zuhause geworden. Sie joggte jeden zweiten Tag und nahm an Nahkampfkursen teil. Sie achtete einigermaßen auf ihre Ernährung, jedenfalls wenn es nicht ausnahmsweise zu MAX ging. Nur was das größte und in diesem Land offenbar wichtigste Thema anging, Familie und Kinder … Nichts lag ihr ferner. Nichts hatte weniger mit ihrem Leben zu tun. Trotzdem musste sie dabei an Kent Vargen denken. Der Kollege war erst vor einigen Monaten zu ihrem Team gestoßen. Der kleine breitschultrige Mann mit dem dunklen Haar in den immer etwas aufgesetzt wirkenden, schicken Anzügen hatte eine Aura, die sie auf eine seltsame Weise anzog. Diese Konstellation eine Beziehung zu nennen, wäre eine maßlose Übertreibung gewesen. Eine richtige Beziehung war auch nicht das, was sie wollte, geschweige denn, dass sie dazu überhaupt in der Lage gewesen wäre. So weit reichte ihre ehrliche Selbsteinschätzung trotz abgebrochener Psychotherapie. Um sich daran zu erinnern, musste sie nur in den Spiegel schauen. Ihr hängendes Augenlid und die Narben an ihrem Hals waren die unbestechlichen Zeugen jener Nacht vor dreißig Jahren, in der ihr Vater seine Selbstbeherrschung verloren hatte. Ihre eigenen Gewaltausbrüche in vergangenen Beziehungen waren ihr Beweis genug dafür, dass ihr Vater ihr mehr als ein Haus am See hinterlassen hatte. Seinen Jähzorn hatte sie im Blut wie eine tückische Krankheit, die jederzeit ausbrechen konnte. Eine Heilung war nicht in Sicht. Nein, eine echte Beziehung kam nicht infrage. Deshalb stellte sich die Frage nach Familie und Kindern erst gar nicht.

Sie erreichten den Industrie- und Gewerbegürtel, der Växjö umgab.

»Drive-in?«, fragte Knutsson, als sie das Burger-Restaurant erreichten.

»Nein, lass uns drinnen essen«, entschied sie.

Sie musste dringend auf die Toilette. In dem Moment, als sie die schweren Autotüren aufmachten, piepsten beinahe zeitgleich beide Handys.

Nach einem Blick aufs Display sprach Knutsson aus, was sie ebenfalls dachte.

»So ein Mist aber auch.«

3

Als Hauptkommissarin Ingrid Nyström aus ihrem kleinen Toyota stieg, schneite es. Während der kurzen Autofahrt von der Linné-Universität in das schicke Växjöer Stadtviertel Sandsbro war ihr der Niederschlag noch wie Regen vorgekommen, Schneeregen vielleicht, aber nun waren es eindeutig weiche weiße Flocken, die vom Himmel fielen. Hugo Delgado und Kent Vargen warteten in der Auffahrt des Einfamilienhauses auf sie. Vor dem Haus standen zwei Streifenwagen und der Van der Spurensicherung sowie mehrere Fahrzeuge der Wasserschutzpolizei.

»Wir müssen um das Haus herum«, erklärte Delgado. Der Ermittler mit den chilenischen Wurzeln war ein langjähriger Mitarbeiter, den Nyström sehr schätzte. »Wie gesagt, bis jetzt ist noch nicht einmal sicher, ob es überhaupt einen Leichnam gibt.«

»Eine wirklich merkwürdige Geschichte«, fügte Vargen an. Sie folgten vorsichtig einer ausgetretenen Spur im Schnee. »Die Kollegen von der Spurensicherung hatten bis jetzt noch gar keine Zeit, sich vorne im Garten umzusehen, geschweige denn im Haus.«

»Wer wohnt hier überhaupt?«, fragte Nyström.

»Eine alleinstehende Frau, Åsa Hylander, neunundvierzig Jahre alt, arbeitet bei der Stadtverwaltung. Sie ist heute nicht bei der Arbeit erschienen. Gefunden hat ...« Delgado stockte für einen Augenblick.

»... die Finger«, half Vargen nach.

»Gefunden hat sie ihr Nachbar«, Delgado warf einen Blick auf das Tablet in seiner Hand, »Nisse Norrstedt. Bei dem es übrigens heißen Kaffee gibt, falls du möchtest.«

»Ich möchte die Finger sehen«, sagte Nyström.

Sie waren etwa zur Hälfte am Haus vorbeigegangen, als sich der Blick auf den Toftasee öffnete. Die Aussicht war selbst bei bedecktem Wetter und Niederschlag bemerkenswert und unterstrich, warum das Wohngebiet Sandsbro so begehrt war. Sie durchschritten den Garten und gingen auf den See zu. Ein paar Meter vom Ufer entfernt waren die Kollegen der Spurensicherung damit beschäftigt, eine Art

Pavillon über einem Loch in der Eisdecke aufzubauen. Einige Schritte weiter sicherten zwei Männer der Wasserschutzpolizei an einem zweiten Loch einen Taucher ab. Ein Stück daneben schnitt ein anderer Kollege mithilfe einer Motorsäge eine weitere Öffnung in das Eis. Bo Örkenrud, der Chef der Spurensicherung, kam ihnen mit einem verzweifelten Gesichtsausdruck entgegen.

»Das Wetter ist eine Katastrophe«, rief er. »Dazu die ganzen Leute hier. Genauso gut könnte ich die Spurenlage von einem Sandsturm oder einer Herde Kamele verwüsten lassen.«

»Zeig mir bitte den Tatort«, sagte Nyström betont knapp. Jetzt war nicht die Zeit zu jammern, fand sie.

Örkenrud führte sie unter die Zeltplane. Immer wieder flammte der Blitz einer Fotokamera auf. Nyström schirmte die Augen mit der Hand ab. Dann sah sie es. Die einzelnen Finger waren mit nummerierten Täfelchen markiert. Von eins bis acht. Feine Blutschlieren hatten ein expressionistisches Muster im Schnee hinterlassen. Auf dem Eis standen zwei Clogs mit Leopardenmuster, daneben lag ein dunkelblauer, von Reif überzogener Bademantel.

»Der Taucher hat etwas!«, rief einer der Kollegen vom anderen Eisloch herüber.

4

Nisse Norrstedt schenkte Stina Forss und Lasse Knutsson Kaffee nach und füllte den Teller auf der Mitte des Tischs ein weiteres Mal mit trockenem Weihnachtsgebäck. Dass sich seine Küche innerhalb der letzten Stunde in eine Art provisorische Einsatzzentrale verwandelt hatte, schien den Rentner nicht im Geringsten zu stören, im Gegenteil. Sein Engagement und seine Begeisterung wirkten weitaus größer als die Betroffenheit oder der Schock angesichts des gewaltsamen Todes seiner Nachbarin. Forss hatte diese Art von Sensationstrunkenheit schon bei vielen Zeugen erlebt, sie widerte sie an, dennoch war sie dankbar für den heißen Kaffee und die Plätzchen sowie die belegten Brote, nach denen Knutsson ohne Umschweife gefragt hatte. Unaufgefordert erzählte Nisse Norrstedt vom Adrenalinrausch getragen zum x-ten Mal seine Version der Ereignisse.

»Ich kann es noch immer nicht glauben. Ich kenne Åsa zwar erst, seit sie vor ein paar Jahren hierhergezogen ist. Es gibt nicht so viele Umzüge hier in der Straße, müsst ihr wissen, dazu ist die fantastische Lage einfach zu begehrt. Die Häggblads zum Beispiel, die Nachbarn auf der anderen Seite, leben hier schon in dritter Generation. Åsa ist eine … ich meine, sie war eine sehr selbstständige und selbstbewusste Frau, Abteilungsleiterin in der Stadtverwaltung. Ein so gescheiter und weltgewandter Mensch. Sie war so geschmackssicher. Diese tolle Wohneinrichtung. Der Mercedes …«

»A, B, C, E oder S?«

»Wie bitte?«

Norrstedt sah Forss mit leicht offenem Mund an.

»Der Mercedes. A-Klasse oder S-Klasse? Oder irgendetwas dazwischen? Das macht einen großen Unterschied.«

»Ich weiß nicht. Einen silbernen, großen. Der steht in der Garage.«

»Ihr habt euch also gut verstanden«, hakte Knutsson nach und schob sich einen marzipangefüllten Napoleonhut in den Mund, »du und Åsa?«

»Sicher«, Norrstedt nickte arglos. »Wir haben uns ausgezeichnet verstanden.«

»Auch sexuell?«, fragte Forss und nippte mit einem arglosen Gesichtsausdruck an dem ausgezeichneten Filterkaffee. Ihr war aus irgendeinem Grund danach, diesen Knilch zu ärgern.

»Um Gottes willen!«, wehrte Norrstedt ab. »Nein, so war unser Verhältnis nicht ...«

»Ein Verhältnis war es also?«

Knutsson nahm den Faden auf.

»Nein«, Norrstedt rang erschrocken nach Worten. »Keineswegs haben wir ...«

»Eine attraktive, alleinstehende Frau. Ein ungebundener, jung gebliebener Pensionär ...«, suggerierte Forss augenzwinkernd.

»Aber wir ...«, Norrstedt klang jetzt beinahe verzweifelt. »Sie war eine gute Bekannte. Mehr war da nicht!« Da war etwas Irritierendes in seinem Tonfall, das Forss verriet, dass er nicht die ganze Wahrheit sagte. »Vielleicht haben wir einmal im Monat ein Tässchen Kaffee zusammen getrunken und ein wenig getratscht. Dem anderen mit Mehl oder einem Ei ausgeholfen. Ein gutes nachbarschaftliches Verhältnis. Daher ist es mir heute Morgen auch sofort aufgefallen, dass sie nicht zur Arbeit gefahren ist. Wenn ich hier morgens sitze und meine Zeitung lese, blicke ich quasi automatisch auf ihre Auffahrt. Irgendwann kennt man die Abläufe des anderen. Normalerweise geht sie um halb acht aus dem Haus und kommt gegen halb fünf, fünf wieder. Zunächst habe ich gedacht, sie muss krank sein. Obwohl sie nicht oft krank ist. Später am Vormittag, als ich in den Garten gegangen bin, um die Vögel zu füttern, habe ich ihre Sachen auf dem Eis liegen sehen. Die Clogs und den Bademantel. Ich habe sofort gedacht, dass da etwas nicht stimmt. Und dann … Als ich näher gekommen bin … Da lagen die … die Finger auf dem Eis. Dieser hellbraune Nagellack, den sie in letzter Zeit getragen hat … Da wusste ich, dass etwas Schreckliches passiert sein musste. Ich bin ins Haus gelaufen und habe die Polizei gerufen.«

»Vorbildlich«, lobte Forss und fragte sich, ob es normal war, dass man auf die Nagellackfarbe seiner Nachbarin achtete. Sie sah nachdenklich auf ihre eigenen Finger. Grüne Lackreste.

»Wann hast du das letzte Mal mit Åsa Hylander gesprochen?«, fragte Knutsson und sah den Rentner streng an.

Norrstedt kratzte sich an seinem weißgrauen Bart.

»Am Wochenende war ich verreist. Ich bin letzten Donnerstag zu meiner Tochter nach Kalmar gefahren und erst gestern spät am Abend zurückgekommen. Es muss also am vergangenen Donnerstag gewesen sein. Als ich morgens Schnee geschippt habe, hat sie ihre Zeitung reingeholt. Das macht sie immer um diese Uhrzeit. Wir haben ein paar Worte gewechselt.«

»Worüber?«

»Das Wetter, soweit ich mich erinnere.«

»Sonst nichts?«

»Ich habe ihrer Tochter einen Gruß ausrichten lassen. Die beiden treffen sich jeden Freitag. Kajsa ist ein liebes Mädchen. Sie arbeitet in demselben Ärztezentrum, in dem meine verstorbene Frau angestellt gewesen war. Kajsa war oft hier. Die Arme! Wie sie das wohl aufnehmen wird. Sie stand ihrer Mutter so nahe. Vielleicht sollte ich sie jetzt gleich anrufen …?«

»Auf keinen Fall!«, polterte Knutsson und wischte sich in einem plötzlichen Anflug von Aktionismus energisch Kekskrümel vom Bauch. »Das macht natürlich die Polizei!«

5

Die Praxis in Dalbo, in der Kajsa Persson arbeitete, lag am Brittsommarvägen. Der Straßenname – Altweibersommerweg – ließ Ingrid Nyström einen Augenblick lang an einen Waldspaziergang in milder Spätsommerluft denken, an Bäume in leuchtendem Rot, Gelb und Grün. Nichts konnte weiter von der Wirklichkeit entfernt sein. Auf dem Parkplatz ballten sich Inseln aus Schnee, die vom Straßenschmutz und Abgasen in sämtlichen Grauschattierungen getönt waren. Vor einem Abflussgitter im Rinnstein lag etwas Pelziges, ein totes Tier, für eine Ratte war es eigentlich zu groß. Ein Waschbär? Gab es mittlerweile tatsächlich Waschbären in Schweden? Vom Himmel stoben Schneeflocken, die ein schneidender Ostwind in Nyströms Gesicht trieb. Vorsichtig lief sie über die vereisten Stellen auf das Ärztezentrum zu. Unter dem überdachten Eingangsbereich stand eine Schar nordafrikanisch aussehender, rauchender Teenager, die misstrauisch den Schneefall beäugten. Dalbo gehörte zu Araby, dem sozialen Brennpunkt von Växjö. Es war erst wenige Tage her, dass hier Jugendliche ein Polizeiaufgebot mit Silvesterraketen und Steinen attackiert hatten. Was man noch vor einigen Jahren nur aus den berüchtigten Vororten von Malmö und Stockholm kannte, war längst auch in den mittelgroßen und kleinen Städten möglich. Als Nyström an ihnen vorbeiging, sagte einer etwas in einer Sprache, die sie nicht verstand. Alle lachten. Sie ignorierte es, so gut sie konnte. An der Rezeption erkundigte sie sich nach Kajsa Persson. Sie wurde gebeten, kurz Platz zu nehmen. Der Wartebereich war bis auf den letzten Platz gefüllt. Nyström zählte mehr als zwanzig Personen, kaum jemand hatte blonde Haare oder helle Haut. Nyström musste daran denken, was ihr die beiden jungen Frauen nach der Vorlesung gesagt hatten. Sie schluckte, dann lehnte sie sich an eine Wand und beobachtete die Rinnsale aus geschmolzenem Schnee, die sich auf dem Boden bildeten. Sie schien fast die Einzige zu sein, die dem Wetter angemessenes Schuhwerk trug. Nach wenigen Minuten kam eine junge Frau in medizinischer Berufskleidung auf sie zu. Das Namensschild verriet, dass sie Kajsa Persson war. Åsa Hylanders Tochter hatten eine große, aber schöne Nase und ihr Haar zu einem Pferdeschwanz gebunden.

»Du hast nach mir gefragt?«

Nyström nickte. Ihr war bewusst, dass die nächsten Sätze das Leben der Frau für immer verändern würden.

»Können wir hier irgendwo in Ruhe sprechen?« Nyströms Worte zeichneten Unbehagen in das hübsche Gesicht von Kajsa Persson. »Es geht um deine Mutter.«

Die Arzthelferin führte sie in ein leeres Untersuchungszimmer und sah sie mit großen Augen an.

»Vielleicht willst du dich setzen?«

Nyström musste sich konzentrieren, um die richtigen Worte zu finden. Sie bekam kaum Luft. Der starke Geruch von Desinfektionsmitteln setzte ihr zu. Ein plötzliches Gefühl von Enge und Eingesperrtsein überkam sie. Es war noch nicht lange her, dass sie ihre Brustkrebserkrankung überstanden hatte. Und dass sie gelernt hatte, mit der ständigen Bedrohung zu leben, die dies bedeutete. Kajsa Persson hatte sich auf die Kante einer Liege gesetzt und starrte sie wie versteinert an. Die Angst verformte ihr Gesicht zu einer Maske.

Wir haben Grund zu der Annahme …

Es sieht im Moment danach aus, dass …

Wir müssen dich leider bitten, zu einer Klärung des Sachverhalts …

Die Wörter, die Sätze fühlten sich steif an. Gestellt und unecht. Und doch taten sie ihre Wirkung, das taten sie immer.

Kajsa Persson hielt sich die Hände vors Gesicht. Ihr schlanker Körper bebte.

Nyström setzte sich neben sie, legte der jungen Frau den Arm um die Schulter. Auch diese Geste fühlte sich steif an. Alles in ihr wollte aus diesem Raum heraus, weg von dem Geruch nach Arztseife, den farbigen Kabeln des EKG-Geräts, den Behältern mit Spritzen, Kanülen und Pflastern.

Irgendwann ließ Persson ihre Hände fallen. Vielleicht hatte sie einfach keine Kraft mehr in ihrem Körper. Die Tränen jedoch liefen weiter.

»Warum?«, flüsterte sie immer wieder, »warum nur?«

Nyström hatte diese Frage bereits viel zu oft in ihrem Leben gehört. Und dennoch konnte sie Persson keine Antwort geben.

Weil es keine Antwort gab, dachte sie resigniert. Weil es unabhängig davon, wie ihre Ermittlungen verlaufen würden, auf diese Frage nie eine befriedigende Antwort geben konnte.

6

Stina Forss hatte kaum einen Blick auf den verstümmelten Leichnam geworfen, den die Taucher aus dem Wasser geborgen hatten. Bis es genauere Befunde aus der Pathologie gab, reichte es ihr zu wissen, dass die Frau eines gewaltsamen Todes gestorben war. Forss atmete durch. Endlich war sie allein. Nyström hatte Lasse Knutsson gebeten, sich Kent

Vargen und den uniformierten Kollegen anzuschließen und die Nachbarschaft und Umgebung abzuklappern. Auch wenn noch keine Einschätzung zum Todeszeitpunkt von Åsa Hylander vorlag und am frühen Montagnachmittag wahrscheinlich nicht viele Leute zu Hause anzutreffen waren, gab es womöglich wichtige Zeugenaussagen. Neugierige Nachbarn wie Nisse Norrstedt, die etwas Auffälliges gesehen oder gehört haben konnten. Die mit Åsa Hylander bekannt gewesen waren und etwas zum Bild beitragen konnten, das sich die Hauptkommissarin von der getöteten Frau machen wollte. Aus demselben Grund hatte Nyström Hugo Delgado an seinen Rechner im Präsidium beordert und Forss beauftragt, sich in Hylanders Haus umzusehen und Fotos zu machen. Forss mochte diesen Teil ihrer Arbeit. Allein in einem fremden Haus. Jeder Raum, jedes Einrichtungsdetail, jeder Gegenstand erzählte ihr etwas über den Menschen, der hier gelebt hatte. Raunte ihr etwas zu, deutete etwas an. Sie stieg aus ihren Doc Martens, streifte dünne Einweghandschuhe über und begann ihren Rundgang im Flur, wo sich auch die Garderobe befand. Ein heller Wintermantel, ein gefütterter Parka, eine Barbour-Steppjacke, zwei Burberry-Ponchos. Wollmützen, Schals und Handschuhe in verschiedenen Farben. Im Schuhschrank darunter: vier Paar Stiefel, vier Paar Stiefeletten, diverse Pumps und Ballerinas. Ausschließlich ausgesuchte Markenware. Hylander schien eine Frau gewesen zu sein, die zweimal in den Spiegel schaute, bevor sie aus dem Haus ging. Das Wohnzimmer war im Landhausstil eingerichtet, viel weißes Holz, viel weißes Leinen, eine Unmenge weißer Kissen und Kerzen. In den Regalen standen Gläser und Einrichtungsaccessoires, wie man sie in teuren Möbelläden kaufen konnte: bewegliche Holztiere, mundgeblasene Vasen von Kosta Boda, Kristallschwäne. Bücher gab es kaum. An den Wänden maritime

Fotomotive in weißen Rahmen: Leuchttürme, Möwen, eine Mole im Sturm. Vielleicht hatte Hylander von einem Segelboot geträumt, ging es Forss durch den Kopf. Oder hatte sie bereits eine Yacht? Forss ließ sich in die helle Sofalandschaft sinken und blätterte die Hochglanzzeitschriften durch, die auf dem Couchtisch lagen. Einrichtung, Gesundheit, Mode. Daneben stand ein leeres Weißweinglas. Sie griff nach der Fernbedienung zu einer schicken Mini-Stereoanlage. Als sie auf Play drückte, begann ein Bo-Kaspers-Song zu spielen. Fürchterlich! Hastig drückte Forss auf Stop. Sie stand auf. Das kleine CD-Regal bot keine Überraschungen. Bar-Jazz, melodifestivalen, Queen – The Greatest Hits. Interessanter wurde es nicht. Aber besser als Bo Kaspers. Forss nahm Queen aus der Hülle, legte die Scheibe in den CD-Spieler und stellte ihn an. Sie ging weiter in die Küche. Die geradlinige Ausstattung kam Forss neu vor. Die Arbeitsplatte bestand aus dunklem Granit, die Küchengeräte waren exklusiv. Für eine Verwaltungsangestellte, wenn auch in leitender Funktion, schien Hylander gut zu verdienen. Auf dem Küchentisch stand eine silberne Alessi-Obstschale, daneben lag ein Smartphone, das Forss einsteckte. Sie öffnete den Kühlschrank und entdeckte viel frisch wirkendes Gemüse und ein Rindersteak, das laut Verpackungsdatum vom vergangenen Dienstag stammte. Außer einer angebrochenen Flasche südafrikanischen Chardonnays fielen Forss nur Sojamilch und laktosefreier Käse auf, wahrscheinlich hatte Hylander eine entsprechende Lebensmittelunverträglichkeit. Andererseits lagen dort drei Packungen Toblerone. Wenn es um Schokolade gegangen war, hatte es die Frau mit ihrer Laktose also nicht so genau genommen, dachte Forss. Auf der Kühlschranktür waren drei Fotos mit Magneten befestigt. Das erste Bild zeigte Hylander Schulter an Schulter mit einer gleichaltrigen Frau. Beide trugen auffällige Strohhüte und lachten in die Kamera, im Hintergrund war die Chinesische Mauer zu sehen. Auf dem zweiten Foto saß Hylander in der Montur einer Dressurreiterin auf einem Pferd. Das dritte Bild war die Porträtaufnahme eines etwa fünfzigjährigen Mannes. Er hatte kurzes Haar, war glatt rasiert und strahlte etwas unbestimmt Altmodisches aus, fand Forss. Vielleicht lag das aber auch nur daran, dass es ein Schwarz-Weiß-Foto war. Obwohl das auch nichts mehr heißen musste: Mit modernen Farbfiltern und Bearbeitungsprogrammen konnte man heutzutage schließlich jedem Handyschnappschuss ohne Aufwand Retrocharme verleihen. Sie nahm das Bild vom Kühlschrank ab und sah auf die Rückseite. Dort stand nichts, auch kein Stempel mit Entwicklungsdatum. Forss steckte es ein und ging weiter ins Schlafzimmer. Dort befand sich ein sorgfältig gemachtes Doppelbett mit hohen, altmodischen Bettpfosten. Die Handschellen entdeckte Forss erst auf den zweiten Blick. Es waren keine billigen Blechdinger, wie man sie in Sexshops kaufen konnte, sondern professionelle Polizeiqualität. Hier mochte es jemand auf die harte Tour, dachte sie. Die passenden Schlüssel lagen in einer herzförmigen Edelstahlschatulle auf dem Nachttisch. Sie schloss die Handschellen vorsichtig auf, tütete sie ein und legte sie in ihre Handtasche, ebenso das kleine Notebook, das sie in der obersten Nachttischschublade fand. Dann sah sie sich die mit erlesener Garderobe gefüllten Kleiderschränke an. Sie summte zum Rhythmus der Basslinie, die bis ins Schlafzimmer zu hören war.

Another One Bites The Dust.

7

Am frühen Nachmittag hatte Ingrid Nyström ihr Team zu einer ersten Besprechung im Präsidium zusammengerufen. Es schneite mittlerweile stärker. Der pappige, feuchte Schnee blieb an der abgeschrägten Panoramascheibe kleben und bildete Inseln und Schollen, die, wenn sie eine kritische Größe erreicht hatten, ins Rutschen gerieten, absackten und dann für einige Sekunden den Blick auf die Dämmerung freigaben, die sich auf den Oxtorget legte. Nyström musste an Bo Örkenrud denken, der mit seinen Leuten immer noch im Schneetreiben draußen auf dem Eis des zugefrorenen Toftasees arbeitete, um mögliche Spuren zu sichern. Vor morgen früh war nicht mit seinem Bericht zu rechnen. Åsa Hylanders Leichnam befand sich mittlerweile in der Pathologie. Das Bild des geschundenen Körpers der Frau ging Nyström nicht mehr aus dem Kopf. Sicher, sie hatte in ihrem Beruf schon viele Tote gesehen und manchmal waren die Leichname in keinem guten Zustand. Wie zum Beispiel der Körper des Mannes aus dem Kongo, dessen Foto sie am Morgen ihren Studenten gezeigt hatte. Doch bei aller Routine hatte der Anblick der toten Åsa Hylander eine starke Reaktion in ihr ausgelöst. Wahrscheinlich lag es an dem gespaltenen Schädel und daran, dass die Finger bis auf die Daumen allesamt fehlten. Davon ging etwas so ungemein Hilfloses aus, dass Nyström ganz flau wurde. Wieder und wieder fühlte sie sich in den Todeskampf der armen Frau hineinversetzt. Allein in dem dunklen, tödlich kalten Wasser. Verzweifelt nach der rettenden Eiskante tastend, greifend, um sich schlagend. Der rasende Schmerz in den Händen, das spritzende Blut, die Erkenntnis, verloren zu sein, das Wasser nie wieder zu verlassen, dem Mörder in die Augen sehen zu müssen, bevor er zu dem letzten, endgültigen Schlag ausholt, und die vollkommene Unterlegenheit zu spüren …

Nyström musste mehrmals schlucken und fühlte, wie trocken ihr Hals war. Kajsa Persson hatte ihre Mutter im Krankenhaus identifiziert, dann war sie fast zusammengebrochen. Ihr Mann hatte sie beim Hinausgehen stützen müssen. Nyström hatte die weiteren Angehörigen der Toten informiert. Åsa Hylanders Eltern lebten mehr als fünfhundert Kilometer entfernt in einem Dorf in der Nähe von Uppsala. Ansonsten gab es noch einen jüngeren Bruder, der als Versicherungsangestellter arbeitete. Zu ihrem Exmann hatte Hylander, die nach der Scheidung wieder ihren Mädchennamen angenommen hatte, nach Aussagen der Eltern und der Tochter keinen regelmäßigen Kontakt mehr. Die Frage, ob Hylander einen Lebenspartner oder festen Freund hatte, hatten sie nicht mit Sicherheit beantworten können. Åsa sei, was das anging, sehr verschlossen gewesen. Obwohl sie sich sicher waren, dass sie nach der Trennung verschiedene Beziehungen gehabt hatte, habe Åsa so gut wie nie darüber gesprochen. Nur an einen ehemaligen Partner ihrer Mutter hatte Kajsa gute Erinnerungen, einen netten Arzt mit iranischen Wurzeln, dessen Name sie allerdings nicht mehr wusste.

Nyström hatte die verwandtschaftlichen Verhältnisse auf ihrem geliebten Whiteboard skizziert. Ermutigend sah sie in die Runde, zumindest hoffte sie, dass es so wirkte. Ihre Mitarbeiter sollten nicht merken, wie mitgenommen sie war.

»Dann mache ich mal den Anfang«, sagte Kent Vargen. Wie immer trug er ein sorgfältig gebügeltes weißes Hemd und eine schmale Krawatte. Der seriöse Gesamteindruck, den der erfahrene Ermittler aus Stockholm machte, wurde in Nyströms Augen nur ein wenig durch das amerikanisch wirkende Schulterholster gestört, das Vargen über dem Hemd trug. Aber vielleicht war das ja in der Hauptstadt Mode gewesen. »Ich denke, ich spreche für uns alle, wenn ich sage, dass die zeitlichen Parameter im Moment Prioriät haben sollten.«

»Was?«, fragte Lasse Knutsson und blickte von seinem neuen Smartphone auf, an dem er seit einigen Tagen unablässig herumfummelte.

»Kent meint den Todeszeitpunkt«, sagte Delgado genervt.

»Genau. Danke.« Vargen zwinkerte Delgado zu.

Nyström nickte.

»Natürlich«, sagte sie. »Die Pathologin tut, was sie kann. Besonders optimistisch klang Ann-Vivika allerdings nicht. Das Opfer hat in eiskaltem Wasser gelegen, das verzögert natürlich sämtliche Zerfallsprozesse des Körpers. Sie hat bereits angedeutet, dass der Leichnam womöglich zur genaueren Bestimmung nach Linköping muss. In dem Fall kann es Wochen dauern, bis wir ein endgültiges Ergebnis haben. Erinnert ihr euch an den Estonia-Fall? Da kam der Abschlussbericht Monate nachdem wir den Fall gelöst hatten.«

Knutsson lachte.

»Das sind mir dort vielleicht Quacksalber!«, begann er. »Der Linköpinger an sich ist ja …«

»Uns würde ja zunächst schon eine grobe zeitliche Einordnung weiterhelfen«, unterbrach ihn Vargen und schnippte einen Staubfussel von seiner Manschette.

»Montagmorgens geht niemand in die Sauna«, brummte Knutsson. Er klang angefasst. »Außerdem hätte sie dann zur Arbeit gemusst.«

»Sagen wir also zwischen Freitag- und Sonntagabend«, schlug Nyström vor.

»Der Zeitrahmen ist zu groß für eine effektive Zeugenbefragung!« In ihrer typischen Abwehrhaltung saß Stina Forss mit vor der Brust verschränkten Armen am Tisch und zupfte missmutig an ihrer Unterlippe. »Und für eine Rekonstruktion der Tat viel zu vage. Wenn das die Basis unserer Ermittlung sein soll, dann Prost Mahlzeit.«

Nyström spürte eine Gereiztheit in sich aufsteigen. So unangenehm wie ein Kratzen im Rachen. Stina Forss hatte etwas an sich, mit dem Nyström nicht gut umgehen konnte, eine renitente, bisweilen besserwisserische Art.

»Das letzte Telefonat hat sie am Freitagabend geführt«, sagte Delgado und tippte auf Hylanders Handy herum, das sich in einer durchsichtigen Plastikhülle befand. »Ab Samstagmorgen dann nur unbeantwortete Anrufe und ungeöffnete SMS.«

»Das ist doch schon mal ein Anhaltspunkt«, befand Nyström.

»Dann sollten wir uns als Nächstes über den Tathergang Gedanken machen.« Vargen nahm das Gespräch wieder an sich. »Das gesamte Szenario – der Bademantel und die Clogs neben der Abtauchstelle, die abgetrennten Finger auf dem Eis, die Blutspuren – deutet darauf hin, dass Hylander beim Saunieren überrascht worden ist. So wie ich das sehe, hat der Täter zugeschlagen, als die Frau nach einem Saunagang zum Abkühlen in das Eisloch abgetaucht ist. Als sie wieder herausklettern wollte, hat er mindestens dreimal auf sein Opfer eingeschlagen – das legen zumindest die äußerlichen Wunden des Leichnams nahe: zwei an den Händen und eine, wahrscheinlich fatale, auf dem Kopf. Alle Hiebe müssen mit großer Kraft ausgeführt worden sein, der dritte hat ihr ja geradezu den Schädel gespalten.«

Wieder blitzen vor Nyströms innerem Auge die Bilder aus der Pathologie auf. Vargens Worte beschrieben die Horrorfilmsequenz, die sich wieder und wieder in ihrem Kopf abspielte.

»Sie sah wirklich grauenhaft aus«, sagte Knutsson mit belegter Stimme.

»Die Tatwaffe?«, fragte Forss.

»Ann-Vivika vermutet eine Axt oder ein Beil«, antwortete Nyström. »Womöglich auch ein schweres Fleischermesser oder eine Machete. Genauer wollte sie sich noch nicht festlegen.« Sie sah Vargen an. »Ich finde, das klingt alles sehr plausibel. Oder ist jemand anderer Meinung?«

Alle blickten zu Forss, aber sie schüttelte nur leicht den Kopf. Nyström verspürte einen leichten Stich. Sie war es doch, die diese Ermittlung leitete!

»Kommen wir zum Täter und zu einem möglichen Motiv«, fuhr sie fort. Sie klopfte mit ihrem Stift auf das Whiteboard. »Ein Liebhaber? Der Exmann? Ein eskalierender Nachbarschaftsstreit? Bis jetzt drängt sich nichts direkt auf, oder was denkt ihr?«

Knutsson hob die massigen Schultern und ließ sie wieder fallen. Sein Stuhl ächzte. »Dieser Nachbar, Nisse Norrstedt, kam mir schon ein wenig schräg vor. Vielleicht sollten wir sein Alibi …«

»Ich kann mir ehrlich gesagt noch gar kein Bild von der Frau machen«, sagte Vargen.

»Auf jeden Fall mag sie harten Sex«, erklärte Forss und legte die durchsichtige Beweistüte mit den Handschellen auf den Tisch. »Entweder hat sie einen Polizisten als Lover oder eine gute Bezugsquelle im Internet. Jedenfalls ist das Qualitätsware.« Forss zeigte das Foto, das sie von der Kühlschranktür genommen hatte. »Möglicherweise kam Mr. X hier in den Genuss. Kann natürlich aber genauso gut nur ein Bild ihres Vaters sein. Ich denke, wir wissen mehr, wenn wir das Handy und den Rechner ausgewertet haben. Besonders Fotos sind ja oft sehr informativ.«

»Darauf warte ich schon sehnsüchtig«, sagte Delgado. »Was ich in den Archiven und im Netz über sie gefunden habe, ist eher mager. Liegt zum Teil natürlich an ihrem Alter.«

»Was meinst du damit?«, fragte Nyström.

»Bist du zum Beispiel bei Facebook?«, entgegnete Delgado. »Twitter, Instagram, Snapchat?«

Nyström schüttelte den Kopf.

»Ich bin bei Facebook!«, trumpfte Knutsson auf und hatte schon wieder sein neues Smartphone in der Hand.

»Ja, seit letzter Woche Mittwoch, um genau zu sein.« Delgado lächelte. »Genau das meine ich damit. Ebenso blass sind die digitalen Fußspuren von Åsa Hylander. Das Internet ist, was sie angeht, ziemlich leer. Sie hatte vor Ewigkeiten einen Autounfall, das war aber keine große Sache. Vor etwa zehn Jahren hat sie einmal ein Reitturnier gewonnen; soweit ich es beurteilen kann, bestreitet sie aber schon länger keine Wettkämpfe mehr. Dann hat sie sich eine Zeit lang politisch engagiert, für *Die Moderaten*. Das ist aber auch schon eine Weile her. Das Aktuellste, was ich gefunden habe, ist der Onlineauftritt der Stadtverwaltung für eine neue Service-Offensive, für die sie wirbt. Ihre eigene Abteilung ist anscheinend vorbildlich, was Kundenzufriedenheit angeht.«

»Für die Stadtverwaltung sind wir Bürger also neuerdings Kunden?«, wunderte sich Knutsson.

»Das nennt sich Neoliberalismus«, sagte Forss.

»Bald sind wir hier auch keine Bullen mehr, sondern nur noch Dienstleister für Sicherheit und Ordnung«, klagte Knutsson. »Wenn man sich Edmans Broschüren so durchliest, dauert das nicht mehr lange.«

Erik Edman, der Polizeichef, war bei den meisten seiner Untergebenen nicht gut gelitten. Hinter vorgehaltener Hand wurde er »Halb-vier-Erik« genannt, denn das war die Uhrzeit, zu der er meistens sein Büro Richtung Golfplatz verließ.

»In England ist die Polizei schon teilweise privatisiert«, sagte Delgado. »Da kann sich jeder Nachtwächter einen

Sheriffstern an die Brust heften. Für das Gehalt eines Paketboten wohlgemerkt.«

»Finanzielle Probleme hatte Åsa Hylander anscheinend jedenfalls keine.«

Nyström war dankbar, dass Forss das Gespräch zurück auf den Fall lenkte.

»Einen nahezu neuen Mercedes E-Klasse in der Garage, Designerkleidung, eine teure Einrichtung. Ganz zu schweigen von dem Haus mit Seegrundstück in 1-a-Lage. Nicht schlecht für eine Angestellte im öffentlichen Dienst. Abteilungsleiterin und Kundenzufriedenheit hin oder her.«

»Ich sorge dafür, dass wir Einblick in ihre Finanzen bekommen«, sagte Nyström. »Bis dahin sollten auch die vorläufigen Berichte von der Pathologie und der Spurensicherung vorliegen. Unter Umständen finden sie aussagekräftige Spuren da draußen. Auch wenn Bo wegen des Wetters sehr skeptisch ist. Hugo nimmt sich ihren Rechner und ihr Smartphone vor, ebenso die Auswertung des Festnetzanschlusses. Ich werde noch einmal länger mit den Angehörigen in Uppsala telefonieren und sobald wie möglich ihren Exmann treffen. Ihr sprecht mit der Nachbarschaft und unterstützt die uniformierten Kollegen vor Ort. Wir beginnen beim Freitagabend, dem frühesten infrage kommenden Tatzeitpunkt.« Sie sah auf ihre Armbanduhr. »Mittlerweile dürften die meisten Anwohner nach Hause gekommen sein. Außerdem wäre ich euch allen dankbar, wenn wir heute den Feierabend ein paar Stunden nach hinten verschieben könnten. Ich möchte Edman keine unnötige Angriffsfläche bieten. Er ist zwar mal wieder auf einer seiner Tagungen, aber wenn er übermorgen zurückkommt, möchte ich ihm am liebsten schon etwas Genaueres sagen können.«

Allgemeines Nicken.

»Wer tut so etwas nur?«, fragte Knutsson. »Wer hackt einer

Frau, die sich nach dem Saunagang im See abkühlt, die Finger ab und schlägt ihr in einem Moment der absoluten Wehrlosigkeit den Schädel ein?«

Er bekam keine Antwort.

8

Während vom Toftasee aus ein kräftiger Wind Schneeflocken vor sich her trieb, herrschte in den Einfamilienhäusern in Sandsbro Vorabendgemütlichkeit. Stina Forss traf auf ein Rentnerehepaar, das eigene Pasta fabrizierte und die Küchenstühle mit meterlangen Tagliatelle behängt hatte. Auf zwei Familien mit kleinen Kindern beim Abendessen. Einen Mann, der gerade Hanteln stemmte. Einen Teenager vor dem Fernseher. Ein Paar mittleren Alters, das dem Wetter trotzen und gerade zum Joggen aufbrechen wollte. Allen gemein war, dass niemandem am Freitagabend oder im weiteren Verlauf des Wochenendes etwas Besonderes aufgefallen war. Keiner hatte fremde Autos oder Menschen bemerkt. Niemand hatte vom See her Schreie oder andere auffällige Geräusche gehört. Keiner hatte in seinem Garten fremde Fußspuren im Schnee entdeckt. Die Leute, mit denen Forss sprach, hatten Åsa Hylander kaum gekannt. Eine Ausnahme bildete das sportliche Paar, die Torstenssons, die im selben Fitnesscenter wie Hylander Yoga machten und mit ihr nach dem Training bisweilen einen Vitaminshake getrunken hatten. Sie wirkten aufrichtig bestürzt. Sie beschrieben die Verstorbene als eine sehr zielstrebige, taffe Person. Forss musste an die Handschellen am Bettpfosten denken. Sie erfuhr, dass

Hylander vor vier Jahren in die Straße gezogen war. Per Torstensson konnte sich daran erinnern, dass das Haus damals mehr als vier Millionen Kronen gekostet hatte. Seine Frau Verena erzählte, dass sie Åsa Hylander inspirierend gefunden habe. »Es gibt noch viel zu wenig erfolgreiche Frauen in unserem Land«, sagte sie und wischte sich über die Augen.

Der letzte Nachbar in der Straße war Nisse Norrstedt, bei dem sie am Morgen Kaffee getrunken hatte. Auch wenn Norrstedt zum vermeintlichen Tatzeitpunkt verreist gewesen war, erforderte es ihre Auffassung von Gründlichkeit, noch einmal ausgiebig mit dem Mann zu sprechen. Irgendetwas an seiner Art hatte sie am Vormittag daran zweifeln lassen, dass das Verhältnis zwischen Norrstedt und Hylander rein nachbarschaftlicher Natur gewesen war. Als er ihr die Tür öffnete, blickte ihr ein nervös wirkender Norrstedt entgegen.

»Ich habe vorhin im Polizeipräsidium angerufen. Dort wurde mir gesagt, dass heute noch jemand vorbeikommt.«

»Willst du ein Geständnis ablegen?«

»Um Gottes willen, nein!« Norrstedt sah sie mit offenem Mund an. Diesen Blick kannte sie bereits von ihrem ersten Besuch. »Ich möchte dir etwas zeigen. Komm mit!«

Neugierig, aber auch skeptisch folgte sie ihm in sein Schlafzimmer. Was hatte der Alte vor? Er würde es doch nicht wagen, sie in einem plumpen Versuch auf sein Bett zu ziehen? Eine bewaffnete Polizistin? Wirkte sie etwa so schwach? Wirkte sie wie ein Opfer? Sie bemerkte die verwaschene kindliche Bettwäsche. *Jurassic Park*. So sahen doch wohl keine Betten von hinterhältigen Vergewaltigern aus, oder?

»Hier«, sagte Norrstedt und zeigte auf die Fensterbank. »Das habe ich vor einer halben Stunde entdeckt.« Forss trat näher an die Fensterbank heran. Was meinte Norrstedt denn? Ihr Blick folgte der Richtung seines ausgestreckten Fingers. Sie beugte sich vor. Nun erkannte sie, was er meinte. Neben einer Dinosaurierfigur aus Kunststoff und einem militärisch anmutenden Fernglas lag ein abgekauter Fingernagel.

»Der ist nicht von mir«, sagte Norrstedt und hielt ihr wie zum Beweis seine sorgfältig geschnittenen Fingernägel unter die Nase.

»Okay«, sagte sie gedehnt. »Wer hält sich denn normalerweise außer dir hier im Haus auf?«

»Das ist es ja gerade. Eigentlich niemand. Jedenfalls niemand, der abgeknabberte Fingernägel hinterlässt.«

»Mmh?«, machte Forss. »Und das Fernglas?«

»Wegen der Wasservögel«, antwortete Norrstedt schnell.

Sie nahm ein Paar dünne Latexhandschuhe aus ihrer Handtasche, zog sie über und sicherte den Fingernagel in einem durchsichtigen, verschließbaren Plastikbeutel. Dann hob sie das Fernglas vor die Augen und sah aus dem Fenster. Sie brauchte noch nicht einmal scharf zu stellen. Die Sichtachse hätte nicht besser sein können. In dem müden Gesicht von Bo Örkenrud, der mit einem Kollegen von der Wasserschutzpolizei im von Flutlicht ausgeleuchteten Pavillon der Spurensicherung diskutierte, war jede Falte zu erkennen.

9

Jens Rosén war vierzehn Jahre lang mit Åsa Hylander verheiratet gewesen. Nun lebte er in Värnamo und hatte eine zweite, eine neue Familie. Ingrid Nyström war mit ihm an seinem Arbeitsplatz, einem Küchenstudio, verabredet. Als sie *Roséns Küchenparadies* gefunden hatte, war es bereits nach achtzehn Uhr und die Eingangstür des Ladens war verschlossen. Sie klopfte, Rosén kam und schloss die Tür auf. Er war ein schlanker Mann um die fünfzig. Sein Händedruck war fest und wirkte verbindlich. Seine Tochter Kajsa hatte ihn telefonisch bereits über den Tod seiner Exfrau informiert. Rosén bat Nyström Platz zu nehmen und bot ihr einen Tee an. Dankbar akzeptierte sie das Angebot. Sie hatte schon den ganzen Tag kalte Füße. Während Rosén den Tee zubereitete, sah Nyström sich um. Die Küchenlandschaften, zwischen denen sie saß, wirkten schick, hell und modern. Sie musste an ihre eigene Küche denken. Seit ihr Mann Anders und sie in das Haus in Ör gezogen waren, hatten sie die Küche nicht renoviert. Das war jetzt mehr als 25 Jahre her. Rosén kam mit zwei Tassen Früchtetee und setzte sich zu ihr. Plötzlich verstand sie, warum er sie an seinem Arbeitsplatz empfing. Er wollte sein altes Leben nicht in sein jetziges Zuhause lassen.

»Wann hast du Åsa zum letzten Mal gesehen?«, fragte sie.

»Auf Kajsas Hochzeit«, antwortete er. Sie spürte, dass er sich die Antwort vorher zurechtgelegt hatte. Aber warum auch nicht? Wahrscheinlich hätte das jeder in einer solchen Situation getan. »Das war vor anderthalb Jahren«, fuhr er fort, »im Juli. Ein schönes Fest, die Sonne schien den ganzen Tag.« Er lächelte dünn. »Es tut mir leid um Åsa. So etwas hat sie nicht verdient. Ein Überfall, hat Kajsa mir am Telefon gesagt? War es ein Raubmord?«

»Es ist noch zu früh, um darüber verbindliche Aussagen zu treffen. Fest steht, dass es ein gewaltsamer Tod war. Sie wurde erschlagen, auf sehr brutale Weise.«

Die Verstümmelungen erwähnte sie vorerst nicht. Rosén schüttelte betroffen den Kopf.

»Die arme Åsa«, sagte er.

»Erzähl mir von ihr«, forderte Nyström ihn auf.

Er hob die Hände und ließ sie dann wieder in den Schoß fallen.

»Wo soll ich damit anfangen?«, fragte er.

»Woran ist eure Ehe gescheitert?«

»Wir haben uns wohl auseinandergelebt, auch wenn das wie ein Klischee klingt. Wir haben verschiedene Vorstellungen davon entwickelt, was wir noch vom Leben erwarten. Ich wollte gerne noch mehr Kinder, eine große, lebendige Familie um mich herum haben. Åsa konnte sich das nicht vorstellen. Nicht dass sie Kajsa nicht geliebt hätte, im Gegenteil, die beiden verstehen sich gut … Haben sich gut verstanden. Aber ein weiteres Kind … Lass es mich so ausdrücken: Åsa ist jemand, der viel Zeit für sich braucht und in Anspruch nimmt.« Er nippte an seinem Tee. »Ich will damit nicht sagen, dass sie eine Egoistin ist.« Er überlegte einen Augenblick, kratzte sich am Knie. »Oder vielleicht doch. Ich glaube, wenn ich ehrlich sein soll, dann muss ich es so formulieren: Åsa war im Grunde ihres Herzens egozentrisch. Das Leben drehte sich für sie vornehmlich nur um eine Achse: um sie selbst. Das habe ich irgendwann erkannt. Und ich mochte es nicht.« Er sah Nyström durchdringend an. »Deswegen haben wir uns getrennt. Ich mochte sie einfach nicht mehr. Jedenfalls nicht mehr genug, um für den Rest meines Lebens mit ihr zusammen zu sein. Und sie mich wahrscheinlich auch nicht.«

»Seid ihr im Streit auseinandergegangen?«

»Sagen wir so: Es war für uns alle keine leichte Zeit, am wenigsten wohl für Kajsa.« Er stockte einen Moment. »Manchmal habe ich deswegen immer noch Schuldgefühle. Ich bin sehr froh, dass Kajsa mit ihrem Mann glücklich ist. Aber Åsa …« Er stockte. »Das hat sie nicht verdient.«

»Wer könnte ihr etwas angetan haben?«, fragte Nyström.

Rosén schwieg lange. Mit dem Finger fuhr er über die Maserung der Tischplatte.

»Ich weiß nicht viel über das Leben, das sie nach unserer Ehe geführt hat. Ich wollte es auch nicht wissen. Natürlich hat Kajsa ab und an etwas erzählt. Mein Eindruck war, dass sie keine beständigen Partnerschaften mehr eingegangen ist. Es gab verschiedene Männer, aber es schien nie lange zu halten. Warum kann ich nicht sagen. Eigentlich war sie kein Mensch mit Bindungsangst. Dazu war sie zu selbstsicher. Aber vielleicht hat sie auch einfach ihre Freiheit genossen.«

Nyström holte eine Kopie des Fotos aus der Tasche, das Forss an Hylanders Kühlschranktür gefunden hatte.

»Kennst du diesen Mann?«

Rosén verneinte.

Nyström überlegte, wie weit sie gehen sollte.

»Wir haben Handschellen an ihrem Bettpfosten sichergestellt.«

Rosén stöhnte auf.

»Müssen wir wirklich über ihr Sexleben sprechen?«

»Es wäre womöglich hilfreich für uns.«

Er seufzte.

»Es passt zu ihr«, sagte er schließlich. »Sie mochte so etwas.«

»Was genau?«

»Sie war im Alltag ein sehr bestimmender Mensch. Manchmal geradezu herrschsüchtig. Im Bett war es umgekehrt. Sie liebte es, devot zu sein. Unterwürfig. Sexuell beherrscht zu werden. In einem Maß, das mir selbst irgendwann zu viel wurde. Ich bin da wohl etwas konventioneller.«

»Danke«, sagte Nyström und fühlte, dass ihr das Blut ins Gesicht geschossen war. »Danke für deine Offenheit.«

Die Frage hatte sie Überwindung gekostet. Aber sie ahnte,

dass es notwendig gewesen war. Womöglich hatte der Fall eine sexuelle Dimension.

Sie trank ihren Tee aus und erhob sich.

»Deine Familie wartet bestimmt schon auf dich. Zwei jüngere Kinder?«

»Drei.«

Rosén lächelte noch einmal knapp.

Bestimmt ist er ein guter Vater, dachte sie.

10

Die Mitarbeiter in violetten Overalls, die Bo Örkenrud herübergeschickt hatte, fanden die Einbruchspuren an einem der Kellerfenster. Eine gute Stunde später war anhand der weiteren Spuren klar, dass sich jemand gewaltsam Zutritt zu Nisse Norrstedts Haus verschafft hatte, vom Schlafzimmer aus mithilfe des Fernglases Åsa Hylanders Eisloch beobachtet und einen abgeknabberten Fingernagel zurückgelassen hatte. Der Spurensicherung gelang es, auf dem Fußboden mehrere runde, etwa fünfkronenstückgroße Abdrücke sicherzustellen, die auf dem Eis und in Hylanders Garten nicht bemerkt worden waren. So wie es aussah, war der Einbrecher mithilfe einer Krücke gegangen. Norrstedt hatte unterdessen eine kleine Tasche gepackt. Dass der vermeintliche Täter in sein Zuhause eingedrungen war und von dort aus sein Opfer beobachtet hatte, ging ihm sichtlich nahe. Seine Aufgekratztheit vom Vormittag war verschwunden. Er hatte entschieden, die Nacht im Hotel zu verbringen. Forss offerierte, ihn bis in die Innenstadt mitzunehmen.

Dankbar nahm Norrstedt das Angebot an. Forss' tiefergelegter Achtzigerjahre-BMW hatte mit dem Neuschnee zu kämpfen. Als Norrstedt vor dem BestWestern ausstieg, fiel ihr etwas ein.

»Eine Frage noch: Bist du eigentlich bei Facebook?«

»Ja«, antwortete Norrstedt. »Warum?«

»Dein Besuch bei deiner Tochter. In Kalmar, richtig?«

»Das habe ich gepostet, ja. Ein paar Fotos von meiner Enkelin auf dem Spielplatz. Ich bin auch bei Twitter und Instagram. Ist doch toll, wenn man sein Leben mit der Welt da draußen teilen kann.«

»Unserem Krückenmann hat das wahrscheinlich seinen Logenplatz beschert«, sagte Forss. Sie zog die Beifahrertür mit einem Ruck zu, startete den Wagen und ließ den verdutzten Norrstedt auf dem verschneiten Bürgersteig stehen.

IM NORDOSTEN DER DEMOKRATISCHEN REPUBLIK KONGO, EINIGE JAHRE ZUVOR

Der Angriff erfolgte im Morgengrauen. Mulopo wusste nicht, ob es die Schüsse waren, die ihn geweckt hatten, oder das Kläffen der Hunde.

Neben ihm lagen seine Brüder Cédric und Bawaka. Beide schliefen und atmeten ruhig, ebenso seine Schwester Nyota und die Eltern. In der Hütte herrschte Stille, und auch draußen war es für einige Augenblicke ruhig, bevor das Rattern eines Maschinengewehrs die kühle Morgenluft zerriss, bevor die Hunde ansprangen und er den markerschütternden Schrei einer Frau vernahm. Dann brach die Hölle los.

Mulopo sprang auf, und während er noch die Geschwister wachrüttelte und nach seinen Eltern rief, schlug in der Nachbarhütte eine Granate ein. Die Druckwelle warf Mulopo auf den Boden, gleichzeitig schoss ein Feuerball durch die Türöffnung an die gegenüberliegende Wand. Die Hitze versengte seine Wimpern. Ein grelles Pfeifen stach ihn in den Ohren. Er sah, wie die Haare und der Bart seines Vaters, der sich schlaftrunken auf der Matte aufgerichtet hatte, in Flammen standen und wie sich seine Mutter schreiend das brennende Nachthemd vom Leib riss. Das Pfeifen in seinen Ohren übertönte alles andere, es machte ihn taub. Er spuckte Blut aus und Lehmbrocken, kam taumelnd wieder auf die Beine, blickte in die aufgerissenen Augen seines Vaters, dann auf dessen Mund, der lautlos ein Wort formte: Lauft!

Der Oberkörper seines Vaters kippte weg. Seine Mutter brach neben ihm zusammen. Von der Decke regnete brennendes Stroh auf sie herab. Mulopo zwang sich, den Blick von den versehrten Körpern seiner Eltern abzuwenden. Alles geschah in wenigen Sekunden. Er drehte sich um. Bawaka hatte Nyota an der Hand gefasst und stürmte mit ihr aus der Hütte. Cédric sprang ihm in die Arme und warf ihn dabei beinahe um, aber es gelang Mulopo, das Gewicht seines kleinen Bruders auszubalancieren. Mit langen Schritten eilte auch er nach draußen, gerade noch rechtzeitig, bevor eine zweite Druckwelle die Lehmwände zum Einsturz brachte. Er strauchelte, fing sich und rannte Bawaka und Nyota hinterher. Cédric klammerte sich ihm wie ein junger Affe an den Hals. Im Schein einer weiteren Explosion nahm er aus den Augenwinkeln andere Menschen wahr: panische Nachbarn, fliehende Dorfbewohner, Soldaten. Sie hatten ihre Gewehre im Anschlag, Schüsse zischten durch die Luft. Vor dem dunkelgrauen Himmel über ihm flatterte ein Huhn, die Flügel standen in Flammen. Mit letzter Kraft brach er ins dichte Blattwerk des nahen Buschs, als ihn etwas Hartes an der Schläfe traf und sein Bewusstsein schwand.

DIENSTAG

1

Ingrid Nyström hatte nicht gut geschlafen. In einem intensiven Traum hatte sie einen Bus nach dem anderen verpasst, schließlich war sie auf einem Paar Kinderskiern unterwegs gewesen. Wohin, daran erinnerte sie sich nicht mehr, auch nicht mehr, woher das latente Gefühl von Zeitdruck gekommen war. Eine kurze heiße Dusche vertrieb die Traumbilder aus ihrem Kopf. In der unbeleuchteten Küche nahm sie ein einfaches Frühstück zu sich. Obwohl es bis zur Dämmerung noch einige Stunden dauerte, war es draußen nicht vollständig dunkel. Der Schnee schimmerte. Im Auto lauschte sie den Verkehrsnachrichten. Aufgrund des anhaltenden Schneefalls war überall mit Beeinträchtigungen zu rechnen. Die Räumfahrzeuge kamen kaum hinterher. Die Vorhersage für die nächsten Tage kündigte noch mehr Niederschlag und Temperaturen um den Gefrierpunkt an.

In den Gängen des Präsidiums nahm sie die adrenalindurchtränkte Müdigkeit wahr, die die Kollegen nach einer Nachtschicht mit vielen Einsätzen ausgeschwitzt hatten. Mit einer Tasse Tee ging sie in ihr Büro. Als sie ihren Rechner anschaltete, war es 7.23 Uhr. Sowohl Bo Örkenrud als auch die Pathologin Ann-Vivika Kimsel hatten ihr während der Nacht ihre Berichte zugeschickt. Sie war froh und stolz, dass sie mit Menschen zusammenarbeiten durfte, die zuverlässig und kompetent waren. Kollegen, auf die man sich verlassen konnte. Sie entschied, zuerst den Obduktionsbefund zu lesen.

Dem Gutachten zufolge war Åsa Hylander mit einem axtartigen Gegenstand der Schädel gespalten worden. Die etwa zwölf Zentimeter lange Klinge war dabei tief in den Kopf eingedrungen. Das Hirn war beinahe vollständig geteilt worden. Der Schlag musste mit großer Kraft und Präzision ausgeführt worden sein. Außerdem waren dem Opfer mit zwei glatten, ansatzlosen Hieben bis auf die Daumen alle Finger abgetrennt worden, vermutlich mit demselben Tatwerkzeug. Der Zeitrahmen der Tat wurde auf Freitagabend zwischen 20.00 und 24.00 Uhr bestimmt. Das bedeutete, dass sich Hylanders lebloser Körper zweieinhalb Tage lang in dem eiskalten Wasser befunden hatte. Ihr Mageninhalt bestand aus einem Fisch- und Reisgericht, Resten eines Muffins und Weißwein. In ihrem Blut war eine kleine Menge Alkohol gefunden worden, es gab keine Hinweise auf Medikamente oder Drogen. Diese arme Frau, dachte Nyström, während sie die Fotos der Obduktion betrachtete. Der Anblick eines geöffneten und danach wieder zugenähten Brustraums erfüllte sie jedes Mal aufs Neue mit einer unbestimmten Traurigkeit, bedeutete er doch meistens, dass der Mensch keines natürlichen Todes gestorben war. Vor den Großaufnahmen der abgetrennten Finger verschloss sie die Augen. Sie entschied, sich noch einen Tee zu holen, bevor sie sich an den umfangreichen Bericht der Spurensicherung machte. In der Küche traf sie zu ihrer Überraschung auf Frank Jodenius, den Leiter der zweiten Abteilung der Kriminalpolizei Kronoberg. Obwohl Nyström Jodenius unterstützte, wenn es die Kapazitäten zuließen, war es im Präsidium kein Geheimnis, dass er sie um ihren Posten als Hauptkommissarin und ihre Zuständigkeit für Gewaltverbrechen beneidete.

»Kann ich etwas für dich tun?«, fragte Nyström.

»Die Kaffeemaschine macht Zicken«, sagte Jodenius, grinste und schwenkte genießerisch einen Kaffeebecher. »Ich war so frei, mich bei euch zu bedienen.«

»Das ist Hugos private Kaffeedose.«

»Der Indianer wird's verkraften.«

»Wie bitte?«

Aufgebracht folgte sie Jodenius, der mit der Kaffeetasse in der Hand in den Besprechungsraum stolziert war. Übertrieben schlürfend stellte er sich vor Nyströms Whiteboard.

»Was macht der Sauna-Fall?«

»Ich wüsste nicht, was dich das angeht.«

»Deine Glückssträhne wird nicht ewig halten, werte Frau Hauptkommissarin.« Wieder grinste Jodenius. »*The Times They're A-Changin'*«, flötete er und schlurfte aus dem Zimmer.

»Wenn du noch einmal einen meiner Mitarbeiter beleidigst, lege ich eine Dienstaufsichtsbeschwerde ein«, rief sie ihm empört hinterher.

Und außerdem: Lass Bob Dylan aus dem Spiel, dachte sie zornig und sah dabei zu, wie draußen hinter dem Panoramafenster die Stadt unter einer Schneedecke erwachte.

2

Stina Forss erwachte mit einem Gefühl von Atemnot. Wie so oft hatte sie schlecht geträumt, auch wenn sie sich nach dem Aufwachen selten an etwas Konkretes erinnern konnte. Ihre Bettdecke hatte sie im Laufe der Nacht auf den Boden gestrampelt, ihr Pyjama war durchgeschwitzt, der Kopf dröhnte. Wahrscheinlich hatte sie im Schlaf mit den Zähnen geknirscht. Benommen machte sie sich in der Küche einen Milchkaffee und eine Schale Müsli, dann legte sie sich wieder ins Bett, zog sich die Decke bis über die Brust und las auf ihrem Smartphone Onlinenachrichten. Über den Mord an Åsa Hylander fand sie noch nichts, außer auf einer Facebook-Gedenkseite, die der Schwiegersohn angelegt hatte.

Als Forss aufbrechen wollte, sprang ihr bejahrter BMW nicht an. Sie fluchte. Ihr nächster Nachbar, der ihr Starthilfe geben könnte, wohnte kilometerweit entfernt, ein unfreundlicher Landwirt. Eine vierzigminütige Taxifahrt in die Stadt konnte sie sich nicht leisten und die Busverbindungen waren eine Katastrophe. Sollte sie Knutsson bitten? Aber der wohnte selbst außerhalb der Stadt, gut dreißig Kilometer in die andere Richtung. Sie haderte mit sich, dann tat sie es doch: Kent Vargens Nummer wählen. Sie hasste es, andere Menschen um Gefallen zu bitten. Aus Gefallen wuchsen Verpflichtungen. Vargen nahm sofort ab und sagte, er komme gern. Forss bedankte sich. Sie freute sich sogar, auch wenn sie das Gefühl nicht richtig zuließ. Sie würden nun beide verspätet zu der Besprechung kommen, die Nyström anberaumt hatte. Ihretwegen. Anderseits hatten sie am Vortag alle bis weit in den Abend hinein gearbeitet, also sollte sich die Chefin gefälligst nicht anstellen.

Als Vargen eintraf, hatte er eine Tüte mit Croissants dabei. Erwartete er womöglich etwas? Ein gemütliches Frühstück? Guten-Morgen-Sex? Konnte er vergessen. Ein Überbrückungskabel hatte er nicht dabei, es war an zwei Tankstellen ausverkauft gewesen. Anscheinend war sie nicht die Einzige, deren Wagen Probleme mit der Kälte hatte. Also fuhr sie bei ihm mit. Sie aß die Croissants im Wagen und krümelte sich den Pulli voll. Vargen hatte keinen Appetit, sagte er. Ansonsten redeten sie kaum. Forss gefiel die Musik, die lief. Instrumental und intensiv. Eine Art jazziger Rock, aber nicht so ein beknackter Bluesrock, sondern irgendwie unverbrauchter.

»Tortoise«, sagte Vargen knapp. »Ist schon ein paar Jahre alt. Kann ich dir brennen oder auf einen Stick ziehen.«

»Nein, lass mal«, antwortete sie, prägte sich aber den Bandnamen ein.

Als sie ins Besprechungszimmer traten, saßen Nyström, Delgado und Knutsson bereits an dem lang gezogenen, ovalen Tisch. Nyström warf ihnen tadelnde Blicke zu, jedenfalls kam es Forss so vor.

Sie murmelte als Entschuldigung etwas von ihrem defekten Auto.

Delgado grinste anzüglich.

»Ja, klar«, sagte er.

»Ich habe gerade von Hylanders Obduktion berichtet«, erklärte Nyström. »Lest das später selbst.« Sie schob ihnen geheftete Fotokopien zu. »Jetzt möchte ich zu Bos vorläufigen Untersuchungsergebnissen kommen«, sagte sie und blätterte in ihren Unterlagen.

»Der abgeknabberte Fingernagel«, sagte Knutsson.

»Genau, Lasse«, seufzte Nyström. »Dank der Aufmerksamkeit von Nisse Norrstedt und der unermüdlichen Arbeit von Bos Team, das die ganze Nacht über in den beiden Häusern und auf dem See gearbeitet hat, wissen wir nun mehr über den vermeintlichen Tathergang. Wir können davon ausgehen, dass derjenige, der Åsa Hylander getötet hat, seine Tat gut vorbereitet und präzise ausgeführt hat.«

»Ein skrupelloser, brutaler Mord«, Nyström räusperte sich. »Der Täter ist nicht nur in Norrstedts, sondern auch in Hylanders Haus gewesen. Er hat sich Kenntnisse über die Lebensweise seines Opfers angeeignet, er hat es studiert, beobachtet und schließlich in einem Moment völliger Wehrlosigkeit zur Strecke gebracht.«

»Ein Raubtier«, raunte Knutsson.

»Jetzt mach mal halblang«, sagte Delgado.

Knutsson hob sein bärtiges Kinn, justierte seine Lesebrille und blätterte in den Kopien, die Nyström verteilt hatte.

»Ich finde, Ingrid hat es auf den Punkt gebracht«, sagte er. »Die Einbruchspuren, die Bos Leute in Hylanders Haus gefunden haben, zeigen, dass der Täter mindestens einmal bei ihr zu Hause gewesen ist. Und er muss auch von den regelmäßigen Saunagängen gewusst haben, ansonsten wäre Norrstedts Zimmer kein derart attraktiver Beobachtungsposten für ihn gewesen. Am Freitagabend hat er ihr dann in dem Ufergebüsch neben der Sauna aufgelauert. Dort haben sich seine Fußabdrücke viel besser erhalten als auf den offenen Flächen. Die Abdrücke, die Bo in dem Gebüsch sichern konnte, gehören genau wie die in den Häusern zu Turnschuhen Größe 42.«

»Wer trägt denn bei dem Wetter Turnschuhe?«, fragte Vargen.

»Der Schuhgröße nach können wir eine Frau als Täterin vermutlich ausschließen«, sagte Knutsson.

»Wahrscheinlich«, sagte Nyström. »Und beinahe überall wurden die Krückenabdrücke gefunden«, merkte Nyström an. »Auf der rechten Seite. Deshalb gehe ich davon aus, dass etwas mit seinem rechten Bein nicht in Ordnung ist.«

»Aber wie passt das zusammen?«, fragte Forss, die sich wunderte, dass niemand sonst diese Frage stellte. »Einerseits scheint es sich bei dem Täter um einen Behinderten zu handeln …«

»Das ist nicht der politisch korrekte Begriff, denke ich«, ermahnte Nyström sie und erntete einen irritierten Blick.

»… andererseits scheint er gekonnt eine Axt schwingen zu können. Durch aufgebrochene Kellerfenster kriechen. Unbemerkt durch Wohnungen schleichen.«

»Körperlich beeinträchtigte Menschen können eine ganze Menge«, hob Knutsson an. »Der Nachbar meines Schwagers zum Beispiel …«

»Bos Analyse ist natürlich noch nicht abgeschlossen«, unterbrach ihn Nyström. »Wie ihr in den Unterlagen seht, gibt es unzählige Fasern, Haare, Fingerabdrücke, die noch nicht ausgewertet sind. Aber ich denke, wir haben schon mal einen nicht zu unterschätzenden Eindruck des Modus Operandi bekommen. Wir suchen nach jemandem, der Åsa Hylander um jeden Preis töten wollte und seine Tat mit Weitblick und Sorgfalt geplant hat.«

»Einen Krüppel«, murmelte Forss.

»Ich muss doch sehr bitten!«

Nyström klang sauer.

»Oder jemanden, der eine vorübergehende Verletzung hat«, überlegte Vargen. »Beinbruch, Bänderriss, irgendein Sportunfall zum Beispiel.«

»Wir müssen ihr Umfeld nach jemandem mit einer Gehhilfe durchkämmen«, brummte Knutsson.

»Richtig«, konstatierte Nyström. »Aber das reicht nicht aus. Ebenso müssen wir Krankenhäuser und Arztpraxen kontaktieren. Ich möchte in den nächsten Tagen jede bekannte Bein- oder Fußverletzung Kronobergs auf meinem Schreibtisch haben. Das ist ein Job für dich, Hugo.«

Delgado nahm den Auftrag mit einem demonstrativen Gähnen zur Kenntnis.

»Ich habe die halbe Nacht damit verbracht, Hylanders Festplatten zu durchkämmen«, sagte er. »Falls sich jemand fragt, warum ich heute so blass bin: Die Ursache sind Schlafmangel, Engagement, Aufopferung für die gute Sache.«

»Du Armer«, höhnte Forss.

»Ihr Handy, ihren Privat- und ihren Arbeitsrechner, alles habe ich durchsucht. Um es vorwegzunehmen: mit einem Mann mit Krücke oder Gehstock kann ich nicht dienen, allerdings mit einem Rollstuhlfahrer.«

»Wirklich?«, fragte Knutsson aufgeregt.

»Ein Arbeitskollege von ihr, Måns Ekblad. Interessant vielleicht auch gerade deshalb, weil er sich vor einigen Jahren auf Hylanders Stelle beworben hat. Es gibt eine E-Mail-Korrespondenz zwischen Hylander und einer befreundeten Kollegin, Selma Josefsson, in der die beiden ziemlich über diesen Ekblad lästern. Mittlerweile arbeitet er in einem anderen Bereich der Stadtverwaltung, aber wenn ich die Mails richtig interpretiere, gab es damals einen ausgewachsenen Konkurrenzkampf zwischen unserem Mordopfer und Ekblad, aus dem Hylander als Siegerin hervorgegangen ist.«

»Wenn der Mann an den Rollstuhl gefesselt ist, kommt er ja wohl kaum als Täter infrage«, bemerkte Forss.

»Ich werde mit Ekblad sprechen«, entschied Nyström. »Natürlich auch mit anderen Kollegen.«

»Es gab kürzlich diesen Film auf dem Discovery Channel«, hob Knutsson an. »Manche Querschnittsgelähmte können anscheinend durch reine Willenskraft …«

»Das Bild, das ich von Åsa Hylander gewonnen habe, ist das einer aktiven, willensstarken Frau«, unterbrach ihn Delgado. »Sie war Abteilungsleiterin für den Bereich Wohnen, das bedeutet unter anderem Ausweisung neuer Wohngebiete, Wohngeld, Förderung von Sozialbau, Anmietung und Ankauf von Immobilien für kommunale Zwecke. Die Abteilung ist eng verzahnt mit den Bereichen Stadtentwicklung, Wirtschaft und Finanzen. Unter sich hatte sie mehr als dreißig Mitarbeiter, allerdings dürfte sie überwiegend mit ihren vier Ressortchefs zu tun gehabt haben. In der Hierarchie steht nur der Bürgermeister über ihr. In den späten Neunzigerjahren und nach der Jahrtausendwende war sie politisch bei den *Moderaten* aktiv. Diese Kontakte dürften für ihre Karriere im Rathaus nicht unerheblich gewesen sein. Ihren jetzigen Posten hatte sie seit 2006, danach hat sie ihre politische Aktivität allerdings ziemlich auf Eis gelegt. Man könnte auch sagen: Sie war nun da, wo sie hinwollte. Privat machte sie um die sogenannte Växjöer Gesellschaft wohl eher einen Bogen. Ich habe den Eindruck, dass sie zwei, drei engere Freundinnen hatte und regelmäßig Zeit mit ihrer Tochter verbrachte. In den sozialen Netzwerken war sie kaum aktiv. Sie machte viel Sport. Fitness, Yoga und Reiten. In einem Stall ein Stück außerhalb der Stadt hat sie einen Stellplatz für ihr Pferd gemietet.«

»Was ist mit Männern?«, fragte Nyström.

»Darauf wollte ich gerade zu sprechen kommen, denn das ist für mich ein einziges großes Fragezeichen. Sie hatte bemerkenswert wenig männliche Kontakte und gar keine Kommunikation, die in Richtung Partnerschaft, Flirt oder Ähnliches geht. *Nada*. Bis auf die Telefonnummer, die Hylander am vergangenen Freitagabend gegen acht angerufen hat, das Gespräch dauerte fünf Minuten und war ihr letztes Telefonat, konnte ich alle Anrufe, die sie von ihrem Handy und vom Festnetz aus geführt hat, ihren beruflichen oder privaten Kontakten zuordnen.«

»Was ist das für eine Nummer?«, fragte Forss.

»Sie gehört zu einer nicht registrierten Prepaidkarte, und Hylander hat fast täglich mit ihr telefoniert.«

»Das muss doch ihr Kerl sein«, meinte Knutsson.

»Ihr Exmann ist sich sicher, dass es zeitweise Partner gegeben hat«, sagte Nyström nachdenklich. »Auch wenn sie ihm gegenüber kaum darüber gesprochen hat. Ihre Tochter hat ebenfalls etwas in der Richtung erwähnt. Dass ihre Mutter sehr diskret war, wenn es um Männer ging. Ab und an habe sie vielleicht mal einen Namen erwähnt, aber nicht mehr. Dabei weisen die Handschellen ja darauf hin, dass sie eine sexuell aktive Frau war. Mit gewissen Vorlieben.«

»Zu der Verschwiegenheit passt etwas Merkwürdiges, was ich auf ihrem privaten Laptop gefunden habe. Ich konnte es zunächst nicht richtig einordnen und musste mir Rat in meiner Community suchen.«

»Wo?«, fragte Knutsson.

»Nennen wir es einfach ein Forum sehr computeraffiner Leute.«

»Hacker«, sagte Forss, die von Delgados geschwollener Ausdrucksweise genervt war.

»Jedenfalls weiß ich nun, womit wir es zu tun haben«, erklärte Delgado.

»Auf dem Rechner von Hylander gibt es ein sehr seltenes, exklusives Programm. Es handelt sich um eine Security-Software, die in Hackerkreisen *Pans Labyrinth* genannt wird. Wie der gleichnamige Film, falls den jemand gesehen hat. Diese Art von Programmen kann man eigentlich überhaupt nicht käuflich erwerben, jedenfalls nicht einfach so. Man muss die richtigen Leute kennen und die trifft man nicht gerade auf der Straße. *Pans Labyrinth* ist ein extrem individualisiertes Schutzprogramm. Das Labyrinth funktioniert visuell. Es ist auf die Erinnerung des sogenannten Pans, sprich, des Besitzers zugeschnitten. Die Benutzeroberfläche wirkt völlig banal. Wenn man das Programm öffnet, erscheinen meistens zwei Bilder. Öffnet man das richtige, geht es weiter. Klickt man jedoch auf das falsche, nimmt man also metaphorisch gesprochen die falsche Abzweigung, fliegt man raus. Wenn man sich allerdings für die richtige Abzweigung entschieden hat, steht man nun vor vier Bildern. Danach vor acht, sechzehn, zweiunddreißig, vierundsechzig und so weiter. Von Tor zu Tor wird die Auswahl größer, das Labyrinth verzweigter, schwieriger.«

»Wie weit geht das?«, fragte Nyström.

»So weit man will. Irgendwann wird es auf dem Bildschirm natürlich unübersichtlich. Deshalb gehen die meisten Labyrinthe gar nicht so weit in die Tiefe. Brauchen sie auch nicht. Es ist ähnlich wie bei dieser Geschichte von dem Schachbrett und dem Reiskorn. Schon nach sieben Toren ist die Wahrscheinlichkeit, als Unwissender durchzukommen, kleiner als eins zu zweihundertsechzig Millionen.«

»Wow«, sagte Vargen.

»Warum kein normales Passwort?«, wollte Forss wissen.

»Passwörter kann man leicht vergessen, vor allem wirklich gute, also bedeutungslose Buchstaben und Zahlenkombinationen. Das eigene Bildgedächtnis ist hingegen mächtig.«

»Was passiert, wenn man das falsche Tor nimmt?«, fragte Vargen.

»Nun ja«, sagte Delgado. »Die allermeisten Labyrinthe sind so konstruiert, dass sie maximal drei Fehlversuche akzeptieren, beim vierten fallen sie in sich zusammen. Die Dateien werden unwiederbringlich gelöscht.«

»Wie aufwendig ist so etwas?«, fragte Forss.

»Die Schwierigkeit liegt darin, das Labyrinth so zu bauen, dass niemand von außen die Mauern verschieben kann. Dass es Angriffen standhält. Meine Kontakte sagen, dass man mindestens tausend Dollar für ein eigenes Labyrinth hinlegen muss.«

»Åsa Hylander ist ihre Privatsphäre anscheinend eine Menge wert gewesen«, stellte Nyström fest.

»Und was hat diese Spielerei ihr genutzt?«, fragte Knutsson und wickelte geräuschvoll seine in Alufolie verpackten Butterbrote aus.

»Hat irgendjemand eine Kopfschmerztablette?«, fragte Forss und massierte sich mit den Fingerknöcheln die Schläfen. Vargen brachte aus seinem Jackett einen Streifen Tabletten zum Vorschein, von dem er eine abknickte und sie Forss hinüberschob. »Pans Labyrinth, worum ging es in dem Film noch mal?«

»Ein Gruselmärchen, in dem ein kleines Mädchen die Hauptrolle spielt«, erklärte Delgado. »Eigentlich geht es jedoch um den Faschismus in Spanien.«

»Tausend Dollar«, sagte Vargen. »Das sind fast zehntausend Kronen. Ein Haufen Geld für eine Spielerei. Was ist es wert, so gut versteckt zu werden?«

»Es passt in das Bild von Hylander und ihrem hohen Lebensstandard«, stellte Nyström fest. »Es wird Zeit, dass wir uns ihre Finanzen genauer ansehen. Kent?«

Vargen nickte.

»Hylanders Freundinnen?«, fragte Nyström.

Knutssons Arm schnellte nach oben.

»Nette Frauen? Aber immer doch!«

»Und wer spricht mit ihren Angehörigen in Uppsala?«

Delgado hielt sich sein Tablet demonstrativ vors Gesicht.

»Das bin dann wohl ich«, sagte Forss und spülte die Schmerztablette mit einem Schluck Wasser hinunter. Es wird auch höchste Zeit, aus dem stickigen, überheizten Besprechungsraum herauszukommen, dachte sie. Als sie aufstand, warf ihr Vargen einen Blick zu, den sie nicht deuten konnte. Vielleicht war es wirklich an der Zeit, bald einmal ein klärendes Gespräch zu führen.

3

Lasse Knutsson hielt sein neues Smartphone mit der Konzentration eines Wünschelrutengängers vor sich. Der Straßenname stimmte schon mal, nun ging es um die richtige Hausnummer. Seltsamerweise war der blinkende Punkt auf dem Display einfach nicht mit der verschneiten Wirklichkeit in Einklang zu bringen. Nachdem er sich zweimal um die eigene Achse gedreht, endlich eine Hausnummer entdeckt und schließlich begriffen hatte, dass er bereits viel zu weit gegangen war, steckte er das Ding ein und stapfte verärgert zurück, bis er vor der richtigen Nummer stand, ein Bürogebäude, an dem er schon vor Minuten vorbeigelaufen war. Er sollte Ann-Louise Ahrnbom an ihrem Arbeitsplatz treffen, wo sie als Geschäftsführerin einer Firma angestellt war, die Markisen und Jalousien vertrieb. Ahrnbom erwartete ihn bereits. Sie hatte einen auffälligen orangefarbenen Daunenmantel an und schlug ihm vor, sie zum Mittagessen zu begleiten, gleich um die Ecke gebe es eine annehmbare Pizzeria. Das musste man Knutsson nicht zweimal sagen. Sein letzter Imbiss war zwar noch nicht allzu lange her, aber wie hatte seine Mutter immer gesagt? Was drin ist, ist drin! Sein Arbeitstag war lang, und wer wusste schon, wann es das nächste Mal etwas Vernünftiges geben würde? Während sich Ann-Louise Ahrnbom für einen Thunfischsalat entschied, wählte Knutsson eine Kebab-Pizza. Wenn man schon beim

Italiener war, dann aber auch richtig! Ahrnbom hatte bereits am vergangenen Abend erfahren, was mit ihrer Freundin geschehen war. Sie erzählte, dass sie die ganze Nacht kaum geschlafen habe und unter Schock stehe. Knutsson nahm ihr das ab. Ahrnbom, die er auf etwa fünfzig schätzte, hatte Ringe unter den Augen und sah blass aus. Vielleicht passte auch einfach die Farbe ihres olivgrünen Pullis nicht zu ihrem Teint. Als das Essen kam, pickte sie lustlos darin herum und Knutsson bat sie, von ihrer Freundin zu erzählen. Ahrnbom trank von ihrem Mineralwasser und schob den Salat, den sie kaum angerührt hatte, zur Seite.

»Åsa und ich kennen uns schon seit Ewigkeiten. Es muss Anfang der Neunzigerjahre gewesen sein, als sie nach Växjö gezogen ist, ihrem damaligen Freund und späteren Ehemann zuliebe, Jens Rosén. Vorher hatte sie in Halmstad gelebt, aber eigentlich stammt sie aus der Nähe von Uppsala. Jens hat sie auf einem Turnier kennengelernt, Dressurreiten. Ich kannte ihn aus der Hochschule, wir haben uns beide für kaufmännische Berufe interessiert, er hat später ein Küchenstudio eröffnet und das führt er, glaube ich, heute noch.«

Knutsson brummte etwas Zustimmendes und säbelte ein großes Pizzastück ab.

»Åsa und ich haben uns auf Anhieb gut verstanden«, fuhr Ahrnbom fort. »Ich mochte ihre optimistische, weltmännische Art.«

»Weltmännisch?«, fragte Knutsson kauend. »Ich denke, sie stammt aus einem Kaff bei Uppsala?«

»Sicher. Aber damit meine ich ja auch nicht ihre Herkunft. Es war eher eine Frage ihres Stils, ihres Auftretens. Sie war so selbstbewusst und hatte diese mitreißende Lebensfreude. Sie konnte sonntagsmorgens spontan auf die Idee kommen, im Stadthotel zu frühstücken und Champagner zu bestellen.

Sich einfach mal ein Paar Schuhe für fünftausend Kronen gönnen. Für ein Wochenende nach New York fliegen. Heute sind das ganz normale Dinge, aber vor fünfundzwanzig Jahren … Damals war Växjö nicht die Stadt, die sie heute ist, sondern nicht viel mehr als ein größerer Bauernhof mit angebundener Domkirche. Provinz pur. Es waren Frauen wie Åsa, die Aufbruchstimmung verbreitet und für Fortschritt in der Stadt gesorgt haben. Die die Fenster aufgerissen und den jahrzehntealten Mief aus dem Rathaus geblasen haben. Die dafür eingetreten sind, dass sich Leistung endlich lohnt.«

»Könnte sie sich dabei politische Feinde gemacht haben?«

Knutsson tupfte sich mit einer Serviette die Mundwinkel ab.

Ahrnbom schüttelte energisch den Kopf.

»Diese Verlierertypen mit ihrer altmodischen Vorstellung von sozialer Gerechtigkeit wurden vom Zeitgeist weggefegt. Ich kann mir nicht vorstellen, dass einer von diesen verstaubten Gestalten Åsa etwas angetan hat. Sie ist doch auch schon seit Jahren nicht mehr politisch aktiv. Nein«, Ahrnbom schüttelte ihr feingliedriges, goldenes Armband an ihrem schlanken Handgelenk zurecht, »nein, da muss etwas anderes dahinterstecken.«

Zum ersten Mal blickte sie auf und sah Knutsson in die Augen.

»Was denn?«, brummte er.

Ahrnbom riss ihre sorgfältig geschminkten Augen weit auf, eine Spur zu dramatisch, wie Knutsson fand.

»Neid!«, sagte sie. »Der pure Neid auf eine Frau, die es geschafft hat!«

Knutsson spießte ein Stück Kebab von seinem Teller auf und schob es sich in den Mund. Wie kriegten die Italiener nur diese raffinierte Würze hin?

»Die was geschafft hat?«, fragte er.

»Diesen Lebensstandard zu erreichen. Den Goldstandard, den wir uns alle so sehr wünschen!«

4

Die Bank, die Hylanders Konten führte, hatte ihren Sitz am Stortorget, zu Fuß keine zehn Minuten vom Präsidium entfernt, jedenfalls an normalen Tagen, wenn die Straßen und Bürgersteige nicht vereist waren. Kent Vargen schlitterte und rutschte mehr durch die Fußgängerzone, als dass er ging, seine eleganten Boots waren für die Wetterverhältnisse denkbar ungeeignet, sie passten genauso wenig hierher wie seine modischen Anzüge und sein Stockholmer Akzent. Wenn er den Gedanken zu Ende dachte, war sein gesamtes Selbst hier fehl am Platz. Aber es war ja auch nicht so, dass er eine Wahl gehabt hätte und freiwillig nach Växjö gekommen war. Andere hatten diese Entscheidung über seinen Kopf hinweg gefällt, Männer, denen er seit Langem ausgeliefert war. Sie hatten ihm einen Auftrag erteilt, bei dem er sich bis zu diesem Tag nicht sicher war, ob er ihn überhaupt richtig verstand. Ihm kam er jedenfalls ziemlich sinnlos vor. Nachdenklich wühlte er in der Tasche seines Trenchcoats, drückte zwei verschiedene Tabletten aus ihren Hüllen und warf sie sich im Gehen in den Mund. Andererseits war es nicht seine Aufgabe, das zu beurteilen, außerdem war er ohnehin nicht in einer Position, in der sich jemand um seine Meinung scherte. Wie auch immer, dachte er, wie auch immer. Das Wichtigste war, dass er selbst einigermaßen stabil blieb. Was man so stabil nannte. Dass er funktionierte.

Er kaute die Tabletten, schluckte den bitteren Brei hinunter und betrat die Bankfiliale.

Der Sachbearbeiter Lionel Sjöqvist, der mit ihm die Finanzen von Åsa Hylander durchging, machte zwar einen gepflegten Eindruck, aber man wusste ja nie. Die Vorstellung, dass fremde Bakterien und Viren auf ihn übersprangen, schüttelte ihn. Während Sjöqvist in seinem Rechner nach etwas suchte, reinigte Vargen hinter seinem Rücken die Hand, die er dem jungen Mann zur Begrüßung gegeben hatte, mit einem Desinfektionstuch, zweifelsfrei eine der wichtigsten Errungenschaften der Menschheit, wie er fand. Auf dem angebotenen Stuhl hatte er mit Verweis auf sein geprelltes Steißbein – der Spruch zog immer – natürlich nicht Platz genommen, wer wusste schon, wer vorher dort gesessen und seine widerwärtigen Bazillen verteilt hatte?

Es dauerte nicht lange, bis Sjöqvist auf seinem Bildschirm Hylanders Konten aufgerufen hatte. Es waren zwei, ein Sparkonto, auf dem sich 572.400 Kronen befanden, und ein Girokonto, das ein Saldo von 135.733 Kronen aufwies. Dazu standen noch Anteile an einem Fonds zu Buche, die einen Wert von knapp 200.000 Kronen hatten. Einen laufenden Immobilienkredit hatte Hylander etwa zu einem Drittel abbezahlt. Vargen bat um einen Ausdruck, und nach zwei Mausklicks schnurrte das Papier aus dem Drucker. Er warf einen Blick auf die Zugänge des Girokontos. Zum einen war dort Hylanders monatliches Gehalt, abzüglich von Steuern und Sozialabgaben knapp 35.000 Kronen. Ein ordentliches Einkommen, aber es erklärte das Haus am See und das elegante Auto ebenso wenig wie die teure Einrichtung und die exklusive Mode. Dann entdeckte er andere Beträge, die in unregelmäßigen Abständen auf das Konto eingegangen waren, viermal etwa dreißigtausend Kronen allein in den vergangenen sechs Monaten. Überwiesen von einem Unternehmen, das *Bingsecc* hieß. Als Verwendungszweck war *Consulting* angegeben.

»Was könnte das für ein Unternehmen sein?«, fragte er Sjöqvist.

Der Angestellte zuckte mit den schmalen Schultern, öffnete ein neues Fenster auf seinem Bildschirm und gab den Namen in eine Suchmaschine ein. Vargen sah ihm über die Schulter, wobei er Schuppen auf dem Pullunder des Mannes entdeckte. Sein Magen krampfte. *Bingsecc* war ein Unternehmen, das Sicherheitskonzepte für Immobilienfirmen entwickelte, der Sitz der Firma war in Växjö.

»Vielleicht hätte ich lieber Consultant werden sollen«, kommentierte Sjöqvist.

»Nicht wahr?«, entgegnete Vargen und deutete ein Lächeln an.

5

Trotz des widrigen Wetters fuhr Hugo Delgado mit dem Fahrrad zum Haus von Åsa Hylander. Das hieß, er versuchte es. Er hatte aus Prinzip kein eigenes Auto. Sein Arbeitsplatz war von seiner Wohnung, die in der Stadtmitte lag, zu Fuß erreichbar und wenn er privat irgendwohin musste, ließ er sich meistens von seiner Freundin bringen oder nahm den Bus oder den Zug. Das Geld, das er auf diese Weise einsparte, hatte er jahrelang in eine umfangreiche Comic-Sammlung, in Computerspiele und Computerzubehör gesteckt, aber vor einigen Monaten hatte er mit dem Segelflugschein begonnen, ein neues Hobby, für das er jede Krone gut gebrauchen konnte. Eigentlich hatte er von einem Hubschrauberpilotenschein geträumt, doch die exorbitanten Kosten und der zeitliche Aufwand hatten das Projekt sehr schnell unerreichbar erscheinen lassen. Aber es ging schließlich auch eine Nummer kleiner. Hauptsache, die Idee blieb dieselbe: der alte Menschheitstraum vom Fliegen. Seine Freundin Linda betrachtete das Ganze bisher zwar noch mit hochgezogenen Augenbrauen, war aber gleichzeitig auch froh und dankbar, dass die Symptome einer Midlife-Crisis verschwunden waren, die sie im vergangenen Spätsommer bei ihm diagnostiziert zu haben glaubte.

Obwohl sein restauriertes Militärrad aus den Fünfzigerjahren dicke Reifen mit tiefem Profil hatte, kam er im Schnee kaum voran. Nachdem er zum dritten Mal beinahe weggerutscht war, entschied er, das Rad an einer Straßenlaterne festzuschließen und den Rest des Wegs zu Fuß zu gehen. Es hatte aufgehört zu schneien, die Luft war klar und kühl, und es roch nach Holzfeuern und noch mehr Schnee. Als er endlich Åsas Haus im Wohngebiet Sandsbro am Toftasee erreichte, waren seine Wildlederschuhe völlig durchnässt.

Delgado zog sich die Schuhe aus und lief in feuchten Socken durch ihr Wohnzimmer, wo die Spurensicherung ihre Arbeit glücklicherweise bereits abgeschlossen hatte. Er drehte die Heizung auf und zog sich einen bequemen Sessel heran, sodass er beim Arbeiten die Füße auf den Heizkörper legen konnte. In einem Rucksack hatte er die Festplatte aus Hylanders Laptop und sein MacBook mitgebracht, auf dem sich jedoch ein anderes Betriebssystem befand, das seinen Zwecken weitaus dienlicher war. Das seltene Schutzprogramm, das Hylander auf ihrem Rechner installiert hatte, ging ihm nicht aus dem Sinn. Ganz unabhängig davon, ob es etwas verbarg, das mit ihrem Fall zu tun hatte, weckte es Delgados Neugier und Ehrgeiz. Er wollte versuchen, ob es ihm entgegen aller Wahrscheinlichkeit gelingen sollte, einen Weg durch *Pans Labyrinth* zu finden. Da das Prinzip der Software darin lag, sich maximal an das visuelle Gedächtnis seines Besitzers anzupassen, war Delgado zu der Überzeugung gelangt, dass er nur dann eine Chance hatte, wenn es ihm gelang, sich in die ermordete Frau hineinzuversetzen. Ein Stück weit war ihm das bereits vergangene Nacht gelungen, die er sich mit dem Inhalt von Hylanders Festplatten um die Ohren geschlagen hatte. Es erschien ihm nur logisch, in ihrem Haus am See seine Arbeit fortzusetzen, sich in ihr Leben, ihre Gedanken, ihr Wesen, so gut es ging, hineinzufühlen. Auf analoge Weise. Als seine Füße einigermaßen aufgewärmt waren, machte er sich einen Kaffee und ging Zimmer für Zimmer durch das Haus. Auch wenn er den Einrichtungsstil aufgesetzt fand, musste er zugeben, dass immerhin ein Gestaltungswille vorhanden war. Er betrachtete sorgfältig die großformatigen Fotos von Leuchttürmen und Segelyachten. Wer hängt sich so etwas auf, fragte er sich. Und warum? Waren das deine Träume, Åsa? Hast du sie jemals ausgelebt? Den Atlantik auf einem Segelboot überquert? In einem Leuchtturm übernachtet? Oder waren diese Fotos deine Metaphern für Freiheit? Nachdenklich ging er nach einem halbstündigen Rundgang durch das Haus zu seinem Sessel an der Heizung zurück und fuhr den Computer hoch. Dann öffnete er den Eingang zu Hylanders Labyrinth. Auf seinem Monitor erschienen zwei Bilder, genau so, wie es ihm ein befreundeter Hacker geschildert hatte. Keines der Fotos zeigte eine Yacht oder einen Leuchtturm oder sonst etwas Maritimes. Natürlich nicht, das wäre zu naheliegend gewesen. Aber das hier? Er hatte gehofft, dass das erste Tor einfacher sein würde. Die beiden Fotos zeigten jeweils mehrere Bäume. Einen Ausschnitt aus einem Wald. Das eine waren irgendwelche Nadelbäume, Tannen oder Fichten. Das andere waren Laubbäume. Birken. Das erkannte er an der weiß-schwarzen Rinde.

Puh!

Und nun?

War Hylander ein Laubbaum- oder ein Nadelbaumtyp?

Oder musste man die Frage ganz anders stellen?

Verdammt, wie sollte er denn wissen, was in dem Gehirn eines ihm mehr oder weniger unbekannten Menschen vorging?

Es war unmöglich!

Allmählich erahnte er die Raffinesse des Programms.

Hatte es irgendwo in der Wohnung einen Anhaltspunkt gegeben? Er sah sich um. Ja, der Fußboden war aus Holz. Aber welches? Was wusste er schon von Holzsorten? Eiche? Kiefer? Er hatte keine Ahnung. Wenn er aus dem Fenster über den zugefrorenen, verschneiten See auf das andere Ufer sah, schaute man auf Nadelbäume. War es das? Er bewegte den Cursor auf das entsprechende Bild. Sollte er wirklich? Er hob den Finger und ... dann fiel ihm etwas ein. Er hatte keine Ahnung, woher der Gedanke gekommen war, aber nun war er da. Er stand auf, ging zum Hinterausgang, zögerte eine Sekunde, dann zog er seine Socken aus und lief barfuß durch den Schnee zum Seeufer, wo die Sauna stand. Mann, war das kalt! Bibbernd öffnete er die Tür zu einem engen Vorraum. Er fand die Aufgussöle auf einem kleinen Regal. Dort standen zwei Fläschchen. Eukalyptus, las er, und Birke.

Mmh.

Er öffnete die getönte Glastür zur eigentlichen Sauna. Ein starker Geruch nach Holz, nach Harz kam ihm entgegen. Auf dem Boden stand ein Bottich, darin war Wasser und ein

Bündel zusammengebundener ausgetrockneter Birkenzweige. Delgado lief eilig zurück ins Haus. Er trocknete sich die Füße mit einem Handtuch ab, klaubte seine Socken auf, die er auf der Waschmaschine abgelegt hatte, und nahm sie mit ins Wohnzimmer, wo er sie auf den Heizkörper legte und die nackten Füße daneben. Er hob seinen Rechner wieder auf den Schoß, zählte bis drei, und dann klickte er auf das Bild des Birkenwalds.

6

In dem Moment, in dem Måns Ekblad in seinem Rollstuhl in die Cafeteria der Stadtverwaltung gefahren kam, begriff Ingrid Nyström, dass Åsa Hylanders Kollege auf keinen Fall der Mann sein konnte, nach dem sie suchten. Was sich von Ekblads verstümmelten Beinen in den weiten Jeans erahnen ließ, wirkte auf Nyström so fragil und verletzlich, dass sie an zwei kleine Tiere denken musste, Zwergkaninchen vielleicht, die man in den Arm nahm, um sie zu streicheln. Unvorstellbar, dachte sie, dass Ekblad gehen konnte, geschweige denn eine Axt oder Ähnliches heben. Gleichzeitig erschrak sie über ihre Gedanken. War das nicht herabsetzend und erniedrigend, was sie über diesen Menschen dachte, den sie nicht kannte, mit dem sie noch nie ein einziges Wort gewechselt hatte, war sie womöglich nicht nur unbewusst rassistisch, wie die zwei Seminarteilnehmerinnen ihr gegenüber am Vortag behauptet hatten, sondern vielleicht auch behindertenfeindlich? Wobei: Sagte man heutzutage nicht vielmehr *beeinträchtigt* statt *behindert*? Sie zwang sich, den

Blick von Ekblads Beinen abzuwenden, und dem Mann, der vor ihr in seinem Rollstuhl zum Stehen gekommen war, ins Gesicht zu sehen.

»Die Nebenwirkungen eines Schlafmittels, das meine Mutter während der Schwangerschaft genommen hat«, sagte der Mitte Fünfzigjährige statt einer Begrüßung. Hatte er ihre Gedanken erraten? »Bevor diese Hürde nicht genommen ist, scheinen neue Bekanntschaften in meiner Gegenwart erfahrungsgemäß keinen klaren Gedanken fassen zu können«, schob er hinterher. »Deshalb bringen wir es lieber gleich hinter uns, denn wenn ich dich am Telefon richtig verstanden habe, wollen wir uns über Åsa Hylander unterhalten, statt uns an einer Aufwärmübung in verkrampfter Empathie zu verheben.«

Was für ein Gesprächsauftakt!

Nyström musste schlucken. Ekblads eisblaue Augen fixierten sie.

»Brustkrebs«, sagte sie und war überrascht, wie selbstverständlich und schnell ihr das über die Lippen gekommen war. »Einschließlich Amputation und Wiederaufbau. Vor drei Jahren.«

In Ekblads Augen taute etwas auf. Vielleicht blinzelte er aber auch nur.

»Dann wäre das ja geklärt«, sagte er. »Möchtest du einen Kaffee?«

»Ich kann gerne aufstehen und mich darum …«

»Ist schon okay«, unterbrach er sie. »*You'll be my guest.* Schwarz?«

»Gerne einen Tee, Roibusch oder etwas in der Art, Hauptsache koffeinfrei. Aber soll ich wirklich nicht …?«

Doch Ekblad war bereits auf dem Weg zur Theke. Nyström schämte sich, auch wenn ihr nicht richtig klar war, wofür eigentlich. Sie kramte einen Notizblock aus ihrem

Umhängebeutel sowie gefaltete Ausdrucke der E-Mail-Korrespondenz zwischen Hylander und ihrer befreundeten Kollegin Selma Josefsson. Sie überflog die von ihr markierten Passagen, die sich auf Ekblad bezogen, heftigste Schimpftiraden, gemeine Witze über seine körperliche Beeinträchtigung, übelstes Mobbing. Als Ekblad mit einem Tablett auf dem Schoß wieder zu ihrem Tisch gerollt kam, stopfte sie die Blätter viel zu hektisch zurück in ihren Beutel.

Sie hütete sich davor, dem Mann dabei zu helfen, die Heißgetränke auf den Tisch zu stellen, auch wenn ihr das schwerfiel. Der Roibusch-Vanille-Tee, den Ekblad für sie ausgesucht hatte, duftete vielversprechend. Ekblad selbst trank einen doppelten Espresso.

»Ich glaube, die Kassiererin mag mich«, sagte er und lächelte, während er seine Tasse zum Mund führte. »Sie berechnet mir immer nur einen einfachen.«

Nyström konnte nicht widerstehen, einen schnellen Blick auf die Frau an der Kasse zu werfen, ein junges Ding, deren viel zu enger Rollkragenpullover keinen Raum für Ungewissheit über die Größe und Form ihrer Oberweite ließ. Sofort schoss ihr ein Gedanke durch den Kopf: Ob Måns Ekblad Sex haben konnte? Eine Erektion? Ob er sich selbst befriedigen konnte, wo doch seine Arme so kurz schienen … Sie biss sich auf die Zunge. Was war denn nur mit ihr los? Irgendetwas an diesem Mann brachte sie aus dem Konzept. War es wirklich nur der Umstand, dass er in einem Rollstuhl saß und verkürzte Gliedmaßen hatte?

»Åsa Hylander also«, sagte Ekblad, nachdem er an seinem Espresso genippt hatte. »Hier machen wilde Gerüchte die Runde, wie du dir vielleicht vorstellen kannst.«

»Åsa Hylander ist tot. Sie wurde vermutlich am vergangenen Freitagabend das Opfer eines ungemein brutalen Gewaltverbrechens. Sie ist nach einem Saunagang auf dem Eis des gefrorenen Sees, der an ihren Garten grenzt, verstümmelt und erschlagen worden.«

Ekblad verzog den Mund, bevor er antwortete.

»Ich will ehrlich sein«, sagte er. »Das ist natürlich schlimm. Es ist immer schlimm, wenn ein Mensch getötet wird. Aber im Fall von Åsa Hylander tut es mir nur auf eine sehr abstrakte Art und Weise leid.«

»Was soll das heißen?«

»Ich meine damit leidtun, wie wenn man von einem Bombenanschlag in Bagdad hört oder von einem tödlichen Verkehrsunfall. Aber um Åsa Hylander als konkreten Menschen? Nein.« Er schüttelte den Kopf. »Nein, wirklich nicht.«

»Du hast sie nicht gemocht. Woran lag das?«

»Oh, das beruhte auf Gegenseitigkeit, das kannst du mir glauben. Diese Frau war in meinen Augen eine konsumbesessene Karrieristin, die über Leichen gegangen ist, um das zu erreichen, was sie wollte.«

»Über Leichen?«

»Im übertragenen Sinn natürlich. Ich will damit sagen, dass sie alle Hindernisse auf dem Weg zum Erfolg beiseitegeräumt hat. Und ich war wohl eins dieser Hindernisse.«

»Ihr habt euch auf dieselbe Stelle beworben?«

Ekblad nickte und trank den Rest seines Espressos aus.

»Ein Krüppel mit Sachkompetenz gegen ein eiskaltes Egomonster, das seinen Hunger auf Anerkennung erfolgreich als feministische Durchsetzungskraft inszeniert hat.«

Er klang zum ersten Mal verbittert. Mehrere Wörter, die er benutzt hatte, ließen Nyström aufhorchen. *Krüppel*, *Egomonster*, *feministische Durchsetzungskraft*.

Als Krüppel hatte Stina Forss in der Besprechung Måns Ekblad bezeichnet, allerdings mit einem ironischen Unterton, wie Nyström ihr zugestehen musste.

Egomonster: Hylanders ehemaliger Ehemann, Jens Rosén,

hatte ebenfalls von einem egoistischen Wesenszug seiner Frau gesprochen.

Hatte Hylander ihren beruflichen Erfolg tatsächlich mit vorgeschobenem Feminismus flankiert, wie Ekblad behauptete? Spielte es überhaupt eine Rolle, ob eine erfolgreiche Frau feministische Überzeugungen hatte oder nicht? Trug sie nicht allein schon durch den Umstand, dass sie Erfolg hatte, zur Gleichberechtigung bei, unabhängig davon, was ihre Absichten waren?

»Åsa Hylander hat die Stelle bekommen«, konstatierte Nyström. »Wie kann das sein, wenn du wirklich besser qualifiziert gewesen bist, wie du behauptest?«

Statt sofort zu antworten, massierte Ekblad sich die Nasenwurzel. Nyström ertappte sich dabei, wie sie die Finger an seiner Hand nachzählte. Sie errötete.

»Weißt du was *Wrestling* ist?«, fragte er nach einer Weile.

»Ein Sport«, antwortete Nyström nicht ohne eine gewisse Verwunderung. »So ähnlich wie Ringen, oder?«

»Eine mexikanische beziehungsweise nordamerikanische Variante davon«, erklärte Ekblad. »Eigentlich mehr Show als sportlicher Wettkampf, obwohl das Ganze selbstverständlich eine sehr physische Komponente hat. Die Wrestler sind keine klassischen Kämpfer, sondern stellen bestimmte Charaktere dar, oft sind sie sogar verkleidet und maskiert. Sie verkörpern häufig bestimmte Stereotype, zum Beispiel den Hinterwäldler, den Cowboy, den Über-Macho, den Buschmann oder auch die sexy Amazone. Es gibt die Guten und die Bösen. Manchmal auch welche, die die Seiten wechseln. Die Abläufe der Kämpfe sind vorher geplant und eingeübt worden. Sie folgen einer festgelegten Choreografie, einem Tanz nicht unähnlich. Das bedeutet natürlich auch, dass bereits vor dem Kampf feststeht, wer gewinnt. Das Publikum weiß das, fiebert aber dennoch von der ersten bis zur letzten

Sekunde mit. Es feiert seine Helden, und beschimpft die verhassten Bösewichte. Zu den Veranstaltungen, die in riesigen Hallen stattfinden, pilgern bis zu hunderttausend Zuschauer, Millionen verfolgen die Kämpfe vor dem Fernseher auf den Pay-TV-Kanälen. Die Branche macht weltweit Milliardenumsätze. Die Wrestler sind moderne Gladiatoren, wenn man so will, umjubelte Popstars, und die besten und berühmtesten werden sehr reich. Warum auch nicht, denn obwohl der Ausgang abgesprochen ist, sind diese Kämpfe auf einer anderen Ebene sehr authentisch. Die blauen Flecke, das Blut, die Knochenbrüche: Das alles ist echt. Hundertfünfzig Kilo schwere Muskelberge, die meterweit durch die Luft fliegen, um dann krachend auf dem Rücken zu landen: alles real. Ich bewundere diese Menschen, diese großartigen Sportler, was zum Teil sicherlich durch meine eigene beschränkte physische Kraft zu erklären ist. Irgendwo ganz tief in mir drin wünsche ich mir wahrscheinlich auch so ein Tier zu sein, Hulk Hogan oder der Undertaker.«

»Interessant«, sagte Nyström. »Auch wenn es nicht unbedingt nach dem klingt, was ich unter guter Unterhaltung verstehe.« Ein Lächeln huschte über Ekblads Gesicht. »Aber was hat das mit Åsa Hylander zu tun?«

»Es gibt in vielen Kämpfen diesen einen Augenblick«, fuhr Ekblad fort. »Diesen Moment, in dem der Held den unsympathischen Bösewicht so gut wie besiegt hat. Völlig zerschlagen und am Ende seiner Kräfte kniet er da, vor ihm liegt der Kontrahent bewegungslos auf dem Boden. Der Ringrichter zählt ihn an. Alles ist nur noch eine Frage von Sekunden. Längst sitzt das Publikum nicht mehr, es steht auf den Rängen, ist außer sich, feuert den Helden an. Der Sieg ist zum Greifen nahe. Nur eine Sekunde noch, eine weitere Sekunde. Und dann geschieht es. Aus dem Nichts heraus tauchen zwei Typen auf, jeder Zuschauer identifiziert sie sofort als

Verbündete des geschlagenen Bösewichts. Einer hampelt vor dem Publikum herum und zieht durch seine Beleidigungen die Aufmerksamkeit des Ringrichters für einen Moment auf sich. Im selben Augenblick schlüpft der zweite Mann unter den Seilen hindurch in den Ring. In den Händen hat er die Ringglocke oder einen Klappstuhl oder irgendetwas anderes Hartes, Gefährliches. Hinter dem Rücken des Ringrichters, aber natürlich so, dass ihn jeder in der Halle, jeder zu Hause am Fernseher sehen kann, schleicht sich dieser Halunke an den erschöpften Helden heran und schlägt ihm den Klappstuhl oder was auch immer über den Schädel. Wie vom Blitz getroffen fällt der Held um, sein Angreifer verschwindet, und als der Ringrichter sich wieder zum Geschehen umdreht, legt der eigentlich längst geschlagene Bösewicht mit allerletzter Kraft den Arm auf die Brust des niedergestreckten Helden. Der Ringrichter zählt bis drei, und der Kampf ist aus. Der Böse hat gewonnen. Das Publikum rast vor Zorn, wirft tobend Popcorntüten und Bierbecher nach dem unehrlichen Sieger, aber es nützt nichts, die Entscheidung ist gefallen. Der Ringrichter hat von der schmutzigen Attacke leider überhaupt nichts mitbekommen.«

Ekblad sah Nyström an. Seine auffällig blauen Augen strahlten.

»Ich verstehe, worauf du hinauswillst«, sagte sie nach einer Weile und trank von ihrem Tee. »Du bist in dieser Parabel natürlich der Held, und Åsa Hylander ist deine Kontrahentin. Aber wer sind die Bösewichte, die ihr geholfen haben?«

»Als sich herausstellte, dass es auf einen internen Zweikampf um die Stelle zwischen Åsa und mir hinauslaufen würde, geschah innerhalb von wenigen Tagen zweierlei. Es begann damit, dass in unserer Abteilung Dinge verschwanden, Wertgegenstände von Kollegen. Dem einen wurde das

Handy aus der Jackentasche gestohlen, einer anderen drei Fünfhundertkronenscheine, einer weiteren das ganze Portemonnaie. Nun rate mal, bei wem alles gefunden wurde.«

»Oh«, sagte Nyström.

»Ja«, sagte Ekblad. »Oh. Die Sachen lagen im obersten Regal meines Spinds. Das ich im Leben noch nie benutzt habe. Wie auch? Es ist viel zu hoch für mich. Einen Tag später erfolgte die Anzeige wegen sexueller Belästigung am Arbeitsplatz. Selma Josefsson, eine langjährige Kollegin und ihres Zeichens eine gute Freundin von Åsa, behauptete, ich hätte ihr an den Hintern gefasst.«

Ekblad schüttelte sich. »So etwas würde ich niemals tun. Und dann ausgerechnet noch dieser blöden, eingebildeten Kuh? Das war alles eine ausgemachte Lüge! Ich bin weder ein Dieb noch ein Grapscher! Aber wenn solche Dinge erst einmal in der Welt sind … Ich verdanke es einzig und allein dem Einsatz des Personalrats, dass ich nicht gefeuert wurde.«

»Was wurde aus der Anzeige?«, hakte Nyström nach.

Ekblad lachte auf.

»Die hat Selma schließlich zurückgezogen. Weil ich ihrer Meinung nach vom Leben schon ausreichend bestraft worden bin. Wohlgemerkt nachdem die Personalentscheidung zugunsten von Åsa gefallen war.«

Nyström dachte nach. Viele Andeutungen und Anspielungen aus dem E-Mail-Verkehr zwischen Hylander und Josefsson, die Nyström selbst nach dreimaligem Lesen nicht verstanden hatte, ergaben nun einen Sinn. Sie war sich sicher, dass Ekblads Darstellungen der Wahrheit entsprachen.

»Ich glaube dir«, sagte sie. »Auch wenn das nicht zu meinem Aufgabengebiet gehört: Es könnte sich lohnen, in absehbarer Zeit Anzeige gegen Selma Josefsson zu erstatten.« Sie dachte an die Ausdrucke in ihrem Beutel. »Möglicherweise ist die Polizei im Besitz von Beweismaterial, das die Frau stark belastet. Auch wenn es unter Umständen noch etwas dauern kann, bis es freigegeben wird.«

7

Stina Forss kam zugute, dass vom Småland Airport in Växjö viermal täglich der Flughafen Bromma bei Stockholm angeflogen wurde. Sie erreichte die Hauptstadt gegen Mittag, nahm sich einen Mietwagen und fuhr Richtung Norden weiter. Uppsala war eine knappe Stunde von Stockholm entfernt. Im Gegensatz zum südlichen Landesteil machten hier die Wolken immer wieder für die Sonne Platz, und die ließ die weiten Schneefelder rechts und links der Straße glitzern. Forss war nach Musik zumute, aber nachdem der Suchlauf des Autoradios nur auf plappernde Moderatoren gestoßen war, stellte sie es wieder aus. Um ihr Handy anzuschließen und ihre Lieblingsmusik hören zu können, fehlte ihr das Kabel. Warum dachte sie nie an solche Dinge?

Sie war zunächst mit Linus Hylander verabredet, Åsas jüngerem Bruder, der bei einer Versicherung in Uppsala arbeitete. Als sie die mehrspurige Landstraße verließ und Richtung Innenstadt einbog, die malerisch am Fluss Fyrisån lag, löste die prägnante Silhouette der Domkirche eine Kindheitserinnerung aus.

In einem verregneten Sommer, sie musste fünf oder sechs Jahre alt gewesen sein, jedenfalls waren ihre Eltern damals noch zusammen gewesen, hatten sie in Uppsala eine Tante ihres Vaters besucht, Lena-Marie, eine alleinstehende, selbstbewusste Frau, deren kurz geschnittenes Haar vom selben Rotbraun war wie ihr eigenes. Sie erinnerte sich, in Tante Lena-Marie während der drei oder vier Tage, die sie in Uppsala verbracht hatte, ein Vorbild oder sogar eine Art Seelenverwandte gefunden zu haben. Lena-Marie rauchte wie ein Schlot, war immer auffällig geschminkt, trug Schmuck und hatte Schränke voll hochhackiger Schuhe, die Stina Paar für Paar anprobieren durfte. Sie gingen gemeinsam ins Kindertheater, ins Museum und in ein Musical. Sogar ihr Vater hatte in ihrer Erinnerung gute Laune. Zum Abschied bekam Stina von Lena-Marie eine Pelzboa aus Silberfuchsfell geschenkt, ein wunderbares Stück, das sie zum Ärger ihrer Mutter wie ein Kuscheltier mit ins Bett nahm und sogar wochenlang in der Vorschule trug, bis sie eines Tages mit leuchtend roten Lippen nach Hause kam, die sie sich mit einem wasserfesten Stift angemalt hatte, und ihre Mutter, die trotz ihres Ehemanns, der Berufssoldat war, in den Achtzigerjahren friedensbewegt, feministisch, und latzhosentragend ökologisch interessiert war, die Boa wütend in kleine Stücke schnitt und ihrer verheulten Tochter schimpfend beizubringen versuchte, dass für die blöde Pelzboa erstens unschuldige, süße Tiere hatten sterben müssen und dass zweitens eine ebensolche Silberfuchsboa früher einmal ein Erkennungszeichen von ganz und gar unehrenhaften Damen gewesen sei. Was wohl aus Tante Lena-Marie geworden ist, fragte sie sich. Nach der Trennung ihrer Eltern und dem Umzug nach Deutschland hatte sie den Kontakt zu ihrer Verwandtschaft väterlicherseits größtenteils verloren.

Sie sollte Linus Hylander in einem Café in der Fußgängerzone treffen. Auf einem Parkplatz in der Innenstadt stellte sie den Wagen ab und ging etwa zehn Minuten zu Fuß. Nachdem sie das Café betreten und die Anwesenden in Augenschein genommen hatte, war sie sich sicher, dass Linus

Hylander noch nicht da war, obwohl sie sich selbst um einige Minuten verspätet hatte. Niemand scheint sich mehr um Pünktlichkeit zu scheren, dachte sie, doch dann sah sie, dass ihr ein Mann, der deutlich jünger war als sie selbst, zögerlich zuwinkte. Sie ging auf den Tisch zu und sprach ihn an. Der Mann, den sie auf Ende Zwanzig schätzte, konnte doch wohl kaum Åsa Hylanders Bruder sein.

»Ich bin quasi so etwas wie ein Nachzügler«, erklärte er später, »und meine Eltern waren bei Åsa sehr früh bei der Sache, de facto noch halbe Teenager.«

Quasi.

De facto.

Die beiden Ausdrücke zogen sich wie ein roter Faden durch das Gespräch. Linus Hylander schien sie wie Sprechhilfen zu benutzen, wie Haltegriffe, Prothesen. Aber andere Leute hatten viel schlimmere Sprachticks, dachte Forss, also was soll's? Sie ließ den Mann von seiner Schwester erzählen.

»Die Nachricht von ihrem Tod war *quasi* ein Schock für mich und die ganze Familie.«

»Es kam *de facto* völlig unerwartet.«

»*Quasi* niemand aus der Familie hat eine Ahnung, wer Åsa etwas antun könnte.«

»Sie war *de facto* schon ausgezogen, als ich auf die Welt kam.«

»Wir haben uns *quasi* nur sehr selten gesehen.«

Forss musterte ihr Gegenüber sorgfältig. Linus Hylander hatte dünnes hellbraunes Haar, das modern geschnitten war. Sein weiches Gesicht war trotz des beachtlichen Altersunterschieds dem seiner Schwester nicht unähnlich. Er hatte kleine, gepflegte Hände, mit denen er minutenlang nervös sein leeres Glas drehte. Er trug einen blauen Pullover mit V-Ausschnitt, darunter ein dunkelgraues Hemd und dazu eine Jeans. In seinem ganzen Erscheinen eine unauffällige Person, dachte Forss. Und er spricht über seine Schwester wie über einen fremden Menschen. Wahrscheinlich war sie das auch für ihn, eine Fremde. Deshalb die dauernden Quasis und De-factos. Sprachliche Krücken, die für permanente Selbstvergewisserung und auch einen Hauch von Zweifel standen, ein kleines Restrisko, dass das Gesagte womöglich nicht immer mit dem Eigentlichen deckungsgleich ist. Oder interpretiere ich zu viel hinein, fragte sie sich.

»Wir möchten sie bei uns in Björka beerdigen«, sagte er. »Es gibt dort ein Familiengrab.«

Forss nickte.

»Natürlich«, sagte sie.

Dann holte sie eine Kopie des Fotos aus der Tasche, das sie an Åsa Hylanders Kühlschrank gefunden hatte.

»Kennst du den Mann?«

Linus Hylander nahm das Foto und betrachtete es lange.

»Nein«, sagte er schließlich. »Wer soll das sein? Åsas Freund? Ihr Partner?«

»Das möchten wir auch gerne wissen.«

Forss warf einen Blick auf ihre Armbanduhr.

»Es ist *quasi* Zeit aufzubrechen«, sagte sie. »Ich möchte *de facto* pünktlich bei deinen Eltern sein.«

8

Lasse Knutsson traf Helena Tegner in ihrer Wohnung. Tegner war Bibliothekarin. Der Tod ihrer engen Freundin hatte sie so sehr mitgenommen, dass sie sich für zwei Tage krankgemeldet hatte. Ihr schien es wenig auszumachen, das Gespräch in einem Bademantel zu führen, der nur nachlässig zugeknotet war. Sie hatte Knutsson hereingebeten und während er sich schnaufend aus seinen derben Winterstiefeln mühte und danach im Wohnzimmer Platz nahm, setzte sie in der offenen Küchenzeile einen Kaffee auf. Er sah ihr dabei zu. Ihre langsamen und trägen Bewegungen ließen ihn zu dem Schluss kommen, dass sie ein starkes Beruhigungsmittel genommen hatte, ein Eindruck, der sich verstärkte, als sie sich zu ihm setzte, seinen Unterarm griff und mit schwerer Zunge weinend von ihrer Freundin zu erzählen begann.

Wie nah sie einander gewesen seien.

Wie gut sie sich verstanden hätten.

Wie viel ihr Åsa bedeutet habe.

Knutsson reichte Tegner ein Taschentuch nach dem anderen. Das Make-up, das sie trug, löste sich unter ihrem Tränenfluss auf, verlief in grotesken Schlieren und gab ihrem Gesicht eine unheimliche Wirkung. Knutsson musste an die Figur des Jokers aus den Batman-Filmen denken – Delgado hatte ein Poster von diesem grässlichen Kerl in seinem Büro hängen – , verdrängte den Gedanken aber wieder, denn natürlich tat ihm die Frau leid. Irgendwann stand er auf, ging zu der Küchenzeile und schenkte ihnen beiden erst einmal einen ordentlichen Kaffee ein.

»Mit Milch und Zucker?«, fragte er.

»Mit Schuss bitte«, antwortete sie und deutete mit dem Kinn auf die Arbeitsfläche, wo eine dreiviertel volle Flasche Rum stand.

Obwohl Knutsson Alkoholmissbrauch selbstverständlich nicht gutheißen konnte, goss er Tegner einen großzügigen Schluck ein, schließlich handelte es sich hier um eine Ausnahmesituation. Außerdem konnte es ja nicht schaden, wenn die Frau ein wenig ins Plaudern geriet.

Und Tegner plauderte. Vor allem über gemeinsame Urlaube. Åsa Hylander und sie waren regelmäßig miteinander verreist. Sie waren auf den Malediven gewesen, den Kanarischen Inseln, den Azoren und Madeira. Safari in Kenia, Rundreisen durch Indien und China. Städtetrips durch ganz Europa. Venedig im Frühjahr, Barcelona im Herbst. Wunderbar! Sie seien so ein tolles Team gewesen. Åsa, die dynamische, vorantreibende, sprachbegabte Powerfrau; sie, der ausgleichende, vorausplanende Ruhepol. Und was hatten sie für einen Spaß zusammen gehabt! Unvergessen der Tequila-Sunrise-Abend an der Strandbar auf Koh Samui, an dem sie so betrunken gewesen waren, dass sie ihr Hotel nicht wiedergefunden hatten und schließlich gemeinsam mit zwei schottischen Gentlemen, die wohlgemerkt deutlich jünger gewesen waren als sie, unter freiem Himmel am Meer übernachteten. Oder erst die Reise entlang der Chinesischen Mauer, als auf einmal der Reiseführer mitsamt Bus und Busfahrer verschwunden war und sie zusammen mit zehn anderen Schweden, von denen niemand ein Wort Mandarin sprach, stundenlang durch eine mittelgroße Stadt geirrt waren, bevor sie in einem unscheinbaren Restaurant das beste Fischgericht ihres Lebens gegessen hatten. Oder als sie in der Nacht der Oscar-Verleihung in Los Angeles gewesen und um vier Uhr morgens schließlich in einem Club gelandet waren, in dem George Clooneys Schwester mit ihnen angestoßen hatte.

Die – Schwester – von – George – *Unbelievable* – Clooney!

Bei diesen Worten fing sie erneut an zu weinen. Knutsson gingen langsam die Taschentücher aus. War das der emotionale Höhepunkt ihrer Freundschaft gewesen, fragte er sich, die gemeinsame Begegnung mit der Schwester eines prominenten Schauspielers? Die Vorstellung war irgendwie traurig.

Als sich Tegner etwas beruhigt hatte, fragte er, ob sie eine Idee habe, wer ihrer Freundin etwas so Grausames habe antun können. Doch sie schüttelte nur stumm den Kopf. Er stellte ihr noch einige Fragen zu Hylanders Exmann, der Tochter, dem Arbeitsplatz, doch Tegner sagte kaum noch etwas. Nachdem sie ihren Erinnerungsschwall über mich ausgegossen hat, ist sie vielleicht leer, dachte er. Dennoch stellte er ihr eine letzte Frage. Er kramte eine Kopie des Fotos von Hylanders Kühlschrank hervor. Ann-Louise Ahrnbom hatte den Mann nicht erkannt, aber vielleicht hatte er bei Tegner ja mehr Erfolg.

»Kennst du zufällig diesen Mann?«

Mit tränenverquollenem Gesicht sah sie auf.

»Sicher«, sagte sie, nachdem sie ihr langes Haar zur Seite gestrichen hatte, »das ist Johan.«

»Wer ist Johan?«

»Åsas Freund. Ihr Partner.« Jetzt klang sie verblüfft. »Weiß er denn noch gar nicht, was passiert ist?«

9

Vargen saß in einem Restaurant und blätterte Hylanders Kontoauszüge der vergangenen drei Jahre durch. Die Suppe, die er bestellt hatte, wurde unangerührt kalt; anstatt etwas zu essen, hatte er seine nächste Dosis Tabletten mit einem Weißburgunder heruntergespült, das half ihm, sich auf die Zahlen zu konzentrieren. Die Beträge, die Åsa Hylander über die Jahre von dem Unternehmen für Immobiliensicherheit für ihre Beraterdienste überwiesen bekommen hatte, addierten sich auf 922.562 Kronen. Das war eine Summe, die den Unterschied ausmachen konnte. Den Unterschied zwischen einem ordentlichen und einem sehr guten Leben, dachte Vargen und musste seine Verbitterung hinunterschlucken. Er dachte an sein eigenes, leeres Konto, an die anonyme Einzimmerwohnung am Stadtrand, in der er hauste, an den erbärmlichen französischen Kleinwagen, den er fuhr. Natürlich, er hatte seine Anzüge, seine weißen Hemden, seine italienischen Schuhe, aber das war es dann auch schon. Eine Fassade, genauso aufgesetzt und falsch wie sein ganzes Auftreten. Der verständnisvolle, nette Kollege aus Stockholm. Von wegen. Aber hatte er denn eine Wahl? Nein, hatte er nicht. Er tat böse Dinge, weil man ihn dazu zwang. Warum konnte man ihn zwingen? Weil er früher selbst einmal böse Dinge getan hatte. Er ließ sich einen Wodka kommen, legte eine Serviette über die kalt gewordene Suppe, zahlte die Rechnung und machte sich auf den Weg zu *Bingsecc*. Die Firma lag im nordöstlichen Industriegebiet. Er parkte seinen Wagen zwischen zwei Lkw-Anhängern im Systratorpsvägen und ging den Rest des Wegs zu Fuß. Das Unternehmen hatte seinen Sitz in einem unscheinbaren einstöckigen Gebäude, das weiträumig von einem hohen Zaun mit Stacheldraht umgeben war. Das Rolltor am einzigen Eingang war mit zwei Videokameras gesichert. Er klingelte. In der Gegensprechanlage knackte es mehrmals und nachdem er seinen Polizeiausweis vor die halbkugelförmige Linse einer der Überwachungskameras gehalten hatte, öffnete sich das Tor. Er ging auf das Gebäude zu und registrierte einen Mann mit krummem Rücken, der dabei war, den Hof mithilfe einer Fräse vom Schnee zu befreien. Eine dreistufige Stahlgittertreppe führte zu einer Metalltür. Vargen trat ein und fand sich in einem schmucklosen Büroraum wieder, in dem zwei Männer mittleren Alters und eine jüngere, Kaugummi kauende Frau an Schreibtischen saßen und auf ihre Bildschirme starrten. Im hinteren Bereich des Raums öffnete sich eine Tür und ein dicklicher Mann um die dreißig mit zurückgekämmtem Haar kam ihm entgegen. Zum Glück machte er keine Anstalten, Vargen die Hand zu geben.

»Hans Bingström, Geschäftsführung«, stellte er sich vor. »Bitte komm mit in mein Büro. Was kann ich für die Polizei tun?«

Vargen folgte dem Mann. Der Typ hat *Arsch* auf seiner Affenstirn stehen, dachte er und betrachtete den breiten Hintern des Kerls, den das schlecht geschnittene Jackett nicht verbergen konnte. Er hatte nicht wenig Lust, diesem Fettsack einen ordentlichen Tritt zu verpassen. Irgendwo musste er seine Aggressionen schließlich ablassen. Vielleicht lieferte dieser Bingström ihm ja einen passenden Anlass. Er lehnte den angebotenen Stuhl ab und blieb vor Bingström, der sich hinter seinen Schreibtisch gesetzt hatte, stehen. Vargen hatte sich längst für eine offensive Eröffnung entschieden.

»Åsa Hylander ist tot«, sagte er. »Sie ist brutal ermordet worden.«

»Der Name sagt mir gar nichts«, antwortete Bingström, seine ausgebreiteten Arme und nach oben gedrehten Handflächen sollten wohl seine Ahnungslosigkeit demonstrieren. Vargen erkannte sofort, dass er log. Das Zwinkern, das fahrige Berühren der Mundwinkel mit der Zunge zeigten ihm, dass Hans Bingström erstens sehr wohl wusste, wer Åsa Hylander war, und dass er zweitens auch längst erfahren hatte, dass sie tot war.

»Das wundert mich«, entgegnete er, »denn Hylander war ihren Bankunterlagen zufolge eine langjährige Beraterin deiner Firma.«

»Tja, genau dort liegt vermutlich der Hund begraben«, sagte Bingström mit einem froschartigen Grinsen. Als er sich ein wenig vorbeugte, drängte sein weicher Bauch aus dem knittrigen Jackett heraus und schob sich gegen die Schreibtischplatte. »*Bingsecc* ist nämlich nicht mein Unternehmen, sondern das meines Vaters, Jan-Åke Bingström.«

Er schaute Vargen dabei an, als sollte dieser Name etwas bei ihm auslösen, Bewunderung vermutlich, Respekt oder irgendetwas anderes Tolles. Vargen zuckte mit den Schultern. Was interessierte ihn, wer dieser Provinzunternehmer war?

»Kenne ich nicht«, sagte er.

»*Der* Bingström«, insistierte der Sohnemann, einen Tick unsicherer geworden.

»Und du bist Papas Lehrling, oder was?«

»Ich führe das Tochterunternehmen kommissarisch.«

»Tochterunternehmen, so, so.« Vargen lächelte boshaft. »Und du hast dabei keinen Überblick über das Tagesgeschäft? Über die Firmenberater?«

»Ich habe mehr das *big picture* im Auge«, entgegnete Bingström. »Das Gesamtbild.«

Er klang bereits deutlich kleinlauter als zu Beginn. »Für unser Personal ist Anna-Lisa zuständig.«

Er stand auf, ging zur Tür und rief die Kaugummikauerin herein. Während Bingström wieder in seinem monströsen ledernen Bürostuhl Platz nahm, blieb Anna-Lisa mit einem gelangweilten Gesichtsausdruck und vor der Brust verschränkten Armen im Türrahmen stehen.

»Kennen wir eine Åsa Hylander?«, fragte Bingström seine Mitarbeiterin.

»Ja«, antwortete sie gedehnt und mit einem irritierten Gesichtsausdruck.

»Arbeitet sie für uns?«

Wieder ein gedehntes Ja, wieder dieselbe genervte und zugleich fragende Mimik.

Die Angestellte versuchte, ihrem Chef auf die Sprünge zu helfen: »Die Tagung? Vergangene Woche? Im Wirtshaus Evedal?«

Bingström spielte die lächerliche Scharade tatsächlich weiter.

»Ach, Åsa! Natürlich!« Mit großer Geste fasste er sich an die Stirn. »Nun weiß ich, wer gemeint ist!«

Er machte eine scheuchende Handbewegung. Anna-Lisa drehte sich um und kehrte wieder an ihren Schreibtisch zurück.

»Was für eine Tagung?«, fragte Vargen.

»Dies, das, Ananas. Nichts Besonderes«, wehrte Bingström ab. »Im Grunde nur ein Treffen unserer externen Mitarbeiter und Consultants.«

»Wie Åsa Hylander eine war«, stellte Vargen fest.

»Wie Åsa Hylander eine war«, echote Bingström.

»Worum ging es bei dieser Tagung?«

»Wie ich bereits sagte, waren die Gespräche eher allgemeiner Natur. Perspektiven, Bilanzen, Ausblicke …«

»Hör zu, du fette Sau«, Vargen trat vor und stützte sich mit geballten Fäusten auf den Schreibtisch. Er sprach mit leiser Stimme und sah Bingström dabei in die ängstlich geweiteten Augen. »Ich hab keine Lust, mich noch länger von dir verarschen zu lassen. Entweder erzählst du mir jetzt ganz in Ruhe alles, was du über Åsa Hylander weißt, und druckst mir die Tagesordnung eures Treffens im Evedal samt einer Liste sämtlicher Firmenmitarbeiter und Consultants aus, oder …« Er beugte sich noch weiter vor und fasste nach Bingströms Krawatte.

»Oder?«

Bingström quiekte jetzt fast.

»… oder ich lade dich wegen der Behinderung einer Mordermittlung ins Präsidium vor, wo wir es uns in einem Verhörraum gemütlich machen, nur du und ich und ein altmodisches Telefonbuch vom Großraum Stockholm, das ich extra für diese Zwecke aufbewahre, und wo ich dir ganz in Ruhe deinen schwabbeligen Arsch aufreißen werde.«

»Schon gut.« Der junge Geschäftsführer zitterte. »Schon gut.«

Er hatte jetzt den typischen Gesichtsausdruck eines Menschen, der von klein auf darauf konditioniert worden war, bei Gewaltandrohung einzuknicken, dachte Vargen mit Befriedigung.

10

Der Bildschirm wurde für einen Moment schwarz. Hugo Delgado rutschte das Herz in die Hose. Hatte er die falsche Wahl getroffen? Hätte er sich für die Nadelbäume entscheiden sollen? Doch dann wurde der Monitor wieder hell und teilte sich in vier Bilder auf, allesamt Tierfotos: Ein Cockerspaniel, hechelnd auf einer Wiese stehend, ein braunes Pferd, das Sattel und Zaumzeug trug und mit dem rechten Vorderhuf scharrte, ein Chamäleon auf einem Ast und ein graublauer Hai, der Delgado aus schwarzen ausdruckslosen Augen anstarrte. Er spürte seinen Herzschlag. Er hatte das erste Tor passiert, die richtige Abzweigung genommen und stand nun vor der zweiten Herausforderung. Das Pferd, dachte er sofort, das Pferd! Åsa Hylander war eine passionierte Reiterin gewesen, es musste das Pferd sein. Aber war es wirklich so einfach, so naheliegend? Er hob den Blick vom Monitor und sah auf die Weite des zugefrorenen Sees hinaus. Einzelne Schneeflocken wirbelten durch den Himmel, der eine unbestimmbare Farbe hatte. Bald würde es bereits wieder dämmern. Er rieb nachdenklich seine Nase. Warum kein Pferd, wenn sie gerne ritt? Der Hund dagegen kam ihm willkürlich vor, vor allem im Vergleich zu den beiden anderen Tieren. Ein Chamäleon und ein Hai. Beide waren nach seinem Geschmack zu bedeutungsschwanger. Einem Chamäleon haftete etwas Rückgratloses an. Ein Tier, das sich immer perfekt der Umgebung anpasst. Und ein Hai war ein mitleidsloser Killer. Ein schneller, kräftiger todbringender Raubfisch. Delgado folgte seinem Bauch. Er klickte auf das Pferd.

Der Bildschirm wurde schwarz.

Und blieb es.

Das Labyrinth war in sich zusammengefallen.

11

Ingrid Nyström klopfte an Selma Josefssons Bürotür. Es fiel ihr schwer, der Frau nach dem Gespräch mit Måns Ekblad unvoreingenommen gegenüberzutreten. Wenn Ekblad recht hatte und Nyström die E-Mails, die zwischen Hylander und Josefsson hin- und hergegangen waren, richtig interpretierte, dann hatten sich die beiden befreundeten Kolleginnen zu einem Komplott gegen Hylanders beruflichen Kontrahenten verschworen. Untergeschobener Diebstahl und erst recht ein vorgetäuschter sexueller Übergriff waren Mobbing der schlimmsten Sorte, ernst zu nehmende Straftaten, die nicht nur Ekblad geschadet hatten, sondern ebenfalls allen wahren Opfern von Raub und sexueller Gewalt.

Wütend zwang sich Nyström dazu, Josefsson zugutezuhalten, dass das Komplott noch nicht einwandfrei bewiesen war, auch wenn vieles darauf hindeutete.

Selma Josefsson war eine ausgemergelte Person mit strohigem Haar und gräulicher Haut, wie sie langjährige starke Raucher oft hatten. Nyström hatte sie sich ganz anders vorgestellt, üppiger, draller, eher so wie Monica Lewinsky, was natürlich ein dämlicher Gedanke gewesen war, wie sie nun erkannte. Dem Namensschild an ihrer Tür und den Schaubildern an den Bürowänden hatte sie entnommen, dass Josefsson mittlerweile nicht mehr im Ressort Wohnen tätig war, sondern für die kommunale Abfallbeseitigung, speziell für kompostierbaren Müll. Als sich Nyström auswies und auf Åsa Hylander zu sprechen kam, begann Josefsson auf der Stelle lautstark zu weinen. Nyström, die sonst oft ein starkes Mitgefühl für trauernde Angehörige und Freunde empfand, blieb stehen und wartete, bis sich die Frau etwas gefangen hatte.

»Sie war eine nahe Freundin?«, fragte sie schließlich.

Josefsson nickte schluchzend.

»Sie war ein so guter Mensch«, presste sie hervor.

Ja, sicher, dachte Nyström. Gute Menschen waren die Verstorbenen immer.

Bei Åsa Hylander hatte sie jedoch zunehmend ihre Zweifel.

»Was hat sie denn zu einem so guten Menschen gemacht?«, fragte sie.

Josefsson blickte sie verstört an, Tränen liefen ihr über das Gesicht.

»Sie war tierlieb.«

Mit dieser Antwort hatte Nyström nicht gerechnet.

»Sie hat vor Jahren einen Hund aus dem Tierheim geholt. Den süßen Eddy. Und Geld gestiftet. Für Straßenhunde in Rumänien.«

Nyström musste daran denken, was am Vortag einer ihrer Seminarteilnehmer gesagt hatte.

Hitler war auch Tierfreund und Vegetarier.

Natürlich war es böse, so etwas zu denken.

»Wir wussten bisher gar nicht, dass sie einen Hund hat«, sagte sie.

»Der ist ja auch schon tot«, sagte Josefsson und tupfte sich mit einem längst durchweichten Papiertaschentuch das Gesicht ab. »Genau wie sie-ie-ie.«

Ein neuer Heulkrampf packte sie.

Jetzt trat Nyström doch vor und suchte in ihrem Beutel nach Taschentüchern. Außerdem brauchte sie nun dringend ihr Notizbuch.

»Moment mal«, sagte Nyström, »wann ist ihr Hund genau gestorben?«

»Der arme Eddy?« Josefsson sah sie mit roten Augen an. »Ein paar Wochen vor ihr.«

»Von einem Auto überfahren?«

»Nein, nein. Das dumme, kleine Ding ist einfach abgehauen und nie wiedergekommen.« Dankbar nahm sie von Nyström ein frisches Taschentuch entgegen. »Was ist denn der armen Åsa eigentlich genau widerfahren?«, fragte sie.

12

Das Dorf, in dem die Eltern von Åsa Hylander lebten, lag etwa vierzig Kilometer nordwestlich von Uppsala. Wie viele schwedische Dörfer hatte Björka keinen Ortskern, sondern war vielmehr eine lose Siedlung einzelner Höfe und Häuser. Die vielen verlassenen Gebäude, an denen Stina Forss in der einsetzenden Dämmerung vorbeifuhr, waren ein Zeichen der andauernden Landflucht, mit der die provinziellen Landesteile seit Jahrzehnten zu kämpfen hatten. Fehlende Arbeitsplätze, eine immer industrieller werdende Landwirtschaft, Kindergärten und Schulen, die geschlossen wurden, drängten die jungen Menschen in die Städte und ließen nur die Alten, die Übriggebliebenen und Nutzlosgewordenen zurück, dachte Forss bitter. Manche finanzschwachen Kommunen bemühten sich seit einiger Zeit darum, möglichst viele Asylsuchende aufzunehmen, um die verlassenen Landstriche wieder zu beleben und von den Zuwendungen zu profitieren, die der Staat in Form von Kopfpauschalen für die Unterbringung und Verpflegung zahlte.

Stefan und Astrid Hylander wohnten in einem großen Holzhaus, das einmal zu einem Bauernhof gehört hatte. Forss parkte den Mietwagen vor einer offenen Scheune, die einen rostigen Fuhrpark bejahrter landwirtschaftlicher Geräte in verschiedenen Zerfallsstadien beherbergte. Als sie ausstieg, hörte sie, wie ein Hund anschlug. Sie wartete einen Moment ab, aber da das Bellen nicht näher zu kommen schien, ging sie davon aus, dass das Tier angeleint oder in einem Zwinger untergebracht war. Wie immer, wenn sie einen Hund hörte, dachte sie mit schlechtem Gewissen daran, dass sie vor einiger Zeit bei einem Einsatz einen Vierbeiner hatte erschießen müssen. Sie ging zur Tür und klingelte. Stefan Hylander öffnete ihr. Er war ein großer, schlanker Mann mit grauem Haarkranz und borstigem Bartwuchs, der wenig Ähnlichkeit mit seinen erwachsenen Kindern hatte. Er musterte sie lange und mit abschätzendem Blick, dann bat er sie wortlos herein und führte sie in die Küche. Astrid Hylander, eine mollige Frau, die eine geblümte Schürze trug, stand am Herd und bereitete ein warmes Abendessen zu. Sie wischte sich die Hände an der Schürze ab, gab Forss jedoch nicht die Hand. Sie strahlte dieselbe unterschwellige Abwehrhaltung aus wie ihr Mann. Forss konnte es ihnen kaum verdenken. Sie hatten ihr Kind verloren. Auch wenn es längst erwachsen war, war das etwas Unnatürliches, Falsches. Eltern sollten vor ihren Kindern sterben, nicht umgekehrt. Die Trauer, die Verbitterung grub tiefe Furchen und Falten in die Gesichter der Hylanders. Aber Forss meinte hinter dem Schmerz der Eltern auch noch etwas anderes wahrzunehmen, eine Ablehnung, ja, eine Feindseligkeit ihr gegenüber, die eine andere Ursache haben musste. Weil sie eine Vertreterin der Staatsgewalt war? Oder lag es wirklich nur daran, dass sie die Verkörperung der schlechten Botschaft war, die das Ehepaar am Vortag erreicht hatte? Sie wusste es nicht, und es war ihr im Grunde auch egal. Forss zog den Mantel aus, legte ihn über den Arm und setzte sich unaufgefordert an den Küchentisch. Erst dann sah sie den Gehstock, auf den sich Stefan Hylander stützte. In seiner rechten Hand. Hatte er den Stock schon gehalten, als er ihr die Tür geöffnet hatte? Aber wie konnte sie ihn übersehen haben? Obwohl ihm das Stehen Mühe zu bereiten schien, setzte er sich nicht zu Forss an den Tisch. Auch Astrid Hylander blieb stehen. Forss spürte, dass ihr Puls ein wenig schneller schlug.

»Mein Beileid«, sagte sie, um das Schweigen zu brechen. Die Worte klangen dünn und schienen keinen Widerhall zu finden. Die Hylanders blieben stumm. Forss nahm nun Details der Umgebung wahr. Den verschlissenen Bezug der Küchenbank, auf der sie saß. Die Elektrogeräte, die viele Jahrzehnte alt waren. Die Türen der Küchenschränke, die nicht mehr ganz gerade in den Scharnieren hingen. Ein vergilbter Wandkalender von 1988. Ein ungerahmter Druck, der irgendeine nordische Gottheit abbildete. Das fadenscheinige Hemd, das der Mann trug. Schlagartig wurde Forss klar, dass die Hylanders arm waren. Eine Armut, die, wie die Ablagerungen von Zigarettenrauch im Gewebe der unmodernen Textiltapeten, überall festsaß, eine Armut, nach der das ganze Haus roch, und die das Ehepaar von innen heraus auffraß. Armut, die in einem aufreizenden Gegensatz zum offen zur Schau gestellten Reichtum ihrer Tochter stand. War es das? War das ein Motiv? War es vorstellbar, dass einer der beiden oder beide gemeinsam ihr eigenes Kind getötet hatten? Ging es um Geld, Gier, Missgunst? War das der Grund, warum die Hylanders sie so hasserfüllt ansahen? Weil sie eine Bedrohung war? Forss schluckte trocken. Sie hatte ihre Waffe nicht dabei, schließlich hatte sie mit dem Flugzeug reisen müssen. Und die lokale Polizei war zwar aus formalen Gründen von ihr informiert, aber nicht um Unterstützung gebeten worden. War das leichtsinnig gewesen? Ein unverzeihlicher Fehler, ihrem Hochmut und ihrer Ungeduld geschuldet?

»Wir waren so stolz auf sie«, sagte Stefan Hylander schließlich. Hinkend und auf seinen Stock gestützt, durchschritt er die Küche und setzte sich zu Forss an den Tisch. »Åsa hat es geschafft. Von hier, von Klein-Björka am Ende der Welt bis in den Verwaltungsrat einer großen Kommune.« Seine Unterlippe zitterte heftig. Die große *Klassenreise*. Das schwedische Pendant zum *American Dream*, dachte Forss. Für einen Moment wirkte es so, als wollte der Mann noch mehr sagen, aber dann verschlug es ihm die Sprache. Ob das an der bodenlosen Trauer lag oder an der Last einer Lüge, vermochte Forss nicht zu beurteilen.

»Wann habt ihr Åsa zum letzten Mal gesehen?«, fragte sie vorsichtig.

Die Hylanders warfen sich einen Blick zu.

»Das muss in der Adventszeit gewesen sein«, antwortete Astrid Hylander. Ihre Stimme war heiser und rasselte. »Vor drei Jahren.«

»Vor vier Jahren«, verbesserte sie ihr Mann. »In dem Jahr, in dem Kristina gestorben ist. Eine Nachbarin aus dem Dorf«, erklärte er. »Eine Jugendfreundin von ihr.«

»Sie lebte ihr Leben, wir leben unseres«, sagte Astrid Hylander, die Forss' fragenden Blick richtig gedeutet hatte.

Vier Jahre, dachte Forss, das ist eine lange Zeit. Schnell überschlug sie, wann sie ihre eigene Mutter das letzte Mal gesehen hatte. Das war auch schon fast ein Jahr her, stellte sie nicht ohne Schuldgefühle fest.

»Wie ist sie denn genau … Was wurde ihr angetan?«

Die Stimme von Astrid Hylander klang immer brüchiger.

»Sie wurde erschlagen. Außerdem weisen ihre Hände … gewisse Abwehrverletzungen auf.«

Forss bemühte sich um einen sachlichen Ton.

»Wer könnte ihr so etwas antun?«

Stefan und Astrid Hylander sprachen den Satz gleichzeitig aus.

Entweder sind sie verdammt gute Schauspieler oder sie haben mit dem Tod ihrer Tochter nichts zu tun, dachte Forss.

»Ja, wer könnte ihr so etwas antun?«, wiederholte sie den Satz und bemerkte die Ratlosigkeit in ihrer Stimme.

Sie sah aus dem Fenster. Draußen war es mittlerweile dunkel geworden, nur in der Ferne blinzelte ein einsames Licht.

13

Als Ingrid Nyström am Ende dieses langen Tages nach Hause kam, war sie so müde und abgekämpft, dass sie ihren Mantel hinter der Haustür auf den Boden fallen ließ und ihre Schuhe in die Ecke kickte. Morgen würde sie für Ordnung an der Garderobe sorgen, aber heute nicht mehr. Morgen würden sie den Mantel aufhängen und ihre Strickjacke. Die Schuhe ordentlich hinstellen und am besten auch gleich einfetten, bevor das Leder, angegriffen vom Streusalz und dem feuchtkalten Wetter, Schaden nahm. Die Schuhe waren nicht billig gewesen und in ihren Augen war mangelhafte Pflege eine echte Sünde. Doch jetzt fehlte ihr dazu einfach die Kraft. Sie wollte nichts mehr, als sich einen Eintopf aufwärmen, ein Glas Milch trinken, sich danach zu ihrem Mann ins Wohnzimmer setzen und sich auf der breiten Couch an ihn kuscheln, bis sich ihre Verspannungen lösten und sie einschlief. Sie lauschte ins Haus hinein. Eigentlich hätte sie irgendetwas aus dem Wohnzimmer hören müssen, das genau über ihr im ersten Stock lag. Dienstagabend nach acht Uhr war Anders' Krimizeit, normalerweise würde sein avanciertes Dolby-Surround-System Schüsse, spitze Schreie, quietschende Reifen oder sonstige Actiongeräusche in die Welt hinauspoltern, aber stattdessen vernahm sie eine leise Melodie aus dem Esszimmer. War das Orgelmusik? Johann Sebastian Bach? Ganz eindeutig. Was hatte Anders dazu gebracht, an einem Wochentagabend diese festliche Musik anzumachen? Mit müden Schritten durchquerte sie die Küche. Was war denn hier passiert? Der Herd, die Arbeitsplatte – als sei eine Horde Hunnen hindurchgaloppiert. Die Flecken auf den Fliesen! War das Blaubeermarmelade? Standen da offene Weinflaschen auf dem Tisch? Und warum hatte Anders den Schrank mit dem guten Geschirr …? Jetzt vernahm sie Stimmengemurmel. War ihre Mutter aus ihrer kleinen Dachwohnung nach unten gekommen? Irritiert öffnete sie die Tür zum Esszimmer. An dem festlich eingedeckten Tisch saßen Anders, ihre Mutter und ihre jüngste Tochter Anna. Anna strahlte sie an. Was für eine Überraschung!

Ihr Anflug von Ärger war wie weggeblasen.

Anna!

Ihre Anna!

Sie sollte doch eigentlich in Brighton sein und ihr Studium …

»Hej, Mama«, sagte ihre Tochter und lächelte so verschmitzt, wie nur sie es vermochte. »Ich habe mir ein paar Tage freigenommen. Willst du Weißwein oder Rotwein? Zu meinem *chicken pie* passt beides.«

Nyströms Herz tat einen Satz. Vor plötzlichem Glück pochte es so stark, dass es wehtat.

14

Die Rückreise nach Växjö verlief ohne Komplikationen. Als das Flugzeug gelandet war, schaltete Forss ihr Handy wieder ein. Sie hatte eine SMS von Kent bekommen. Es war zwei Wochen her, dass sie sich das letzte Mal privat getroffen hatten.

Wie sieht's mit heute Abend aus?

Sie freute sich.

Gleichzeitig sträubte sich etwas in ihr. Etwas Starkes, über das sie keine Macht hatte.

Ich komme erst ganz spät zurück, tippte sie. Das war gelogen. *Leider*, fügte sie nach einem kurzen Zögern hinzu. Dann schickte sie die Mitteilung ab und stieg in ein Taxi. Der schwarzhaarige Taxifahrer schwieg die Fahrt über, was ihr entgegenkam. Das Thermometer auf dem Armaturenbrett zeigte minus zwei Grad. Der CD-Player im Autoradio spielte arabische Musik. Ihr gefiel die vage Sehnsucht, die darin zum Ausdruck kam. Am Rückspiegel hing ein Paar Plüschwürfel in den Landesfarben Syriens. Vor der letzten Abzweigung des Wegs, der zu ihrem Haus führte, ließ sie den Taxifahrer anhalten. Hier war die beste Wendegelegenheit auf der ansonsten sehr schmalen Straße. Sie bezahlte und stieg aus. Zum Glück fielen die exorbitanten Taxikosten unter ihre Reisespesen. Nachdem der Wagen umgedreht hatte und fortgefahren war, war es still. Um sie herum war kilometerweit nichts und niemand. Nur Wald, Weiden und kleine Seen unter einer Schneedecke. Von einem plötzlichen, starken Gefühl von Geborgenheit erfüllt, ging sie den Weg entlang auf ihr Haus zu. Dort hinten zwischen den hohen Tannen duckte es sich schon im Mondlicht und wartete auf sie. Wolken schoben sich vor den Mond, und es verschwand wieder im Schatten. Dann sah sie es: Unvermittelt leuchtete hinter einem der Fenster im Untergeschoss ein Lichtstrahl auf! Nun war er wieder weg. Der Schein einer Taschenlampe hinter dem Fenster ihres Arbeitszimmers? Oder war das eine natürliche Reflexion gewesen? Ein verirrter Mondschein, der sich auf der schimmernden Schneedecke gebrochen hatte? Ein Streich ihres Unterbewusstseins? Es war erst einige Monate her, dass bei ihr eingebrochen worden war. Zweimal hintereinander sogar. Möglich, dass noch unterdrückte Ängste in ihr lauerten, dachte sie, obwohl sie für viel Geld ein umfangreiches Alarmsystem installiert hatte, das in keinem Verhältnis zu ihren mickrigen

Besitztümern stand. Das Besondere, das eigentlich Erschreckende an den Einbrüchen war, dass beide Male überhaupt nichts gestohlen worden war. Sie schluckte. Ihre Dienstwaffe befand sich im Präsidium. Im Handschuhfach des BMWs lag jedoch noch eine zweite Handfeuerwaffe, eine unregistrierte Glock, die sie seit Jahren verwahrte. Geduckt trabte sie auf ihr Haus zu, die Fensterfront immer im Blick behaltend. Aber da war nichts, kein Licht, nirgendwo. Zwischen ausgefransten Wolkenfetzen tauchte immer wieder der blasse Dreiviertelmond auf und tauchte die Szenerie in ein Zwielicht. Vereinzelte Schneeflocken tanzten in der Luft. Ihre Schritte im Schnee quietschten, als würde sie auf Styroporkügelchen gehen. Für einen Moment überkam sie das absurde Gefühl, sich in einer Theaterkulisse zu bewegen, so irreal fühlte sich die Situation an. Ihr Puls pochte. Als sie die Garage erreicht hatte, war sie sicher, sich getäuscht zu haben. Dennoch öffnete sie so leise wie möglich das Garagentor, huschte hinein und holte die Glock aus dem Wagen. Mit entsicherter Waffe bewegte sie sich auf die Haustür zu und lauschte erneut. Kein Geräusch, nichts, nur ihr eigener Herzschlag, ihr eigener Atem. Hier war niemand. Trotzdem behielt sie die Pistole in der Hand, als sie aufschloss. Ihr erster Blick galt dem Display der Alarmanlage.

Disarmed.

Ausgeschaltet. Jemand hatte den Alarm deaktiviert. Das war unmöglich! Niemand außer ihr kannte den vierstelligen Code. Es musste sich um einen Irrtum handeln. Oder hatte sie am Morgen vergessen, das System zu aktivieren? Nein, da war sie sich vollkommen sicher. Es musste bedeuten, dass sich doch jemand im Haus befand. Sie zog die Tür sachte hinter sich zu. Sofort wurde es stockdunkel in dem fensterlosen Vorraum, nur das Display der Anlage leuchtete schwach. Sie tippte den Code ein, das System startete eine

Diagnose. Sofort wurde angezeigt, dass das Wohnzimmerfenster offen stand. Ihr Stoffwechsel pumpte Adrenalin. Ihre Wut wurde größer als ihre Angst. Wer wagte es? Wer wagte es, immer wieder bei ihr einzudringen? Mit beiden Händen umgriff sie ihre Glock. Es war sinnlos, Verstärkung anzufordern. Bis die Kollegen bei ihr waren, würde wahrscheinlich fast eine halbe Stunde vergehen. Nein, hier musste sie allein durch. Mit einer energischen Bewegung streifte sie den Mantel ab und machte den Rücken rund. Wie eine kleine, geschmeidige Katze. Mit dem Ellenbogen öffnete sie die Tür zur Küche. Ruckartig zuckte sie mit durchgestreckten Armen in alle Ecken und Winkel. Statische Schatten, sonst nichts. Sie machte Licht. Nein, hier war niemand. Mit schnellen Schritten durchquerte sie die Küche in Richtung Wohnzimmer. Sie atmete ein, sie atmete aus, dann öffnete sie die Tür mit dem Ellenbogen und einem Tritt aus der Drehung heraus. Die Tür flog auf, eine schnelle Bewegung, dann flammte auch hier das Deckenlicht auf. In Sekundenschnelle visierte sie die Sessel, das Sofa, den Tisch an, verschaffte sich mit wenigen Schritten einen Überblick. Nein, auch hier war niemand. Nur das Fenster stand offen. Ihr Hirn arbeitete auf Hochtouren. Die Wärme im Raum verriet, dass es noch nicht lange offen stehen konnte. Sie eilte zum Fenster, sah hinaus. Spuren im Schnee: Jemand war auf die abschüssige Böschung gesprungen, hatte sich mit den Händen abgestützt, war dann auf den Wald zugelaufen. In der Ferne wurde ein Auto angelassen. Es musste auf einem der verzweigten Waldwege stehen. Mit Vollgas fuhr es davon.

Dann war es draußen wieder vollkommen still.

IM NORDOSTEN DER DEMOKRATISCHEN REPUBLIK KONGO, EINIGE JAHRE ZUVOR

Als Mulopo nach dem Überfall wieder zu sich kam, waren seine Hände gefesselt. Er lag auf der Seite, ihm dröhnte der Kopf, das linke Auge war zugeschwollen, die Schläfe blutverkrustet. Sein Bruder Bawaka saß neben ihm, ebenfalls in Fesseln. Ein Soldat in kurzer Uniformhose und kakifarbenem Hemd mit abgeschnittenen Ärmeln stand vor ihnen, ein Gewehr in den Händen, und bewachte sie. In seinem Mundwinkel hing eine Zigarette, er sah gelangweilt aus. Unter seinem rechten Auge befand sich eine wulstige Narbe. Mulopo bemerkte, dass außer ihm und seinem älteren Bruder noch andere Jungen aus dem Dorf gefangen genommen worden waren. Seine Freunde Clément und Andele, beide wie er vierzehn Jahre alt, Falaswa, der wie Bawaka sechzehn war, und der fast erwachsene Laurent, der beim Fußballspielen in der Schule oft der Schiedsrichter war. Sie befanden sich auf der Veranda des Gemeindehauses. Das, was einmal ihr Dorf gewesen war, gab es nicht mehr. Beinahe alle Hütten waren zerstört, manche standen noch immer in Flammen, obwohl seit dem Beginn des Überfalls viele Stunden vergangen sein mussten, denn die Sonne stand mittlerweile hoch am Himmel. Von seinem kleinen Bruder Cédric und seiner Schwester Nyota fehlte jede Spur. Neben der Kapelle lag mindestens ein Dutzend lebloser Körper aufeinandergehäuft. Zwei Hunde zerrten an einem abgerissenen Menschenarm. Aus dem Gemeindehaus hörte man das Wimmern und Schreien von Frauen. Mulopo fragte Bawaka flüsternd nach Cédric und Nyota.

»Kein Gequatsche!«, rief der Wachposten und schnippte seine Zigarette in Mulopos Richtung.

Zum Glück traf er nicht. Dennoch krampfte Mulopo vor Angst der Magen. Waren seine Eltern wirklich tot, unter den rauchenden Trümmern ihrer Hütte begraben? Wo waren seine Geschwister? Hatten ihnen die Soldaten etwas angetan? Er musste an die Geschichten und Gerüchte denken, die seit Monaten in der Gegend um die Mine kursierten. Über die mordenden und raubenden Clans. Über die Rebellengruppen, die Dörfer und Siedlungen niederbrannten und die Bevölkerung zur Arbeit in den Bergwerken zwangen. Über Armeesoldaten, die Frauen vergewaltigten und Jugendliche rekrutierten. Doch so grausam und angsteinflößend diese Berichte und Geschichten auch waren: Niemand im Dorf schien damit gerechnet zu haben, dass die Raubzüge oder die Kämpfe der rivalisierenden Gruppen in ihre Nähe kommen würden. Die Siedlung lag doch in sicherem Abstand südlich der Mine. Wenn seine Eltern, wenn die Lehrerin in der Schule, die Erwachsenen in der Kirche über die Gewalt und das Chaos sprachen, dann hatte es sich für Mulopo immer so angehört, als seien diese Dinge, als seien diese grausamen Geschehnisse ganz weit weg, irgendwo im Nordosten des riesigen Landes, an der Grenze zu Uganda oder dem südlichen Sudan.

Aus dem Gemeindehaus trat ein Mann, er wurde von zwei anderen Soldaten begleitet. Er war groß und muskulös und trug über einem ärmellosen Netzhemd zwei über der Brust gekreuzte Munitionsgurte. Wahrscheinlich war er der Anführer der Gruppe, dachte Mulopo. Obwohl er so stark wirkte, sah sein Gesicht jung aus, er konnte kaum älter als Laurent sein. Mulopo schätzte ihn auf siebzehn oder achtzehn. Seine Haare waren zu dünnen Zöpfchen geflochten. Die beiden Männer, die bei ihm standen, waren älter, bestimmt Mitte zwanzig. Einer hatte ein Gewehr mit einem Bajonett in der Hand, der andere eine Maschinenpistole. Alle drei musterten die Jungen mit abschätzigen Blicken.

»Babys«, schnaubte der Mann mit dem Bajonett und spuckte auf den Boden. Das Weiße in seinen Augen war nicht weiß, sondern rosarot.

»Wir werden sehen«, sagte der Anführer, »wir werden sehen.« Er kniete sich vor Bawaka und packte dessen Kinn. »Der hier sieht kräftig aus.« Er lachte. »Allerdings ist Kraft nicht alles.« Er ließ Bawakas Kinn los und stellte sich wieder hin. Bawaka hatte es nicht gewagt aufzublicken. Mulopo sah, dass die Augenlider seines Bruders flatterten.

»Macht sie los!«, befahl der Anführer.

Der Soldat mit dem Bajonett und der mit der Narbe unter dem Auge machten sich daran, mit groben Handgriffen die Fesseln der sechs Jungen zu lösen. Mulopo und die anderen rieben sich die Handgelenke. Wurden sie freigelassen? Die Art und Weise, in der die Soldaten dabei grinsten, sah jedoch nicht danach aus, dachte Mulopo. Sie wirkten verschlagen, heimtückisch. Er spürte, wie sein Herz klopfte. Was hatten die Männer mit ihnen vor?

»Drei von euch nehmen wir mit«, erklärte der Anführer. »Die mutigsten und härtesten drei. Wir werden euch gut behandeln und zu richtigen Soldaten ausbilden. Ihr bekommt Essen und Waffen von uns.«

»Und Frauen!«, rief der mit der Maschinenpistole.

Alle vier Männer lachten.

»Richtig, Weiber natürlich auch.«

Aus dem Gemeindehaus drangen in diesem Moment spitze Schreie und Gewimmer. Mulopo musste an Nyota denken. War seine Schwester etwa da drin? Sie war doch erst zwölf Jahre alt! Hass und Wut bäumten sich in ihm auf. Er musste sich auf die Zunge beißen, um sich zu beherrschen. Wenn er den Mund aufmachte, würden ihn die Soldaten töten, ohne mit der Wimper zu zucken, so viel hatte er verstanden. Er warf Bawaka einen Blick zu. Sein Bruder sah noch immer zu Boden. Seinem Freund Andele, der neben ihm kniete, liefen Tränen über das Gesicht. Laurent und Falaswa zitterten, Cléments Gesicht glänzte vor Schweiß.

»Vorher«, hob der Anführer an, »veranstalten wir eine kleine Mutprobe, um sicherzugehen, dass wir auch die drei Richtigen aussuchen.« Mit einer ungeduldigen Geste ließ er sich vom Narbenmann das Messer geben. Er kniete sich erneut hin und rammte es vor ihnen in die Holzbohlen der Veranda. Er lächelte. »Wer mit uns kommen will, der muss seine Männlichkeit beweisen, indem er einen anderen von euch tötet. Es ist ganz einfach: Drei leben, drei sterben. Ihr habt zehn Minuten. Wenn dann noch mehr als drei am Leben sind, müsst ihr alle sterben.«

Obwohl Mulopo jedes Wort begriffen hatte, weigerte sich sein Verstand den Sinn zu verarbeiten.

Drei leben, drei sterben.

Der Anführer hatte es sich auf einem Hocker bequem gemacht, die anderen lehnten sich gegen die Pfeiler des Verandadaches. Sie hatten allesamt einen Gesichtsausdruck, wie man ihn als Zuschauer eines spannenden Films oder Fußballmatches hatte. Es schien für sie nicht mehr als ein Spiel zu sein.

Alle sechs Jungen starrten auf das Messer, das vor ihnen im Fußboden steckte. Ein Jagdmesser mit einer gezackten Klinge.

Drei leben, drei sterben.

Mulopo spürte die Zeit verstreichen, er zählte die Sekunden. Bei hundertdreizehn stand Falaswa langsam auf. Seine Unterlippe bebte. Falaswa war ein Außenseiter, dachte Mulopo, er hatte keinen Vater, jedenfalls wusste niemand, wer sein Vater war. Alle im Dorf redeten schlecht über seine Mutter. Es hieß, dass sie eine Hexe war oder eine Hure, auch wenn Mulopo nicht wusste, worin genau der Unterschied bestand. Keiner mochte Falaswa. Aber machte ihn das zu einem Mörder?

Falaswa zog das Messer aus dem Boden. Er weinte, Rotz lief ihm aus der Nase. Regungslos hielt er das Messer in der Hand. Es schien, als würde er nachdenken. Etwas in seinem Gesicht zuckte, einmal, zweimal. Dann ging er mit raschen Schritten auf Laurent zu und stach ihm mit einer schnellen Bewegung das Messer in den Hals. Laurent machte den Mund auf. Er sagte etwas, das man nicht verstand. Es klang, als würde er gurgeln. Er griff sich an den Hals, in dem noch immer das Messer steckte. Falaswa war entsetzt einen Schritt zurückgetreten. Mulopo sah, dass sich ein dunkler Fleck in Falaswas Schritt bildete. Laurent krächzte noch immer Gurgellaute. Blut floss an seinem Hals herab und färbte sein blaues Hemd schwarz. Nach einem endlos erscheinenden Moment kippte sein Oberkörper nach vorne und schlug auf die Holzdielen. Schnell breitete sich eine Blutlache unter ihm aus. Falaswa taumelte auf die Männer zu. Der mit dem Bajonett klopfte ihm auf die Schulter. Falaswa sank in sich zusammen. Dann passierte alles sehr plötzlich. Mit einem Schrei stürzte sich Andele auf Laurents Leichnam und zog ihm das Messer aus dem Hals. Gleichzeitig warf sich Clément auf ihn. Die beiden Freunde rangen miteinander. Nein, dachte Mulopo, das kann nicht sein! Das darf nicht sein! Seine beiden besten Freunde! Zwischen den gleich starken Jungen entbrannte ein heftiger Kampf. Die vier Soldaten feuerten sie an. Clément gelang es, Andele auf den Boden zu drücken. Er presste die Knie auf Andeles Handgelenke. Die Jungen spuckten und schrien sich an. Solche Gesichtsausdrücke hatte Mulopo noch nie bei ihnen gesehen. Andeles Hand entglitt das Messer. Clément ließ seine Stirn auf Andeles Nase krachen. Blitzschnell packte er das Messer und stach es tief in Andeles Augenhöhle. Mit einem grauenhaften Geräusch, mehr ein Röcheln als ein Husten, verließ das Leben Andeles Körper. Ein Bein zitterte noch ein wenig, dann blieb Andele reglos liegen. Heulend stand Clément auf und blickte zu Mulopo und Bawaka hinüber.

»Guckt mich nicht so an!«, schrie er. »Guckt mich nicht so an!«

Die Soldaten klatschten höhnisch Beifall. Aus dem Gemeindehaus traten zwei weitere Männer in Uniform. Sie hielten qualmende Marihuana-Zigaretten in der Hand und musterten belustigt die Szenerie. Clément torkelte weinend und wie irre um sich schlagend und tretend zum Dorfrand. »Guckt mich doch nicht so an!«, rief er immer wieder.

Der Anführer sah auf eine seiner drei klobigen Armbanduhren, die er am Handgelenk trug, dann blickte er zu Mulopo und Bawaka.

»Noch zwei Minuten«, sagte er grinsend.

Der süßliche Duft des Marihuanas vermischte sich mit dem metallischen Geruch des Bluts. Mulopos Magen rebellierte, aber es gelang ihm, den Brechreiz zu kontrollieren. Die Brüder rührten sich nicht. Beide hatten den Blick auf den Boden geheftet. Mulopo hörte das Wimmern der Frauen im Gemeindehaus, das Summen der Fliegen, die sich auf Andeles zerstörtes Gesicht niederließen und das Rauschen der Bäume im nahen Wald. Vielleicht war es auch nur das pochende Blut in seinen Ohren. Noch weniger als zwei Minuten, dachte er, dann bin ich tot. Dann sind wir beide tot. Denn er wusste, dass er seinen Bruder nicht würde töten können. Und sein Bruder würde ihn nicht töten können. Da war er sich sicher. Sollten die verfluchten Soldaten also sie beide ermorden. Dann kommen wir wenigstens zusammen in den Himmel, dorthin wo Mutter und Vater schon auf sie warteten, wahrscheinlich gemeinsam mit dem kleinen Cédric und Nyota. Dort wären sie wieder vereint, zusammen mit dem lieben Gott.

»Tu es!«, sagte Bawaka neben ihm. »Töte mich!«

»Nein«, antwortete er und schüttelte den Kopf.

»Tu es!«, befahl Bawaka.

»Nein! Niemals! Wir kommen zusammen in den Himmel und …«

Bawaka lachte auf.

»Dummkopf!«, zischte er. »Schau nach oben!«

Mulopo hob den Kopf und sah in den Himmel.

»Was denn?«

»Da ist nichts!«, flüsterte Bawaka. »Da ist nur Luft! Da ist kein Gott! Es gibt keinen Himmel!«

»Aber …«

»Tu es!«

Die Blicke der Soldaten flogen hin und her, als würden sie eine Tischtennispartie verfolgen.

»Niemals!«, rief Mulopo.

Bawaka sog hörbar Luft ein.

»Dann tue ich es!«, sagte er.

Er kroch zu Andele und zog ihm das Messer aus dem Kopf. Er sah ein letztes Mal zu Mulopo hinüber, dann reckte er sein zitterndes Kinn in die Luft und trennte sich mit einer kraftvollen Bewegung die Kehle durch. Der zuckende Blutstrahl malte rote Fontänen in den blauen Himmel.

MITTWOCH

1

Stina Forss hatte wieder schlecht geschlafen. Sie betrachtete die Waffe, die auf dem Nachttisch lag und dachte über das nach, was am Vorabend geschehen war. Zum dritten Mal war jemand in ihr Haus eingedrungen. Ein Profi, der keine Schwierigkeiten gehabt hatte, ein teures Alarmsystem zu überwinden. Wieder war ihrem ersten Eindruck nach nichts gestohlen worden. Was zum Teufel wollte der Eindringling hier? Was hatte er in ihrem Haus zu schaffen? Wollte er etwas von ihr? Suchte er nach etwas? Aber bei ihr gab es doch nichts zu holen. Genauso wenig verstand sie sich selbst. Warum zögerte sie, Hilfe in Anspruch zu nehmen? Ihre Kollegen zu informieren? Warum hatte sie solche Schwierigkeiten damit, andere ins Vertrauen zu ziehen? Warum wollte sie immer alles allein bewältigen? Sie wusste es nicht, sie wusste nur, dass es sich richtig anfühlte, vorläufig mit niemandem darüber zu sprechen.

Forss machte sich ein kleines Frühstück, duschte und zog sich an. Anschließend ging sie nach draußen, um den Spuren zu folgen, die der Einbrecher in der Nacht im Schnee hinterlassen hatte. Wie sie vermutet hatte, führten sie am Waldrand und einer Wiese entlang durch einen Baumgürtel aus Kiefern, Birken und Espen bis zu einem schmalen Schotterweg, der nach mehreren Abzweigungen zurück auf die Landstraße führte. Der Eindringling musste über Ortskenntnisse verfügen. Soweit sie die Fußspuren richtig deutete, war der Einbrecher nicht durch das Wohnzimmerfenster eingestiegen, sondern durch die Vordertür gekommen. Anders war es auch nicht zu erklären, dass das Sicherheitssystem ausgeschaltet werden konnte, ohne dass vorher ein Alarm registriert worden war. Was sollte sie nun tun? Die Alarmanlage aufrüsten und die Fenster vergittern? Ihre innere Barriere überwinden, endlich mit einem ihrer Kollegen sprechen und den Einbruch anzeigen? Sie wusste es nicht. Als Sofortmaßnahme änderte sie zumindest den Code der Anlage. Dann schminkte sie sich. Gleich würde Kent bei ihr sein, und diesmal würde er ein Überbrückungskabel dabeihaben.

2

Ingrid Nyström war vor mehr als zwei Stunden aufgestanden, aber ihre Müdigkeit und das unangenehme Gefühl, dass sie am Vorabend etwas zu viel Wein getrunken hatte, waren hartnäckig und ließen sich nicht aus den Gliedern schütteln. Auch ihre Mitarbeiter, die seit einer guten Stunde im Besprechungszimmer versammelt waren und die Ermittlungsergebnisse des Vortags diskutierten, sahen übernächtigt aus. Lasse Knutsson lag mehr in seinem Bürostuhl, als dass er saß, und döste mit halb geschlossenen Augen vor sich hin, Stina Forss hatte dunkle Ringe unter den Augen, Hugo Delgado trank abwechselnd von einem Kaffee und einem Energydrink. Nur Kent Vargen schien wach und aufmerksam wie immer.

»Gehen wir die nächsten Punkte durch.« Nyström hatte das Gefühl, zum wiederholten Male die Initiative zu ergreifen. »Stina, kannst du deinen Bericht mit ein paar Worten erläutern?«

»Sicher. Åsas Bruder Linus halte ich für harmlos. Er hat einen Sprachtick und ist fast zwanzig Jahre jünger als sie, man spürt die Bewunderung für die große Schwester, gleichzeitig war mein Gefühl, dass er sie kaum kannte. Gesehen haben sie sich seiner Aussage nach zum letzten Mal vor zehn Monaten bei einem gemeinsamen Musicalbesuch in Stockholm. Davor fast zwei Jahre lang gar nicht. Sie haben ab und an miteinander telefoniert, aber das war es dann auch schon. Der Kontakt zwischen Åsa und ihren Eltern war noch sporadischer. Sie hatten sich den Angaben ihrer Eltern nach seit vier Jahren nicht getroffen. Auffällig fand ich, dass die Eltern dem Anschein nach in relativer Armut leben. Sie sind stolz, dass ihre Tochter Karriere gemacht hat, aber mein Eindruck war, dass von Åsas Geld nichts zu ihnen geflossen ist. Ob sie darüber verbittert sind, kann ich nicht sagen. Der Vater, Stefan Hylander, benutzt übrigens einen Gehstock, sein rechtes Bein ist steif, Arthrose. Er ist zweiundsiebzig und machte auf mich keinen rüstigen Eindruck, aber ich bin beileibe keine Ärztin. Zur Tatzeit waren die Eltern zu Hause in ihrem

Dorf außerhalb von Uppsala, aber außer ihnen kann das niemand bezeugen.«

»Sollten wir sie uns näher ansehen?«, fragte Nyström.

»Solange wir keinen konkreteren Ermittlungsansatz haben, können wir es uns kaum leisten, es nicht zu tun«, antwortete Forss.

Nyström nickte und machte sich eine Notiz.

»Gibt es mittlerweile Neuigkeiten über den Besitzer der Prepaidkarte, den Åsa Hylander kurz vor ihrer Ermordung angerufen hat«, fragte sie.

»Nein«, antwortete Delgado und gähnte ausgiebig. »Da wird auch wahrscheinlich nichts mehr kommen. Die Karte ist nicht zuzuorden. Ich habe die Nummer sicherheitshalber noch einmal durch alle Register gejagt, aber es sieht nicht so aus, als sei sie landesweit in irgendeiner Ermittlung schon einmal aufgetaucht. Man kauft diese Karten im Supermarkt oder im Kiosk, Ingrid. Wenn sie leer sind, lädt man sie auf oder wirft sie weg. Unsere Karte wurde noch nie aufgetankt, sagt der Mobilfunkanbieter, ansonsten hätten wir unter Umständen Kreditkartendaten gehabt. Das kann natürlich immer noch passieren, ich glaube aber nicht daran.«

»Warten wir es ab«, sagte Nyström. »Gut Ding will manchmal Weile haben. Bist du mit dem Sicherheitsprogramm, diesem Labyrinth, weitergekommen?«

»Nicht entscheidend. Ich bin ziemlich bald rausgeflogen, ehrlich gesagt. Ob es eine zweite Chance gibt, weiß ich noch nicht.«

»Was ist mit dem Foto, das an ihrem Kühlschrank hing?«, fuhr sie fort. »Lasse, du hast Neuigkeiten?«

Knutsson richtete seinen massigen Oberkörper auf und setzte sich gerade hin.

»Richtig, das Foto. Hylanders Freundin Helena Tegner hat den Mann erkannt. Hylander hat ihr das Foto vor zwei Monaten in einem gemeinsamen Kurzurlaub gezeigt. Persönlich begegnet ist sie dem Kerl allerdings nie. Er heißt Johan und war angeblich schon seit einiger Zeit Hylanders Freund. Freund im Sinne von Liebhaber, wenn ihr versteht, was ich meine.«

»Ja, Lasse, wir verstehen, was du meinst«, sagte Forss und warf dabei Vargen einen Blick zu, der Nyström auffiel, den sie aber nicht entschlüsseln konnte.

»Ein wenig merkwürdig ist doch, dass dieser Johan uns nirgendwo sonst untergekommen ist«, sagte sie, »oder irre ich mich da?«

Allgemeines Kopfschütteln.

»Weder im Netz noch auf ihren Festplatten«, sagte Delgado. »Kein Johan, nirgendwo. In der Stadtverwaltung arbeiten zwar zwei Johans, einer sogar direkt unter ihr, die sehen aber beide ganz anders aus.«

Nyström befestigte das Foto mit einem Magneten an ihrem Whiteboard.

»Wer ist dieser Johan, und warum ist Hylander so geheimnistuerisch mit ihm umgegangen?«, fragte sie.

»Womöglich ist der Mann verheiratet«, schlug Knutsson vor.

»Wir sollten auf jeden Fall den Namen und das Bild noch weiter streuen«, merkte Forss an. »Nachbarn, Kollegen, Freunde. Irgendjemand muss den Kerl doch kennen. Vielleicht sollten wir es veröffentlichen: Zeitungen, Fernsehen, Internet.«

»Das wäre in der Tat die *Ultima Ratio*«, sagte Nyström.

»Redet neuerdings die halbe Welt Latein?«, fragte Forss.

»Wie kommst du darauf?«, wollte Nyström wissen.

»*Modus Operandi, quasi, de facto, Ultima Ratio*«, zitierte Forss.

»Das ist Latein?«, fragte Knutsson.

»*Oh, mein Gott, Bildungsland Schweden*«, sagte Forss auf Deutsch.

Nyström verstand zwar nicht genau, was das bedeutete, erahnte es aber. Da war sie wieder, die Spannung zwischen Forss und ihr, die sich bei jeder Zusammenarbeit früher oder später einstellte.

»Dann wäre da noch die Sache mit diesem Bingström«, wechselte Vargen das Thema, wofür Nyström ihm einerseits dankbar war, andererseits aber nicht.

Bingström.

Der Name beschwor eine sehr unangenehme Erinnerung herauf. Es war einige Jahre her, dass Jan-Åke Bingström, der Vater von Hans Bingström, am Rande einer anderen Ermittlung aufgetaucht war. Damals kam heraus, dass der Immobilienmakler einen Mann über Jahrzehnte erpresst hatte. Kurz nachdem Bingström ins Visier der Polizei geraten war, war Ingrid Nyström auf dem Nachhauseweg überfallen und zusammengeschlagen worden. Sie war sich sicher, dass Jan-Åke Bingström dafür verantwortlich gewesen war, auch wenn sie dafür keine Beweise hatte und seine Tat bis zu diesem Tag ungesühnt geblieben war. Die Erpressung jedoch hatte Bingström eine mehrjährige Haftstrafe eingebracht. Wie es schien, führte sein Sohn Hans einen Teil der Immobiliengeschäfte weiter.

»Ich habe mich ein wenig schlau gemacht«, fuhr Vargen fort. »Die *Bingsecc*, die Sicherheitskonzepte und Wachdienste für Immobilien anbietet, ist eine Tochterfirma von *Bingström Immobilien AB*, einem Maklerbüro, das von Jan-Åkes Ehefrau geleitet wird, solange er noch einsitzt.«

»*Växjö wächst*«, sagte Forss leise.

»Wie bitte?«, fragte Nyström unwirsch.

»Nichts, das ist nur der Slogan des Unternehmens.«

»Jedenfalls hatte Åsa Hylander einen gut dotierten Beratervertrag mit *Bingsecc*. Ein sehr lukrativer Nebenverdienst. Im Laufe der vergangenen Jahre hat sie annähernd eine Million Kronen kassiert.«

Delgado stieß einen Pfiff aus.

»Alle Achtung«, sagte Nyström kopfschüttelnd, »Hylander hatte anscheinend die Chuzpe, das Insiderwissen, das sie zweifellos ihrer Stelle im Rathaus verdankte, nebenbei gewinnträchtig zu verkaufen.«

»Wofür genau hat man ihr denn so viel Geld bezahlt?«, wunderte sich Forss.

»Dass man so etwas ungestraft darf!«, schimpfte Knutsson. »Man sollte doch erwarten, dass der Gesetzgeber …«

Weiter kam er nicht.

Die Tür flog auf, und als Nyström das Gesicht des Kollegen Olsson sah, wusste sie auf der Stelle, dass etwas Furchtbares geschehen sein musste.

3

Der Volvo XC70 raste über die L30 nach Norden. Die kleine Ortschaft Lammhult lag knapp vierzig Kilometer von Växjö entfernt. Knutsson, der das Einsatzfahrzeug lenkte, benötigte kein Navigationsgerät; er kenne das besagte Waldgebiet vom Angeln her, knurrte er, ansonsten sagte er nicht viel, und auch Forss und Vargen schwiegen die meiste Zeit. Nyström und Delgado folgten in einem zweiten Fahrzeug, die Spurensicherung in einem dritten und vierten. Der flechtengraue Himmel hing tief über ihnen und drohte mit weiterem Schneefall, die Digitalanzeige auf dem Armaturenbrett zeigte eine Außentemperatur knapp unter dem Gefrierpunkt. Knutsson bog an einer Kreuzung in Lammhult scharf rechts ab, der Wagen rutschte ein kleines Stück, bevor die Reifen wieder griffen, dann ging es mit Vollgas durch kleinere Straßen und schließlich über eisverschorfte Waldwege. Das Blaulicht eines Streifenwagens, das von den hellen Birkenstämmen zurückgeworfen wurde, wies das Ziel aus. Knutsson bremste ruckartig. Sie waren da, auch der zweite Wagen war hinter ihnen zum Halten gekommen. Forss und die anderen stiegen aus. Wie fast jedes Mal spürte Forss, dass die Nähe eines Tatorts etwas mit ihr machte. Ihr Blickfeld engte sich ein, gleichzeitig schien es sich zu schärfen. Ihre Gedanken fokussierten sich, ihr Geruchs- und Tastsinn wurden sensibler.

Die Kollegen von der Streife hatten den schmalen, abschüssigen Weg abgesperrt. Blau-weißes Plastikband surrte im kalten Wind. Wenige Meter dahinter lag ein Fahrrad auf dem Boden, ein Mountainbike. Dann erblickte Forss den leblosen Mann. Irgendetwas stimmte nicht mit seiner Körperhaltung. Es hatte etwas Unnatürliches, wie er da lag, in sich verdreht; der Kopf, ein Arm und ein Bein in falschen Winkeln vom Körper abgespreizt. Der Schnee um den Toten herum war tiefrot gefärbt. Forss kam näher. Jetzt sah sie es, jetzt verstand sie. Der Kopf des Mannes war vom restlichen Körper so gut wie abgetrennt, Arm und Bein wirkten gebrochen.

»Gott im Himmel«, flüsterte Nyström.

Delgado hielt sich die Hand vor den Mund.

Dann entdeckte Forss den Draht, der einige Meter weiter zwischen zwei Bäumen quer über den Pfad gespannt war. Sie machte die anderen mit einem Fingerzeig darauf aufmerksam. Eine Minute verging, ohne dass sich jemand rührte oder etwas sagte. Als würde das Grauen der Szenerie ein lähmendes Gift absondern. Irgendwann begann Bo Örkenrud damit, seinen Mitarbeitern Anweisungen zu geben. Kamerablitzlichter warfen weiße Lichtflächen in den dunklen Wald.

Örkenrud trat zu Nyström und Forss.

»Mein Vorschlag ist, dass meine Leute einen großen Kreis bilden, vielleicht zweihundert, dreihundert Meter im Durchmesser, und sich dann langsam dem Zentrum hier annähern. Die Spuren unter den Bäumen im Schnee können entscheidend sein. Irgendein Teufel muss diesen Draht schließlich gespannt haben, genau an der Stelle, wo der arme Kerl den Weg heruntergerast ist.«

»Irgendein Teufel«, wiederholte Nyström leise, dann nickte sie.

Örkenrud machte sich an die Arbeit.

Sie wandte sich an die Streifenbeamten.

»Wer hat euch benachrichtigt?«

Fredrik Andersson, ein älterer Kollege in Uniform, antwortete.

»Ein anderer Radfahrer, Jonas Haglund. Die Strecke durch den Wald ist beliebt. Hier trainieren einige Mountainbiker.«

»Hat er seinen Sportkameraden erkannt?«

Andersson nickte.

»Auch wenn er unter Schock stand: Er ist sich sicher, dass es sich bei dem Toten um Mats Bäckmo handelt. Sie trainieren beide im selben Verein.«

»Sagt dir der Name etwas?«

Anderssons junge Kollegin, Malin Rosenvall, schaltete sich in das Gespräch ein.

»Ich komme aus der Gegend hier. Mats Bäckmo ist ein alter Schulfreund meines Mannes«, sagte sie. Ihr Gesicht war blass und ihre Nasenflügel bebten, als sie sprach. »Lammhult ist nicht gerade groß«, erklärte sie. »Man kennt sich. Er arbeitet in einer der Möbelfabriken. Soviel ich weiß, ist er verheiratet und hat mehrere Kinder.«

»Na, das hat gerade noch gefehlt«, murmelte Nyström. »Irgendein Irrer baut eine tödliche Falle im Wald und ein Familienvater kommt dabei ums Leben.«

Forss entfernte sich von dem Grüppchen und ging einige Schritte in den Wald hinein, außerhalb des Absperrungsbands, das Örkenruds Leute an den Bäumen befestigten. Allein konnte sie sich besser konzentrieren. Ihre Sinne öffnen. Witterung aufnehmen. Unter den hohen Nadelbäumen war es still. Vereinzelt tropfte ihr Tauwasser auf den Kopf, in der Nähe gurrten Tauben. Eine Falle für Mountainbiker, dachte sie. Sie hatte vor etwa einem Jahr von einem ähnlichen Vorfall gelesen. Im süddeutschen Schwarzwald hatten Unbekannte eine von Mountainbikern häufig befahrene Strecke mit gespannten Drähten sowie mit Erdgruben und angespitzten Stöcken präpariert. Zum Glück war niemandem etwas passiert. Aufmerksame Spaziergänger hatten die heimtückischen Fallen rechtzeitig entdeckt. Dem Vorfall war ein langjähriger Streit zwischen Wanderern und vermeintlich rücksichtslosen Radfahrern vorausgegangen. Hatten sie es hier mit etwas Ähnlichem zu tun? Konnte ein genervter Spaziergänger für den tödlichen Draht verantwortlich sein? Irgendwie glaubte sie das nicht. In Deutschland mochten geeignete Strecken für Mountainbiker umkämpfte Mangelware sein. Aber hier in Schweden? Das ganze Land bestand doch mehr oder weniger aus Wald und Waldwegen, aus steinigem, wurzelverknotetem Auf und Ab. Daher würde doch niemand …

Sie stieß unvermittelt auf eine Fußspur im Schnee, mehrere Abdrücke führten zum Tatort hin, beziehungsweise vom Tatort weg. Neben ihnen zeichnete sich ganz deutlich der runde Abdruck einer Krücke ab.

4

Nachdem der Leichnam geborgen und durchsucht worden war, konnte die Identität des Mannes festgestellt werden. In seiner Jackentasche trug der Tote eine Brieftasche mit sich. Es handelte sich zweifelsfrei um Mats Bäckmo. Nyström ordnete den Abtransport der Leiche und die Obduktion an. Örkenrud übernahm mit seinem Team die Sicherung des Tatorts und der weiteren Umgebung. Die Fußspuren, die Forss entdeckt hatte, führten durch einen jungen Tannenforst etwa einen Kilometer weit zu einer Haltebucht, wo den Reifenabdrücken zufolge wahrscheinlich vor Kurzem ein Auto geparkt hatte. Nyström bat Knutsson, sie zu der Benachrichtigung der Ehefrau zu begleiten. Der furchtbare Tod des Mannes hatte sie so aufgewühlt, dass sie ihren vertrautesten Mitarbeiter an ihrer Seite wissen wollte. Sie wusste, dass sie als Ermittlungsleiterin nicht wertend sein, sich nicht von ihren Gefühlen beeinflussen lassen durfte. Aber das sagte sich so leicht. Immer wieder musste sie daran denken, dass die grausame Tat eine junge Familie zerriss.

Lina Bäckmo, die Frau des Toten, arbeitete als Vorschullehrerin im Schulzentrum von Lammhult. Während Nyström und Knutsson in einem überheizten Flur vor einer Garderobe mit Dutzenden feuchten Kinderjacken und Schneeanzügen, bunten Mützen und Handschuhen warteten, holte die Schulleiterin Lina Bäckmo aus ihrer Klasse. Die kleine, zerbrechlich wirkende Frau sah sie mit scheuen Augen an. Natürlich musste sie das Schlimmste ahnen, wenn zwei Polizisten in Zivil sie an ihrem Arbeitsplatz aufsuchten, dennoch meinte Nyström in ihrem Blick auch die Hoffnung zu entdecken, dass es sich nicht um ein schlimmes Anliegen handelte, eine Hoffnung, die wir ihr in wenigen Augenblicken nehmen werden, dachte sie traurig und spürte schmerzhaft wie selten zuvor, wie sehr sie diese Seite ihre Berufes verabscheute.

Es war schließlich Knutsson, der sprach, der die unwiderruflichen Worte formulierte, die Lina Bäckmos Leben für immer verändern würden. Nyström war ihm dankbar dafür, denn ihr selbst fehlte im Moment die Kraft. Voller Mitgefühl musterte sie die Frau. Jeder Trauernde reagiert anders, dachte sie und daher war sie nicht verwundert, als Lina Bäckmo wortlos die rechte Hand zum Mund führte und langsam hineinbiss, bis die Haut zu reißen drohte. Intuitiv nahm Knutsson die zierliche Frau in den Arm und drückte sie an sich. Die Nähe, die physische Präsenz seines großen, warmen Körpers wirkte. Bäckmo ließ die Hand niedersinken und begann, sich in einem lautlosen Takt zu wiegen. Wenn wir weinen, werden wir wieder zu Kindern, dachte Nyström, die ähnliche Reaktionen schon viel zu oft beobachtet hatte. Innerlich erschöpft ließ sie sich auf einer Bank nieder. Der Ehemann dieser armen Frau ist auf perfide Weise getötet worden, dachte sie, einer so simplen wie mörderischen Falle zum Opfer gefallen. Wahrscheinlich von demselben Täter aufgespannt, der fünf Tage zuvor Åsa Hylander überfallen und getötet hatte, in einem Eisloch im See. Auch eine Art Falle, wenn man so wollte. Was hatte das zu bedeuten, fragte sie sich.

5

Womit, um Gottes willen, haben wir es hier zu tun?

Nyströms Frage stand wenig später über den Köpfen aller Kollegen in dem provisorischen Besprechungszimmer, das man ihnen im Gemeindezentrum freigeräumt hatte.

Fröstelnd umklammerte Stina Forss mit beiden Händen ihren heißen Kaffeebecher. Auch wenn man Gott einmal beiseiteließ, war die Frage natürlich entscheidend, dachte Forss: Womit hatten sie es hier zu tun?

Sie räusperte sich. Es kratzte sie im Hals. Hoffentlich hatte sie sich im Wald keine Erkältung geholt.

»Ich bemühe mich mal um eine Zusammenfassung«, sagte sie. »Offensichtlich haben wir zwei Tote. Zunächst Åsa Hylander, eine erfolgreiche, alleinstehende Frau um die fünfzig. Selbstbewusst, modisches Auftreten, konsumorientiert. Außer dem regelmäßigen Kontakt zu ihrer erwachsenen Tochter scheint sie nicht besonders familiär. Ihr Mörder hat es ganz eindeutig auf sie abgesehen. Er beschattet sie, unter anderem von der Wohnung des Nachbarn aus, lernt ihre Verhaltensweisen kennen und schlägt schließlich in dem Moment zu, in dem sein Opfer vollkommen wehrlos ist.« Sie nippte an dem Kaffee, fuhr dann fort. »Der zweite Tote, Mats Bäckmo, ist einunddreißig, angestellter Tischler, verheiratet, Vater von drei kleinen Kindern. Viel mehr wissen wir noch nicht von ihm, aber auf den ersten Blick scheint er sich so ziemlich in allem von Åsa Hylander zu unterscheiden. Alter, Geschlecht, Familienstand, Einkommensklasse.

Die Art und Weise wie er ums Leben gekommen ist, wirkt erst einmal zufälliger als bei Åsa Hylander. Hätte der gespannte Draht jedem gelten können, der die Mountainbikestrecke entlanggekommen wäre, oder hatte der Täter es gezielt auf Bäckmo abgesehen?« Sie sah ihre Kollegen eindringlich an. »Wahrscheinlich handelt es sich um denselben Täter, denn wir haben an beiden Tatorten ähnliche Spuren gefunden. Offenbar ist der Täter in beiden Fällen auf eine Krücke oder einen Gehstock angewiesen. Die Wahrscheinlichkeit, dass es sich um zwei verschiedene Täter handelt, ist äußerst gering. Und ebenso gering ist meines Erachtens die Wahrscheinlichkeit, dass jemand gezielt eine Frau tötet und einige Tage später auf ein willkürliches Opfer wartet. Nein, wenn es sich tatsächlich um denselben Täter handelt, dann war Bäckmos Tod gewollt. Sollten beide Fälle wirklich zusammengehören, muss unsere dringendste Frage lauten: Was haben Åsa Hylander und Mats Bäckmo miteinander zu tun? Verbindet sie etwas über den Umstand hinaus, dass sie beide höchstwahrscheinlich von demselben Menschen getötet worden sind?«

»Stina hat recht«, stimmte Nyström zu. »Ich glaube, bei allem was die Opfer und die Umstände unterscheidet, ebenfalls nicht an zwei verschiedene Täter. Die Morde müssen zusammenhängen.«

»Heißt das, dass wir es mit einer Mordserie zu tun haben?«, fragte Delgado.

»Nein!«, rief Nyström und schlug mit der flachen Hand auf die Tischplatte. Die Heftigkeit ihrer Reaktion überraschte Forss. Die anderen wahrscheinlich auch. Nyström starrte Delgado an. »Es gibt im Moment nichts, was auf eine Mordserie hindeutet. Das Letzte, was wir gebrauchen können, ist Panik. Wir müssen in jedem Moment unserer Arbeit auf Sachlichkeit bedacht sein.«

Was für eine sachliche Antwort von dir, dachte Forss voller Sarkasmus, aber sie sagte es natürlich nicht laut.

»Wir haben es mit zwei Toten zu tun«, fuhr Nyström eindringlich fort, »genau wie im Johansson-Fall oder bei den

Geschehnissen um die Estonia-Morde. In beiden Fällen blieb es bei zwei Toten, es wurde eben keine Serie daraus, Hugo! Deshalb möchte ich nicht, dass jemand dieses Wort in den Mund nimmt, bevor wir wirklich Anlass dazu haben, einverstanden?«

Alle nickten vage, niemand widersprach. Dabei dachten zumindest Hugo Delgado und Lasse Knutsson mit Sicherheit genauso wie Stina Forss an die grausame Serie der sogenannten Märtyrermorde, die die Region vor einigen Jahren erschüttert und das Ermittlerteam bis an ihre äußersten Grenzen gebracht hatte. Wahrscheinlich dachte Nyström selbst daran. Deshalb reagiert sie so harsch, begriff Forss, weil sie Angst hat, dass etwas Ähnliches noch einmal passieren kann. Vielleicht auch deshalb, weil während der damaligen Ermittlung ihre Krebserkrankung festgestellt worden war. Forss musterte ihre Chefin. Ihr blasser Teint, der Schweiß, der ihr trotz der niedrigen Temperaturen im Raum auf der Stirn stand. Ja, dachte sie, Ingrid Nyström hat Angst, Angst vor dem, was da kommen sollte, und vielleicht hat sie diese Angst zu Recht. Besaß sie trotzdem die Kraft und die Weitsicht, die erforderlich waren, um diese Ermittlung zu leiten? Wir werden sehen, dachte Forss, die nächsten Tage und Wochen werden es zeigen.

6

Es war später Nachmittag und längst dunkel, als Nyström und Forss zu dem Waldstück zurückkehrten. Das Gebiet war mittlerweile weiträumig abgesperrt worden, die Flutlichter der Spurensicherung gaben dem Tatort und seiner Umgebung das Aussehen eines Filmsets. Nur dass hier kein Film gedreht wurde, dachte Nyström, alles, was hier passiert, ist leider real. Sie hatten es mit einem zweiten Mord zu tun. Reichte die Kapazität ihres Teams dafür aus? Konnten sie parallel in beiden Fällen ermitteln, ohne dass die Qualität ihrer Arbeit darunter litt? Ehrlich gesagt wusste sie es selbst nicht. Spätestens morgen würde sie mit dem Polizeichef sprechen müssen, der dann endlich von seiner Tagung zurück sein würde. Sollte doch Edman mit seiner vermeintlichen Führungskompetenz entscheiden, dachte sie, irgendetwas müssen die Polizeichefs schließlich auf ihren permanenten Kongressen und Fortbildungen lernen.

Auf ausgelegten Metallstegen gingen sie zwischen den Bäumen hindurch zum Zentrum des Geschehens, wo sie Örkenrud vermuteten. Die hohen Birken warfen im weißen Scheinwerferlicht Schlagschatten. In der Tat hatte der Chef der Spurensicherung seine Arbeit noch nicht abgeschlossen. Mit Grauen nahm Nyström wahr, dass der verschneite Waldboden noch immer vor Blut starrte. Der feine, gespannte Draht sirrte wie eine Gitarrensaite im Wind, der nun böiger geworden war.

»So simpel und doch so fürchterlich, dass man kaum glauben kann, dass dies wirklich ein Mensch getan hat, um einen anderen zu töten«, sagte Örkenrud an die beiden Kommissarinnen gewandt.

»Kannst du uns bereits etwas Genaueres sagen?«, fragte Nyström.

Örkenrud schnaubte, einem Pferd nicht unähnlich.

»Es handelt sich hierbei nicht um herkömmlichen Blumendraht, so viel steht schon mal fest. Der Draht ist sehr dünn, aber extrem reißfest. Die Kräfte, die durch den Aufprall von Bäckmos Körper auf das Material eingewirkt haben, waren immens. Umgekehrt gilt natürlich dasselbe. Ihr habt das grauenhafte Ergebnis ja gesehen. Der Draht ist wie eine feine Klinge durch den Hals des Opfers gefahren. Ein circa achtzig Kilogramm schwerer Körper, die hohe Geschwindigkeit auf dem abschüssigen Weg … So ein Draht ist schnell gespannt, viel mehr als eine Zange braucht man dazu nicht. Eine einfache, aber verdammt effiziente Methode. Die größte Schwierigkeit besteht wahrscheinlich darin, die Höhe richtig einzuschätzen, andererseits ist das natürlich auch keine Raketenwissenschaft.«

»Du glaubst, der Täter hat hier gewartet und Mats Bäckmo gezielt ins Visier genommen?«, hakte Nyström nach.

Örkenrud kratzte seinen Fünftagebart.

»Lass es mich so formulieren: Wenn es jemand auf Bäckmo abgesehen hatte, dann hat er nur seine ungefähre Körpergröße, die Maße des Fahrrads sowie seine Trainingsgewohnheiten und die Mountainbikestrecke kennen und den richtigen Moment abpassen müssen. Dort drüben auf dem Hochsitz war der Spurenlage im Schnee zufolge wahrscheinlich sein Beobachtungsposten. Von dort hat man den Streckenbeginn unten am Waldrand wunderbar im Blick. Der Täter musste nur auf Bäckmos Ankunft warten und konnte dann in Seelenruhe seinen Draht spannen.«

»Hatte Bäckmo eine Chance, den Draht zu entdecken?«, fragte Forss.

Örkenrud grunzte.

»Auf dem Fahrrad in voller Fahrt? Die ganze Konzentration auf den rutschigen, teilweise vereisten Untergrund gerichtet? Nie im Leben.«

»Und wenn er aus der anderen Richtung gekommen wäre?«, wollte Nyström wissen.

»Die Mountainbiker kommen aber nie aus der anderen Richtung«, entgegnete Örkenrud. »Andersson sagt, der Treck sei so aufgebaut, dass es durchgängig leicht nach oben geht und man am Ende hier diesen relativ steilen Hang heruntersausen kann. Das ist wahrscheinlich der eigentliche Spaß an dem Ganzen. Ich bleibe dabei: Wenn jemand Bäckmo töten wollte, dann musste er nur wissen, dass der Mann heute Morgen hier seine Runden drehen würde.«

»Danke, Bo«, sagte Nyström. »Deine sorgfältige Arbeit hilft uns ein ganzes Stück weiter.«

Forss stand mit konzentriertem Gesichtsausdruck an eine der Birken gelehnt. Nyström ahnte, woran sie dachte. Die beiden Frauen hatten schon einmal gemeinsam in einem Wald gestanden und die Präsenz eines gewaltsamen Todes gespürt. Damals, in Nordschweden, war es allerdings Sommer gewesen. Statt Birken hatten dort Eschen gestanden. Über ihnen hatte eine entzweigerissene Frau gehangen. Das war der fürchterlichste Tatort, den Nyström je betreten hatte. Die Frau war ein Opfer der sogenannten Märtyrermorde gewesen.

Das Opfer eines Serienmörders.

In Nyströms Magen rumorte es.

7

Hugo Delgado arbeitete in seinem Büro an mehreren Rechnern gleichzeitig. Am wichtigsten erschien es ihm, Daten und Informationen zu Mats Bäckmo zu sammeln und nach möglichen Berührungspunkten zum ersten Mordopfer zu suchen. Er las Bäckmos Handy und Tablet aus, filterte die Listen von Patienten mit Beinverletzungen, die er bei Krankenhäusern und Ärztezentren der weiteren Umgebung eingefordert hatte. Und gleichzeitig rätselte er weiter über Hylanders Labyrinth.

Das Bild von Bäckmo, das Delgado anhand von digitalen Schnipseln zusammenpuzzelte, war das eines sehr umgänglichen Menschen mit einem großen Freundes- und Bekanntenkreis. Bäckmo war auf Facebook und Twitter aktiv, postete täglich Fotos seines Familien- und Freizeitlebens, teilte Videos und Bilder, kommentierte ausgiebig und gerne die Posts seiner Freunde und wurde entsprechend oft von anderen kommentiert. Dabei ging es meistens um Banalitäten: Kinderfotos, Fernsehserientipps, Politikerschelte und Kochrezepte. Bäckmo mochte außer Mountainbiking, Actionfilme mit Vin Diesel und Rockmusik, martialische Tattoos und asiatisches Essen, die Fernsehserie *Vikings* und Autos der Marke Ferrari, Bierverkostungen im Pub in Växjö und den englischen Fußballclub FC Liverpool. Er war in Lammhult aufgewachsen und die meisten seiner Freunde lebten dort. Er war Vorsitzender der Mountainbike-Sparte des örtlichen Sportvereins und für die Pflege der Strecke mitverantwortlich, auf der er getötet worden war. Er war seit sieben Jahren mit Lina Bäckmo verheiratet und renovierte gemeinsam mit seinem Schwiegervater ein Holzmotorboot, das im Sommer zum Einsatz kommen sollte. Die Kinder Anna, Leo und Hampus waren sechs, drei und anderthalb Jahre alt. Mats Bäckmo war ein echter Svensson, schloss Delgado, ein Schwede, wie er durchschnittlicher kaum sein könnte.

8

Die Nachricht vom Tod Mats Bäckmos musste sich in der kleinen Ortschaft wie ein Lauffeuer verbreitet haben. Vor dem Eingangstor der Möbelfabrik, bei der Bäckmo als Tischler angestellt gewesen war, hatte sich, als Lasse Knutsson eintraf, eine kleine Menschentraube gebildet. Mehr als ein Dutzend Grablichter waren angezündet und auf den Boden gestellt worden. Knutsson sah auch mehrere Blumensträuße und einen Teddybären mit Fahrradhelm. Ein Helm hatte Bäckmo auch nicht retten können, dachte Knutsson grimmig. Andersson und Rosenvall hatten ihm den Tipp gegeben, dass sich vor den Toren der Möbelfabrik einige Freunde, Kollegen und Bekannte Bäckmos spontan versammelt hätten. Aus Rücksicht auf die Angehörigen hätten sie die ursprüngliche Idee, sich vor dem Zuhause der Familie zu treffen, verworfen. Gott sei Dank, dachte Knutsson, als er ausstieg und auf die Menschenmenge zuging, so ein Auflauf hatte der armen Witwe und ihren Kindern gerade noch gefehlt. Dann sah er die Journalisten. Ein kleines Team mit einer Kamera und einer Redakteurin, die Knutsson vom Sehen kannte, interviewte Menschen für die Lokalausgabe der TV-Nachrichten. Ein Fotograf von *Smålandsposten* schoss Bilder für die morgige Ausgabe, eine Journalistin, die ihn begleitete, befragte Herumstehende. Verdammter Mist, fluchte Knutsson innerlich, da hatten ihn sowohl die Fernsehreporterin als auch die Frau von der Lokalzeitung bereits entdeckt und eilten auf ihn zu. Unversehens wurde er gefilmt und fotografiert.

»Ein brutaler Mord an einem beliebten Mitbürger, was sagt die Polizei dazu?«, flötete die Fernsehtante.

»Heimtückischer Mord an dreifachem Familienvater, wie

sicher sind die Bürger in diesem Ort?«, rief die Zeitungsfrau und hielt ihm ein Aufnahmegerät vor den Mund.

Interessiert und durch die plötzliche Bewegung der Journalisten aufgescheucht, bildeten die Menschen eine Traube um Knutsson. Er fühlte, wie ihm trotz der niedrigen Temperaturen der Schweiß ausbrach.

»Also gut«, brummte er. Die Nummer darf ich nicht vermasseln, dachte er. Ich repräsentiere schließlich die Kriminalpolizei Kronoberg, ich repräsentiere Ingrid Nyström. Bei diesem Gedanken wurde ihm auch innerlich ganz warm. »Der Tod von Mats Bäckmo, der heute Morgen festgestellt worden ist, ist auf ein Gewaltverbrechen zurückzuführen. Die Polizei tut, was sie kann. Die Ermittlungen sind im vollen Gange.« Knutsson spürte, dass er die richtigen Worte fand, dass er den richtigen Ton traf. Staatsmännisch und ernst blickte er in die Fernsehkamera. »Dennoch können die Einwohner von Lammhult, von ganz Kronoberg heute Nacht beruhigt schlafen. Niemand, und ich wiederhole, niemand ist in Gefahr.« Er war gut. Er war sogar sehr gut. Die Journalistinnen nickten ihm zu, die übrigen Menschen schwiegen andächtig. Ich muss nun nur noch einen guten Schluss finden, dachte er, dann habe ich es geschafft. Er räusperte sich. Er brauchte eine klare Stimme, eine deutliche Aussprache. »Auch wenn der tragische Tod von Mats Bäckmo mit dem Verbrechen an Åsa Hylander vor fünf Tagen in Växjö zusammenzuhängen scheint, gehen wir bisher nicht von einer Mordserie aus.«

»Eine Mordserie?«, fragten die beiden Journalistinnen gleichzeitig.

9

Kent Vargen war auf dem Rückweg von Tingsryd, wo er einen Mann getroffen hatte, der vor einigen Jahren eine Zeit lang mit Åsa Hylander liiert gewesen war. Ihre Tochter, Kajsa Persson, hatte sich an den Namen dieses Exfreunds ihrer Mutter erinnern können. Das Gespräch mit Jesper Stenmalm war ausgesprochen zäh verlaufen. Der kahlhäuptige Mann war inzwischen verheiratet und wollte nur ungern an seine ehemalige Beziehung zurückdenken. Als Vargen ihn auf die vermeintlichen sexuellen Vorlieben des Mordopfers angesprochen hatte, hatte Stenmalm zugemacht. Über solche Dinge spreche er nicht, hatte er zu Protokoll gegeben, und auch Vargens Drohung, er müsse mit Konsequenzen rechnen, wenn er eine so wichtige Ermittlung behinderte, hatte nicht gefruchtet. Als Stenmalm sich zum Abschluss erkundigt hatte, ob es nun, da Hylander verstorben sei, unter Umständen die Möglichkeit gäbe, ein Paar wertvoller Ohrringe zurückzubekommen, das er ihr damals geschenkt hätte, war Vargen endgültig der Kragen geplatzt. Daher hatte er Stenmalm kurzerhand für den nächsten Tag aufs Präsidium bestellt, obwohl er sich von einem weiteren Gespräch nichts versprach. Kopfschüttelnd hatte er sich auf den Rückweg gemacht. Wäre er mal lieber in Lammhult geblieben und hätte Knutsson mit der Befragung der Nachbarn und Arbeitskollegen von Bäckmo unterstützt. Seine Außenwirkung als fähiger und kollegialer Ermittler musste er kontinuierlich aufrechterhalten. Aber wenn er nun schon mal so weit südlich von Växjö war, konnte er die Zeit auch noch für einen kleinen Abstecher nutzen. Dieses Mal würde er mit Sicherheit ungestört sein. Er blinkte, verließ die Landstraße 27 und bog in Richtung des Hauses von Stina Forss ab.

10

Das Haus der Bäckmos in Lammhult hatte schon bessere Tage gesehen. Der Putz war an vielen Stellen rissig, das Dach bog sich altersmüde unter der schweren Schneehaube. Die Frau, die Forss und Nyström die Tür öffnete, stellte sich als Amanda vor, eine befreundete Nachbarin. Die beiden Kommissarinnen zogen die Schuhe aus, hängten ihre Mäntel auf und folgten der Nachbarin ins Wohnzimmer. Lina Bäckmo kauerte neben einer älteren Frau am Esstisch, Forss vermutete, dass es sich dabei um ihre Mutter oder Schwiegermutter handelte. Der Fernseher lief und auf einem Sofa saßen drei Kinder im Alter von anderthalb bis sechs Jahren. Die beiden jüngeren Kinder, zwei Jungen, nuckelten an Schnullern. Konzentriert sahen sie sich einen Zeichentrickfilm an, der Fernseher lief auf voller Lautstärke. Lina Bäckmo schien das nicht zu stören, ja nicht einmal wahrzunehmen. Die junge Mutter wirkte in sich versunken. In ihrer Zerbrechlichkeit erinnerte sie an ein Vögelchen.

»Ihr geht es nicht gut«, sagte die ältere Frau, als wäre die Erklärung notwendig, und streichelte Lina Bäckmo über den Kopf. Auf den zweiten Blick erkannte Forss die Ähnlichkeit der beiden Frauen. Es musste sich um Mutter und Tochter handeln.

»Vielleicht gehen wir in die Küche?«, schlug Nyström vor und deutete mit einem Blick in Richtung der Kinder. »Auch wenn es Lina nicht gut geht, wäre es für unsere Arbeit sehr wertvoll, wenn wir uns ein wenig unterhalten könnten.«

Lina Bäckmo nickte so unmerklich, dass man es kaum wahrnehmen konnte. Dann stand sie auf und ging mit vorsichtigen Schritten zur Tür, ihre Mutter stützte sie am Ellenbogen, Nyström folgte ihnen. Ein Vogel, der sich den Flügel gebrochen hat, dachte Forss. Sie blieb bei den Kindern und der Nachbarin im Wohnzimmer, wo die Traurigkeit, das Unaussprechliche mit einer plärrenden Zeichentrickserie im Zaum zu halten versucht wurde. Natürlich vergebens, dachte Forss, so unzureichend wie ein buntes Kinderpflaster auf einer aufgetrennten Pulsader. Die Katastrophe war über diese kleinen Menschen, die gerade nuckelnd vor dem Fernseher saßen, hereingebrochen, auch wenn sie es jetzt noch nicht begreifen mochten. Der eisige Schatten, den der Tod ihres Vaters auf sie warf, war längst in diesem Raum, hatte sich über diese kleinen Leben gebreitet, Forss konnte ihn bereits spüren.

»Ich muss mich hier ein wenig umsehen«, erklärte sie.

Die Nachbarin setzte sich zu den Kindern auf das Sofa. Forss zwang sich, ihre Aufmerksamkeit auf die Dinge im Raum zu lenken, hin zu den Dingen, die ihr etwas über Mats Bäckmo und seine Familie erzählen konnten. Das Zentrum des Zimmers bildete der metergroße Fernsehapparat, auf den die wuchtige, aber billig und abgenutzt wirkende Sofalandschaft ausgerichtet war. Die exklusiven Möbel der international erfolgreichen Lammhulter Fabrik, an deren Herstellung Bäckmo beteiligt gewesen war, waren offensichtlich für ihn selbst viel zu teuer gewesen. Oder er und seine Frau hatten einen anderen Geschmack oder machten sich nichts aus solchen Dingen. Der graue Stoffbezug des Sofas hatte viele Flecken, wahrscheinlich war das unvermeidlich, wenn man kleine Kinder hatte. Auf dem Laminatboden stand und lag eine Menge Spielzeug, das meiste davon aus Kunststoff. Autos, Bagger, Puppenwagen, Puppen. Ein Kaufmannsladen. Ein Hüpfball. Ein Puppenhaus. Bunt- und Filzstifte, eine Menge Papier und gekritzelte Bilder. Forss erkannte ein Strichmännchen auf einem Fahrrad.

Die Wände gehörten der Erwachsenenwelt. Drei großformatige, mit Fotomotiven bedruckte Leinwände: New York bei Nacht. Heulender Wolf vor Mondlandschaft. Mats und Linas Hochzeitsfoto, ein lächelndes Brautpaar, ein affektiert wirkender Zylinder, ein schlecht geschnittenes Kleid, ein Albtraum in Weiß, dachte Forss. Neben den Bildern stand ein Regal mit geschliffenen Gläsern. Eine kleine Auswahl Spirituosen, Wodka, Gin, nichts Besonderes. Auffällig: keine Bücher, keine CDs, dafür aber ein Bluetooth-Abspielgerät für MP3s und gestreamte Musik. Ein Regal mit DVDs und Blue-Ray-Disks. Forss überflog die Titel. Zehn Jahre Hollywood-Mainstream, Boxen mit bekannten Fernsehserien, dazwischen einige schwedische Komödien, Konzert-DVDs von Bands, die Forss nicht mochte: Bon Jovi, Linkin Park, Mudvayne. Ultima Thule, deren patriotische und pathetische Texte sie immer schon genervt hatten. Auf einer Kommode eine Glasvase voller farbiger Glaskugeln, daneben ein kleiner Pokal: erster Platz bei einem Mountainbike-Rennen. Sie ging aus dem Wohnzimmer in den Flur und öffnete dort die nächste Tür. Eine kleine Waschküche mit Waschmaschine und Trockner. Hinter der nächsten Tür ein Kinderzimmer. Ein kleines Etagenbett mit angebauter Rutsche. Ein ganzer Zoo aus billigen Kuscheltieren. Auf der Wolkentapete eine elterliche Wandmalerei, Spongebob, irgendetwas stimmte allerdings mit der Augenpartie nicht, der Schwamm schielte. Im Raum nebenan war das Schlafzimmer der Eltern. Ein Doppelbett, daneben eine Matratze auf dem Fußboden, wahrscheinlich Papas Ausweichmöglichkeit, wenn nachts die Kleinen kamen. Eine verspiegelte Schrankwand. Auf den Nachttischen Handyladekabel. Ob hier sexuell noch was gelaufen war in letzter Zeit, fragte sie sich. Nach dem dritten Kind? Sie öffnete eine Nachttischschublade. Zwei alte Handys, ein Kugelschreiber, Taschentücher, eine Lifestylezeitschrift. Auf der anderen Seite des Betts war die Ausbeute noch geringer, in der Schublade lag nichts außer etwas Kleingeld und einer Rolle Gaffertape. Gaffertape? Wozu bewahrte man im Schlafzimmer Textilklebeband auf?

Oh.

Natürlich.

Oder?

Sie musste an die Handschellen von Åsa Hylander denken.

War das eine Gemeinsamkeit? Forss machte ein Foto von dem Klebeband. Sie würde Lina Bäckmo fragen müssen, aber vielleicht noch nicht heute. Sie öffnete den Kleiderschrank und ging die Kleidungsstücke durch. Nichts Auffälliges, weder bei ihm, noch bei ihr. Extravaganter als das schlecht geschnittene Brautkleid und der weiße Frack wurde es nicht. Beides steckte in durchsichtigen Kunststofffutteralen. In einer Schachtel fand Forss sogar den Zylinder. Ob er nach der Hochzeit jemals wieder zum Einsatz gekommen war? Ob Papa den Kindern damit vielleicht etwas vorgezaubert hatte? Einen einfachen Kartentrick?

Sie schaute unter das Bett. Dort fand sich nichts als die Erkenntnis, dass gründlich gestaubsaugt worden war. Sie verließ das Schlafzimmer und ging ins Bad. Die Kacheln stammten aus einem lange vergangenen Jahrzehnt. Auf den Abstellflächen eine Armada aus bunt zusammengewürfelten Pflegeprodukten: Kindershampoos, Seifen, Duschgel. Rasierzeug und Deodorants. Im Waschbecken Zahnpastareste. Alles zusammen waren es die banalen Insignien einer lebendigen Familie. Forss wurde von einem auf den anderen Augenblick traurig. So sollten Badezimmer aussehen. Aber nach und nach würde das Rasierzeug verstauben und das Aftershave gemeinsam mit dem Haarwasser gegen Glatzenbildung im Mülleimer verschwinden.

11

In der Küche kam Lina Bäckmo wieder zu Stimme. In einem plötzlichen Anflug von Aktivität schüttelte sie ihre Lethargie ab, begann damit, Brot zu schneiden, holte Butter und Käse aus dem Kühlschrank, schmierte Stullen und antwortete auf Nyströms Fragen. Sie hatte am Morgen gegen halb acht das Haus gemeinsam mit den Kindern verlassen und sie zum Kindergarten gebracht, der direkt neben ihrem Arbeitsplatz lag. Ihr Mann hatte etwas Urlaub genommen, damit der Anderthalbjährige zur schrittweisen Eingewöhnung nicht länger als vier Stunden in der Krippe sein musste. Mats, der am Morgen gemeinsam mit seiner Familie gefrühstückt hatte, nutzte das vierstündige Zeitfenster normalerweise für Hausarbeit, Einkauf und dreimal die Woche auch für sein Mountainbike-Training im Wald. Dafür hatte er feste Tage: montags, mittwochs und freitags. Auf Nyströms Frage, wer von diesen Trainingszeiten gewusst haben könnte, warf Lina Bäckmo ihr einen fragenden Blick zu.

»Natürlich jeder, der bei Facebook ist«, antwortete sie, und Nyström erinnerte sich, dass das soziale Netzwerk auch in einer Besprechung im Fall Hylander erwähnt worden war. Vielleicht müsste ich selbst endlich einmal in diese Onlinewelt eintreten, dachte sie nicht zum ersten Mal, denn sie hatte zunehmend das Gefühl, von vielen Dingen ausgeschlossen zu sein. »Mats postet dort eine Menge«, fuhr Lina Bäckmo fort, ließ das falsche grammatikalische Tempus unkorrigiert stehen und wandte sich wieder konzentriert ihren belegten Broten zu, denen sie akkurat die Rinde abschnitt. »Was wird denn nun bloß mit seinem Profil?«, fragte sie nach einer Weile und sah Nyström entsetzt an. Die Mutter, die bis dahin schweigend im Türrahmen gestanden hatte, trat näher und versuchte, ihre Tochter in den Arm zu nehmen, aber Lina Bäckmo machte sich los. Wieder biss sie sich in die Hand, eine Geste, die Nyström bereits am Vormittag in der Vorschule beobachtet hatte.

»Die müssen doch Regeln für so etwas haben!«, schluchzte sie. »Die müssen doch auf alles vorbereitet sein! Man darf Mats doch nun nicht einfach löschen! Die können ihn doch nicht einfach wegklicken, als wäre er nie da gewesen!«

Nyström ließ ihr die Zeit, die sie brauchte, um sich wieder zu beruhigen, und fragte dann, ob sich ihr Mann in den vergangenen Wochen in irgendeiner Hinsicht verändert habe. Lina Bäckmo antwortete nach einigem Nachdenken, dass Mats die Urlaubstage gutgetan hätten. Vor allen Dingen das regelmäßige Radfahren hätte sehr zu seiner Ausgeglichenheit beigetragen. Nyström wollte wissen, ob sie eine Åsa Hylander kenne. Der Name sage ihr nichts, antwortete Lina Bäckmo. Aber da war ein Ausdruck in ihrem Gesicht, den Nyström nicht interpretieren konnte. Misstrauen? Eifersucht? Sie fragte nach Konflikten im Leben von Lina Bäckmos Mann.

»Nein«, sagte sie und stapelte die fertigen Brote auf einem Essteller zu einem Turm, »nein, da gibt es nichts.«

Sie drehte den Wasserhahn auf, wusch sich die Hände und trocknete sie sich anschließend sorgfältig mit einem Küchentuch ab.

»Doch, da ist etwas.« Lina Bäckmos Mutter war aus dem Hintergrund hervorgetreten. Nyström drehte sich überrascht zu ihr um.

»Wegen der Kleinen verbringe ich viel Zeit hier im Haus, und da ist mir vielleicht etwas aufgefallen, was meine Tochter übersehen hat. Mats hat seit Kindheitstagen einen besten Freund. Er heißt Frans Frisk. Die beiden sind unzertrennlich. Aber vor Kurzem hat sich das geändert. Mats und Frans reden nicht mehr miteinander. Es muss etwas zwischen ihnen vorgefallen sein, auch wenn ich nicht weiß was.«

Lina Bäckmo sah ihre Mutter erschrocken an.

»Mama …«

»Lebt dieser Frans Frisk ebenfalls hier in Lammhult?«, fragte Nyström.

»Sicher«, sagte die Mutter. Ordentlich drapierte sie ein Küchentuch über den Backofengriff, strich die Falten glatt. »Er wohnt gleich um die Ecke.«

12

Hugo Delgado saß in seinem Büro am Rechner und startete ein Programm, das alle E-Mail-Adressen, Telefonnummern und sonstigen Kontakte, auch die aus sozialen Netzwerken, die er auf dem Smartphone und den Rechnern von Mats Bäckmo gefunden hatte, mit denen von Åsa Hylander abglich. Es spuckte drei Namen aus.

Veronica Wedén.

Maja Alfredsson.

Frans Frisk.

Veronica Wedén hatte ihrem Onlineauftritt zufolge ein schickes Friseurstudio in der Innenstadt, nicht weit von Hylanders Arbeitsplatz entfernt. Vorstellbar, dass sie ihre Friseurin gewesen war. Delgado machte sich eine Notiz. Das konnte leicht nachgeprüft werden. Dass sich Mats Bäckmo in einem teuren Haarstudio in Växjö die Haare schneiden ließ, war dagegen weniger wahrscheinlich. Delgado tippte in irrsinniger Geschwindigkeit auf der Tastatur seines Rechners herum. Er fand Veronica Wedén bei Facebook, ebenso ihren Mann Lennard. Lennard Wedén hatte in seinem Profil angegeben, dass er in einer Möbelfabrik in Lammhult arbeitete, dieselbe, bei der auch Bäckmo angestellt gewesen war. Delgado hatte die Verbindung gefunden.

Länger brauchte er dagegen bei Maja Alfredsson. Er scrollte sich beinahe eine geschlagene Stunde durch Informationsmüll, bevor er dahinterkam, dass die Frau aus Tingsryd, die hauptberuflich als Musiklehrerin arbeitete, vor Jahren ein Wohltätigkeitskonzert zugunsten der Kinderkrebshilfe veranstaltet hatte, das der Lammhulter Sportverein, in dem Bäckmo der Abteilung Mountainbiking vorstand, mit einer Spendensammlung unterstützt hatte. Delgado fand schließlich ein Foto auf Instagram, auf dem Mats Bäckmo Maja Alfredsson einen überdimensionierten Scheck mit den Spendengeldern seines Vereins überreichte. Elftausendsiebenhundertdrei Kronen. Alfredssons Beziehung zu Hylander war dagegen einfacher herauszufinden: Auf der Festplatte von Hylanders Laptop gab es eine E-Mail von Alfredsson, in der sie sich vor drei Jahren im Namen der Växjöer Musikschulen an die Leiterin des Wohnamts gewandt hatte, um sich nach passenden städtischen Immobilien für neue Übungsräume zu erkundigen. Hylander hatte knapp geantwortet und anschließend die Anfrage an einen ihrer Mitarbeiter delegiert. Zu einem weiteren Kontakt war es, soweit Delgado beurteilen konnte, nicht gekommen.

Blieb als drittes Frans Frisk. Erkennbar ein enger Freund von Mats Bäckmo. Auf Bäckmos Handy waren unzählige Chats zwischen den beiden Männern dokumentiert, die sich ums Radfahren, um anstehende Feierlichkeiten und Partys und um das Wetter, Fußball oder die Kinder drehten. Auch Intimeres wurde scherzhaft besprochen, so wurden zum Beispiel bekannte Schauspielerinnen nach ihrer sexuellen

Ausstrahlung bewertet. Eine Männerfreundschaft halt, war Delgados Urteil, der einen leichten Stich verspürte, einen Anflug von Neid, denn ihm wurde beim Lesen der Zeilen bewusst, dass er selbst keinen so engen Freund hatte, mit dem er solche Dinge besprechen könnte. Ihm fiel jedoch auf, dass der Kontakt zwischen den beiden Männern seit etwa vier Wochen vollständig zum Erliegen gekommen war, zumindest was die digitale Konversation betraf. Was war da vorgefallen? Delgado kreiste Frisks Namen auf seinem Notizblock mehrfach ein. Dann machte er sich daran, eine Verbindung zwischen Hylander und Frisk herzustellen. Frisks Telefonnummer hatte sich unter den Kontakten in Hylanders Mobiltelefon gefunden, allerdings nicht mit Namen, sondern nur seine Initialen. Delgado googelte sich die Finger wund, erstellte Listen mit befreundeten Personen, die er dann miteinander abglich, versuchte berufliche oder geografische Zusammenhänge auszumachen, fand jedoch nichts. Nach einer weiteren Stunde gab er genervt auf. Der Computer half ihm nicht weiter. Woher Hylander und Frisk einander kannten und welcher Natur diese Bekanntschaft war, blieb ihm ein Rätsel. Sie würden den Mann danach fragen müssen.

Um sich abzulenken, klaubte Delgado einen Müsliriegel aus seinem Rucksack und holte die Festplatte mit dem Labyrinth hervor, das ihn am Vortag herausgeworfen hatte. Das war nun sechsundzwanzig Stunden her. Würde er nach einem Tag Pause einen neuen Versuch bekommen? Er wusste, dass es Sicherheitssoftware gab, die so funktionierte. Aber auch dieses Labyrinth?

Er hatte Glück.

Das Programm ließ sich wie beim ersten Mal hochfahren. Wieder wurden ihm zu Beginn die Birken und die Nadelbäume gezeigt. Das kannte er bereits. Ungeduldig klickte er auf die Birken. Die nächste Abzweigung öffnete sich vor ihm. Wieder stand er vor dem Cockerspaniel, dem Pferd, dem Hai und dem Chamäleon. Das Pferd war es nicht, die Erfahrung hatte er schon gemacht. Blieben noch drei übrig. Es musste der Hund sein, oder? Nyström hatte in den Akten vermerkt, dass Hylander bis vor einiger Zeit einen Hund gehabt hatte. War es das? Oder war das eine Falle, genauso irreführend wie das Pferd? Hatte es womöglich mehr mit dem zu tun, wie die Frau sich selbst gesehen hatte? Wenn ja, als was hatte sich Hylander eingeschätzt? Als Hund, Hai oder Chamäleon? Oder ging es um ganz andere Dinge? Um ein altes Lieblingstier oder um etwas Exotisches, das ihr auf einer ihrer vielen Reisen begegnet war? Die Gedankenspielereien führten zu nichts. Delgado begriff, dass er sich auf seinen Instinkt verlassen musste. Er schloss die Augen und dachte an alles, was er bisher über das Leben der ermordeten Frau erfahren hatte. Dann öffnete er sie wieder und klickte auf den Hai.

Acht neue Bilder taten sich vor ihm auf.

13

Lasse Knutsson war vor den Nachfragen der Journalistinnen in sein Auto geflüchtet. Was war er nur für ein Idiot! Hatte er tatsächlich das Wort Mordserie in den Mund genommen? Ja, das hatte er. Wenn auch nur in Form einer Verneinung. Dennoch war das dumm gewesen. Sein Statement würde vermutlich im Lokalfernsehen in Dauerschleife gesendet werden, die Zeitung brachte es vermutlich am nächsten Tag auf der Titelseite. Die überregionalen Medien würden auf den Fall aufmerksam werden, vermutlich gäbe es dann eine Pressekonferenz und Ingrid Nyström müsste sich rechtfertigen: vor einer sensationsheischenden Presse, vor Erik Edman, womöglich sogar vor der Landespolizeichefin. Und das alles weil er, Lasse Knutsson, nicht die Klappe halten konnte. Weil er, Lasse Knutsson, in seiner Selbstüberschätzung einem seiner großen Idole, dem Kriminalistikprofessor, Journalisten und Autor Leif G.W. Persson nacheifern wollte, der – Knutsson im Erscheinungsbild nicht einmal unähnlich: borstiger grauer Bart, beleibt, groß, mit einer Vorliebe für das Tragen von Lederwesten – in seiner Fernsehsendung *Das Verbrechen der Woche* so souverän und fachkundig auftrat. Weil er, Lasse Knutsson, seiner Chefin Ingrid Nyström imponieren wollte. Verdammt und zugenäht! Er drosch mit dem rechten Handballen auf das Lenkrad ein. Wie zum Teufel sollte er das nur wiedergutmachen?

Erst mal aß er zwei Schokoriegel, die er in seinem Handschuhfach aufbewahrte. Seine Nerven beruhigten sich ein wenig. Durch gute Arbeit, dachte er schließlich. Durch wirklich gute Arbeit. Es gab nichts, was seiner Vorgesetzten mehr imponierte als Fleiß und Redlichkeit. Also würde er gute Arbeit abliefern müssen. Gute ehrliche Polizeiarbeit. Klinkenputzen, Stunden fressen, sich die Füße wund laufen. Es war höchste Zeit, damit anzufangen. Mit einem entschlossenen Grunzen schnallte er sich an, startete den Wagen und gab Gas.

14

Sich einen Nachschlüssel zu machen, war für Kent Vargen ein Kinderspiel gewesen. Den Code für die Alarmanlage hatte Forss in ihrer Naivität auf die Rückseite der Gebrauchsanweisung geschrieben, die seit Monaten auf ihrer Küchenbank lag. Nun war der Code geändert worden, wie er feststellen musste, als er im Hausflur stand, aber damit hatte er auch gerechnet, nachdem er beim letzten Mal beinahe von ihr überrascht worden war. Natürlich gäbe es Mittel und Wege, das Sicherheitssystem zu überwinden und ins Haus zu kommen, allerdings würde Forss dann bemerken, dass sie erneut ungebetenen Besuch gehabt hätte, und dies wollte er unter allen Umständen vermeiden. Stina war schwer berechenbar und das Letzte, was er gebrauchen könnte, war eine hysterische Zielperson. Sein Auftrag lautete bisher nur, sich ihr zu nähern, sie im Auge zu behalten und Ungewöhnliches zu melden. Wobei unklar war, was dieses Im-Auge-Behalten eigentlich bedeutete. Sich mit ihr anfreunden? Ihr Vertrauen gewinnen? Sie aushorchen? Und was hieß eigentlich Ungewöhnliches? Gab es ein Geheimnis, das sie umgab und das er lüften sollte? Er bezweifelte es, aber wusste es nicht mit Sicherheit. Er tappte seit Wochen im Dunkeln. Obwohl Stina von ihrem ganzen Naturell her misstrauisch und abweisend war, war es ihm relativ bald gelungen, sich ihr zu nähern und ein Verhältnis mit ihr einzugehen. Er hatte ihr Leben durchleuchtet, Informationen über ihre Zeit in Deutschland eingeholt, sie beschattet, in ihrer Abwesenheit das kleine Haus durchsucht, er hatte ihre Schubladen und Daten durchkämmt und die Post gelesen. Aufgefallen war ihm nichts. Gefunden hatte er nichts. Er wusste nicht, was diese Überwachung für einen Sinn hatte.

Wonach sollte er überhaupt suchen? Was sollte er noch tun? Natürlich hatte er irgendwann darum gebeten, dass sein Auftrag konkretisiert wurde. Mehrmals hatte er nachgehakt. Denn mehr als ihr Vertrauen zu gewinnen, als in ihr trauriges Leben und ihr schmales Bett gelassen zu werden, konnte er doch wohl kaum. Wie sollte es also weitergehen? Würde er auf ewig in Växjö leben und diese verschlossene Frau umgarnen müssen, um Dinge ans Licht zu bringen, die es gar nicht gab? Würde er irgendwann den Befehl erhalten, sie zum Reden zu bringen? Zu härteren Mitteln zu greifen? Sie zu foltern oder womöglich sogar auszuschalten? Wäre er dazu in der Lage? Sicher, er hatte so etwas bereits früher getan. Allerdings noch nie bei einer Frau, mit der er zuvor geschlafen hatte. Doch machte das wirklich einen Unterschied? Er begriff nicht, welche Bedeutung Stina Forss für das Netzwerk hatte. Im Grunde genommen konnte es ihm auch egal sein, Hauptsache, seine Auftraggeber waren mit ihm zufrieden.

Er verließ den Hausflur wieder und zog die Tür hinter sich zu. Schließlich hatte er sich oft genug im Inneren umgesehen, ohne etwas von Interesse gefunden zu haben. Was er allerdings bei seiner bisherigen Suche außen vor gelassen hatte, war der Schuppen am Seeufer, in dem Stina ihr Brennholz für den kleinen Kamin im Schlafzimmer und die Säcke mit Holzpellets für den Heizbrenner lagerte. An einem der Abende, die sie gemeinsam miteinander im Haus verbracht hatten, hatte er sich angeboten, neues Holz zu holen und dabei im Schuppen eine Tür entdeckt, die wahrscheinlich einmal zu einem altmodischen Plumpsklo gehört hatte, dafür sprach das charakteristische herzförmige Loch in der Tür. Was ihn damals jedoch stutzig gemacht hatte, waren die beiden soliden Vorhängeschlösser, mit denen die Tür gesichert war. Zwei Schlösser, um ein ausgedientes Klo zu verschließen? Damals hatte er keine Zeit gehabt, sich die Sache näher anzusehen. Auf jeden Fall war es einen Versuch wert, fand er.

Vargen gab sich Mühe, in die Spuren zu treten, die Stina im Schnee hinterlassen hatte. Glücklicherweise lagerte sie die Pellets nicht im Keller und war deshalb gezwungen, jeden zweiten Tag einen Sack aus dem Schuppen zu holen. Er hatte sie darüber fluchen hören, ihr sogar angeboten, das Problem mit aufgekrempelten Hemdsärmeln und einer Schubkarre zu lösen, ganz der Gentleman, als der er sich ihr gegenüber gab. Aber wie er richtig kalkuliert hatte, war sie in ihrem Eigensinn dagegen gewesen. Bloß nicht zu viel Nähe aufkommen lassen, denn aus Nähe erwuchs Verpflichtung. Er verstand ganz genau, wie sie tickte, denn im Grunde erkannte er darin eine Ähnlichkeit zu sich selbst. Die unverarbeiteten Traumata. Die unbändige, schwer zu zähmende Wut. Und vor allem die Einsamkeit, die elende Einsamkeit. Oh ja, Stina Forss, dachte er, ich verstehe dich gut.

Er kam an einem Vogelbad und einem gemauerten Brunnen vorbei. Mit ein wenig Glück würde es in der Nacht wieder schneien und kein Mensch würde erkennen können, dass seine Abdrücke frisch waren. Schnee lag in der Luft, er konnte ihn bereits riechen. Er erreichte das einfache Holzgebäude, das gedrungen am Ufer kauerte, knipste die Taschenlampe seines Handys an und öffnete die Tür, die nur mit einem einfachen Metallriegel verschlossen war. Die rostigen Scharniere knarzten. Vargen klopfte den Schnee von seinen Schuhen. Dann zwängte er sich an dem Stapel Pelletssäcke vorbei zu der zweiten Tür, die sich im Inneren des Schuppens befand. Er wuchtete einen der prall gefüllten Kunststoffsäcke auf den Boden vor die Tür, um sich beim Hinknien nicht die Anzughose schmutzig zu machen. Er ließ sich darauf nieder und holte spezielles Werkzeug aus der Tasche seines Trenchcoats. Die stabilen Vorhängeschlösser widerstanden seiner Fingerfertigkeit keine zwei Minuten. Nachdem das zweite Schloss aufgesprungen war, erhob sich Vargen mit einem zufriedenen Seufzen. Er stellte den Sack beiseite und öffnete die Tür. Wie er vermutet hatte, befand sich dahinter ein ausgedientes Plumpsklo, kaum größer als ein Quadratmeter. Er sah eine grob gezimmerte Sitzbank mit einem ausgesägten Loch, auf dem ein einfacher Holzdeckel lag. Und darauf, daneben, davor und überall auf dem Boden: haufenweise alte, überquellende Schuhkartons voller beschrifteter Blätter. Er öffnete einen, er öffnete drei, er öffnete sieben. Jahrzehntealte Fotokopien, handschriftliche Notizen, Akten mit abgehefteten Kontoauszügen, verblichene Urlaubsfotos. Er suchte nach Daten. 1962. 1968. 1974. 1981. 1989. Altes Zeug, alles miteinander. Das konnte unmöglich Stina gehören, dazu war sie zu jung. Er blätterte weiter. Der Name Forss tauchte allerdings auf, immer wieder. Aber nicht Stina, sondern Kjell Forss. Die Unterlagen mussten ihrem Vater gehört haben. Natürlich, sie hatte das Haus schließlich vor anderthalb Jahren von ihm geerbt. Dieser Raum, dieses ausgediente Klo beherbergte nichts anderes als fünfzig aufgeweichte Kartons voller Lebensmüll. Das papierne Erbe eines alten Knackers. Unbeherrscht stieß er einen Stapel Kartons um. Dafür die Mühe? Dafür zwei Vorhängeschlösser? Das war lächerlich! Aber was hatte er auch erwartet? Er nahm ein kitschig gestaltetes Holzschild, das an der Wand hing, in die Hand.

Nicht alles, was zwei Backen hat, ist ein Gesicht.

Wütend drosch er das Schild auf den Boden.

Das nächste war noch schlimmer:

Liebe Köchin, lieber Koch, hier fällt deine Kunst ins Loch.

Wollte sich das Schicksal über ihn lustig machen?

Er schlug mit der Faust dagegen, das Schild fiel zu Boden, Vargen schrie vor Schmerz auf.

Das war alles so lächerlich. Er war so lächerlich. Er griff in die Tasche seines Trenchcoats, fingerte seine Tabletten heraus und schluckte sie trocken herunter. Das dritte Schild war genau genommen gar kein Schild, sondern ein Glasrahmen. Er enthielt keinen blöden Spruch, sondern ein Gedicht.

Der römische Brunnen

Aufsteigt der Strahl, und fallend gießt
Er voll der Marmorschale Rund,
Die, sich verschleiernd, überfließt
In einer zweiten Schale Grund;
Die zweite gibt, sie wird zu reich,
Der dritten wallend ihre Flut,
Und jede nimmt und gibt zugleich
Und strömt und ruht.

Conrad Ferdinand Meyer, 1882

Und was sollte das? War Kjell Forss ein solcher Witzbold gewesen, dass er das Verrichten seines Geschäfts mit der Schönheit und Funktionsweise antiker Brunnen assoziiert wissen wollte?

Er versuchte seine Wut zu beherrschen, stopfte die Zettel zurück in die Kartons, hängte die Schilder wieder an die Wand, trat aus dem engen Raum heraus und knallte die Tür zu. Von innen ertönte ein Scheppern. Ein Scheppern? Was schepperte da? Da waren doch nur Kartons gewesen, voller aufgeweichten Papiers. Verwundert öffnete er die Tür wieder. Auf dem Holzboden vor ihm lag eine Metallkassette, kaum größer als ein Buch. Er hob sie auf. Sie war verhältnismäßig schwer und verschlossen. Er schüttelte sie. Darin rasselten mehrere Gegenstände. Metall auf Metall. Er blickte an der Tür hoch. Die Kassette musste hochkant auf dem oberen Türrahmen gestanden haben. Er entschied, sie mitzunehmen. Dann schloss er die Tür, diesmal betont sanft, fädelte die Vorhängeschlösser wieder ein und ließ sie zuschnappen. Er kramte Desinfektionstücher hervor und reinigte sich ausgiebig die Hände. Nun nichts wie raus hier, dachte er, und da es mittlerweile leicht zu schneien begonnen hatte und der Neuschnee seine Spuren verbergen würde, stapfte er unachtsamer als zuvor zu seinem Auto.

15

Forss hatte ihren Rundgang durch das Haus der Bäckmos beendet. Nyström wartete im Wohnzimmer auf sie. Der Fernseher war nun ausgeschaltet, die Kinder saßen gemeinsam mit ihrer Mutter und Großmutter am Esstisch und aßen zu Abend. Die Nachbarin sortierte herumliegendes Spielzeug in eine Kiste. Die Kommissarinnen verabschiedeten sich. Forss wusste, dass sie nicht zum letzten Mal im Haus der Bäckmos gewesen waren.

»Und?«, fragte Nyström, als sie die Haustür hinter sich geschlossen hatten. »Dein Eindruck?«

Forss zuckte mit den Schultern.

»Durchschnittsschweden«, antwortete sie. »Untere Mittelschicht. In der Nachttischschublade der Eltern liegt Textilklebeband. Ansonsten ist mir nichts aufgefallen.«

»Textilklebeband?«, fragte Nyström. »Wozu hat man so etwas in seinem Nachttisch?«

»Fesselspiele«, schlug Forss vor.

»Oh«, sagte Nyström.

Bildete sich Forss das nur ein, oder errötete ihre Chefin tatsächlich ein wenig?

»Sie sieht so verletzlich aus«, sagte Nyström.

Und deswegen darf sie keinen harten Sex mögen, oder was? Forss schüttelte innerlich den Kopf.

»Was sagt sie denn zum Tod ihres Mannes?«, fragte sie.

Die beiden Frauen standen auf dem Bürgersteig. Forss rieb ihre kalten Hände aneinander.

»Nicht viel. Aber ihrer Mutter zufolge lag er angeblich seit Wochen in einem Streit mit seinem besten Freund, Frans Frisk.«

»Interessant.«

»Nicht wahr? Und das Beste ist, dass er gleich hier um die Ecke wohnt.«

Nyströms Handy klingelte. Sie nahm das Gespräch an und hörte einige Minuten lang aufmerksam zu. Die kalte, feuchte Luft machte ihren Atem sichtbar. Zwei- oder dreimal stellte sie eine Frage.

»Das war Hugo«, sagte sie, nachdem sie das Gespäch beendet hatte. »Es gibt Neuigkeiten: Ihm ist dieser Frisk ebenfalls aufgefallen.«

16

Auch die Frisks waren gerade beim Abendessen, als die Kommissarinnen klingelten. Wie die Bäckmos waren sie eine junge Familie mit kleinen Kindern, zwei Mädchen, etwa zwei und vier Jahre alt. Jenny Frisk, eine große, schlanke Frau mit kurzem blondem Haar und einer gefärbten rosafarbenen Strähne, war wie ihr Mann um die dreißig. Sie bat die Ermittlerinnen, sich zu ihnen an den Küchentisch zu setzen. Nyström wurde unmittelbar klar, dass sie über den gewaltsamen Tod von Mats Bäckmo Bescheid wussten, so selbstverständlich wie sie die zwei Vertreterinnen der Polizei hereinbaten. Aber alles andere wäre wohl auch eine Überraschung gewesen, mit Sicherheit hatte sich die Nachricht längst in der Straße, im gesamten Ort herumgesprochen. Die beiden kleinen Mädchen musterten sie über den Rand ihrer Kakaobecher hinweg neugierig, aber auch schüchtern. Nyström rang sich ihnen gegenüber ein Lächeln ab, Forss' Miene blieb dagegen unbewegt, wie Nyström mit Missfallen zur Kenntnis nahm. Die mangelnden kommunikativen Kompetenzen der Deutschschwedin wurmten sie ein ums andere Mal, allerdings wusste sie auch, dass Forss andere Qualitäten hatte. Sie wandte ihre Aufmerksamkeit Frans Frisk zu. Bäckmos bester Freund war ein großer, kräftiger Mann, den etwas Düsteres umgab. Das mochte zum Teil an seinem dunklen Teint und dem schwarzbraunen Haar liegen, an dem Bart und den breiten schwarzen Augenbrauen, die in der Mitte fast zusammenwuchsen. Zum anderen Teil waren aber auch sein skeptischer und gleichzeitig wilder Blick und die Zornesfalte über seiner Nasenwurzel für diese Wirkung verantwortlich. Nyström fielen seine muskulösen Schultern auf, die langen Arme, die großen Zähne. Dies war ohne jeden Zweifel ein Mann, der physisch dazu in der Lage war, einem Menschen mit einem einzigen Axthieb den Schädel zu spalten.

Nach einigen einleitenden Sätzen verließen die Mutter und die beiden Töchter wie auf ein unsichtbares Signal hin den Tisch und zogen sich ins Wohnzimmer zurück. Nyström hörte, wie ein Fernsehgerät angeschaltet wurde. Sie wissen es, dachte sie, das Ehepaar weiß, dass wir Fragen an Frans haben, dass wir vom Streit zwischen ihm und seinem besten Freund gehört haben. Der Mann legte einen abgekauten Hähnchenschenkel auf den Teller, schob ihn von sich und stützte seine kräftigen Ellenbogen auf die Tischplatte. Drahtiges schwarzes Brusthaar quoll aus dem Hemd, dessen oberster Knopf offen stand.

»Mats Bäckmo ist tot«, begann Nyström. »Er ist in den Morgenstunden während seiner Fahrradrunde im Wald auf eine abscheuliche Weise getötet worden.«

»Dein bester Freund, Frans«, fügte Forss an.

Ein Satz wie ein offenes Messer, dachte Nyström, und bewunderte widerstrebend ihre jüngere Kollegin nicht zum ersten Mal für ihre aggressive Direktheit.

Doch falls Frisk sich tatsächlich angegriffen oder herausgefordert fühlte, ließ er es sich nicht anmerken.

»Ja«, sagte er, den Blick auf die Tischplatte gerichtet, wobei offenblieb, ob sich seine knapp formulierte Zustimmung auf Nyströms oder auf Forss' Feststellung bezog. Vermutlich auf beide, war doch weder das eine noch das andere von der Hand zu weisen.

»Seit wann wart ihr befreundet?«, fragte Nyström mit freundlicher, teilnahmsvoller Stimme, die nahelegte, dass sie Frisk verstand, dass sie begriff, was es bedeutete, seinen besten Freund zu verlieren, umso mehr, da er und Bäckmo im Streit auseinandergegangen waren, und dass ihm nun die

Chance auf Versöhnung für immer genommen war. Bad Cop – Good Cop: Ganz natürlich fallen Forss und mir jedes Mal im Zusammenspiel diese Rollen zu, dachte sie. Vielleicht weil es gar keine Rollen waren?

Frisk zog vernehmlich die Nase hoch, ohne dabei den Blick von der Tischplatte zu heben, einer hellen, geölten Eichentischplatte mit einer lebendigen Struktur. Seine Finger glänzten vom Hühnerfett.

»Fünf«, sagte er. »Mats und ich waren fünf Jahre alt, als meine Eltern mit mir hierhergezogen sind. Wir sind zusammen zur Vorschule gegangen, dann zur Schule, erst in der Berufsausbildung haben sich unsere Wege getrennt. Ich bin Elektriker geworden, arbeite bei *Sjöberg* in Växjö. Mats hat hier in der Möbelfabrik angefangen, er konnte schon immer gut mit Holz. Dieser Tisch hier«, er streichelte mit seiner derben Hand über das schimmernde Holz, »hat Mats für Jenny und mich gemacht. Es war ein Hochzeitsgeschenk.«

Nyström wollte Augenkontakt, aber Frisk hob den Blick nicht. Was suchte er dort, in der Maserung der Tischplatte, der Struktur des Holzes? Die Nähe zu seinem Freund? Die Erinnerung an eine andere, an eine bessere Zeit?

»Ihr habt viel zusammen unternommen, auch in letzter Zeit noch«, sagte sie.

»Wir …« Frisk nickte. »Es ist ja kein Zufall, dass wir so nah beieinander wohnen. Jenny und Lina verstehen sich gut. Die Kinder spielen miteinander. Aber klar, das Zentrum war immer unsere Freundschaft, waren immer wir. Der Club und das Radfahren, die Abende im Pub und das gemeinsame Fußballgucken, vor allem wenn sein Liverpool gegen mein Chelsea gespielt hat, die Roten gegen die Blauen …« Endlich sah er auf und schaute Nyström und Forss mit seinen dunklen Augen abwechselnd an. »Es war wohl dieses typische Männerding. Einfach sein zu können, wie man war. Ohne großes Gerede, ohne großes Getue. Sich nicht erklären zu müssen. Schweigen zu können. Das konnte man mit Mats. Manchmal waren wir auf den Rädern stundenlang unterwegs, ohne ein Wort miteinander zu wechseln. Nicht, weil wir nichts hatten, worüber wir uns unterhalten konnten, sondern einfach weil es nicht notwendig war, über unsere Gefühle zu quatschen.«

»Aber große Gefühle waren im Spiel, oder Frans?« Forss klang spöttisch. »Ich meine, so ein Streit zwischen zwei kernigen Typen wie euch, der fällt doch nicht vom Himmel. Der dreht sich doch immer *um* etwas, oder nicht? Um Geld? Um eine Frau? Darum, wer den längsten …«

»Stina!«, unterbrach Nyström sie empört.

Das ging zu weit. Immerhin hatte der Mann an diesem Tag einen engen Freund verloren. Aber Forss schien nicht einmal mit der Wimper zu zucken. Auch ihr verletztes Augenlid, sonst ein zuverlässiger Indikator für innere Aufgewühltheit, blieb regungslos. Dafür geschah etwas im Gesicht von Frans Frisk. Der Muskel an seiner linken Schläfe begann zu trommeln, als hätte er ein Eigenleben.

»Worum ging es in eurem Streit?«, fragte Nyström sanft.

»Deine Kollegin hat recht, es ging um Geld«, sagte er nach einer Weile. »Ich habe mir bei Mats eine gewisse Summe für ein neues Fahrrad geliehen, das ich mir vor zwei Monaten gekauft habe. Ich konnte es ihm aber nicht so schnell zurückzahlen, wie es vereinbart gewesen war. Deshalb war er sauer auf mich. Zu Recht. Es hat ihn Lina gegenüber in Schwierigkeiten gebracht.«

Seine Stimme leierte, als würde ein ungeübter Leser eine Geschichte vorlesen. Eine Lügengeschichte?

»Na, sicher«, höhnte Forss. »Wegen ein paar Tausend Kronen bringt doch niemand seinen Freund um!«

»Ich habe Mats nicht umgebracht!«

Jetzt stierte er Forss an. Der Muskel an seiner Schläfe war außer Kontrolle. Am Hals traten Adern hervor.

»Was macht deine Handynummer im Kontaktverzeichnis von Åsa Hylander?«, fragte Forss scharf.

»Meine …?«

Die Wut wich aus Frisk wie Luft aus einem Loch im Schlauchboot. Etwas fiel in ihm zusammen, dafür baute sich etwas anderes auf. Nyström erkannte sofort, was es war, sie hatte diesen Augenblick schon bei vielen Verdächtigen beobachtet, den Moment, in dem die echte oder gespielte Empörung der Erkenntnis wich, dass einem wirklich ein Verbrechen zugetraut wird. Frisk bekam Angst. Er rieb sich die buschigen Augenbrauen, als würden sie plötzlich jucken.

»Ich sage nichts mehr«, flüsterte er.

Forss lächelte schief.

»Vielleicht solltest du einen Rechtsanwalt anrufen«, schlug sie vor.

»Ich brauche keinen Anwalt«, sagte er matt.

17

Hugo Delgado blickte gebannt auf den Bildschirm. Acht neue Bilder waren vor ihm aufgeploppt, acht Schnappschüsse von Autos, allesamt in den Siebzigerjahren aufgenommen, vermutete er. Die Farbigkeit der Fotos legte das nahe, die Orange- oder Grünstichigkeit der Aufnahmen und natürlich die kantige Formsprache der alten Modelle. Er erkannte einen zweitürigen Volvo 242 und die Kombiversion 245. Den klassischen Saab 900 und den Saab 99. Schwedische Autos.

Aber damit war sein Fachwissen auch schon erschöpft. Von den anderen Wagen konnte er bei dreien immerhin die Marken ablesen: VW, BMW, Peugeot. Das letzte Auto schien eher noch älter zu sein, ein bonbonfarbener Ami-Schlitten mit Heckflossen. Allen acht Fotos war gemein, dass sie nicht gestellt waren. Weder alte Werbebilder noch Pressefotografien. Oft war die Beleuchtung schlecht, der Schattenwurf ungünstig, die Anschnitte und Einstellungen ungeschickt gewählt. Amateuraufnahmen, wie sie in alten Fotoalben zu finden waren. Irgendeines dieser Bilder hatte für Åsa Hylander eine besondere Bedeutung gehabt. Aber welches? Delgado betrachtete die Schnappschüsse genauer. Hinter der Windschutzscheibe des hellblauen VW war schemenhaft ein Gesicht zu erkennen. Es lachte. Auch auf dem Foto des Saab 99 befanden sich Menschen. Der Wagen parkte an einer Strandpromenade, im Hintergrund war das Meer zu sehen. Direkt hinter dem Auto ging ein Spaziergänger. Delgado erkannte eine Frau mit Kopftuch und Sonnenbrille. Aber hatte das eine Bedeutung? Es war unmöglich zu sagen. Ratlos stand er auf und machte sich einen Kaffee. Vielleicht half das Koffein ihm auf die Sprünge. Mit einer dampfenden Tasse vor sich setzte er sich wieder hin. Warum ausgerechnet Autos? Warum die Siebzigerjahre? Er googelte die Modellbezeichnungen der vier ausländischen Wagen. Nachdem er sich eine halbe Stunde durch endlos erscheinende Fotostrecken geklickt hatte, wusste er mehr. Der BMW war ein 316er, der VW ein Passat. Der Peugeot hatte die Bezeichnung 304, der Wagen mit den Heckflossen war ein Chevrolet Bel Air. Schicke Autos, alle miteinander, dachte er. Aber dass er nun die Typenbezeichnungen kannte, brachte ihn auch nicht weiter. Hilflos sortierte er die Wagen nach Farben. Ein Volvo, ein Saab und ein VW waren in Blautönen lackiert. Der andere Volvo und der Peugeot rot. Der BMW gold, der zweite Saab gelb, der Chevrolet grün. Worauf war es Hylander angekommen? Die Marke, die Farbe, eine Kombination aus beidem? Etwas völlig anderes? Hatte sie eins dieser Autos besessen? Verband sie eine schöne Erinnerung mit einem der Modelle? War es ihr Traum gewesen, einen dieser Wagen einmal ihr Eigen zu nennen? Aber dafür waren die Autos mit Ausnahme des Chevrolets doch viel zu unprätentiös. Oder war es ebendeshalb der Chevy? Aber hätte sie dann nicht ähnlichere Modelle danebengesetzt? Dann war es also der Chevrolet auf keinen Fall. Oder eben wiederum doch, weil niemand damit rechnete? Beinahe hätte Delgado den schicken Wagen angeklickt. Aber er zögerte. Das Programm war diabolisch. Er drohte schon bei acht Türen zu scheitern. Weil jedes Bild alles bedeuten konnte. Oder gar nichts. Weil die Kriterien so vollkommen wahllos erschienen. Was für ein Auto kam ihm als Erstes in den Sinn, wenn er die Augen schloss?

Sein Fahrrad.

Aber danach?

Ein VW-Bulli. So ein alter Hippiebus mit abgerundeten Kanten. Warum eigentlich? Wahrscheinlich weil es das Symbol für ein lässiges, cooles Auto war. Das Auto für Leute, die Autofahren eigentlich verachteten. Oder nicht so wichtig fanden. Ihm fielen auf Anhieb drei aktuelle Werbespots ein, in denen so ein Bulli auftauchte, meistens noch in Kombination mit Surfbrettern und jungen, hippen Menschen. Mochte er also Bullis, weil ein solcher Wagen *everybody's darling* war? Nein, dachte er, nicht nur, denn da war noch etwas anderes, das Aufblitzen einer Erinnerung. Es gab dieses Foto, er sah es glasklar vor sich, das gerahmt auf der Kommode seines Elternhauses gestanden hatte. Eine alte Aufnahme seiner Eltern aus Chile, damals ein junges, hübsches Studentenpaar, das sich an den Händen hielt, an die Front eines

Campingbusses gelehnt, zwischen ihnen das runde VW-Logo.

So funktioniert kindliche Prägung, dachte er. Åsa Hylander war in den Siebzigerjahren Kind gewesen.

Er suchte in den Unterlagen nach der richtigen Nummer und wählte. Stefan und Astrid Hylander erreichte er nicht. Aber Åsas Bruder Linus.

»Ja«, sagte er verdutzt, nachdem ihm Delgado sein Problem in groben Zügen geschildert hatte. »Es war lange vor meiner Zeit, aber mein Vater schwärmt heute manchmal immer noch von dem Wagen. De facto hat er früher einmal einen gelben Saab 99 besessen.«

Delgado bedankte sich.

Dann klickte er das Bild an.

IM NORDOSTEN DER DEMOKRATISCHEN REPUBLIK KONGO, EINIGE JAHRE ZUVOR

Es war zwei Monate her, dass Mulopos Zuhause überfallen worden war und die Milizen ihn rekrutiert hatten. Zusammen mit zwei Jungen aus seinem Dorf, Clément und Falaswa, war er einem Trupp zugewiesen worden, der die Aufgabe hatte, den Einflussbereich der Rebellen zu vergrößern und Siedlungen zu überfallen, in denen die Armee Stellungen unterhielt. Mulopos Einheit bestand aus Leutnant Yannick, zwei Spähern, die beide noch jünger als Mulopo waren, und sieben Kämpfern. Mulopo hatte ein Sturmgewehr bekommen und nahm wie die anderen am täglichen Drill teil. Sie trainierten das Marschieren in Kolonne im Busch, das Anschleichen, das Robben im verwachsenen Unterholz. Sie übten Nahkampf und das Schießen mit der AK47. Obwohl er gut zielen konnte, war er noch eine sogenannte Jungfrau, was bedeutete, dass er noch niemanden getötet hatte.

Bis jetzt hatte ihr Zug zwei Dörfer eingenommen, wovon allerdings eins vollkommen verlassen und das andere nur noch von Alten und Kranken bewohnt worden war, weil alle anderen anscheinend hatten fliehen können. Bewaffnete Feinde waren ihnen noch nicht begegnet, dennoch hatte Falaswa bereits zwei Menschen erschossen, beide steinalt und bettlägerig. Der Leutnant hatte ihn dafür belobigt und zum Unteroffizier befördert, was bedeutete, dass er vom täglichen Kochdienst befreit war. Mulopo war froh darüber, noch keinen Menschen getötet zu haben, auch wenn die anderen ihn damit aufzogen. Falaswa hatte dafür gesorgt, dass bereits am ersten Tag alle im Zug darüber Bescheid wussten, dass Mulopo ohne sogenannte Taufe zum Soldaten geworden, dass ihm das Aufnahmeritual erspart geblieben war, weil sich sein Bruder für ihn geopfert hatte. Statt Mulopo beim Namen zu nennen, nannte Falaswa ihn »Zivilist«. So gut es ging, versuchte Mulopo Falaswa aus dem Weg zu gehen. Stattdessen suchte er die Nähe von Clément, auch wenn er nicht vergessen konnte, was sein Freund ihrem ehemaligen Spielgefährten Andele angetan hatte. Wenn er versuchte, darüber nachzudenken, kam er zwar immer wieder zu dem Schluss, dass Clément eigentlich keine Schuld traf, denn es war ja Andele gewesen, der Clément angegriffen hatte und nicht umgekehrt; außerdem war das Ganze unter Zwang geschehen. Clément hatte Andele töten müssen, um sein eigenes Leben zu retten. Dennoch ging es Mulopo nicht aus dem Kopf. Wenn er an den Tag zurückdachte, tauchte auch immer wieder Bawaka auf, der ihm selbstlos sein Leben geschenkt hatte. Und wenn er an Bawaka dachte, musste er natürlich an seine Eltern denken und auch an Nyota und den kleinen Cédric. Das alles tat so weh, dass es ihm den Atem raubte. Immer wieder kamen ihm Bawakas letzte Worte in den Sinn.

Da ist kein Gott.

Es gibt keinen Himmel.

Der Schmerz in ihm war so groß, dass er Bawakas Worten gerne Glauben geschenkt hätte, denn wenn es Gott wirklich gäbe, wie hatte er dann zulassen können, dass Mulopos Familie an einem einzigen Tag ausgelöscht, dass alle Menschen, die ihm etwas bedeuteten, auf einen Schlag vernichtet worden waren?

Andererseits verabscheute und verfluchte er solche Gedanken, denn worin sollte sein Trost bestehen, wenn nicht in dem Glauben daran, dass seine Eltern und Geschwister im Himmel waren und neben Gottes Thron auf ihn warteten?

All diese widersprüchlichen Gefühle und Gedanken wühlten ihn auf und fraßen an seinem Herzen, in Cléments Gegenwart noch stärker als in den schlaflosen Nachtstunden, in denen er den funkelnden und gleichzeitig so leeren Sternenhimmel nach irgendwelchen Zeichen, nach Hinweisen des Herrn absuchte. Dennoch war Cléments Nähe besser als die schweigende, eiserne Einsamkeit; auch wenn all das, was passiert war, wie eine unsichtbare Mauer zwischen den Freunden stand, denn auch Clément hatte sich verändert, war verschlossener und stiller geworden und mied, wenn es ging, jeden Augenkontakt mit Mulopo.

DONNERSTAG

1

Ingrid Nyström hatte sich fünf Stunden Schlaf zugestanden. Als sie im Büro ankam, war es 6 Uhr 53. Das Thermometer in ihrem Wagen hatte fünf Grad unter null angezeigt, die Nacht über hatte es kräftig geschneit, ein pudriger Schnee, der unter ihren Schritten geknirscht hatte. Auf ihrem Schreibtisch stapelten sich Berichte und Notizen, die sie erst einmal beiseiteräumen musste, um an die Tastatur ihres Rechners zu kommen. In ihrem E-Mail-Posteingang befanden sich mehr als zwanzig neue Mails, die meisten kamen von Journalisten, vier davon gehörten zu den großen, überregionalen Tageszeitungen. Sie überflog die Anfragen. Nachdem sie mehrmals den Ausdruck Mordserie gelesen hatte und dabei als Quelle immer wieder auf Lars Knutsson verwiesen wurde, spürte sie eine gallige Wut in sich aufsteigen. Ausgerechnet Lasse, ausgerechnet ihrem erfahrensten Mitarbeiter hatte das passieren müssen! Wie konnte er nur so gedankenlos sein? Wo sie am Vortag doch ausdrücklich darauf hingewiesen hatte, dass derartig voreilige Schlussfolgerungen absolut zu unterbleiben hatten. Aber was hieß hingewiesen? Verlangt hatte sie es! Von allen Kollegen eingefordert! Und was tat Lasse? Was tat dieser Tollpatsch? Er trat vor das nächstbeste Mikrofon, schlimmer noch, vor die nächstbeste Kamera und nahm dieses Unwort in den Mund!

Womit hatte sie das verdient?

Schlimm genug, dass sie es mit zwei furchtbaren Gewaltverbrechen zu tun hatte, zwei grausamen und spektakulären Morden, die jeder für sich schon genügend Sprengkraft hatten, um ein ungesundes Presseecho zu verursachen. Aber diesen komplizierten, schwierigen Doppelfall ohne Not zum Boulevardreißer aufzubauschen, war noch einmal eine ganz andere Kategorie an Hornochsigkeit. Lasse verdiente einen Anpfiff, der sich gewaschen hatte! Sie trat mit voller Wucht gegen ihren Schreibtisch. Erst der Schmerz brachte sie wieder zur Besinnung.

Am wichtigsten war es, den Schaden zu begrenzen, den Lasse verursacht hatte. Während sie vorsichtig ihren schmerzenden Zeh bewegte, beschloss sie, in die Offensive zu gehen und noch an diesem Tag eine Pressekonferenz abzuhalten. Das war allemal effektiver und wirkungsvoller, als den ganzen Tag lang beschwichtigende Mails zu schreiben. Sie würde der Öffentlichkeit ruhig und sachlich die Faktenlage erklären, ohne dabei zu viele Details des Ermittlungsstands offenzulegen. Selbstverständlich musste sie an Frans Frisk denken, der heute zur weiteren Vernehmung einbestellt worden war. Auch wenn ihn seine enge Freundschaft zu Mats Bäckmo, ein mögliches Motiv sowie das Schweigen in Bezug auf seine Verbindung zu Åsa Hylander in keinem guten Licht dastehen ließ, fand sie es zu früh, ihn als Tatverdächtigen zu präsentieren, weshalb sie sich am Vorabend auch gegen eine Verhaftung entschieden hatte. Unter anderem auch deshalb, weil er offensichtlich keine Krücke und keinen Gehstock benötigte, um sich fortzubewegen. Sie hatten ihn sogar mehrmals den Flur auf und ab gehen lassen. Forss war hinterher der Ansicht gewesen, dass sein Gang etwas Unrundes gehabt hätte, aber Nyström war nichts aufgefallen. Die Tatsache, dass er eine junge Familie hatte, trug dazu bei, dass sie eine Flucht als unwahrscheinlich einschätzte. Ein intensives Verhör im Präsidium und eine sorgfältige Überprüfung seiner Alibis würden sie sicherlich ein ganzes Stück weiterbringen. Nachdenklich sortierte sie die Unterlagen, Berichte und Notizen, die sich auf ihrem Schreibtisch angesammelt hatten. Allesamt beinhalteten sie kaum mehr als vage Anhaltspunkte, mögliche Ermittlungsansätze, unzusammenhängende Spuren. Da gab es natürlich das *Bondage*, wie Forss es genannt hatte. Beide Mordopfer hatten womöglich ähnliche Sexualpraktiken gemocht. Waren sie sich vielleicht einmal in diesem Kontext begegnet? Oder gab es vor diesem Hintergrund bisher unbekannte Dritte oder Vierte, durch die die beiden Toten miteinander bekannt gewesen waren? Forss zufolge existierten sogar Clubs, in denen sich Menschen trafen, um solchen Neigungen nachzugehen. Eine weitere Befragung von Lina Bäckmo und ehemaligen Partnern Åsa Hylanders würde wahrscheinlich für mehr Klarheit sorgen. In diesem Zusammenhang könnte ihnen mediale Aufmerksamkeit vielleicht sogar nützlich sein, überlegte Nyström und betrachtete zum wiederholten Mal das Porträtfoto des unbekannten Johans, das an Hylanders Kühlschrank gefunden worden war. Der in ihren Augen gut aussehende, reife Mann, von dem sie bisher nur den Vornamen kannten, war den Aussagen von Hylanders Freundin

Helena Tegner zufolge der Liebhaber der ermordeten Frau gewesen. Auch ihre Tochter hatte auf Nachfrage bestätigt, dass ihre Mutter in den vergangenen Monaten den Namen Johan mehrmals erwähnt hatte. Dieser Umstand und die Tatsache, dass er sich bisher noch nicht an die Polizei gewandt hatte, machten ihn natürlich in gewisser Weise verdächtig. Warum war er nicht aufzufinden? Warum meldete er sich nicht bei ihnen? Oder war es denkbar, dass er noch gar nichts von Hylanders Tod wusste? Bis gestern Abend war ihr Name schließlich aus allen Publikationen herausgehalten worden. Dagegen sprach, dass sich die nicht zuzuordnende Nummer des Prepaidhandys seit Freitagabend nicht mehr bei Hylander gemeldet hatte. Allerdings musste die Nummer nicht zwangsläufig ihm gehören. Wie auch immer: Ein Fahndungsaufruf und die Veröffentlichung des Fotos würden den abgetauchten Mann möglicherweise ans Licht bringen. Sie legte das Foto zur Seite und machte sich einige Notizen. Dann ging sie eine Liste durch, die Hugo Delgado zusammengestellt hatte. Vierunddreißig anonymisierte Patientendatensätze von Menschen, die in den vergangenen sechs Wochen in Krankenhäusern und Arztpraxen im Landkreis Kronoberg wegen einer Verletzung am Bein oder Fuß behandelt worden waren. Angeheftet war eine zweite Liste mit einundvierzig Patienten, die ein chronisches Leiden hatten, das das Benutzen von Krücken nötig machte. Von diesen insgesamt fünfundsiebzig hatte Delgado alle Patienten über siebzig und unter achtzehn gestrichen. Übrig geblieben waren einunddreißig. Mit Sicherheit wäre es für die Ermittlung wichtig, sie genauer unter die Lupe zu nehmen. Dafür würde allerdings der Staatsanwalt die Daten freigeben und die Anonymisierung aufheben müssen. Auch ein Punkt, bei dem ihr die nun entstandene mediale Aufmerksamkeit helfen konnte, überlegte sie, denn den öffentlichen Druck, der sich seit gestern Abend aufbaute, bekam nicht nur sie zu spüren, sondern alle beteiligten Organe der Ermittlungsbehörden, sprich ihr Vorgesetzter, Polizeichef Erik Edman, ebenso wie Staatsanwalt Joakim Börjlind. Dieser Gedanke war ihr gar nicht mal so unsympathisch. Die Flutwelle, die eine Pressekonferenz auslösen würde, musste die Ermittlung nicht notwendigerweise überrollen und ihre Einzelteile fortspülen, nein, sie konnte ihr und ihrem Team womöglich sogar dienlich sein, zumindest dann, wenn es ihr gelang, sie in die richtigen Bahnen zu lenken. Wichtig war zunächst, Edman und Börjlind auf ihre Seite zu ziehen und gleichzeitig den Schwelbrand zu löschen, den Lasse Knutssons Geraune von einer Mordserie gelegt hatte. Vielleicht war das Blatt, das sie in der Hand hielt, also doch gar nicht so schlecht. Ingrid Nyström, dachte sie nicht unzufrieden: Tsunamibezwingerin und Feuerwehrfrau. So fremd dir dieses politische Manövrieren und Taktieren auch eigentlich ist, es gehört wohl zum Berufsbild einer Hauptkommissarin dazu, ob es dir nun passt oder nicht.

Zufrieden las sie in den Mails, dass Hugo Delgado mit Hylanders rätselhaftem Computerprogramm einen Schritt weiter gekommen war und dass Kent Vargen mehrere Exfreunde der Ermordeten ausfindig gemacht hatte. Sie telefonierte eine gute Stunde lang mit Erik Edman, Staatsanwalt Börjlind und der Pressestelle, die seit Kurzem von Rosanna Lukasson, einer neuen Kollegin, besetzt wurde. Der Einzige, der Zicken machte, war erwartungsgemäß Edman. Er echauffierte sich endlos darüber, dass in seiner Abwesenheit mal wieder das absolute Chaos ausgebrochen sei. Was natürlich völliger Blödsinn war. Sie ließ seine Tiraden so lange über sich ergehen, bis er schließlich, wie sie erwartet hatte, die Idee ins Spiel brachte, mit einer Pressekonferenz das verheerende Bild, das die Polizeibehörde abgab, geradezurücken und das Vertrauen der Öffentlichkeit wiederherzustellen. Sie stimmte ihrem Chef beflissen zu: »Eine Pressekonferenz ist eine ganz ausgezeichnete Idee, Erik!«

Am Nachmittag würde das Kriminalkommissariat Kronoberg ausführlich über die Gewaltverbrechen an Åsa Hylander und Mats Bäckmo informieren.

Anschließend vertiefte sich Nyström in Bo Örkenruds Bericht zum Tatort in Lammhult sowie in den Obduktionsbefund von Mats Bäckmo, den ihre Freundin, die Pathologin Ann-Vivika Kimsel, gestern Abend verfasst hatte. Wir kommen vorwärts, dachte sie zwischendurch immer wieder, zwar langsam, aber es geht voran.

2

Als Stina Forss aufwachte, dröhnte ihr Schädel und der Kiefer schmerzte. Wieder hatte sie in der Nacht mit den Zähnen geknirscht. Mein Körper reagiert auf etwas, dachte sie, er reagiert, als würde ich mich unter großem Druck befinden. Aber das war natürlich lächerlich. Unter welchem Druck stand sie denn schon? Sicher, der Fall, mit dem sie es zu tun hatte, forderte sie, intellektuell und kräftemäßig, aber das war in ihrem Job normal. Alltag. Nichts, was sie umwerfen konnte. Nichts, was ihr wirklich unter die Haut ging. Natürlich war es immer tragisch, wenn Menschen starben, ganz gleich ob in die Jahre gekommen oder jung, alleinstehend oder mit Familie. Jeder gewaltsame Tod war einer zu viel. Aber sie hatte in ihrer Zeit bei der Berliner Mordkommission Dinge erlebt, die härter gewesen waren als dies hier.

Ermordete Kinder, gefolterte Menschen. Unvorstellbares Leid, das ihren Berufsalltag geprägt und sie zu einer guten Kommissarin gemacht hatte. Instinktsicher, hartnäckig, immer bereit, über Grenzen hinwegzugehen, wenn es die Situation erforderte, vor allem über ihre eigenen. Diese Eigenschaften machte sie zu einer fähigen Polizistin. Zu dem Menschen, der sie heute war.

Und gleichzeitig auch wieder nicht, dachte sie. Denn es hatte immer einen Teil in ihr gegeben, man mochte ihn *Seele* nennen oder weniger esoterisch ihr *Innerstes*, der von all diesen Grausamkeiten, der von all dieser Entmenschlichung erstaunlicherweise nicht berührt wurde. Etwas, das es ihr leicht machte, auf Distanz zu bleiben. Eine Beobachterin zu sein. Sie wusste, dass dies mit dem zusammenhing, was ihr als Kind widerfahren war. Der gewalttätige Ausbruch ihres Vaters, seine Misshandlung hatten sie stark verletzt, hatten sie auf eine Weise gezeichnet, von der ihr Körper und ihr Geist, ihre Persönlichkeit noch heute zeugten. Doch irgendwie hatte sie das, so paradox es klang, gleichzeitig auch weniger verwundbar gemacht. Nach diesen Geschehnissen, nachdem sich der Held ihrer Kindheit von einem Tag auf den anderen in ein gewalttätiges Monster verwandelt hatte, konnte ihr niemand mehr etwas Schlimmeres antun. Es war ein bisschen wie bei Harry Potter, dachte sie manchmal. Ein tödlicher Fluch war von ihr abgeprallt und hatte eine Narbe in ihrem Gesicht hinterlassen sowie den Nimbus der Unbesiegbarkeit.

Sie war das Mädchen, das überlebt hatte.

Wenn man es pathetisch formulieren wollte. Mit einem entscheidenden Unterschied zu der bekannten Jugendbuchsaga: Der Tod *ihres* Peinigers hatte keinen Triumph bedeutet, sondern nur ein schwarzes Loch hinterlassen, dessen Anziehungskraft sie Tag für Tag aufs Neue überraschte.

Warum also reagierte ihr Körper derart stark, wenn es nicht an beruflichem Stress lag? Sie stellte sich unter die Dusche und ließ sich von dem heißen Wasserstrahl den Kopf massieren. Dort löste sich der Schmerz ein wenig. Hatte ihre Anspannung mit Kent zu tun? War es das Vage und Ungefähre ihres Verhältnisses, das ihr zu schaffen machte? Nein, eigentlich glaubte sie das nicht, war es doch sie, die diese Unbestimmtheit jedes Mal aufs Neue forcierte, vielleicht aus ebenjenem Schutzreflex heraus, der ihr wie kein anderer Charakterzug zu eigen war. Sie rubbelte ihr störrisches rotbraunes Haar trocken, dann ging sie durch den Flur zurück ins Schlafzimmer. Die Erkenntnis berührte sie wie ein kalter Lufthauch und manifestierte sich körperlich. Sie zitterte. Es hatte natürlich mit den Einbrüchen zu tun. Da draußen war irgendjemand, der etwas von ihr wollte, und sie hatte keine Ahnung, was das war. Selbstverständlich machte ihr dieser Gedanke Angst. Aber gleichzeitig war da auch ein starker Trotz. Komm doch, dachte sie und betrachtete die Waffe auf ihrem Nachttisch, komm doch her und versuch es dir zu holen.

3

Hugo Delgado hatte sich nach der morgendlichen Teambesprechung wieder in sein Büro verkrochen. Es gab wahnsinnig viel zu tun. Nicht nur, dass die Liste seiner Aufgaben, die mit der Ermittlung zu tun hatten, immer länger wurde. Nun hatte sich auch noch Halb-vier-Erik eingemischt und verlangte vor der Pressekonferenz, die Nyström am Nachmittag abhalten wollte, eine schicke digitale Präsentation der beiden Fälle. Konnte er nicht mit den Akten und Berichten arbeiten, wie alle anderen auch? Nein, konnte er nicht, denn damit ließe sich ja weder beim Bezirksstaatsanwalt noch bei der mittlerweile eingeschalteten Landespolizeiführung Eindruck schinden. Also durfte Delgado einen halben Vormittag damit verplempern, den Layouter zu spielen, anstatt sich wichtigen Dingen zu widmen. Zum Beispiel dem nächsten Tor in Åsa Hylanders Labyrinth, vor dem er seit gestern Abend stand, und das ihn in der Nacht bis in seine Träume hinein verfolgt hatte. Sechzehn Bilder von sechzehn verschiedenen Handtaschen. Typisch Weiber, war es ihm spontan entfahren. Was würde als Nächstes kommen? Zweiunddreißig verschiedene Stöckelschuhe? Vierundsechzig Lippenstiftvarianten? Der Umgang, das geistige Hantieren mit den historischen Automodellen war ihm leichter gefallen. Selbst für ihn als passionierten Fahrradfahrer waren Gefühle für ein Auto etwas, das er nachvollziehen konnte. Ein Auto hatte eine Ausstrahlung, einen bestimmten Charakter, war sicherlich auch ein Statussymbol. Ein Auto war ein Kulturgut. Aber inwieweit galt das für Handtaschen? Ehrlich gesagt hatte er noch nie darüber nachgedacht, warum auch? Er besaß keine Handtasche. Er besaß zwar auch kein Auto, aber theoretisch könnte er eins besitzen, es war für einen Mitte Dreißigjährigen, der in einer mittelgroßen Stadt lebte, sogar ungewöhnlich, dass er keins besaß. Eine Handtasche hatte er dagegen nicht, weil er ein Mann war. Männer besaßen in der Regel keine Handtaschen, Handtaschen waren ein reines Frauending, deshalb fremdelte er mit ihnen. Doch je länger er sie betrachtete und über sie nachdachte, desto mehr musste er zugeben, dass für sie im Grunde dieselben Dinge galten wie für Autos. Es gab verschiedene Typen mit verschiedenen Ausstrahlungen. Bestimmte Charaktere. Und ganz sicher konnte eine Handtasche ein Statussymbol sein, wie anders war es zu erklären, dass man Zehntausende von Kronen für eine Tasche ausgeben konnte? Er beschloss, sich als Erstes ein wenig mit der Materie vertraut zu machen und las sich widerstrebend durch Modeblogs, wo er den Unterschied zwischen Henkeltaschen, Schultertaschen, Umhängetaschen und Tragetaschen kennenlernte. Dabei erfuhr er, was eine *clutch* und was eine *hobo* war. Die Bedeutung von Henkellänge, Innenfächern, versteckten Taschen, Schlüsselringen, Beschlägen und Verschlüssen. Die Feinheiten der Verwendung von Lammleder, Rindsleder, Straußenleder, Krokodilleder und Schlangenleder. Nappaleder, Wildleder, Lackleder, geprägtem und genarbtem Leder. Leinen und vinylgetränkter Baumwolle. Ein Mikrokosmos des verfeinerten Geschmacks einerseits, der fahle Beigeschmack von unnötigem Luxus andererseits. Mit geschärftem Blick wandte er sich wieder seinen sechzehn Bildern zu. Im Gegensatz zu den Fotos der Automodelle wirkten alle Aufnahmen professionell. Delgado war sich sicher, dass es sich um Produktfotos handelte, die angefertigt worden waren, um die Waren zu verkaufen. Natürlich konnte es so sein wie bei den Autos: eine Tasche, die Hylander irgendwann einmal in der Vergangenheit wichtig gewesen war. Aber ob sich ihr Bruder oder sonst jemand an ein bestimmtes Handtaschenmodell erinnern würde, war doch sehr zu bezweifeln. Am ehesten vielleicht noch eine ihrer Freundinnen, die für so etwas ein Auge hatte. Er machte sich eine entsprechende Notiz. Dann begann er mit dem Versuch, die sechzehn Taschen zu katalogisieren. Alle miteinander waren klassische Henkeltaschen, als Material wurde meistens Leder in verschiedenen Bearbeitungsvarianten verwendet, aber es gab auch Stoffapplikationen und zwei Taschen, die gänzlich aus Leinen oder Baumwolle zu sein schienen. Farblich dominierten helle Braun- und Beigetöne, wobei auch ein paar knalligere Modelle dabei waren. Anhand der Markenembleme, die sich häufig raffiniert eingearbeitet in den Verschlüssen oder Beschlägen fanden oder profaner als Prägung, Beschriftung oder Anhänger, gelang es ihm, bemerkenswert viele Marken zu identifizieren. Bestimmt liegt das daran, dass die Tasche der Umwelt dezent oder mit Nachdruck vermitteln soll, aus welcher tollen Fabrikation sie stammt, dachte er. Es gab jeweils zwei Modelle von Louis Vuitton, Michael Kors und Gucci. Eins von Prada, Chanel, Hermès, Givenchy und Yves Saint Laurent. Ein mit einem Karabinerschloss gesichertes Täschchen von George, Gina und Lucy. Vier Taschen konnte er nicht zuordnen. Er googelte nach Preisen. Alle Modelle, die er hatte identifizieren können, waren im Handel erhältlich. Vier der zwölf identifizierten Taschen waren aus dem mittelteuren Segment, acht waren hochpreisig. Delgado holte sich einen Kaffee und dachte nach. Åsa Hylander war keine Frau, die sich nach einer mittelteuren Tasche sehnen würde. Aber womöglich würde sie vielleicht gerade deshalb eine günstigere als Tor in ihrem Labyrinth wählen, oder? Er merkte, dass er nicht weiterkam. Mit was für einem Quatsch ich mich hier beschäftigen muss, dachte er. Entnervt machte er sich an die Präsentation, nach der Erik Edman verlangte.

4

Die Scham über sein verunglücktes Interview lastete schwer auf Lasse Knutsson. Er hatte sich überwinden müssen, am Morgen überhaupt aufzustehen, am liebsten hätte er die Decke über den Kopf gezogen und wäre bis zum Sankt-Nimmerleins-Tag im Bett liegen geblieben. Aber das war natürlich keine Alternative. Also hatte er die Zähne zusammengebissen, war zur Arbeit gefahren und in Ingrid Nyströms Büro vorstellig geworden, wo er sich die erwartete Standpauke abgeholt hatte. Danach war es ihm besser gegangen. In der anschließenden Besprechung hatte die Chefin seinen Fehler mit keinem Wort mehr erwähnt. Dass sie länger sauer auf ihn war, hätte er auch kaum aushalten können, dazu bewunderte er sie viel zu sehr. Aber zum Glück war Ingrid nicht nachtragend, was sie zu einer noch besseren Vorgesetzten machte, fand er. Seinen Vorschlag, den Tag in Lammhult zu verbringen und mit den Arbeitskollegen und Vereinsfreunden Bäckmos zu sprechen, hatte sie gutgeheißen. Mit dem berauschenden Gefühl, dass nun alles gut werden würde, das er vom Beginn seiner vielen Diätversuche kannte, war Knutsson nach Lammhult gefahren. Bereits am Vorabend hatte er, nachdem die Journalisten und Reporter abgerückt waren, unter den Trauernden, die vor den Toren der Möbelfabrik eine spontane Mahnwache abgehalten hatten, erste Kontakte geknüpft, unter anderem zu Razzaq Hamudi, dem Geschäftsführer des Unternehmens, und Camilla Frederiksson, einer Frau aus dem Betriebsrat, die ihm zugesagt hatten, dass er am nächsten Tag auf einer dafür anberaumten Betriebsversammlung zu den Angestellten sprechen dürfe.

Zur Mittagszeit fand sich Knutsson in der Kantine ein. Hamudi und Frederiksson begrüßten ihn und bewirteten ihn mit Hühnchen, Curryreis und Salat sowie anschließendem Kaffee und Kuchen. Gegen halb eins hatten sich etwa vierzig Beschäftigte an den Tischen eingefunden. Knutsson erkannte einige Gesichter vom Vorabend wieder. Hamudi griff zu dem Mikrofon einer kleinen Anlage und informierte die Belegschaft offiziell über den Tod von Mats Bäckmo. Den betretenen und bestürzten Mienen entnahm Knutsson, dass Bäckmo ein beliebter Kollege gewesen war. Einigen standen Tränen in den Augen, auch Hamudis Stimme stockte. Anschließend übernahm Frederiksson das Mikrofon, beantwortete Fragen und verlas eine Beileidsbekundung des Personalrats. Jemand meldete sich und schlug eine Sammelaktion vor, um die junge Familie finanziell zu unterstützen. Unter beifälligem Gemurmel sagte Frederiksson zu, dafür ein entsprechendes Konto einzurichten. Hamudi übernahm noch einmal das Mikrofon und verkündete, dass die Geschäftsführung bereits beschlossen habe, einen Hilfsfonds mit dreißigtausend Kronen einzurichten. Der Saal klatschte, Frederiksson und Hamudi traten zur Seite. Nun stand Knutsson im Mittelpunkt. Er stellte sich kurz vor, brachte seine persönliche Betroffenheit und Wut darüber zum Ausdruck, dass der Gesellschaft durch ein feiges Verbrechen ein junger, tatkräftiger Familienvater genommen worden sei, sowie sein Mitgefühl für Lina Bäckmo und ihre drei Kinder. Er versprach, dass die Polizei alles in ihrer Macht Stehende tun werde, um den Tod von Mats Bäckmo aufzuklären und den Täter zur Verantwortung zu ziehen. Er erntete überwiegend zustimmendes Nicken, sah aber auch einige, die mit vor der Brust verschränkten Armen und versteinerten Mienen Misstrauen gegenüber den Ermittlungsbehörden zum Ausdruck brachten.

»Das waren die Kanacken!«, rief unvermittelt eine Stimme von hinten.

»Scheiß Ausländer!«, eine andere.

Alle drehten sich um. Einige standen auf. Es gab empörte Gegenrede. Ein hitziges Wortgefecht. Vereinzelt wurde zustimmend geklatscht.

Knutsson beeilte sich, die Kontrolle über die Situation zurückzugewinnen. Wie ein Pastor vor einer Gemeinde breitete er seine Arme aus, machte beschwichtigende Gesten und bat mehrmals um Stille. Nach einer Minute war es wieder so ruhig, dass er weitersprechen konnte, und alle sahen zu ihm nach vorne.

»Jeder, der Mats Bäckmo gut gekannt hat oder meint, etwas zu der Ermittlung beitragen zu können, findet in mir einen aufmerksamen Zuhörer. Ich stehe hier in den nächsten Stunden zur Verfügung.« Dann bedankte er sich für die Aufmerksamkeit und setzte sich zurück an seinen Tisch.

5

Kent Vargen war verdutzt, und das war noch harmlos ausgedrückt. Eigentlich war er in höchstem Maße verwirrt. Dies verdankte er dem Inhalt der Metallkassette, die er am Vorabend im Schuppen von Stina Forss gefunden hatte.

Nach seinem Einbruch hatte er die Kassette im Wagen verstaut und war zum Präsidium gefahren, um die To-do-Liste auf seinem Schreibtisch abzuarbeiten. Er telefonierte unter anderem mit den Besitzern des Reitstalls, in dem Åsa Hylander ihr Pferd stehen hatte, sowie mit einigen ihrer Parteifreunde aus der Zeit, in der sie politisch aktiv gewesen war. Sowohl die Besitzerin des Stalls als auch eine politische Weggefährtin Hylanders bei den *Moderaten* konnten Interessantes aus dem viel beschworenen Nähkästchen erzählen, für Ermittler oft eine wahre Goldgrube. Nein, Åsa Hylander war in Bezug auf Männer anscheinend alles andere als eine Kostverächterin gewesen. Vargen fragte nach Namen und bekam welche, drei an der Zahl, zwei der Männer waren verheiratet. Einer von ihnen war Jesper Stenmalm, der wenig mitteilungsfreudige Glatzkopf, den er bereits getroffen hatte. Einigermaßen zufrieden war Vargen nach Feierabend in seine karge Wohnung in Teleborg gefahren und hatte sich endlich der Kassette gewidmet. Doch der robuste Metallkasten widersetzte sich Vargens Fertigkeiten mit dem Dietrich so lange, bis er entnervt aufgab. Er hatte den Tag über definitiv zu viele Tabletten genommen, als dass seine Hände ruhig genug für ein so avanciertes Schloss gewesen wären. Also nahm er ein Schlafmittel und legte sich hin.

Am nächsten Morgen stand er bereits Stunden vor der Dienstbesprechung auf und versuchte es erneut, diesmal mit Erfolg. Doch der Inhalt war eine herbe Enttäuschung. Die Metallbox barg nichts weiter als eine Sammlung militärischer Rangabzeichen und Orden. Stina hatte einmal erwähnt, dass ihr Vater sein Berufsleben lang bei der Armee gewesen war. Vargen, der nicht nur selbst gedient hatte, sondern auch einige Jahre in einer Eliteeinheit ausgebildet worden war und unter anderem in Afghanistan gekämpft hatte, bevor er vom Nachrichtendienst *Säpo* rekrutiert wurde, konnte den beruflichen Werdegang von Kjell Forss anhand der Rangabzeichen und Auszeichnungen nachvollziehen. Forss war bei der Militärpolizei gewesen und hatte es dort in den Rang eines Oberstleutnants gebracht, eine ansehnliche, aber keine spektakuläre Karriere für jemanden, der sein Berufsleben der Landesverteidigung gewidmet hatte. Die Abzeichen aufzubewahren war aus nostalgischen Gründen natürlich verständlich, aber aufgrund des merkwürdigen, verschämten Aufbewahrungsorts hatte Vargen in der Kassette etwas anderes erwartet, Geld, Wertpapiere, ein großes Geheimnis, weiß der Himmel was! Aber dies hier? Fast hätte er in einem Anfall von Unbeherrschtheit das Ding von seinem Tisch gefegt. Stattdessen starrte er es wütend an. Hatte Stina womöglich die Orden im Schuppen versteckt, weil sie so etwas nicht im Haus haben wollte? Dieser durchgeknallten Frau traute er alles zu, erst recht, dass sie das Andenken an ihren alten Herrn geringschätzig behandelte, wo er ihr doch, als sie klein gewesen war, so richtig gezeigt hatte, wer das Sagen … Doch dann fiel sein Blick auf etwas Unerwartetes. In der Kassette lag unter den Stoffabzeichen und dem anderen Geklimper ein altmodischer Prachtorden, der sich von allen anderen Abzeichen unterschied. Er war wohl ursprünglich in ein Stückchen Stoff geschlagen gewesen, doch das war durch das Schütteln der Kiste zur Seite gerutscht und gab nun den Blick auf ein goldenes Andreaskreuz besonderer Machart frei. Seine vier gezackten Enden liefen auf eine runde Mitte zu, die von drei Kronen geziert war. Längs durch die Mitte führte ein Schwert, dessen Spitze eine große, filigran gearbeitete Krone zeigte. Die Krone wiederum war an der Spitze mit einer feingliedrigen Öse an einem geklöppelten gelben Ordensband befestigt, auf das blaue Streifen und ein weiteres goldenes Schwert gestickt waren. Vargen nahm das antiquiert wirkende Stück vorsichtig aus der Kassette. Es war überraschend schwer. Er drehte es um. Eine geprägte Ziffer und ein Emblem verrieten, dass es sich erstens um echtes Gold und zweitens um einen Orden des Königshauses handelte, außerdem standen dort noch zwei lateinische Wörter eingraviert. Solch eine Auszeichnung kannte er aus seiner Armeezeit nicht, obwohl er als Rekrut die dämlichen Abzeichen tagelang rauf und runter hatte lernen müssen. Er zog den Laptop aus der Arbeitstasche, schaltete ihn an und suchte auf einschlägigen Websites nach der Militärauszeichnung. Er fand den Orden nach langem Suchen schließlich auf einer Seite mit historischen Abzeichen. Die Ehrfurcht jagte ihm einen Schauer durch den Körper. Es handelte sich um das sogenannte *Kriegskreuz ersten Grades in Gold des Königlichen Schwertordens*. Es war der Bildunterschrift zufolge die größte und bedeutendste Tapferkeitsmedaille Schwedens. Meine Güte, er hatte Kjell Forss wirklich unterschätzt. Ungeduldig las Vargen weiter. Die Auszeichnung wurde ausschließlich in Kriegszeiten vergeben, sie war 1954 eingeführt worden, allerdings ruhte ihre Verleihung seit der großen Ordensreform 1974.

Wie konnte das sein?

In dieser Zeitspanne, ach was, in den vergangenen zweihundert Jahren hatte sich Schweden nicht im Krieg befunden. Und auf der Homepage stand es schwarz auf weiß zu lesen: Der ranghöchste Orden des Landes, ebenjenes *Kriegskreuz ersten Grades in Gold des Königlichen Schwertordens*, war niemals verliehen worden.

Aber wie, um alles in der Welt, kam das wertvolle Abzeichen dann in den Besitz von Kjell Forss?

6

Die Strategie, die sich das Ermittlerteam für die Vernehmung von Frans Frisk überlegt hatte, sah vor, dass ihn zunächst Ingrid Nyström im Beisein von Kent Vargen ausgiebig befragen sollte. Ein freundlich geführtes Gespräch im hellen Besprechungszimmer bei Kaffee und Gebäck, in dem Frisk die Gelegenheit gegeben werden sollte, zu erläutern, woher er Åsa Hylander kannte und wo er sich zum Zeitpunkt der Morde aufgehalten hatte. Würde Frisk die Fragen der Hauptkommissarin nicht zufriedenstellend beantworten können, sollte es eine zweite, verschärfte Fragerunde in einem Verhörraum geben, in der Stina Forss versuchen würde, den Verdächtigen in Widersprüche zu verwickeln. *Good Cop, Bad Cop*, in dieser Reihenfolge.

Frisk, der, wie Nyström registrierte, ohne die Begleitung seiner Frau und ohne Rechtsanwalt erschien, sah übermüdet und abgekämpft aus, was seine ohnehin düstere Ausstrahlung noch verstärkte. Er schien diesmal tatsächlich ein wenig zu hinken, dachte Nyström, oder projizierte sie Forss' Meinung auf ihn, waren seine Schritte einfach kraftlos und schwer? Vargen und sie begrüßten den Mann und baten ihn, Platz zu nehmen. Vargen nahm Frisk den Mantel ab und versorgte ihn mit Kaffee und Zimtschnecken. Der Stockholmer Kommissar war die Liebenswürdigkeit in Person; wie froh sie war, dass der kompetente Mann seit einigen Monaten ihr Team verstärkte.

Falls Frisk über die Abwesenheit von Forss, die ihn am Vortag so scharf angegangen war, erleichtert war, ließ er es sich nicht anmerken. Im Gegenteil: Sein großer, muskulöser Körper ließ jede Spannung vermissen, die Schultern hingen so schlaff nach unten wie sein Kopf. Er schleppt etwas Unsichtbares mit sich herum, dachte Nyström, etwas, das wir noch nicht erkennen. Eine schwere Schuld?

Sie bat ihn zu Beginn, noch einmal über seine Freundschaft zu Mats Bäckmo zu sprechen. Frisk wiederholte vieles von dem, was er bereits erzählt hatte. Mats Bäckmo und er waren seit ihrer Kindheit enge Freunde gewesen. Sie waren gemeinsam zur Schule gegangen, hatten ihr Leben lang dieselben Hobbys geteilt, hatten mehr oder weniger gleichzeitig geheiratet und Familien gegründet, die viel miteinander unternahmen. Ihre Faszination fürs Fahrradfahren hatten Bäckmo und er bereits als Kinder entdeckt. Damals war es das Größte für sie gewesen, stundenlang an ihren Rädern herumzuschrauben, Teile auszutauschen und die Räder schneller und besser zu machen. Eine Leidenschaft, die sie bis heute verband, und traurigerweise auch der Grund, warum sie miteinander in Streit geraten waren. Frisk betonte diesen Umstand: Er hatte sich von Bäckmo Geld für ein neues Mountainbike geliehen, vierzigtausend Kronen, die er zum vereinbarten Zeitpunkt nicht hatte zurückzahlen können.

»Vierzigtausend Kronen?«, fragte Nyström verwundert. »Für ein Fahrrad?«

»Sicher«, antwortete Frisk. »Wir reden hier von einem Spitzenprodukt. Ich habe die Kaufpapiere mitgebracht, das Rad steht bei mir in der Garage, falls ihr das überprüfen wollt.«

Nyström nickte. Forss war in diesem Moment in Lammhult und sprach mit Lina Bäckmo. Ob sie die Geschichte mit dem geliehenen Geld bestätigen würde?

Nyström forderte Frisk auf, ins Detail zu gehen.

»Mein Chef hatte mir zum Jahresende einen Bonus in Aussicht gestellt. Es war ein gutes Jahr für die Firma, überall wird wieder gebaut, und Elektriker werden gebraucht. Es war von fünfzigtausend Kronen die Rede. Im Herbst, zum Ende der Radsaison, gab es das Mountainbike zu einem Sonderpreis. Ohne dieses Geld in Aussicht zu haben, hätte ich es mir niemals bestellt. Mats bot sich an, mir den Betrag zu leihen. Er hatte ein bisschen was zurückgelegt. Alles wäre kein Problem gewesen, wenn mein Chef sein Versprechen gehalten hätte. Doch dann wurde im November in der

Firma eingebrochen und die gesamte IT im Wert von einer halben Millionen Kronen ist gestohlen worden. Bis die Versicherung zahlt, müssen wir den Gürtel enger schnallen, sagte mein Chef. Kann man verstehen, was sollte er auch machen? Die neuen Computer hatten Vorrang, aus dem Bonus wurde erst mal nichts. Im Dezember ist dann das Auto von Mats und Lina nicht mehr durch den TÜV gekommen. Die Bremsen, die Stoßdämpfer, die Spurlage, und was weiß ich. Es war so viel, dass sich eine Reparatur kaum mehr lohnte. Ein neuer Gebrauchtwagen war die bessere Entscheidung. Kurzum: Mats benötigte sein Geld zurück, und ich konnte es ihm nicht geben.«

»Gab es nicht die Möglichkeit, das Rad zurückzugeben oder einen Kredit aufzunehmen?«, fragte Vargen.

»Zurückgeben konnte ich es nicht mehr, ich hatte es ja gleich nach dem Kauf umgebaut. Der Wertverlust wäre immens gewesen«, sagte Frisk und blickte kurz auf. »Mir bleibt nun nichts anderes übrig, als einen Kredit zu beantragen, Lina braucht das Geld jetzt noch nötiger als vorher, auch wenn es bedeutet, dass ich die ganze Sache meiner Frau beichten muss. Sie wird alles andere als begeistert sein, wenn sie erfährt, wie viel von unserem Geld ich für mein Hobby ausgegeben habe. Ich habe sie über den wirklichen Wert des neuen Mountainbikes belogen. Sie und auch Lina sehen es nicht gerade gerne, dass wir so viel Zeit und Geld … Daher die ganze Heimlichtuerei. Deshalb war Mats auch so sauer auf mich, dass er mich wochenlang geschnitten hat, denn er musste sich Lina gegenüber rechtfertigen, ohne mich dabei zu verraten. Sie hatten meinetwegen drei Wochen lang kein Auto.«

»Ich verstehe«, sagte Nyström und machte sich Notizen. Sie erkundigte sich nach den genauen Daten. Wann hatte Frisk das Geld von Mats Bäckmo erhalten? Überwiesen oder in bar? Wann hatte Frisk das Rad gekauft? Wann war in der Firma eingebrochen worden und wann hatte ihn sein Chef über den ausbleibenden Bonus informiert? Wann war der Streit zwischen Bäckmo und ihm eskaliert? Nachdem sich so Stück für Stück eine Zeitleiste vom Verlauf des Streits zwischen den beiden Männern herausgebildet hatte, fragte Nyström nach Frisks Alibi für den vergangenen Freitagabend und Mittwochvormittag.

»Am Freitag habe ich bis etwa siebzehn Uhr gearbeitet, eine Hausrenovierung in Moheda. Dann bin ich im Firmenwagen zurück zu unserer Zentrale in Växjö, habe etwas Papierkram erledigt, geduscht und mich umgezogen. Das muss so gegen sechs, halb sieben gewesen sein. Um acht war ich wie jeden zweiten Freitagabend im Pub in Växjö verabredet, im *Bishop's Arms*. Wir haben dort mit ein paar Freunden einen Stammtisch. Deshalb bin ich gleich in der Stadt geblieben und habe die Zwischenzeit genutzt, um die Wochenendeinkäufe zu erledigen.«

»Wo?«, fragte Vargen

»Im Einkaufszentrum *Samarkand*.«

»Es gibt sicher Kassenbelege?«, fragte Nyström.

»Vielleicht«, entgegnete Frisk. Er sah von Minute zu Minute unwohler aus.

»Das heißt, du hast jetzt keine bei dir?«, wollte Vargen wissen.

»Ich weiß nicht«, sagte Frisk. »Ich müsste in meiner Brieftasche nachsehen. Manchmal steckt man die Kassenzettel ja gedankenlos ein.«

»Bitte«, sagte Nyström. Ebenso gedankenlos wirkte es, dass sich Frisk offensichtlich noch keine große Mühe gemacht hatte, seine Aufenthaltsorte zu belegen. Oder hatte er das sehr wohl und wusste daher, dass er es nicht konnte? Spielte er mit ihnen?

Frisk hatte sein Portemonnaie aus der Tasche geholt und suchte darin herum. Dann schüttelte er den Kopf.

»Ich müsste wohl zu Hause noch mal schauen«, murmelte er.

»Besser wäre das«, sagte Vargen. »Wann bist du denn nach dem Einkaufen im *Bishop's Arms* eingetroffen?«

»Das muss gegen acht gewesen sein.«

»Dafür gibt es sicherlich Zeugen?«, fragte Nyström.

Frisk nickte und nannte einige Namen, die sich die Hauptkommissarin notierte. Er gab an, bis halb eins im Pub geblieben und dann nach Hause gefahren zu sein. Wenn seine Zeitangaben richtig waren und von seinen Freunden und dem Barpersonal bestätigt wurden, war sein Alibi für den Mord an Hylander einigermaßen stabil, dachte Nyström, unabhängig von den Kassenbelegen, denn das letzte Telefonat, das Hylander vor ihrem Tod von ihrem Handy aus geführt hatte, das mit der Nummer von der Prepaidkarte, deren Besitzer sie immer noch nicht kannten, hatte von 19.47 bis 19.52 Uhr stattgefunden. Der geschätzte Todeszeitpunkt, den Ann-Vivika Kimsel ermittelt hatte, lag zwischen 20.00 und 24.00 Uhr. Allerdings mit einem gewissen Fragezeichen, wie ihre Freundin deutlich zum Ausdruck gebracht hatte, schließlich hatte der Leichnam mehr als zwei Tage im Wasser gelegen.

Das Zeitfenster für den Mord an Mats Bäckmo war kleiner und präziser. Vermutlich war die letzte Person, die ihn lebend gesehen hatte, eine Nachbarin gewesen, die durchs Fenster beobachtet hatte, wie Bäckmo sich in Sportmontur auf sein Rad geschwungen und auf den Weg zum Trainingspfad im Wald gemacht hatte. Das war am Morgen des Vortags um etwa Viertel vor neun gewesen. Von seinem Haus aus bis zu dem Streckenpunkt, wo der Draht aufgespannt gewesen war, brauchte man mit dem Rad nach Schätzung seines Vereinskollegen Jonas Haglund eine Viertelstunde. Tot aufgefunden worden war er um 10.10 Uhr. Im Zeitraum von einer guten Stunde, zwischen neun und kurz nach zehn, musste der Tod von Bäckmo erfolgt sein.

Frans Frisk sagte aus, dass er wie jeden Morgen um halb sieben zusammen mit seiner Frau und den Kindern gefrühstückt habe, um sieben in die Firma nach Växjö gefahren sei und anschließend mit dem Firmentransporter, in dem sich sein Werkzeug befand, zu der Hausrenovierung in Moheda, wo er den ganzen Tag über gearbeitet habe.

»Sicher kann ein Kollege das bestätigen?«, fragte Nyström.

Frisk schüttelte in Gedanken versunken den Kopf.

»Ich war dort den ganzen Tag allein«, sagte er.

7

Stina Forss schlug Lina Bäckmo vor, gemeinsam einen Spaziergang zu machen. Die verwitwete Frau willigte stumm ein. Die Luft draußen war kühl und klar, bisweilen kam sogar die Sonne durch, auch wenn ihr Licht kraftlos war und ihre Strahlen nicht wärmten. Forss beschloss zu warten, bis Bäckmo von sich aus zu reden beginnen würde. Schweigend umrundeten sie den Lammensee, ihre Schritte knirschten im Schnee. Ein Hase überquerte vor ihnen in weiten Sprüngen den Weg. Kurz darauf fand Bäckmo Worte für das, was in ihr vorging. Sie erzählte von ihrem Mann und der Ehe, die sie geführt hatten. Wie verliebt sie am Anfang ineinander gewesen seien, welche Träume sie gehabt hätten. Einmal um die ganze Welt zu reisen. Gemeinsam in Thailand eine

Strandbar zu eröffnen. Auf dem Fahrrad Island zu umrunden. Verwirklicht hatten sie keinen dieser Pläne. Stattdessen hatten sie auf ein Haus gespart und an einem Goldschmiedeseminar teilgenommen, um ihre eigenen Eheringe zu schmieden. Bäckmo hielt Forss wie zum Beweis ihren Ringfinger unter die Nase. Ein Silberring mit irgendwelchen Runen. *Ein Ring, sie zu knechten und ewig zu binden*, zitierte Forss innerlich J. R. R. Tolkien und verkniff sich ein Lächeln. Dann waren nacheinander die Kinder auf die Welt gekommen und ihr Alltag in Lammhult ließ ihnen kaum mehr Raum für solche Ideen. Von den unendlich vielen Möglichkeiten ein Leben zu leben, war diese übrig geblieben: zwei Vollzeitjobs, ein kleines Haus und in den Sommerferien zwei Wochen Campingurlaub auf Gotland. Nichts Besonderes, aber ein kleines, ein gutes Leben. Mats sei ein liebevoller Vater gewesen, erklärte Lina Bäckmo, ein guter Vater, und dann liefen endlich die Tränen. Forss versuchte sich auf die weiße Fläche des Lammensees zu konzentrieren, der zwischen den Bäumen aufblitzte. Kurz dachte sie an ihren Vater und dass es seltsam war, wie schmerzlich sie ihn vermisste, nun, da er tot war. Wortlos reichte sie Bäckmo ein Taschentuch. Still gingen die Frauen nebeneinander her. Nach einer Weile fragte Forss endlich nach dem Textilklebeband in der Nachttischschublade. Es dauerte lange, bis Bäckmo antwortete. Zuerst führte sie Forss zwischen den hohen Fichten hindurch zum Seeufer. Sie wischte Schnee von einem großen Stein und setzte sich. Das fahle Sonnenlicht nahm ihrem Gesicht die Schatten und das Vogelhafte. Sie sah hübsch aus mit einem Mal, dachte Forss, hübsch und sehr traurig.

»Mats machte das manchmal mit dem Band. Mit mir. Er mochte das, mich festzubinden, es machte ihn an.« Sie schloss die Augen. »Ich wollte das nicht so gerne. Ich wollte das eigentlich nie. Manchmal habe ich versucht, mich darauf einzulassen, aber meistens hat er das gegen meinen Willen getan.«

»Er hat dich vergewaltigt«, sagte Forss leise und aus dem Baum hinter ihr flatterten krächzend einige Krähen auf.

Lina Bäckmo saugte stumm an ihrer Unterlippe.

8

Hugo Delgado war in die Arbeit versunken, als es klopfte und die Bürotür aufging. Das Erste, was er sah, als er über die Schulter blickte, war ein Kinderwagen, der durch die Tür geschoben wurde. Seine Verwunderung hielt nur eine Sekunde an, denn dann stand Anette Hultin strahlend vor ihm. Der Anblick seiner langjährigen Kollegin und Exfreundin löste ein merkwürdiges Gefühlsbad aus: Die Freude, sie wiederzusehen; ihr Lächeln zu genießen; Neugier auf das Baby, das sie vor drei Monaten mit ihrem neuen Freund bekommen hatte; aber auch einen Stich Eifersucht, ja, sogar ein vages Verlangen. Anette sah gut aus, wie sie dort stand und über das ganze Gesicht strahlte, die zusätzlichen Pfunde hatten den durchtrainierten Körper einer ehemaligen Leistungssportlerin runder gemacht, weiblicher, und das stand ihr ausgezeichnet.

»Anette«, brachte er hervor, während er aufstand und sie zur Begrüßung umarmte.

»Es hat ein bisschen gedauert, aber ich dachte, wir schauen mal vorbei«, sagte sie, »Wilma und ich.«

Delgado beugte sich über den Kinderwagen.

»Wilma also.«

»Sie schläft«, erklärte Hultin, was Delgado nicht davon abhielt, dem kleinen Wesen mit dem Finger über die Wangen zu streichen.

»So hübsch«, sagte er und lächelte. »Wie die Mutter. Kann ich dir etwas anbieten?«

Hultin schüttelte den Kopf.

»Mach dir keine Umstände. Ich wollte nur kurz hereinschauen und allen Hallo sagen. Wir geht es dir?«

»Muss ja«, antwortete er und hätte sich am liebsten auf die Zunge gebissen. Warum brachte ihn Anettes Besuch so aus dem Konzept? »Gut, meine ich, richtig gut. Viel Arbeit gerade, du hast vielleicht schon von den Mordfällen gehört, einer in Sandsbro, einer in Lammhult, nachher gibt es eine Pressekonferenz und Halb-vier-Erik möchte eine präsentable Zusammenfassung der Ermittlungsergebnisse, weshalb ich seit zwei Stunden Akten zusammenfasse und layoute, als wäre ich sein Privatsekretär …«

Hultin lachte.

»Edman kann einem schon echt auf den Zeiger gehen, was? Aber von euren Fällen habe ich nichts mitbekommen. Ehrlich gesagt, schaue und höre ich im Moment nicht so viel Nachrichten. Mit Wilma bekommt alles irgendwie ein anderes Tempo, weißt du?«

»Ich kann es mir vorstellen. Wahrscheinlich hält euch die Kleine ganz schön auf Trab. Hoffentlich hilft dir Vincent auch genug?«

»Na klar, *Viktor* kümmert sich, wo er kann.«

Für einen Moment entstand ein unbehagliches Schweigen. Delgado wandte sich wieder dem schlafenden Säugling zu. Die Haut an der Schläfe war so durchsichtig, dass er das Blut durch die feinen Äderchen pochen sah. Wie klein die Hände waren, wie zierlich das Gesicht. Anettes Baby löste etwas Merkwürdiges in ihm aus, das er vorher so noch nie gespürt hatte. Dabei hatte er schon einige Kleinkinder gesehen. Aber dieses hier war anders. Plötzlich verstand er, was es war. Dieses winzige Geschöpf, das da vor ihm im Kinderwagen lag und schlief, dieses perfekte, kleine Wesen hätte auch seins sein können. Anettes und sein gemeinsames Kind. Wenn er es nur gewollt hätte. Wenn er nicht dauernd kindische Rückzieher gemacht hätte. Bis Anette irgendwann von ihm und seinem unreifen Getue die Nase voll gehabt und sich endgültig von ihm getrennt hatte.

Er warf Anette einen Blick zu und hatte das Gefühl, dass sie seine Gedanken erriet. Nie war sie ihm so schön vorgekommen wie in diesem Moment, nie hatte er dieses Strahlen aus ihrem tiefsten Inneren heraus bemerkt. Ihm war, als schüttelte sie unmerklich den Kopf. Es ist gut, Hugo, mochte das heißen, alles ist gut, wie es ist. Die Dinge sind so gekommen, wie sie sind. Es war nicht deine Schuld und auch nicht meine. Nun hast du dein Leben und ich habe meins.

Hultin deutete mit dem Kinn auf einen der drei Monitore auf dem Schreibtisch und riss ihn damit aus seinen sentimentalen Gedanken.

»Handtaschen?«, fragte sie. »Bis zum Valentinstag ist es doch noch eine Weile hin.«

»Die haben nichts mit Linda zu tun«, wehrte er ab, »sondern mit unserem Fall.« Er erzählte ihr von Åsa Hylander und dem sogenannten Labyrinth, wobei er sich Mühe gab, möglichst viele Details aus dem Leben der ermordeten Frau zu schildern. Hultin, die sich mittlerweile auf die Kante seines Besucherstuhls gesetzt hatte und mit der einen Hand Wilmas Kinderwagen schaukelte, hörte ihm konzentriert zu.

»Sie hat sich im englischen Landhausstil eingerichtet, sagtest du?«

Delgado nickte.

»Grässlich, der Geschmack, wenn du mich fragst«, sagte er. »Aber zugegebenermaßen stilsicher. Die gesamte Innenausrichtung war darauf ausgelegt.«

»Wie hat sie sich denn gekleidet?«

»Warte mal, das habe ich hier irgendwo. Stina hat ziemlich viele Fotos im Haus geschossen.«

Delgado klickte sich durch die Akten, bis er schließlich die richtige Fotogalerie öffnete. Hultin dirigierte ihn.

»Weiter. Weiter. Weiter. Stopp. Weiter. Stopp. Weiter. Zurück. Stopp. Da hast du's. Und da. Und dort. Wachstuchjacke. Tweed. Beigefarbenes Schottenkaro, sogenannter *Tartan chic*. Die Frau stand auf diesen britischen Landadel-Look. Wenn sie auf eine von den Handtaschen scharf war, dann bestimmt auf die da. Burberry.«

Hultin zeigte auf eine der vier Taschen, die Delgado nicht hatte identifizieren können.

»Woher weißt du, dass das eine Burberry ist?«, fragte er.

»Das Muster ist charakteristisch für die Marke. Das ist übrigens eine Zehntausendkronentasche, mindestens.«

»Würde zu ihr passen.«

Der Cursor schwebte über der Tasche, die Hultin ausgesucht hatte. Sollte er oder sollte er nicht?

Im Kinderwagen begann sich die kleine Wilma zu regen.

Delgado klickte die Tasche an.

9

Lasse Knutsson saß bereits über eine Stunde an seinem Platz. Die Kantine hatte sich unterdessen geleert, nur Razzaq Hamudi, der Geschäftsführer, und Camilla Frederiksson, die Betriebsrätin, leisteten ihm pflichtschuldig Gesellschaft und belieferten ihn im Zwanzigminutentakt mit frischem Espresso. Das Bild, das die beiden von Mats Bäckmo zeichneten, blieb Knutssons Meinung nach blass. Bäckmo hatte etwa zehn Jahre im Betrieb gearbeitet, dreimal unterbrochen von jeweils einem halben Jahr Elternzeit. Als Tischler war er in der Endmontage tätig gewesen. Er galt als unkompliziert und kumpelhaft, nie hatte es über ihn Beschwerden gegeben, sein Krankenstand war unauffällig. Alles in allem ein vorbildlicher Kollege. Das Gespräch glitt immer weiter von Bäckmo ab und Hamudi erläuterte Knutsson weitschweifig die Produktpalette der Firma und die besonderen Qualitätsmerkmale der hergestellten Möbel. Nachdem Knutsson zum gefühlt zehnten Mal Ausdrücke wie *Made In Småland, Hidden Champion* und *Mittelstandoffensive* gehört hatte, unterbrach er den Manager und fragte, was es mit den Zwischenrufen während seiner Ansprache auf sich gehabt habe. Kanaken? Ausländer raus? Hamadi und Frederiksson war das Thema sichtlich unangenehm. Nachdem sie eine Weile herumgedruckst und etwas von politisch bewegten Zeiten gemurmelt hatten, holte die Betriebsrätin schließlich zu einer Erklärung aus.

»Unsere Belegschaft bildet natürlich in gewisser Weise die Gesellschaft im Ganzen ab. Es gibt hier bei uns also auch Angestellte und Arbeiter, die den populistischen Parteien und ihren einfachen Antworten auf den Leim gehen. Irgendjemand muss die rechtspopulistischen *Schwedendemokraten* ja schließlich gewählt haben. Man muss allerdings auch wissen, dass Lammhult bereits seit Jahren sehr viele Asylbewerber aufnimmt. Seit Beginn der sogenannten Flüchtlingskrise verschärft sich die Stimmungslage. Wir haben auch in unserem Betrieb Probleme mit rassistischen Sprüchen, zunächst nur anonym, auf Klo- oder Spindtüren geschrieben, oder irgendwelche Aufkleber, doch es wird schlimmer. Du hast es ja selbst vorhin gehört. Ein akuter Auslöser dafür ist ein übles Gerücht, das die Runde macht. Angeblich ist in der Nachbarschaft vor ein paar Wochen ein vierzehnjähriges Mädchen von Flüchtlingen vergewaltigt worden.«

»Ich habe von dem Fall gehört«, sagte Knutsson. »Meine Kollegen haben Tag und Nacht ermittelt. Sehr undurchsichtig, diese Sache. Die Eltern, gläubige Freikirchler, haben ihre Tochter als vermisst gemeldet. Sie ist dann drei Tage später bei Bekannten in Göteborg aufgetaucht. Es stellte sich heraus, dass ihr Freund, ein Klassenkamerad, den sie vor ihren streng religiösen Eltern verheimlicht hatte, wohl die ganze Zeit bei ihr gewesen ist. Ihre Erzählung von der vermeintlichen Vergewaltigung ist dabei von Fassung zu Fassung abenteuerlicher geworden, bis es am Schluss eine richtige Räuberpistole war. Dennoch nehmen wir den Fall sehr ernst.«

»Es hat der Glaubwürdigkeit der Polizei nicht gerade gutgetan, dass auf politischen Druck monatelang die mögliche Tatbeteiligung von Flüchtlingen oder Menschen mit Migrationshintergrund systematisch unter den Teppich gekehrt worden ist«, sagte Hamadi. »Die Menschen mögen es nicht, hinters Licht geführt zu werden. Und so etwas kommt dann am Ende dabei heraus.«

Knutsson nickte zustimmend und kraulte sich den Bart.

»Nein«, sagte er, »wer auch immer das verfügt hat: Das ist keine gute Idee gewesen.«

»Jedenfalls ist seit diesem Vorfall hier einigen die Sicherung durchgebrannt«, nahm Frederiksson den Faden wieder auf. »Vergangene Woche lagen in der Kantine Flyer zur Bildung einer Bürgerwehr aus. *Odins Söhne*. Hat man da noch Worte?«

Knutsson musste lachen, obwohl das Thema eigentlich traurig war.

»Was ist denn mit Odins Töchtern?«, fragte er. »Dürfen die nicht mitmachen?«

»Es handelt sich bei denen wahrscheinlich nicht gerade um eine emanzipatorische Bewegung.«

Frederikssons Stimme triefte vor Sarkasmus.

»Ich glaube, da möchte doch noch jemand mit dir sprechen«, sagte Hamadi zu Knutsson gewandt.

Knutsson schaute in Hamadis Blickrichtung. Im holzvertäfelten Eingangsbereich der Kantine lehnte ein junger Mann in einem Arbeitsoverall abwartend an der Wand. Die Art und Weise wie sich seine Wange immer wieder leicht ausbeulte, verriet Knutsson, dass er ein Kautabakpäckchen im Mund hatte.

»Vielleicht ist es besser, wenn ich allein mit ihm spreche«, schlug Knutsson vor.

»Selbstverständlich«, sagte Frederiksson.

»Wir müssen sowieso zurück zur Arbeit.«

Hamadi lächelte schmal.

Sie erhoben sich und verließen die Kantine. Der junge Mann blieb eine provozierend lange Minute an die Wand gelehnt stehen, bevor er sich löste und zu Knutsson an den Tisch kam. Lässig drehte er einen Stuhl um und setzte sich rittlings darauf, sodass er seine verschränkten Arme auf der Stuhllehne ablegen konnte.

»Hallo«, sagte er. »Mein Name ist Viggo Wennerholm. Ich bin … ich war ein Kollege von Mats. Wir haben viel zusammengearbeitet.«

»Mein Beileid«, sagte Knutsson. Er schätzte den Mann auf Anfang zwanzig. »Wart ihr miteinander befreundet?«

Wennerholm machte eine abwägende Kopfbewegung und schob seinen Priem mit der Zunge auf die andere Seite des Munds.

»Mats war in Ordnung«, sagte er. »Außerhalb der Arbeit hatten wir nicht viel miteinander zu tun. Aber hier … wenn man jeden Tag zusammen malocht, da kommt man schon ins Quatschen.«

»Kann ich mir vorstellen.«

»Jedenfalls … Da ist diese Sache, über die er in letzter Zeit zwei-, dreimal gesprochen hat. Das hat ihn beschäftigt, richtig wütend gemacht hat ihn das. Normalerweise reden wir ja nicht so viel über Gefühlskram, aber diese Sache, die ging ihm unter die Haut. Die würde jedem unter die Haut gehen.«

»Was meinst du?«

»Dass ihn sein bester Kumpel hintergangen hat.«

»Du meinst Frans Frisk?«

»Ja, genau.«

»Davon haben wir bereits gehört«, sagte Knutsson. »Die Sache mit dem geliehenen Geld, das Frisk nicht pünktlich zurückzahlen konnte.«

Wennerholm sah ihn verständnislos an.

»Nein, Mann, ich meine, dass dieser Typ etwas mit Mats' Frau am Laufen hatte.«

10

Kent Vargen musterte aufmerksam den Mann, der ihm gegenübersaß. Björn Lindgrön war Arzt. Ein kleiner, zarter Mann mit Schnurrbart und elegant geschwungenen Lippen. Aber das Auffälligste an ihm waren ohne jede Frage seine bronzene Haut und sein kräftiges schwarzes Haar. Zweifellos war Björn Lindgrön nahöstlicher oder persischer Abstammung, seinem urschwedischen Namen zum Trotz: *Bär Lindengrün*. Wahrscheinlich in seiner Kindheit von irgendwelchen Gutmenschen adoptiert, dachte Vargen, aber im Grunde interessierte ihn die Geschichte des Mannes nicht im Geringsten, wichtig war einzig und allein, ob der Typ ihm etwas Neues über Åsa Hylander erzählen konnte. Wie sich herausstellte, war er über einen Zeitraum von vierzehn Monaten mit der ermordeten Abteilungsleiterin liiert gewesen. Geendet hatte ihre Beziehung vor etwa einem Jahr. Lindgrön zufolge war es Hylander gewesen, die sich getrennt hatte.

»Åsa und ich hatten eine wirklich gute Zeit. Zu Beginn unserer Beziehung habe ich sie noch als sehr verschlossen erlebt. Sie hat großen Wert darauf gelegt, unsere Leben auseinanderzuhalten, wenn du weißt, was ich meine. Sie hat mich zum Beispiel nicht ihren Freundinnen vorgestellt oder ihrer Familie, und sie hat auch kein übermäßiges Interesse an den Tag gelegt, meine Freunde und Familie kennenzulernen. Ich habe das am Anfang nicht verstanden, für mich spielt das eine wichtige Rolle, natürlich wollte ich, dass Åsa an diesem zentralen Bereich meines Lebens teilnimmt, und genauso wollte ich an ihrem teilhaben. Aber ich bin da gegen Mauern gelaufen. Zuerst habe ich es natürlich auf meine Herkunft, auf mein Aussehen geschoben, ich dachte, ihr sei es unangenehm, ihrem Umfeld einen iranischstämmigen Mann vorzustellen. Ich habe sie mit ihrem vermeintlichen Rassismus konfrontiert. Sie hat das abgestritten, und ich habe ihr irgendwann geglaubt, spätestens als ich dann, wenn auch mehr oder weniger durch einen Zufall, ihre Tochter kennengelernt habe. Kajsa und ich haben uns auf Anhieb gut verstanden, und sie hat mir erzählt, dass ihre Mutter auch in Bezug auf ihre früheren Partner sehr diskret, ja, geradezu geheimnisvoll gewesen sei. Die Scham einer geschiedenen Frau, das war Kajsas Theorie, und obwohl wir heutzutage in aufgeschlossenen Zeiten leben, war es wahrscheinlich wirklich so. Ich hatte mich damit arrangiert.«

Lindgrön rieb sich die Nase.

»Und wie ging es weiter?«, fragte Vargen.

»Warum die Beziehung gescheitert ist, meinst du? Nun, ganz einfach, es tauchte ein Nebenbuhler auf.«

»Johan?«

»Ja.«

Lindgrön warf Vargen einen düsteren Blick zu.

»Zuerst fiel dieser Name immer wieder beiläufig in irgendwelchen Gesprächen. Irgendein Arbeitskollege, habe ich gedacht. Ein Bekannter, ein Kumpel. Aber wie es sich zeigen sollte, war da mehr. Ich weiß bis heute nicht, wo sie diesen Kerl kennengelernt hat, aber sie ist ihm innerhalb kurzer Zeit geradezu verfallen, und dass, obwohl er sie so schlecht behandelt hat.«

Lindgrön wiegte verständnislos den Kopf.

»Was heißt das, schlecht behandelt?«

Vargens innere Antennen richteten sich auf.

»Das heißt, dass er sie geschlagen hat. Auch wenn sie das nicht zugeben wollte. Doch ich habe es mit eigenen Augen gesehen: blaue Flecken an ihren Handgelenken, auf ihren Armen und Beinen, immer wieder. Einmal hatte sie richtiggehend Würgemale am Hals. Ich habe sie natürlich zur Rede gestellt, angeboten, ihr zu helfen, aber sie hat das nicht zugelassen. Sie hat sich immer weiter von mir entfernt, ist immer weiter in diese Dunkelheit abgetaucht.«

Vargen hatte sich weit in seinem Stuhl zurückgelehnt und klickte nachdenklich mit seinem Kugelschreiber.

»Könnte es denn sein, dass diese Male mit ihrem Einverständnis entstanden sind?«, fragte er.

»Wie meinst du das?«

Lindgröns Gesichtsmuskulatur erstarrte.

»Beim Sex«, sagte Vargen lapidar. »Wir haben viele Hinweise darauf gefunden, dass sie es gerne etwas härter mochte. Auch ihr Exmann hat sich dahingehend geäußert.«

Lindgrön schwieg eine Weile, bevor er die Stimme wiederfand.

»Darüber möchte ich ehrlich gesagt gar nicht nachdenken. Ich möchte sie anders in Erinnerung behalten.«

»Rein«, schlug Vargen vor.

Wenn Lindgrön den zynischen Unterton wahrnahm, überhörte er ihn mit Absicht.

»Ja«, sagte er. »Rein.«

»Na dann«, sagte Vargen.

Er legte Lindgrön zum Abschluss des Gesprächs das Foto des Mannes vor, an den Lindgrön Åsa Hylander verloren hatte.

Mit einem Gesichtsausdruck, der große Abscheu zum Ausdruck brachte, nickte er. »Das Foto hatte sie vor mir in einem Buch in ihrer Nachttischschublade versteckt.« Er seufzte. »Ich habe sie geliebt«, sagte er, bevor er aufstand. »Ich habe Åsa wirklich geliebt.«

In Ewigkeit, amen, dachte Vargen und schob sich eine Tablette in den Mund.

11

Solange Ingrid Nyström zurückdenken konnte, war die Klimaanlage im Polizeipräsidium defekt gewesen, entsprechend war es ihr bei der Arbeit häufig entweder zu kalt oder zu warm, die Luft war zu trocken oder zu feucht. Angeblich waren technische Komplikationen dafür verantwortlich, vielleicht lag es aber auch daran, dass das Gebäude seit Jahren aus Kostengründen von einem privaten Dienstleister bewirtschaftet wurde. In dem überfüllten Raum, der für Pressekonferenzen genutzt wurde, war es an diesem Tag eindeutig zu heiß. Nyström stand der Schweiß auf der Stirn, was allerdings auch an ihrer Aufregung und den vier Scheinwerfern liegen konnte, die jedes Fältchen in ihrem Gesicht gnadenlos ausleuchteten. Ihr Chef Edman war dagegen wie immer cleverer gewesen. Ganz der Medienprofi, hatte er sich tatsächlich das Gesicht gepudert und die Augen mit einem Kajalstift nachgezogen. Frisch geföhnt strahlte er mit der überdrehten Zuversicht einer Politikerkarikatur in die Kameras. Glücklicherweise saß neben ihnen auch die junge Pressesprecherin Rosanna Lukasson auf dem Podium und sorgte mit ihrer Anwältinnen-Aura für einen Gegenpol. Lukasson erläuterte das Skript, das Nyström verfasst hatte, mit tiefer, sachlicher Stimme. Wo es ihr notwendig erschien, ergänzte Nyström den einen oder anderen Punkt um eine Anmerkung. Edman beschränkte seine Rolle darauf, weise zu nicken und vor sich hin zu lächeln. Als Lukasson nach zwanzig Minuten mit den wesentlichen Informationen durch war, hatte Nyström das Gefühl, dass es ganz gut lief. Die Journalisten hielten sich mit Zwischenfragen zurück und schienen konzentriert zuzuhören. Nyströms Hypothese, dass die Todesfälle Hylander und Bäckmo aufgrund der Spurenlage zusammengehörten und dass der Täter mit großer Wahrscheinlichkeit im persönlichen Umfeld der Opfer zu suchen war, klang aus dem Munde der ungemein seriös wirkenden Rosanna Lukasson vorgetragen noch plausibler als auf dem Papier. Zufrieden nahm sie zur Kenntnis, mit welcher Autorität Lukasson ihre Lieblingssätze aussprach: »Zum jetzigen Ermittlungsstand deutet nichts darauf hin, dass sich weitere Menschen in Gefahr befinden. Es gibt bisher keine Anzeichen für die typischen Merkmale einer Mordserie, daher bitten wir auch die Medien, ihrer gesellschaftlichen Verantwortung gerecht zu werden und fordern eine sachliche und faktenfundierte Berichterstattung ein.«

In den Gesichtern der anwesenden Journalisten schien sich wenig Widerstand oder Missbilligung zu regen, auch wenn man den Leuten natürlich nicht in den Kopf schauen konnte, dachte sie. Nein, es lief wirklich gut. Als Lukasson mit ihrem Vortrag fertig war, blieb es lange ruhig. Die Stimmung war ernst, wegen des drastischen Bildmaterials auch betroffen, aber nicht sensationsheischend. Sogar der sonst so rüde Reporter vom Privatfernsehkanal 4 blieb überraschend zahm. Rosanna Lukasson hatte sie offenbar alle mit ihren dunklen Augen und der Reibeisenstimme hypnotisiert und um den Finger gewickelt. Ein Hoch auf diese Frau, dachte Nyström, ihre Anstellung hatte sich bereits jetzt bezahlt gemacht! Als die Fragerunde abgeschlossen war, folgte als Letztes der Fahndungsaufruf. Ein Beamer warf das Foto des nachnamenlosen Johan an eine Leinwand, Lukasson teilte vorbereitete Pressemappen aus. Nyström spürte Optimismus durch ihren Körper sprudeln. Sie war sich sicher, dass die Veröffentlichung des Fotos der richtige Schritt war. Ein älterer Reporter der Lokalzeitung meldete sich, Kennert Lund, sie kannte den höflichen, netten Mann seit Jahren.

»Kennert, du hast noch eine Frage?«

»Sag mal, habt ihr das Foto vertauscht oder wollt ihr uns veräppeln?«

Nyström verstand nicht, worauf er hinauswollte.

»Was meinst du?«

»Ich meine den Kerl auf dem Foto. Das ist doch Ville Salminen!«

Zwei, drei ältere Journalisten nickten zustimmend.

Lund fuhr fort: »Ville Salminen, der finnische Schauspieler! War in den Sechzigern und Siebzigern ziemlich bekannt. *Hier unter dem Polarstern*? *Asphaltliebe*? Tolle Filme! Jedenfalls ist Salminen seit mehr als zwanzig Jahren tot.«

12

Stina Forss und Lars Knutsson trafen sich gegen Mittag im *Vårat Fik*, um einen Kaffee zu trinken. Das Café lag nicht weit von der Möbelfabrik entfernt, in der Knutsson die vergangenen Stunden verbracht hatte. Er erzählte Forss von der Aussage des Arbeitskollegen Mats Bäckmos.

»Wenn man diesem Viggo Wennerholm glauben soll, dann hatte Frans Frisk eine Affäre mit Lina Bäckmo.«

»Und?«, fragte Forss, »glaubst du ihm?«

Knutsson hob die schweren Schultern und ließ sie wieder fallen.

»Was weiß ich. Wichtigtuer gibt es immer und überall.«

Forss zupfte an ihrer Oberlippe, wie sie es oft tat, wenn sie nachdachte.

»Lina Bäckmo sagt, dass Mats sie regelmäßig gegen ihren

Willen zum Beischlaf gezwungen hat. Vergewaltigung in der Ehe.«

»Das würde allerdings passen«, entgegnete Knutsson gedehnt. »Sie fühlt sich von ihrem Mann bedroht und sucht daraufhin bei Frisk Schutz. Der Familienfreund … der nette Nachbar … man weiß ja, wie so etwas läuft.«

»Möglich«, sagte Forss. Sie ließ ihre Lippe los und biss lustlos in ein Käsebrötchen.

»Du klingst nicht überzeugt«, bemerkte Knutsson.

Jetzt war es Forss, die mit den Schultern zuckte.

»Ich weiß nicht«, sagte sie kauend. »Ingrid hat vorhin angerufen. Nachher habe ich noch ein Tänzchen mit diesem Frisk, vielleicht sind wir danach schlauer.«

»Polka?«, fragte Knutsson grinsend.

»Engtanz«, entgegnete Forss trocken.

»Wenn es sich tatsächlich um ein tragisches Familiendrama handelt, fragt man sich natürlich, worin die Verbindung zu Åsa Hylander besteht und welche Rolle sie in dieser Dreiecksgeschichte einnimmt.«

»Dann wäre es jedenfalls keine Dreiecksgeschichte mehr.«

»Du Schlaumeierin.«

»Ich weiß nicht«, sagte Forss und rieb sich die Krümel von den Händen. »Eifersucht, Liebe, Vergewaltigung, harter Sex und Fesselspiele, alles schön und gut. Aber irgendwie … Du hast diesen hinterhältigen Draht im Wald doch gesehen, das Loch im Eis, Hylanders verstümmelten Leichnam: Nach meinem Gefühl kann das, was wir bis jetzt wissen, noch nicht alles sein. Da ist mehr, irgendwie mehr. Ein Mehr an Planung, an Perfidie, an Voraussicht und Sadismus. Die Fälle haben eine Mitte, ein Kraftzentrum, wie ein dunkler, kalter Planet, um den sich alles dreht. Ich spüre, dass da etwas ist, aber ich sehe es nicht vor mir.«

Knutsson blickte sie an.

»Was?«, fragte sie.
»Das hast du schön gesagt, Stina.«

13

Der Bildschirm war schwarz geworden, das Labyrinth war in sich zusammengebrochen, Anette Hultin hatte sich getäuscht. Åsa Hylander hatte eine andere Handtasche im Sinn gehabt. Ärgerlich, hatte er gedacht, aber morgen würde es hoffentlich einen neuen Anlauf geben. Dies war der zweite Fehlversuch gewesen, die meisten Labyrinthe akzeptierten höchstens drei. Immerhin hatte er die kleine Wilma auf den Arm nehmen und hin und her wiegen dürfen. Die Lebendigkeit, die von dem wunderbaren Geschöpf ausgegangen war, hatte ihm warm ums Herz werden lassen. Erst als das Baby zu schreien begonnen hatte, hatte er sich von ihm lösen können und war dankbar gewesen, Anette das Kind und die Verantwortung zurückgeben zu können. Dann hatten sie sich verabschiedet. Zurückgeblieben waren nur der leichte Geruch einer vollen Windel, ein zerknautschtes Feuchttuch auf seinem Schreibtisch und ein merkwürdiges Gefühl der Reue. Was war los mit ihm? Warum hatte er es damals mit Anette nicht hinbekommen? Warum war er, ein erwachsener Mann von Mitte dreißig, nicht reif genug gewesen, um eine Familie zu gründen? Oder wollte er das gar nicht? Er wusste keine Antwort. Stattdessen beendete er die leidige Präsentation für Edmann und wandte sich der Liste zu, die lautstark aus dem Faxgerät ratterte. Außer Knutsson und dem Büro der Staatsanwaltschaft benutzt kein Mensch mehr das steinzeitliche Ungetüm, dachte er. Jedenfalls brachte es eine gute Nachricht: Staatsanwalt Börjlind hob die Anonymisierung der Patientendaten auf, die Delgado in den vergangenen Tagen zusammengetragen hatte. Nun lagen die Namen und Adressen von einunddreißig Patienten vor, die akute oder chronische Beschwerden mit dem rechten Bein oder Fuß hatten. Er überflog die Namen. Einer sprang ihm sofort ins Auge: Frans Frisk.

Er hatte sich zwei Wochen vor Weihnachten Warzen am rechten Fuß entfernen lassen. Nach dem kleinen Eingriff sollte er erst mal Krücken benutzen, die er aber bereits eine Woche später zurückgegeben hatte. Aber das musste natürlich nichts heißen, eine neue Krücke oder einen Gehstock konnte er sich selbstverständlich woanders besorgt haben. Auf jeden Fall erklärte die Operation seinen leicht unsicheren Gang, den Forss in der Besprechung am Morgen erwähnt hatte. Delgado lächelte in sich hinein. Der Kerl wurde immer verdächtiger. Er informierte Nyström. Sie bedankte sich und bat ihn mit belegter Stimme trotzdem weiterzugraben. Blieben also noch dreißig weitere Namen. Er machte sich an die Arbeit. Vier Stunden später lehnte er sich erschöpft in dem Bürostuhl zurück. Sein Rücken schmerzte. Er hatte nach Vorstrafen gesucht, nach Menschen, die in der Vergangenheit gewalttätig geworden waren. Aber auch nach Verbindungen zu Åsa Hylander oder Mats Bäckmo. Auf seiner Liste waren außer Frisk drei Namen übrig geblieben, allesamt Männer:

Der erste, Aleksandar Markovic, siebenundzwanzig, in Örebro als Sohn serbischer Einwanderer geboren, war seit vier Jahren in Växjö gemeldet. Abgebrochene Schule, arbeitslos, kleinkriminell. Gegen ihn lagen mehrere Anzeigen wegen Schlägereien, Diebstahl und Einbruch vor, ebenso eine Verurteilung wegen versuchten Wettbetrugs. Er hatte bereits eine anderthalbjährige Haftstrafe verbüßt und war seit einem Dreivierteljahr wieder auf freiem Fuß. Sein Bewährungshelfer stellte ihm regelmäßig negative Sozialprognosen aus. Markovic brach Ausbildungen und Jobs immer wieder ab, trieb sich stattdessen weiterhin im Milieu herum und verbrachte anscheinend den Großteil seiner Zeit in Wettkaschemmen und Sportbars. Bei einem Streit um Geld mit einem Bekannten war er vor drei Wochen Opfer einer Messerattacke geworden und hatte einen Stich in den Oberschenkel bekommen. Seitdem war er auf eine Krücke angewiesen. Im vergangenen Sommer war Markovic für einige Wochen bei einem Gartenpflegeunternehmen angestellt gewesen, das bei Hylander regelmäßig den Rasen gemäht und die Hecken geschnitten hatte.

Marcus Lyxzén, vierundzwanzig, Informatikstudent an der Linné-Universität. War vor zwei Jahren zum Studieren nach Växjö gezogen. Hatte eine Vergangenheit in der Fanszene des Fußballvereins Malmö FF, wo er zu einer Clique gehörte, die sich selbst als autonom und antifaschistisch bezeichnete. Es gab in Lyxzéns Akte mehrere gewalttätige Auseinandersetzungen mit rechten Fangruppen und der Polizei. Ihm wurde 2013 bei einer Massenschlägerei zwischen der linken Ultragruppierung, in der er Mitglied war, und rechtsextremen Hooligans die Kniescheibe zertrümmert, seitdem hinkte er stark und war auf eine Gehhilfe angewiesen. Lyxzén hatte beim Wohnamt in Växjö mehrmals vergeblich Mietzuschüsse beantragt, sein letzter Beschwerdebrief war in einem so bedrohlichen Ton verfasst, dass ein Sachbearbeiter die Polizei einschaltete. Das Verfahren wurde allerdings eingestellt. Ob Hylander von dem Vorfall in ihrer Behörde aus dem vergangenen Jahr etwas mitbekommen hatte, konnte Delgado nicht klären.

Neben Frisk war sein Favorit jedoch ein Mann namens

Magnus Holt. Der vierundvierzigjährige Kaufmann und Jäger stammte gebürtig aus Nordschweden und betrieb einen Outdoor- und Sportladen in der Innenstadt. Delgado fand eine Website, auf der Holt geführte Exkursionen und Camps anbot, bei denen man sogenanntes *Ursprüngliches Jagen* erlernen konnte, bei dem keine Schusswaffen eingesetzt wurden. Dazu gehörten das Legen von Bären- und Luchsschlingen, aber auch der Bau von Bögen und Tomahawks. Delgado musste an den gespannten Draht im Wald bei Lammhult denken, doch vor allem an den verstümmelten Körper von Åsa Hylander. Elektrisiert von seiner Entdeckung recherchierte er weiter. Bald stieß er darauf, dass Holt in der Jägerszene eine sehr kontroverse Figur war. Der Jagdverband verurteilte solche Methoden scharf und warf Holt Tierquälerei vor. Offiziell war eine solche Art zu jagen eindeutig verboten. Drastische Fotos zeigten Tiere, die durch Pfeile, Speere oder andere abenteuerliche Konstruktionen verletzt worden und grausam verendet waren. Doch auch wenn diese anachronistische Art der Jagd weitestgehend untersagt war, war es anscheinend nicht verboten, anderen Menschen das Wissen darüber zu vermitteln. Im Internet fand Delgado Foren, in denen Holt wie ein Guru angehimmelt wurde. Gemein schien dieser Bewegung die Verachtung von Schusswaffen und eine ungebrochene Bewunderung für den Lebensstil der Ureinwohner Nordamerikas zu sein. Die Nutzer dieser digitalen Plattformen nannten sich zum Beispiel *Grauer Wolf* oder *Sitting Bull*. Holts Alter Ego war *Sanfter Tod*. Seiner Krankenakte zufolge hatte er sich vor sechs Wochen den rechten Knöchel gebrochen.

14

Nach seiner Pause traf sich Lars Knutsson mit dem Vorsitzenden des Vereins, in dem Mats Bäckmo als Radsportler aktiv gewesen war. Das Clubheim befand sich in einem hübsch renovierten Schulgebäude aus dem achtzehnten Jahrhundert, das nicht weit von dem Waldstück entfernt lag, in dem Bäckmo getötet worden war. Als Knutsson eintraf, war Peter Hlinka, ein fröhlicher, zupackender Mann, gerade damit beschäftigt, ein kaputtes Fenster auszutauschen. Die beiden etwa gleichaltrigen Männer kannten einander vom Sehen. Hlinka war Frührentner und spielte Violine in derselben Volksmusikgruppe, in der auch Knutssons Frau musizierte.

»Was war denn hier los?«, fragte Knutsson.

»Ein Einbruch«, antwortete Hlinka, während er aus einer Kunststoffschale Fensterkitt entnahm. »Schon vor einigen Tagen, aber ich konnte mich erst heute um eine neue Scheibe kümmern.«

»Was wurde denn geklaut?«

»Was soll man bei uns schon stehlen? Ein alter Fernseher und einige Kisten Erfrischungsgetränke. Ehrlich gesagt ist der Schaden der eingeschlagenen Scheibe größer als die Beute.« Sorgfältig drückte er den Kitt zurecht. »Langsam nervt's. Das war nun schon das dritte Mal innerhalb der vergangenen Monate. Wann kapieren die endlich, dass es hier nichts zu holen gibt?«

»Die?«, fragte Knutsson. »Wer sind die?«

Hlinka musterte ihn. Dann zeigte er mit ausgestrecktem Arm in Richtung Wald.

»Da drüben, keinen Kilometer von hier, ist dieses Wohnheim für unbegleitete minderjährige Flüchtlinge. Zwölf Jugendliche wohnen da, Syrer, Afghanen, Afrikaner.«

»Und die haben hier eingebrochen?«

Hlinka hob die Schultern.

»Was weiß ich? Vor sechs Wochen, bei dem letzten Einbruch, sind hier jedenfalls ein paar Hanteln weggekommen. Wer braucht sonst schon Hanteln?«

»Keine Ahnung«, entgegnete Knutsson aufgebracht. »Deiner Meinung nach syrische Teenager?«

»Hier lag auch alles voller ausgespuckter Sonnenblumenkernschalen.«

»Aha«, sagte Knutsson schnaufend. »Das nenne ich mal einen handfesten Beweis.«

»Das haben deine Kollegen auch gesagt.«

»So, haben sie das?«

»Das haben sie. Aber unternommen haben sie so gut wie nichts.«

»Mmh«, machte Knutsson. »*Boys will be boys*, nehme ich an. Wir haben früher auch eine Menge Mist gebaut.«

Hlinka entgegnete erst mal nichts mehr, drückte stattdessen trotzig den Kitt an die Scheibe.

»Es ist nicht so, dass wir als Verein nicht helfen würden«, sagte er schließlich. »Die Jugendlichen dürfen in der Fußballabteilung mitspielen, auch Reittraining bieten wir kostenlos an.«

»Schön«, lobte Knutsson aufrichtig. »Das ist nett von euch.«

»Nur für meinen Curling-Kurs konnte sich keiner von denen begeistern.«

Knutsson lachte dröhnend, bis ihm einfiel, weshalb er überhaupt hier war.

»Vielleicht sprechen wir drinnen bei einer Tasse Kaffee über Mats Bäckmo«, schlug er vor.

Hlinka wischte sich die Finger an einem Lappen ab.

»Guter Mann, Mats Bäckmo. Aber was gibt es über den schon groß zu sagen?«

15

Die zweite Vernehmung von Jesper Stenmalm war in Kent Vargens Augen noch ermüdender als die erste am Vortag. Aus dem Glatzkopf, mit dem Åsa Hylander vor dreieinhalb Jahren eine kurze Affäre gehabt hatte, war kaum etwas herauszubekommen. Vargen ging seinen Fragenkatalog durch, Stenmalm antwortete einsilbig. Der Aussagewert seiner knappen Antworten für die Ermittlung war gleich null. Nach einer halben Stunde hatte Vargen genug, er schickte Stenmalm mit dem Hinweis zum Teufel, dass er und seine Ehefrau sich für weitere Gespräche zur Verfügung halten sollten.

Als Nächstes war ein ehemaliger Reitlehrer und Trainer Hylanders an der Reihe. Vargen kaute nachdenklich einige Tabletten und musterte Tobias Wadmark. Wie im Lächeln der meisten großen, schlanken Männer meinte Vargen auch in Wadmarks selbstsicherem Grienen eine Herablassung zu erkennen, die er dem Pferdemann am liebsten aus dem Gesicht geboxt hätte. Doch das ging natürlich nicht. Dass Wadmark, verheiratet, drei Kinder, zu den Typen gehörte, die nichts anbrennen ließen, war für Vargen klar wie Kloßbrühe. Warum, in Gottes Namen, wurde man sonst auch Reittrainer? Der atmosphärische Rahmen war wirklich nicht der Schlechteste, wenn man mal darüber nachdachte: die permanente Nähe des Animalischen, die engen Hosen, die hohen Stiefel …, doch, doch, das hatte was, zweifelsohne.

»Reden wir über Reitgerten«, eröffnete er das Gespräch.

16

Später, lange nach der fürchterlichen Pressekonferenz, nachdem Erik Edman sie im Flur des Präsidiums im Beisein mehrerer Kollegen nach Strich und Faden zusammengefaltet hatte, nach den mitleidigen Blicken Rosanna Lukassons und den erniedrigenden Telefonaten mit dem stellvertretenden Landespolizeichef und dem Staatsanwalt, lange nachdem sie sich eine Viertelstunde in der Toilette eingeschlossen und das Gesicht in den Händen vergraben hatte, um sich selbst im wahrsten Sinne des Wortes zusammenzuhalten, sich zu trösten und vor der Welt zu verstecken, hatte Ingrid Nyström in kraftlosen Schritten den Rückzug in ihr Büro angetreten, sich vor den Rechner gesetzt und den schicksalhaften Namen gegoogelt.

Ville Salminen.

Da war er, der finnische Schauspieler, Drehbuchautor und Regisseur, da war er und lächelte sie an. Der gut aussehende Mann, der sie und die Kriminalpolizei Kronoberg aus dem Grab heraus landesweit lächerlich gemacht hatte. Von wegen Johan. Åsa Hylander hatte sie alle hinters Licht geführt, ihre Freundinnen, ihre Tochter, ihren Expartner Björn Lindgrön. Das Foto, das ihren Liebhaber Johan zeigen sollte, war nichts als eine Finte, ein böser Scherz, auf den alle, auf den die Polizei, aber vor allem sie hereingefallen war, indem sie einen seit Langem toten Schauspieler auf einer Pressekonferenz zur landesweiten Fahndung ausgeschrieben hatte. Wenn die Ermittlung es bisher noch nicht in die Schlagzeilen der Leitmedien gebracht hatte, dann hatte Nyström es nun endgültig geschafft. Sie sah es vor ihrem inneren Auge in flammenden Lettern vor sich.

Hauptkommissarin macht sich lächerlich: Polizei jagt toten Filmstar!

Sie massierte sich die Schläfen mit den Handballen. Ihr Handy piepte. Fahrig blickte sie aufs Display. Eine SMS von ihrer Tochter Anna. *Können wir heute Abend reden?* Irritiert drückte sie die Nachricht weg. Was sollte das auch? Mit ihr konnte man doch immer reden, dazu brauchte es keine bedeutungsschwangeren Kurznachrichten während ihrer Arbeitszeit. An ihrer Bürotür klopfte es sachte. Hugo Delgado und Kent Vargen traten ein.

»Wir sind alle Aussagen noch einmal durchgegangen und haben sicherheitshalber mit allen entsprechenden Leuten am Telefon gesprochen«, sagte Delgado geknickt. »Niemand aus Hylanders Umfeld hat diesen Johan je persönlich getroffen. Alle kennen ihn nur aus ihren Erzählungen.«

»Johan ist ein Phantom«, ergänzte Vargen. »Entweder gibt es ihn überhaupt nicht, was ich ehrlich gesagt bezweifle, denn dieser Arzt, Hylanders Exfreund Lindgrön, hat sehr glaubhaft geschildert, dass sie sich wegen dieses Johans von ihm getrennt hat, oder …«

»… oder sie hat jemanden gedeckt«, vollendete Nyström den Satz gedankenversunken.

»Ein Liebhaber, von dem niemand wissen darf«, sagte Delgado.

»Der mit Sicherheit auch nicht Johan heißt«, merkte Vargen an.

»Diese Frau wird immer rätselhafter für mich«, sagte Nyström. »Da ist dieses seltsame Computerprogramm mit Bäumen, Tieren, Autos ...«

»Gerade sind es Handtaschen«, warf Delgado ein.

»Dazu kommt ein unsichtbarer Partner und die womöglich wichtigste Telefonnummer, die, mit der sie kurz vor ihrem Tod gesprochen hat. Und ausgerechnet die können wir nicht zuordnen.«

»Womöglich Johans Nummer«, sagte Delgado.

»Der nicht Johan ist«, ergänzte Vargen.

»Der nicht Johan ist«, wiederholte Nyström langsam. »Dazu kommen die hohen Summen, die sie nebenbei verdient hat. Wir wissen immer noch nicht, wofür genau diese abenteuerlichen Beraterhonorare eigentlich waren.«

»Ich könnte mir diesen jungen Bingström noch mal zur Brust nehmen«, schlug Vargen vor.

Nyström schüttelte den Kopf.

»Danke, Kent, aber ich denke, ich sollte das Übel an der Wurzel packen.«

»Du meinst, du willst mit dem alten Bingström im Knast reden?«, fragte Delgado.

Nyström nickte grimmig.

Genau, dachte sie, ich meine das Schwein, das mich vor drei Jahren auf einem dunklen Parkplatz zusammengeschlagen und misshandelt hat.

17

Stina Forss und Frans Frisk saßen sich im Verhörraum minutenlang gegenüber, ohne dass ein Wort fiel; zu hören war nur das asthmatische Röcheln der Klimaanlage und das leise, schüchterne Klopfen der feinen Schneeflocken am Fenster. Es war später Nachmittag, über die Innenstadt hatte sich bereits wieder die Dämmerung gelegt, nur die Straßenlaternen trotzten der Dunkelheit gelbe Lichtkegel ab, in denen der Schnee so gleichmäßig fiel, als sei er von einer Maschine gemacht. Frisk hatte Ringe unter den schweren, müden Augen, das dunkle Haar war ungekämmt, und Forss meinte seinen Schweiß riechen zu können, obwohl er an der gegenüberliegenden Tischseite saß.

»Also, du und Lina Bäckmo«, sagte sie schließlich und wählte ihre Worte mit Bedacht. »Ihr beide wart euch nahe.«

Endlich sah er sie an. Es war, als würde er erst jetzt aufwachen und seine Starre abschütteln. Wie ein Wolf, dachte Forss, der auf der Hut ist. Er weiß nun, dass wir es wissen. Dass seine herzerwärmende Fahrradgeschichte, die er ihnen aufgetischt hatte, nichts als *bullshit* war. Sicher, er hatte sich von Mats Bäckmo das Geld für ein Fahrrad geliehen und konnte es wegen der ausbleibenden Bonuszahlung nicht pünktlich zurückzahlen, das hatten sie überprüft. Und ja, die Bäckmos hatten sich eine neues Auto kaufen müssen, und Mats und Lina waren wegen des fehlenden Gelds aneinandergeraten. Nur war das nicht der wahre Grund, warum sich Frans mit seinem besten Freund zerstritten hatte. *Come on*, eine so gute Freundschaft ging nicht wegen ein paar Kröten für ein neues Mountainbike den Bach runter, für eine Leidenschaft wohlgemerkt, die beide Männer von klein auf miteinander teilten, nein, eine so gute Freundschaft, die brauchte ein Problem eines ganz anderen Kalibers, um in die Brüche zu gehen, die brauchte zum Beispiel eine missbrauchte Ehefrau, die eine starke Schulter zum Ausheulen und Anlehnen findet, ausgerechnet bei Frans, dem ruhigen, starken Frans, Mats' bestem Freund seit Kindertagen. Erst

Kummerkasten und dann Kissenküsse, ein doppelter, dreifacher, vierfacher Vertrauensbruch, denn es ist ja nicht nur Mats, der betrogen wird, sondern auch die liebe Jenny, Frans' Frau und Linas Busenfreundin.

Was für eine Fallhöhe!

Was für eine Zwickmühle!

Was für ein verdammt gutes Motiv!

Oder?

Und was ist mit Åsa Hylander? Wie kommt deine Telefonnummer in ihr Handy? Warum fällt dir nichts dazu ein, noch nicht einmal eine billige Ausrede? Dazu die Sache mit den Warzen und der Krücke. Sicher, die Gehhilfe hast du der Arztpraxis bereits im Dezember zurückgegeben, aber irgendwo hast du doch noch einen Gehstock versteckt, weil es ohne nicht so gut geht, wenn du dich anstrengst, oder?

»Fransi-Boy?«

Frisk saß da, blickte sie an, aber er sagte nichts. Ab und an zuckten seine Mundwinkel, als gäbe es etwas in ihm, das er nicht vollständig unter Kontrolle hatte, etwas, das doch raus-, das doch reden wollte, aber seine Lippen blieben verschlossen. Der Wolf war wach, aber er blieb stumm.

»*Come on*«, sagte sie. »Eine so gute Freundschaft geht doch nicht wegen ein paar Kröten für ein neues Mountainbike den Bach runter.«

IM NORDOSTEN DER DEMOKRATISCHEN REPUBLIK KONGO, EINIGE JAHRE ZUVOR

Als die beiden Späher später am frühen Abend zu ihrem Lager zurückkamen, waren sie außer Atem und redeten aufgeregt auf den Leutnant ein. Sie hatten eine Armeestellung in einem Dorf in der Nähe entdeckt, das inmitten einer Kaffeeplantage lag. Sie hatten acht uniformierte Soldaten gezählt und berichteten von einem Artilleriegeschütz auf einem Anhänger. Der Leutnant fragte die beiden noch eine Weile aus, dann entschied er anzugreifen. Die Gruppe jubelte, auch Clément.

»Hast du denn gar keine Angst?«, fragte ihn Mulopo, der sein Herz in der Brust klopfen spürte.

»Ja, schon«, antwortete Clément, während er sein Gewehr lud, »aber nicht so viel Angst, wie diese Armeehunde vor uns haben sollten!«

Der Leutnant hatte ihnen jeden Abend Geschichten über die

fürchterlichen Gräueltaten der staatlichen Armee erzählt. In seinen Schilderungen war Präsident Kabila ein Diktator, Lügner und Mörder. Die Milizen dagegen wollten den Frieden und den Bürgern der Republik Freiheit und Wohlstand bringen. Deshalb mussten die Rebellen zunächst den Nordosten, später das ganze Land befreien. Mulopo wusste nicht, ob Leutnant Yannick die Wahrheit sagte, er wusste nicht, ob der Präsident ein Diktator, Lügner und Mörder war und ob die Armee wirklich Kinder verschleppte, Frauen vergewaltigte und Gefangene zu Tode folterte. Aber er wusste, was die Milizen mit seinem Dorf gemacht hatten, dabei hatte es dort keinen einzigen Armeesoldaten gegeben, sondern nur unschuldige, arme Bauern.

Sie warteten, bis es dunkel geworden war. Dann verteilte der Leutnant an alle Tabletten. Die Pillen sorgten dafür, dass man wach blieb und mutig wurde. Die Älteren zerdrückten sie, mischten sie mit Schießpulver und schnupften die Mischung. Das hieß »brown brown«. Mulopo spürte rasch die Wirkung der Tabletten. Seine düstere Laune besserte sich, und seine Angst sowie die Gedanken an seine Familie verschwanden für den Augenblick. Beinahe freute er sich auf das Abenteuer, das ihm bevorstand. Angeführt von Junior und Malcolm marschierten sie durch den Busch. Nach einigen Stunden hatten sie sich dem Dorf bis auf etwa einen Kilometer genähert. Nachdem der Leutnant die Lage erkundet hatte, erklärte er ihnen seinen Plan. Sie würden bis auf fünfhundert Meter an das Dorf heranschleichen und sich dann in den Büschen der Kaffeeplantage verstecken. Die Aufgabe der Späher war es, die Aufmerksamkeit der Soldaten auf sich zu ziehen und sie dann auf einem Trampelpfad in die Plantage zu locken, wo die Milizen auf sie warten und sie ins Kreuzfeuer nehmen würden. Yannick verteilte eine weitere Portion der Pillen, dann machten sie sich auf in die Kaffeepflanzung und versteckten sich entlang des Weges. Junior und Malcolm krochen im Unterholz auf das Dorf zu. Beide hatten Gewehre mit Zielfernrohren, die auf hundert Meter genau schossen. Mulopo lag neben Clément auf dem Boden. In der Plantage roch es würzig und stark, Nachtvögel schrien in der Dunkelheit. Obwohl er aufgeregt war, kam er sich leicht und zuversichtlich vor. Zum ersten Mal fühlte sich das schwere klobige Gewehr in seinen Händen gut an.

Wie ein nützliches Werkzeug.

Wie etwas, das zu ihm gehörte.

Wie ein Teil von ihm.

Endlich hörten sie Schüsse und von fern erregtes Stimmengewirr. Kurz darauf sahen sie Junior und Malcolm den Pfad hinaufrennen, im schwachen Mondlicht kaum mehr als zwei flüchtige Schatten. Schüsse peitschten ihnen hinterher. Dann kamen sie, die Verfolger. Irgendjemand eröffnete das Feuer. Kugeln pfiffen durch die Nacht. Auch Mulopo gab eine Salve nach der anderen ab. Die Armeesoldaten hatten keine Chance. Sie wurden regelrecht niedergemäht. Keinem gelang die Flucht. Als der Leutnant irgendwann das Feuer einstellen ließ und seine Taschenlampe anmachte, sahen sie fast zwanzig tote Sodaten auf dem Weg, alles Erwachsene. Die Jungen jubelten, klatschten sich ab, schossen ausgelassen in den Nachthimmel. Die Taschen der Toten wurden durchsucht und geplündert. Mulopo fand eine Schachtel Zigaretten und ein Handy, das nicht mehr funktionierte, weil es von einer Kugel getroffen worden war. Er warf es ins Gras und fühlte eine merkwürdige Euphorie in sich aufsteigen. Zwar wusste er nicht, ob und wenn ja, wie viele Soldaten er erschossen hatte, aber das spielte in diesem Moment auch keine Rolle. Was jetzt zählte war, dass er dabei gewesen, dass er Teil dieses Kampfes gewesen war. Dass ein Haufen Jungen eine halbe Kompanie erwachsener Soldaten überwältigt hatte. Der Leutnant lobte sie. Clément klopfte ihm auf die Schulter. Nun war er keine Jungfrau mehr, kein Zivilist.

»Ich brauche jetzt was zum Ficken!«, rief Falaswa, und alle lachten.

Sie rückten Richtung Dorf vor. Es sah dunkel und verlassen aus.

»Vorsicht!«, mahnte der Leutnant. »Es könnten noch immer Soldaten …«

Noch bevor er den Satz beendet hatte, krachte das Artilleriegeschütz in der Nähe. Das Geschoss schlug etwa zwanzig Meter vor ihnen in eine Gruppe Bananenstauden ein. Sofort warfen sich alle auf den Boden.

»Ausscheren!«, befahl der Leutnant. »Bildet einen Halbkreis, dreißig Schritte Abstand zum Nebenmann. Dann alle auf das Dorf zu, und Feuer frei!«

Mulopos Puls trommelte. Er hatte den heißen Atem der Explosion neben sich gespürt, Erdklumpen waren auf ihn niedergeprasselt, dennoch fühlte er keine Angst. Er stand auf und bewegte sich wie die anderen im Laufschritt vorwärts, das Gewehr schussbereit. Wieder krachte das Artilleriegeschütz. Das Geschoss näherte sich mit einem schrillen Pfeifen und detonierte rechts von Mulopo. Dort, wo eben noch sein Kamerad Philippe gelaufen war, hatte das Projektil ein metertiefes Loch in die Plantage gerissen. Von Philippe war nichts mehr zu sehen, stattdessen standen zwei umgerissene Bäume in Flammen, es roch nach Schießpulver, Feuer und geröstetem Kaffee. Mulopo meinte, im Astwerk eines brennenden Baumes eine riesige Schlange zu entdecken, doch dann begriff er, dass es sich um Philippes Gedärme handelte. Und was Mulopo zunächst für einen Baumstumpf gehalten hatte, entpuppte sich im Schein der Flammen als abgetrennter Oberkörper. Er spürte Wut aufwallen. Diese Schweine hatten seinen Kameraden erwischt! Er löste sich aus der Schockstarre und rannte weiter vorwärts. Als hinter ihm ein drittes Geschoss einschlug, sah er sich nicht einmal mehr um. Vorwärts, er musste vorwärts. Schon machte er in der Dunkelheit die Konturen des Dorfes aus. Gleichzeitig mit Clément, Junior und zwei anderen brach er aus dem Gehölz. Alle schossen wie wild auf die Hütten und auch auf alles andere. Mulopo meinte einen fliehenden Hund auszumachen, sonst bewegte sich nichts. Mit dem Gewehr im Anschlag rannte der Trupp zwischen den Hütten hindurch auf den Dorfplatz zu. Endlich entdeckte Mulopo das Artilleriegeschütz auf dem Anhänger. Zwei Schatten bewegten sich darauf und eröffneten das Feuer auf sie. Mulopo warf sich auf den Boden und kroch bis hinter einen gemauerten Brunnen vor. Er hörte Junior schmerzverzerrt aufschreien: »Mein Arm, mein Arm!«

Entschlossen griff Mulopo nach einer der Handgranaten, die er in der Tasche seiner weiten Cargohose aufbewahrt hatte. Werfen konnte er gut. Er holte tief Luft, dann zog er den Sicherheitsstift und warf die Granate Richtung Anhänger. Gleichzeitig mit der Detonation hörte er Schreie. Vorsichtig lugte er über den Brunnenrand. Die beiden Schatten lagen am Boden. Der eine rührte sich nicht, der andere wälzte sich wimmernd hin und her. Mulopo stand auf und ging auf den Anhänger zu. Die jammernde Gestalt war nun gut zu erkennen. Es war kein Soldat, der mit flehendem Blick zu ihm aufsah, sondern ein Junge, kaum älter als er.

»Bitte nicht!«, krächzte er, »bitte tu das nicht!«

Mulopo legte sorgfältig das Gewehr an. Kimme und Korn zielten auf die flache schwarz glänzende Stelle zwischen den angstgeweiteten Augen des Jungen.

Langsam und gleichmäßig, wie er es gelernt hatte, drückte er den Abzug durch.

FREITAG

1

Das Klingeln des Telefons riss Ingrid Nyström aus ihrem traumlosen Tiefschlaf. Verwirrt und für einen Moment orientierungslos sah sie auf die roten Leuchtziffern ihres altmodischen Radioweckers. Es war 4.37 Uhr. Sie war in ihrem Schlafzimmer, neben ihr lag Anders und atmete regelmäßig und schwer. Sie tastete nach dem Handy und nahm das Gespräch an. Es war Olsson, der Nachtdienst in der Zentrale hatte. Sie hörte seinen Erläuterungen zu, versuchte, sich trotz der lähmenden Müdigkeit die wichtigsten Dinge einzuprägen. Als sie schließlich auflegte, war auch Anders wach geworden.

»Ich muss los«, flüsterte sie ihm zu. »Schlaf du weiter.«

Sie zog sich rasch an, verließ das Haus ohne Frühstück und stieg in den Audi. Wenigstens schneite es nicht. Sie folgte der

Straße Richtung Moheda, dann ging es weiter westwärts bis hinaus nach Rydaholm. Die Welt jenseits des Scheinwerferlichts war vollkommen schwarz, das Thermometer zeigte zweistellige Minustemperaturen an. Der ehemalige Hof, von dem Olsson gesprochen hatte, lag einige Kilometer nördlich von Rydaholm einsam am Ende einer nur unzureichend vom Schnee geräumten Straße. Nyström war froh, dass sie den großen, allradangetriebenen Wagen ihres Mannes genommen hatte. Sie hielt neben einem Streifenfahrzeug, das mit laufendem Motor in der Einfahrt stand. In dem Wagen befand sich niemand. Sie blickte zum Haupthaus der verwahrlosten Hofanlage. In zwei Fenstern brannte Licht. Sie stellte das Auto ab und stieg aus. Eisiger Wind griff ihr ins Haar, biss in ihre Gesichtshaut. Sie vergrub die Hände in den Taschen ihres Mantels und kämpfte sich gegen den Wind gelehnt auf das Gebäude zu. Trotz des unwirtlichen Wetters stand die Haustür offen, der Wind hatte bereits einiges an Puderschnee in den Flur geweht. Sie hörte weiter hinten im Haus leise Stimmen und tastete sich durch einen dunklen Flur. Am Ende öffnete sie eine Türe. Ole Bengtzon und Henning Jonasson von der Streife standen in der Küche und schauten sie an. Bange Blicke, aber da war auch Erleichterung in ihren Augen. Endlich wurden sie von ihrer Wacht erlöst, sagte dieser Gesichtsausdruck. Dann sah Nyström den Leichnam des Mannes auf dem Boden liegen, bis auf eine Unterhose unbekleidet, in einer Lache, halb flüssig, halb geronnen, das Deckenlicht grell spiegelnd und deshalb auf eine merkwürdige Weise farblos, einen Gestank ausdünstend nach Eisen und Tod, von der Nyström erst Sekundenbruchteile später begriff, dass es sich natürlich um das Blut des Toten handeln musste. Es war überall im Raum, ausgelaufen auf dem billigen, ausgetretenen PVC-Boden, in Spritzern und Schlieren auf den abgestoßenen Küchenschränken, den Tischbeinen, dem Kühlschrank, dem Herd, sogar auf dem Schirm der schäbigen Textillampe, die in Schulterhöhe von der Decke baumelte. Jackson Pollock in scharlachrot, rostbraun, ebenholzfarben. In der Lache auf dem Boden waren verwischte Fuß- und Handabdrücke, die hoffentlich nicht von Bengtzon und Jonasson stammten. Nein, sicher nicht, begriff sie. Hier hatte ein Kampf stattgefunden, eine Auseinandersetzung auf Leben und Tod. Der Mann, der leblos vor ihr auf dem Bauch lag, hatte ihn verloren.

2

Eine Stunde später war am Tatort die Hölle los, und Stina Forss stand mit Ingrid Nyström mittendrin. Stumm blickten die Kommissarinnen auf die riesige rot-weiß-schwarze Hakenkreuzfahne, die an der Wand über der Küchenbank des toten Mannes hing. Sie hatten ihn mittlerweile als Lennart Dahlkvist identifiziert, ein polizeibekannter Neonazi. Über seine politische Ausrichtung ließ die Dekoration des Hauses in der Tat keinen Zweifel, dachte Stina Forss, als sie die zahllosen NS-Devotionalien, Schwedenfahnen und das martialisch daherkommende Propagandamaterial betrachtete, das über fast alle Räume verteilt war, doch am eindrücklichsten waren die Tätowierungen auf dem nackten Rücken des Leichnams.

Unerbittlich! stand da, und darüber in Frakturschrift: *Blood and Honour.*

»Blut gibt es hier jede Menge«, sagte Nyström schließlich. »Aber Ehre?«

»*Blood and Honour* ist ein internationales rechtsextremes Netzwerk«, sagte Forss, »das auch immer wieder mit dem deutschen NSU-Trio in Verbindung gebracht wird.«

»Ich habe von der Mordserie und dem Prozess gehört«, antwortete Nyström. »Die haben Ausländer erschossen, oder? So ähnlich wie hier der sogenannte Lasermann John Ausonius in den Neunzigerjahren.«

»Unter ihren Opfern war auch eine Polizistin.«

Ihre Chefin sah übernächtigt und ein wenig verstört aus, fand sie, was angesichts der Gewaltorgie, die sich in dem Haus abgespielt hatte, der dritten Bluttat innerhalb weniger Tage, sicherlich verständlich war. Aber Forss spürte, dass Nyströms Entsetzen nicht nur an dem weiteren gewaltsamen Tod eines Menschen lag, sondern auch an der Aura dieses Tatorts, diesem Hasspropaganda-Brutkasten, der mit seinen allgegenwärtigen Übermensch-Symbolen und archaischen Runen das Grauen des verübten Verbrechens noch zu steigern schien. Wie ein Echo des Bösen schien es in den tristen Räumlichkeiten hin und her zu schwappen.

»Was denkst du?«, fragte Nyström. »Könnte es derselbe Täter wie bei Hylander und Bäckmo sein?«

»Ich glaube nicht. Die Tätowierungen, die Hakenkreuze, das ganze Nazi-Zeug … Ein sehr spezielles Milieu.«

»Es sieht nach einer politischen Sache aus«, schloss sich Nyström der Meinung ihrer Kollegin an.

Sie hörten vom Eingangsbereich aufgebrachte Stimmen. Knutssons Bärengrollen und Delgado, dann eine fluchende Männerstimme.

Forss ging durch den Flur dem Tumult entgegen. Sie sah, wie Knutsson, Delgado und ein Kollege in Uniform mit vereinten Kräften einen erregten Mann in schwarzer Lederjacke zurückhielten.

»Lennart ist mein Bruder, ihr Schweine!«

Unvermittelt tauchte Vargen auf und nahm den Mann von hinten in einen Haltegriff. Knutsson und Delgado traten zur Seite und die Flurbeleuchtung erhellte für einen Moment das schmerzverzerrte Gesicht des ächzenden Mannes. Forss erstarrte. Sie erkannte ihn sofort wieder. Der Mann war vor anderthalb Jahren als Trauergast auf der Beerdigung ihres Vaters gewesen, er hatte ihr kondoliert, ihr mit regungslosem Gesicht die Hand geschüttelt. Aber auch der Mann reagierte, als er sie sah. Möglicherweise irrte sie sich, möglicherweise deutete sie seine Mimik auch falsch, doch es wirkte so, als hätte er sich bei ihrem Anblick erschreckt.

3

Irgendwann war es hell geworden, doch auch der Morgen hatte es nicht vermocht, ein freundlicheres Licht auf die Szenerie zu werfen. Unter einer Glocke aus Müdigkeit und Resignation nahm Ingrid Nyström schemenhaft das geschäftige Kommen und Gehen der Menschen im Haus wahr, ein Rhythmus wie Ebbe und Flut, ein Spiel der Gezeiten, an das sie sich in den vergangenen Tagen bereits fast schon gewöhnt hatte. Bo Örkenrud und seine Mitarbeiter in den violetten Overalls waren dabei, den Tatort zu sichern. Ann-Vivika Kimsel untersuchte den Leichnam und ließ ihn anschließend zur Obduktion in die Pathologie bringen. Stina Forss durchkämmte das Haus, Lasse Knutsson und Kent Vargen sprachen mit den Bewohnern der Nachbarhäuser und -höfe, die einige Kilometer entfernt lagen, während sich Hugo Delgado um Hintergrundinformationen bemühte. Im Minutentakt klingelte ihr Handy. Erik Edman, der Staatsanwalt, die Pressestelle und mehrmals Journalisten. Sie drückte alle Gespräche weg, die nicht unbedingt notwendig waren, trotzdem hatte sie kaum die Kraft, den andauernden Informationsfluss, der seit Stunden auf sie hereinbrach, sinnvoll zu kanalisieren. Tsunamibezwingerin? Von wegen. Diese Hoffnung hatte sich spätestens erledigt, nachdem am Tag zuvor der mediale Ville-Salminen-Shitstorm aufgezogen war. Im Bemühen, nichts Wichtiges zu vergessen, hatte sie in ihrem Notizbuch im Laufe des Morgens bereits mehr als zehn Seiten gefüllt. Sie sehnte sich nach ihrem Büro und dem großen Whiteboard im Besprechungsraum, bis ihr einfiel, dass das bereits vollgeschrieben war. Obwohl der Tote vor einiger Zeit abtransportiert worden war, roch es im Haus noch immer stark nach Blut und Exkrementen, ein Geruch, der sich aufs Penetranteste mit dem Duft von Örkenruds Kaffee vermischte und bei ihr Übelkeit auslöste. Sie stellte jede Minute aufs Neue fest, dass sie zu müde und zu erschöpft war, um zu denken. Am liebsten wäre sie sofort nach Hause gefahren und hätte sich zurück zu Anders ins Bett gelegt, anstatt in einem zugigen Flur auf und ab zu gehen, überflüssige Anweisungen zu geben, die Körperausdünstungen eines ermordeten Neonazis einzuatmen und auf Hakenkreuzposter zu starren. Alles in ihr wollte nur eins: weg von hier. Doch das ging natürlich nicht. Sie musste eine weitere Ermittlung einleiten, einen weiteren Tod aufklären. Ein Vorbild sein. Also riss sie sich zusammen und machte weiter.

Der Vormittag war bereits zur Hälfte verstrichen, als endlich Edman und Börjlind auftauchten, um sich den Tatort zeigen zu lassen. Nun, da Växjö bereits wegen eines Doppelmords und einer peinlichen Ermittlungspanne in den Schlagzeilen war, mussten sie schließlich Präsenz zeigen. Im Schlepptau hatte Edman zwei Männer in schicken Mänteln, die ihre Namen nicht nannten, sondern nur irgendetwas von Staatsschutz murmelten. Sicher, Lennart Dahlkvist war offensichtlich alles andere als ein unbeschriebenes Blatt gewesen, es würde also interessant sein zu erfahren, was der Nachrichtendienst an Informationen über das Opfer gesammelt hatte, sofern die werten Herren überhaupt so gnädig waren, ihnen ein paar Informationskrümel herüberzuschieben.

Von mir aus könnt ihr diesen trostlosen Fall geschenkt haben, dachte sie und gähnte hinter vorgehaltener Hand.

4

Gegen Mittag hatte sich das Team im Besprechungsraum des Präsidiums um den großen, ovalen Tisch versammelt. Stina Forss trank Milchkaffee aus einer Schale und konzentrierte sich auf Nyströms heisere Stimme.

»Um 3.25 Uhr heute Morgen geht bei der Zentrale der Justizvollzugsstelle ein Alarm ein. Ein Teilnehmer des offenen Strafvollzugprogramms hat sein Grundstück ohne Voranmeldung oder Genehmigung verlassen. Die elektronische Fußfessel mit der Kennzeichnung 36/A532 gehört dem unter Hausarrest stehenden Lennart Dahlkvist, der den letzten Teil einer langjährigen Haftstrafe im gelockerten Vollzug antreten darf. Daraufhin wird ein Streifenwagen angefunkt, um draußen bei Rydaholm, wo Dahlkvist wohnt, nach dem Rechten zu sehen. So einen Alarm gibt es häufiger, sagen die Kollegen, Ursache dafür kann alles Mögliche sein: ein technischer Fehler, ein Anfall plötzlicher Klaustrophobie, einmal ist angeblich sogar jemand rausgerannt, weil er von Wespen malträtiert wurde. Jedenfalls kommen die Polizisten Ole Bengtzon und Henning Jonasson um 4.17 Uhr auf Dahlkvists Hof an. Die Tür steht sperrangelweit offen, in einigen Räumen brennt Licht. Sie klopfen, rufen, es meldet sich niemand. Schließlich gehen sie hinein und finden Dahlkvist tot in der Küche. Das ist der Zeitpunkt, an dem wir ins Spiel kommen. Ihr habt die Sauerei ja gesehen, ein einziges Blutbad. Bos Rekonstruktion der Geschehnisse sieht bisher so aus, dass der Täter mithilfe eines Brecheisens durch die Vordertür eindringt. Von dort aus schleicht er sich in den ersten Stock, in dem Dahlkvists Schlafzimmer liegt. Er überrascht Dahlkvist im Schlaf und attackiert ihn mit einem Messer. Es gibt tiefe Einstiche im Brustkorb und in der Schulter. Das Bettzeug ist voller Blut, und die Abwehrverletzungen an Dahlkvists Armen sprechen eine deutliche Sprache. Dahlkvist wehrt sich heftig, woraufhin es zu einem Handgemenge im Schlafzimmer kommt. Um sein Leben kämpfend, springt Dahlkvist durch die geschlossene Scheibe oder er wird gestoßen und fällt vier Meter tief in die Schneeverwehungen neben dem Haus. Die Fußspuren dort zeigen, dass er aufsteht und etwa vierzig Meter vom Haus wegläuft. Das ist der Augenblick, in dem seine Fußfessel den Alarm auslöst. Kurz darauf holt der Täter Dahlkvist ein. Wir dürfen nicht vergessen, dass Dahlkvist da bereits schwer verletzt ist, womöglich verlassen ihn dort die Kräfte oder er gibt seine Flucht auf, denn wo soll er da draußen auch hin, er ist fast nackt, es ist zehn Grad unter null, der nächste Nachbar wohnt kilometerweit entfernt. Der Täter sticht den Blutspuren zufolge erneut zu, vor allem in den Rücken, dann zwingt er Dahlkvist zurück ins Haus. In der Küche gibt er ihm dann den Rest. Auch wenn die Obduktion noch aussteht, konnte Ann-Vivika bereits feststellen, dass Dahlkvists Halsschlagader durchtrennt worden und er regelrecht ausgeblutet ist. Die Blutschlieren und die Lache in der Küche passen dazu.«

»Wie ein Schwein beim Schlachter«, murmelte Knutsson und wurde rot, als Nyström ihm einen irritierten Blick zuwarf.

»Die vermeintliche Tatwaffe wurde beim Briefkasten gefunden, wahrscheinlich hatte der Täter dort irgendwo seinen Wagen abgestellt.«

»Das nenne ich doch schon mal einen Ermittlungserfolg!«, rief Vargen.

»Sind Fingerabdrücke auf dem Messer?«, fragte Knutsson aufgeregt.

»Das müssen wir abwarten«, bremste Nyström.

»Was waren das eigentlich für zwei gestriegelte Typen am Tatort«, wollte Knutsson wissen.

»*Säpo*«, antwortete Nyström. »Mehr weiß ich auch nicht. Der Nachrichtendienst hat Dahlkvist wahrscheinlich seit Langem auf dem Zettel, er machte aus seiner extremen politischen Einstellung ja nicht gerade ein Geheimnis. Von mir aus können die den Fall gerne übernehmen«, stöhnte sie. »Wir haben mit Hylander und Bäckmo weiß Gott genug zu tun.«

Delgado, der bis dahin still gewesen war, räusperte sich.

»Bis jetzt hält sich die *Säpo* noch vornehm zurück. Aber sie waren so nett, uns ein aufschlussreiches Dossier zu schicken. Dahlkvist hat eine Menge auf dem Kerbholz: mehrfache schwere Körperverletzungen, unerlaubter Waffenbesitz, bewaffneter Raubüberfall auf einen Geldtransporter, Geiselnahme, Verdacht auf Gründung einer terroristischen Vereinigung. Hat fast zehn Jahre eingesessen, davon durfte er die letzten zwei wegen der besseren Resozialisierungsperspektive mit Fußfessel zu Hause verbringen.«

»Er wäre bestimmt ein vorbildlicher Mitbürger geworden«, säuselte Forss.

»Ein dicker Fisch«, knurrte Knutsson.

»Wir sollten mit seinem Bewährungshelfer sprechen«, merkte Nyström an.

»Dahlkvist war übrigens verheiratet«, sagte Delgado. »Die Hochzeit ist noch keinen Monat her. Seine Frau arbeitet unter der Woche in Malmö, sie ist bereits auf dem Weg hierher.«

»Die arme, arme Witwe«, spottete Knutsson.

»Ein bisschen mehr Respekt, Lasse!«, mahnte Nyström. »Nur weil der Kerl uns unsympathisch ist, bleibt er immer noch ein Mensch.«

Von wegen, dachte Forss, aber sie sagte es nicht laut. Dann dachte sie an den Mann, den sie in Dahlkvists Haus wiedererkannt hatte. Warum hatte er so stark auf sie reagiert?

»Steht da auch etwas über seinen Bruder?«, fragte sie Delgado.

»Es gibt ebenfalls eine ganze Akte über Mattias Dahlkvist. Ist zwölf Jahre älter als Lennart und gilt in der rechtsextremen Szene als eine Art intellektueller Stratege. Der Einschätzung des Staatsschutzes nach ist er sogar noch gefährlicher als Lennart, hat aber im Gegensatz zu seinem Bruder besser darauf geachtet, unter dem Radar zu bleiben. Er stand 2005 zwar ebenfalls unter Verdacht, an dem Überfall auf den Geldtransporter beteiligt gewesen zu sein, aber man konnte ihm nichts nachweisen. Er führt eine bürgerliche Existenz als Handelskaufmann in Värnamo mit eigener Firma.«

Forss' Hals war so trocken, dass sie kaum schlucken konnte. Was hatte so ein Typ auf der Beerdigung ihres Vaters verloren? Hatten sich die beiden gekannt? Waren sie etwa befreundet gewesen?

»Sieht jemand irgendwelche Parallelen oder Anknüpfungspunkte zum Fall Hylander und Bäckmo?«, fragte Nyström in die Runde.

»Außer der zeitlichen Nähe?«, fragte Vargen. »Vielleicht die Brutalität.«

»Welcher Mord ist denn nicht brutal?«, wollte Knutsson wissen.

»Was sagt denn Bo?«, fragte Delgado.

»Kein Abdruck von einer Krücke oder Ähnlichem«, antwortete Nyström. »Obwohl es im Schnee Fußspuren zuhauf gibt.«

»Damit hat sich die Frage wohl erledigt«, resümierte Knutsson. »Hier war ein anderer Täter am Werk.«

»Das ist auch mein Gefühl«, sagte Nyström. »Aber ich wollte auch eure Meinung einholen. Wir brauchen übrigens dringend ein zweites Whiteboard.«

5

Als Ingrid Nyström nach einer kleinen Mahlzeit in der Kantine in ihr Büro zurückkehrte, saß dort eine unerwartete Besucherin. Es war ihre Tochter Anna.

»Was für eine Überraschung!«

Obwohl ihr erster Impuls Freude war, spürte sie auch eine leichte Irritation. Sie musste doch dringend weiterarbeiten. Es gab so unendlich viel zu tun. Konnte Anna sich denn nicht denken, dass sie Hals über Kopf in Arbeit steckte?

»Mein Rückflug geht gleich, und da du gestern Abend so

spät nach Hause gekommen bist und wir uns nicht mehr gesehen haben … Ich wollte dir auf Wiedersehen sagen.«

Sofort verspürte Nyström Schuldgefühle. Dass Anna bereits heute zurück nach Brighton musste, hatte sie völlig verdrängt. Die Tage seit Annas Ankunft waren nur so vorbeigerauscht, kein Wunder, sie hatte ja auch von morgens bis abends gearbeitet und kein einziges Mal die Zeit gefunden, sich in Ruhe mit ihrer Tochter zu unterhalten. Was war sie nur für eine Mutter?

»Das ist lieb von dir, mein Schatz! Hör zu, es tut mir wirklich leid. Ich hatte gehofft, wir würden die Zeit finden, gemeinsam einen langen Spaziergang zu machen, zusammen Tee zu trinken und zu quatschen …«

»Schon gut«, sagte Anna knapp. Doch an ihren Augen las Nyström ab, dass überhaupt nichts gut war. »Es ist nur so … Da gibt es etwas, was ich dir gerne sagen möchte.«

Nyström schluckte. Anna hatte alles Recht der Welt, sauer auf sie zu sein. Da war sie extra den weiten Weg aus Brighton …

»Es ist so: Hailey und ich erwarten ein Kind. Wir, also Hailey, ist im dritten Monat schwanger … Wir … werden wohl bald eine kleine Familie.«

Nyström spürte, dass ihr die Gesichtszüge entglitten. Sie sollte jetzt wohl etwas sagen, ihre Freude darüber zum Ausdruck bringen, dass nun auch ihre jüngste Tochter Mutter wurde, oder sie sollte Anna einfach in den Arm nehmen und an sich drücken, doch weder das eine noch das andere wollte gelingen. Sie stand nur regungslos da und blickte ihre Tochter an. Tausend Gedanken schossen ihr durch den Kopf. Ein Kind? Ein lesbisches Paar mit einem Kind? Wie sollte das denn gehen? Wie sollte das funktionieren? Allein schon … technisch? Es musste doch einen Vater geben, also biologisch gesehen musste es doch einen Vater geben? Wer war denn der Vater? Wo war denn der Vater? Anna und Hailey konnten doch unmöglich eine anonyme Samenspende angenommen haben? Wie verantwortungslos wäre so etwas? Was, wenn der Spender …? Oder hatte Hailey etwa mit einem fremden Mann …? Oder einem gemeinsamen Freund der beiden …? Doch wohl hoffentlich nicht dieser grässliche Bob, dieser arrogante Schauspieler, der in Annas Wohngemeinschaft lebt? Überhaupt: Wie würde das Kind denn aufwachsen? Mit zwei Müttern? Das konnte doch psychologisch unmöglich gesund sein? Hatte Anna diese Sache wirklich zu Ende gedacht oder war das nur eine ihrer vielen Flausen so wie die Friseurinnenausbildung, die Tanzakademie …

Eine lange halbe Minute war vergangen, ohne dass ihr ein Wort über die Lippen gekommen war, ohne dass sie eine Reaktion gezeigt hatte. Aber keine Reaktion war auch eine Reaktion.

Sie bemerkte, dass Anna Tränen in den Augen standen. Endlich raffte sie sich auf und trat einen Schritt auf ihre Tochter zu, wollte sie am Arm berühren, doch Anna sah sie ein letztes Mal an, entsetzt und unendlich enttäuscht zugleich, drehte sich mit einem Ruck um und mit drei raschen Schritten hatte sie den Raum verlassen.

6

Stina Forss hatte Frans Frisk zu einem weiteren Verhör für den Nachmittag ins Präsidium bestellt, ebenso seine Frau Jenny und Lina Bäckmo. Nachdem Frisk am Vortag so beharrlich geschwiegen hatte, hatten Nyström und Forss trotz der immer belastender erscheinenden Umstände entschieden, den Mann vorläufig gehen zu lassen. Forss war sich sicher gewesen, dass Frisk Zeit brauchte. Was er gestern nicht hatte in Worte fassen können oder wollen, war noch nicht reif gewesen. Etwas hatte sich in ihm geregt, aber es war noch zu gestaltlos gewesen, zu formlos und zu schwach, um nach außen dringen, um kommuniziert werden zu können. Forss hatte ihm zu verstehen gegeben, dass sie seine Geschichten vom geliehenen Geld und dem neuen Fahrrad als vorgeschobenen Grund durchschaut hatte, dass sie von seiner Affäre mit Lina wusste, von seiner Warzenoperation am Fuß und der ärztlich verschriebenen Krücke, sowie von den Vergewaltigungen in der Ehe der Bäckmos. Nyström und sie hatten bis weit in die Nacht diskutiert, was diese Dinge für den Fall bedeuten mochten. Das Naheliegendste war natürlich, dass Frans Frisk seinen Freund Mats Bäckmo getötet hatte. Erstens kannte er die Gewohnheiten und den Tagesablauf seines besten Freunds. Zweitens hatte er kein Alibi für den Tatzeitpunkt. Er hätte theoretisch genügend Zeit gehabt, um morgens in aller Ruhe mit dem Firmentransporter von Växjö aus zurück nach Lammhult zu fahren und den Draht aufzuspannen, während Mats Bäckmo auf seiner Trainingsrunde war. Drittens fühlte er sich zu Lina Bäckmo hingezogen und wusste, dass ihr Ehemann sich wiederholt an ihr vergangen hatte. Eifersucht und das Bedürfnis, die von ihm begehrte Frau zu schützen, waren eine machtvolle emotionale Kombination. Dazu kam, dass Mats Bäckmo von Frisks Gefühlen und Avancen gegenüber Lina gewusst haben musste, sonst hätte er seinem Arbeitskollegen gegenüber keine diesbezüglichen Bemerkungen machen können, gut möglich also, dass Bäckmo Frisk deswegen bedroht hatte. Indem Frisk seinen Jugendfreund tötete, hätte er also seinen Nebenbuhler aus dem Weg geräumt und gleichzeitig Lina gerächt, beschützt und für sich gewonnen, sowie die Bedrohung durch Mats abgewendet. Zusammengefasst konnte man sagen, dass alle drei Bedingungen eines Mordes lehrbuchmäßig erfüllt waren: Frans Frisk hatte die Mittel, die Gelegenheit und ein starkes Motiv, Mats Bäckmo zu töten. Zusätzlich wurde er durch seinen unrunden Gang und die verschriebene Krücke belastet, auch wenn er sich mittlerweile ohne Gehhilfe fortbewegen konnte. Die Tatsache, dass sich seine Telefonnummer im Speicher von Åsa Hylanders Handy befand, und er nicht erklären konnte oder wollte, warum, verband ihn gleichzeitig mit dem zweiten Tötungsdelikt. Bis hierhin betrachtet war der schweigsame Frans Frisk ein Verdächtiger, wie man ihn sich nicht besser wünschen konnte. Doch auch wenn es durch die Telefonnummer eine Verbindung zu Åsa Hylander gab, war auf dieser Seite des Doppelfalls eine Unwucht. So differenziert sich bei Mats Bäckmo eine mögliche Täterschaft Frisks konstruieren ließ, so vage und unscharf sah es in Bezug auf die tote Abteilungsleiterin aus. Die Beziehung zwischen Hylander und Frisk war in der Ermittlung bisher eine Nullstelle, ein leeres Blatt Papier. Forss und Nyström hatten die Hypothese diskutiert, ob Frisk sich in Wahrheit hinter dem Namen Johan verbergen, ob er der ominöse geheime Liebhaber von Åsa Hylander gewesen sein könnte. Möglich wäre das, auch wenn es bedeuten würde, dass Frisk mehr als ein Doppelleben geführt und hinter dem Rücken seiner Frau mit mehreren Affären jongliert haben musste. Sicher, es gab solche Typen.

Aber Frisk?

Hatte er sich eine heimliche Liebschaft durch einen grausamen Axtmord vom Hals geschafft und keine fünf Tage später seinen ehemals besten Freund durch eine perfide Falle aus dem Weg geräumt, um mit seiner wahren Liebe, Lina Bäckmo, zusammen sein zu können? Ein verheirateter Familienvater wohlgemerkt, der bis dahin unbescholten seinen kleinen Traum vom Glück gelebt hatte? Und welche Rolle spielte Lina Bäckmo in einem solchen Szenario? War es denkbar, dass sie Frisk geholfen hatte? Eine Mitverschwörerin, angetrieben von Hass auf den Mann, der sie missbraucht hatte, und Eifersucht auf die ehemalige Geliebte ihres Retters? Forss führte sich die kleine, zierliche Frau vor Augen. Aber was hieß das schon, klein und zierlich? Forss selbst war ebenfalls nicht gerade groß und voluminös. Das hatte sie nicht daran gehindert, in ihren Wutanfällen schwere Glasvasen, Steinbrocken oder Essteller in die Gesichter ihrer Liebsten zu schleudern, Nasenbeine zu brechen, Haut zu zerreißen, wehzutun und zu verletzen, angetrieben von einer weißen heißen Flamme, die alles verzehrte, bis nichts mehr übrig blieb als Kummer, Schuld und Scham. Oh ja, Forss wusste, wozu man fähig war, wenn man liebte. Oder was man so lieben nannte. Deswegen hielt sie sich fern davon.

Was man so fernhalten nannte.

Dann war da natürlich noch Jenny Frisk. Ihr kam die Rolle der unschuldigen, hintergangenen Ehefrau zu. Wie fühlte sie sich damit? Fand sie sich mit der Opferrolle ab? Gleichzeitig den Mann zu verlieren, die beste Freundin und einen guten Freund? Je länger Forss darüber nachdachte, desto besser fand sie ihre Idee: alle drei eine Zeit lang im selben Raum schmoren zu lassen.

7

»Niemand behauptet, dass du mit der Situation überfordert bist, Ingrid.«

Nyström hatte Edmans Mund die Worte formen sehen, wahrscheinlich hatte sie sie auch gehört, doch sie waren nicht bis in ihr Bewusstsein durchgedrungen, denn das war noch mit anderen Dingen beschäftigt, mit Gedanken an Anna und das Kind, das ihre Tochter gemeinsam mit ihrer Partnerin bekommen würde. Warum war es Nyström so schwergefallen, in der Situation richtig zu reagieren? Freude und Empathie zu zeigen? Denn das war es doch, was sie empfand, wenn sie in ihr Herz hineinhorchte, das war es ganz sicher. Sie wusste nicht, was sie zu einer so unfähigen Mutter machte, denn sie war viel zu müde, um darüber nachzudenken.

»Ingrid?«

Edman, Börjlind, Jodenius und die beiden *Säpo*-Männer sahen sie erwartungsvoll an. Sie räusperte sich.

»Sicher, Erik, das nehme ich auch nicht so auf. Im Gegenteil, ich bin wirklich froh über jede Entlastung. Und wenn Frank hier« – sie warf Jodenius ein gezwungenes Lächeln zu – »sich bereit fühlt, mit seiner Abteilung und freundlicher Unterstützung des Staatsschutzes die Untersuchung des Todes von Dahlkvist zu übernehmen, sind meine Leute und ich mehr als dankbar. Wie du es eben so treffend formuliert hast, der Doppelmord Hylander/Bäckmo ist fordernd genug.«

»Wunderbar, Ingrid.« Edman setzte sein Politikerlächeln auf und rieb sich die Hände. »Ganz wunderbar. Dann sind wir uns ja alle einig.«

»War es das?«, fragte sie und erhob sich, ohne eine Antwort abzuwarten. Für Höflichkeiten war sie zu erledigt. Am liebsten hätte sie Jodenius das triumphierende Grinsen aus dem Gesicht gewischt, aber wenn der Lump unbedingt eine Mordermittlung brauchte, um sein Ego zu stärken, dann bitte schön. Den toten Nazi konnte er gerne haben. Geschenkt.

8

»Ein bisschen wie Ratten im Labor«, sagte Kent Vargen.

Stina Forss stimmte ihm zu.

»Der Versuchsaufbau ist nicht gerade sehr raffiniert, aber es handelt sich bei ihnen schließlich nicht um abgezockte Berufsverbrecher, sondern um ganz normale Leute wie du und ich, vermute ich jedenfalls. Vielleicht tun sie uns den Gefallen.«

Forss und Vargen saßen Schulter an Schulter nebeneinander und sahen auf den Monitor, der das Geschehen aus dem zu einem Wartezimmer umfunktionierten Besprechungsraum zeigte, das von einer Kamera mit Mikrofon übertragen wurde. Viel war es nicht, was da zu sehen und zu hören war. Lina Bäckmo saß zusammengesunken auf einem Stuhl und klammerte sich an ihrer Handtasche fest, ein trauriger, kleiner Vogel, dachte Forss, eine zerzauste Meise vielleicht oder ein Distelfink. Wenn das geschauspielert war, dann war sie verdammt gut. Ihr gegenüber, schräg versetzt auf einer zweiten Stuhlreihe hatten Frans und Jenny Frisk Platz genommen. Sie waren einige Minuten nach Bäckmo eingetroffen. Begrüßt hatte man sich nur knapp. Obwohl das Ehepaar nebeneinander saß, konnte man zwischen den Frisks eine

Distanz spüren, fand Forss; Jenny Frisk schien sich so weit wie möglich von ihrem Mann wegzulehnen, sie hatte ein Bein übergeschlagen und wippte nervös mit dem Fuß. Ihr Gesicht konnte man aus der Kameraperspektive nicht erkennen, es wurde vom Kopf ihres Mannes verdeckt. Frisk selbst hatte eine ausdruckslose Mimik, soweit das seine grimmigen Augenbrauen zuließen.

»Wen nehmen wir uns zuerst vor?«, fragte Vargen.

»Ich dachte, du sprichst mit Jenny.«

»Clever. Du willst sehen, was zwischen Frans und Lina passiert.«

Vargen lächelte, als er aufstand. Er riecht gut, fand Forss, und das erinnerte sie daran, dass ein Gespräch ausstand, dem sie seit Tagen aus dem Weg zu gehen versuchte.

Was man so fernhalten nannte.

Aber das musste warten. Eine halbe Minute später sah sie auf dem Monitor die Tür aufgehen und hörte, wie Vargen Jenny Frisk herausbat. Die groß gewachsene Frau mit der gefärbten Haarsträhne und den glitzernden, langen Fingernägeln stand auf und verließ den Raum. Frans und Lina blieben stumm und unbewegt auf ihren Stühlen sitzen. Beide hatten den Kopf zu Boden geneigt. Forss zählte die verstreichenden Minuten. Drei, fünf, sieben. Nach neun Minuten hob Frans zum ersten Mal den Kopf, als wollte er Kontakt aufnehmen. Nach zwölf Minuten sagte er:

»Wie geht es dir?«

Keine Antwort, keine Reaktion.

Wieder verging Zeit.

Komm schon, Frans, dachte Forss, lass dich nicht so schnell entmutigen.

»Ich hoffe, du verstehst, dass ich mich noch nicht gemeldet habe, um mein Beileid … Die beobachten mich. Wahrscheinlich beobachten die uns sogar jetzt.«

Frisk drehte demonstrativ den Kopf nach rechts und links, als würde er nach einer Kamera suchen. Schlauer Bursche, dachte Forss, vielleicht ein bisschen paranoid, aber wer würde ihm das nach zwei Morden verdenken?

»Aber das ist egal. Wichtig ist mir, dass du weißt, dass ich Mats nichts angetan habe.«

Seine Stimme war brüchig.

Lina reagierte immer noch nicht.

»Das musst du mir glauben!«, flehte er. »Bitte!«

Endlich sah Lina zu ihm auf. In ihrem Blick flackerten Tränen in Full-HD.

»Es war alles ein Fehler«, sagte sie leise. Forss betätigte den Lautstärkeregler. »Wir hätten uns niemals treffen dürfen.« Ihre Stimme war kaum mehr als ein kratziges Flüstern. »Wir hätten ihnen das niemals antun dürfen. Mats nicht, Jenny nicht und erst recht nicht den Kindern. Wie … wie soll ich jetzt um ihn trauern? Wie soll ich Jenny jemals wieder in die Augen sehen?«

Sie schlug sich die Hände vor das Gesicht, ihr schmaler Körper bebte.

»Lina …«

Frans stand von seinem Stuhl auf, blickte sich erneut um, blieb einen Moment ratlos stehen, dann setzte er sich wieder hin. Alles an seinen Bewegungen strahlte Hilflosigkeit aus.

»Lina …«

Sie fummelte schluchzend ein Taschentuch aus ihrer Handtasche.

»Lina, er war nicht gut zu dir.«

Sie schnäuzte in ihr Taschentuch, rieb sich die Tränen aus dem Gesicht. Ihr Mund zitterte.

»Weißt du was?«, stieß sie hervor. »Fick dich doch selbst und lass mich in Frieden!«

Damit stand sie auf und verließ den Raum.

9

Ingrid Nyström hatte ihren Wagen bei dem alten Wasserturm abgestellt, der draußen vor der Stadt zwischen schneebedeckten Äckern und Weiden lag. Vor mehr als fünfunddreißig Jahren war sie hier einmal nachts nach einer Party mit ihrem Mann gewesen, und sie hatten ausgelassen Lieder gesungen und unter den Sternen getanzt. Das war lange her, damals waren sie ein junges, kinderloses Paar gewesen, voller Pläne und Träume. Nun kam sie manchmal zum Nachdenken hierher und um einen klaren Kopf zu bekommen. Sie stieg aus und ging ein paar Schritte. Der eiskalte Wind tat ihr gut, er vertrieb die Müdigkeit ein wenig. Sie dachte an Anna und an ihre anderen beiden Töchter, die längst erwachsen waren. An ihre Enkelkinder, zu denen nun noch eins dazukommen würde. An Anders, der immer für sie da war, wenn sie ihn brauchte, und an ihre alte Mutter, die seit einiger Zeit bei ihnen zu Hause wohnte. Ja, seit der Partynacht vor mehr als drei Jahrzehnten war viel passiert, damals war sie Anfang zwanzig gewesen, nun war sie Mitte fünfzig. Ein Großteil ihres Lebens war vergangen. Das war ein trauriger, aber gleichzeitig auch sehr tröstlicher Gedanke. Sie faltete die Hände und sprach ein rasches Gebet.

Gib mir Kraft, Herr, um mich meinen Dämonen zu stellen.

Dann atmete sie tief durch, ging zurück zu ihrem Wagen und machte sich auf den Weg zur Justizvollzugsanstalt in Kalmar, wo sie einen Besuchstermin bei Jan-Åke Bingström hatte.

10

Vargen berichtete Forss, dass Jenny Frisk ihren Angaben zufolge am Vorabend von der Affäre zwischen ihrem Mann und ihrer Freundin Lina Bäckmo erfahren hatte. Sie war nun offensichtlich mit den Nerven am Ende. Frans war nach dem Verhör mit der Wahrheit herausgerückt. Seiner Darstellung nach hatte er vor etwa einem halben Jahr von Mats' Misshandlungen erfahren, Lina hatte sich ihm angetrunken auf einer Gartenparty offenbart. Angeblich aus Mitleid hatte er sich allmählich zu ihr hingezogen gefühlt. Jenny glaubte ihm kein Wort. Sie war tief gekränkt und verwirrt. Warum sollte Mats Lina vergewaltigt haben, wo sie ihn doch liebte? Wo sie doch verheiratet waren, Kinder hatten, sowieso miteinander schliefen. Das ergab doch keinen Sinn. Sie war der Meinung, dass sich Frans nur irgendetwas ausgedacht hatte, um in einem besseren Licht dazustehen. Eine Affäre aus Mitleid? Das war ja wohl die erbärmlichste Ausrede aller Zeiten!

Vargen hatte sie nach Frans' Verhalten in den Tagen vor Mats' Tod gefragt. War ihr irgendetwas Ungewöhnliches an ihm aufgefallen? Sie hatte lange über die Frage nachgedacht. Ja, hatte sie schließlich in einem trotzigen Ton geantwortet, da hätte es tatsächlich etwas gegeben, das ihr merkwürdig vorgekommen sei. Daraufhin hatte ihn Jenny Frisk lange angesehen und dabei die Oberschenkel in ihren engen Stone-Washed-Jeans geknetet. Am Abend vor Mats' Ermordung sei ihr aufgefallen, dass auf den gestapelten Sommerreifen in der Garage Frans' Werkzeugkoffer gestanden habe. Den hätte er normalerweise nie von der Arbeit mit nach Hause genommen, weil sein Chef mit solchen Dingen sehr genau sei.

»Nur damit ich das richtig verstehe«, sagte Forss ungläubig. »Frisk hat am Abend vor Bäckmos Tod seine Elektrikerausrüstung mit nach Hause genommen?«

Vargen nickte.

»Ganz genau. So ein Profi-Ding, voll mit Zangen, Kabeln und irgendwelchen Drähten.«

Forss lächelte schmal. Die Luft wird dünn für ihn, dachte sie.

Als Nächstes sollte Lina Bäckmo vernommen werden, doch wie es aussah, hatte sie das Präsidium verlassen. Forss schaute auf den Toiletten nach, in der Kantine, vor dem Eingang. Aber Bäckmo war wirklich gegangen, sie hatte ihre Wut nicht beherrschen können. Stattdessen holten Forss und Vargen Frans Frisk in den Verhörraum. Schwerfällig schlurfend folgte er ihnen.

11

Jan-Åke Bingström sah anders aus, als Nyström ihn in Erinnerung gehabt hatte. Sein ledriges Fußballgesicht hatte deutlich an Spannkraft und Bräune verloren, die Wangen wirkten hohl und eingefallen, die Haut schorfig und fahl. Jemand hatte aus dem Fußball die Luft gelassen. Trotzdem schien die mehrjährige Haftstrafe weder seine geistige Schärfe getrübt noch seine Selbstsicherheit erschüttert zu haben. Wach und böse wie eh und je funkelten seine kleinen Schweinsäuglein sie an.

»Was für eine Ehre, die Hauptkommissarin macht ihre Aufwartung. Wie geht's dem Krebs, Ingrid?«, grinste er.

Sie hatte sich vorgenommen, stark zu sein, selbstbewusst

und überlegen. Die Opferrolle, in die er sie mit seinem hinterhältigen und groben Angriff gebracht hatte, abzustreifen und als Autorität aufzutreten, doch sie spürte, wie bereits sein erster Angriff ihre so sorgfältig in Stellung gebrachten Abwehrreihen einstürzen zu lassen drohte. Wie konnte er? Wie konnte er es wagen? Beinahe hätte sie sich unwillkürlich an die Brust gefasst, dort wo der Tumor gewachsen war, dort, wo Bingström sie auf dem nächtlichen Parkplatz angefasst und verletzt hatte. Sie konnte sich gerade noch beherrschen, in der Bewegung innehalten und so hoffentlich verhindern, ihm diese Genugtuung zu geben. Doch nur die Andeutung ihrer Handbewegung reichte bereits aus. Sein Grinsen wurde breiter.

»Wie ich sehe, haben sie deine Titten wieder in Ordnung gebracht.«

Sie konnte seinen Mundgeruch riechen. Es würde sie nicht wundern, wenn er sich seit ihrem Besuchsantrag vor zwei Tagen mit Absicht nicht mehr die Zähne geputzt hatte. Bingström war so ein Mensch, er spielte und manipulierte aus reiner Gehässigkeit. Was sagte es über die Gesellschaft aus, wenn ein Mann wie er zu so viel Einfluss, Macht und Wohlstand hatte kommen können, dachte sie, wie hatte ein Erpresser, Schläger und gemeiner Dieb es in der Stadt zu so viel unternehmerischem, politischem und gesellschaftlichem Erfolg bringen können, dass die gesamte sogenannte Växjöer Gesellschaft dem japanischen Feuerwerk auf dem von ihm jährlich ausgerichteten Ball am See hingebungsvoll zugeseufzt hatte? Nun, mit der Rathauskarriere des Partylöwen Bingström war es zumindest vorbei und ebenso war zu erwarten, dass die Stadtprominenz nach seiner Gefängnisstrafe einen Bogen um ihn machen würde, doch sein erfolgreiches Immobilienunternehmen mitsamt seinem Vermögen wartete draußen auf ihn, ungeachtet des Umstands, dass es auf schmutzigem Geld gegründet war. Geld war geduldig, und es stank nicht, dachte Nyström, im Gegensatz zu seinem Besitzer.

Er zwinkerte ihr zu, und sie musste alles an Selbstbeherrschung aufbieten, um diese verletzenden Ablenkungsmanöver zu ignorieren. Denn das war es doch, worum es hier eigentlich ging, um Ablenkung. Bingström würde den Teufel tun, ihr die wahren Hintergründe seiner Zusammenarbeit mit Åsa Hylander zu erläutern, im Gegenteil, er würde alles versuchen, um genau dies zu verhindern, und das schloss Beleidigen, Provozieren und Kränken selbstverständlich mit ein. Gleichzeitig würde er mit allen Mitteln versuchen herauszufinden, was die Polizei bereits über diese Kooperation wusste, das war der einzige Grund, warum er sich überhaupt auf ein Treffen mit Nyström eingelassen hatte, davon war sie überzeugt.

»Warum hast du Åsa Hylander beschäftigt? Was hat sie für dich getan, dass du sie so gut bezahlt hast?«

»Hylander? Nie gehört. Keine Ahnung, wer das sein soll.«

»Åsa Hylander ist die Leiterin des Växjöer Bau- und Wohndezernats.«

Bingström schüttelte den Kopf.

»Sagt mir nichts.«

Natürlich hatte Nyström mit dieser Antwort gerechnet, so lächerlich sie war. Als wüsste einer der größten Immobilienunternehmer der Region nicht, wer die Bau- und Wohnabteilung im Rathaus leitet. Aber sie war vorbereitet. Sie holte Fotos aus ihrer Tasche, die Bingström und Hylander zusammen zeigten. Delgado hatte wenig Schwierigkeiten gehabt, die Bilder im Netz zu finden. Auch wenn sich Hylander nicht viel aus dem Växjöer Gesellschaftsleben gemacht hatte, war sie ihrer Karriere zuliebe doch auf Empfänge, Spendengalas und andere publicitywirksame Veranstaltungen gegangen, wo sie dem umtriebigen Bingström das ein oder andere Mal lächelnd vor der Linse eines Lokalzeitungsfotografen die Hand geschüttelt hatte.

»Ach, Åsa, natürlich, wie konnte ich eine umwerfende Frau wie sie vergessen? Ein tolles Kleid, das sie dort trägt, findest du nicht? Das muss der *Ball am See* 2009 gewesen sein. Ich erinnerne mich, der Smoking saß in dem Jahr ein bisschen eng.«

Er grinste noch ein Stück breiter. Sie sah, dass ihm einer der vorderen Eckzähne fehlte. Entweder war die zahnmedizinische Versorgung im Gefängnis nicht besonders gut, oder er hatte sich in den vergangenen Jahren gehen lassen. Sie hoffte inständig, dass der Zahn nicht einfach so herausgefallen, sondern dass er langsam und schmerzhaft vor sich hingefault war oder dass ihn jemand aus Bingströms Schnauze geschlagen hatte.

»Sie ist seit einer Woche tot, jemand hat sie verstümmelt und ihr den Schädel gespalten«, sagte sie.

Sein Grinsen schien für einen Augenblick einzufrieren, aber vielleicht bildete sie sich das auch nur ein.

»Also, ich hab ein Alibi. Ich war die vergangenen … lass mich nicht lügen … die vergangenen eintausendzweihundertunddrei Tage hier. Dank dir.«

»Ich will wissen, was Hylander für dich und deinen Sohn getan hat.«

»Sie war eine Beraterin unserer Firma.«

»Was soll das für ein Consulting sein, für das man innerhalb weniger Jahre eine Million Kronen verdient?«

»Experten haben ihren Preis.«

»Abgesehen davon, dass Hylanders Arbeitsvertrag mit der Kommune ihr solche Nebentätigkeiten untersagt, riecht das Ganze für mich nach Bestechung, und wenn ich von dir keine plausible Erklärung bekomme, wird unsere Mordermittlung wohl dazu führen, dass sämtliche Firmen deines kreativen Unternehmenskonstrukts ihre Bücher offenlegen müssen, notfalls für die letzten zehn Jahre.«

Bingström schnaubte. Sein Mundgeruch war bestialisch.

»Einen Scheiß muss ich, solange du dafür keinen richterlichen Beschluss bekommst, das weißt du ebenso gut wie ich, werte Frau Hauptkommissarin.« Was war das für eine blöde Manier, sie so karikaturenhaft förmlich anzusprechen? Auch Jodenius hatte sich auf diese Weise über sie lustig gemacht. »Einblick bekommt ihr, wenn überhaupt, dann in die Bücher von *Bingsecc*, denn dort war Åsa tätig, und nirgendwo anders. Sie war eine kluge Frau und als Leiterin des Wohnamts hatte sie natürlich Einblick in kommunale Entscheidungen, den Wohnungsbau betreffend. *Växjö wächst*, noch immer. Wir haben Åsa natürlich dafür bezahlt, uns strategisch zu beraten. Wenn die Stadt baut, um Wohnungen zu vermieten, oder wenn sie den Wohnungsbau privater Investoren bezuschusst, oder auch nur neue Baugebiete ausweist, ist das selbstverständlich gut für meine Branche. Wohnungen wollen verwaltet werden, bewirtschaftet, bewacht, vermittelt, verkauft oder vermietet. Je mehr ich darüber weiß, welche Schritte die Stadt und die Kommune als Nächstes planen, desto gezielter kann ich meine Marktstrategie vorbereiten und desto besser stehe ich meiner Konkurrenz gegenüber da. So funktioniert der Markt, werte Frau Hauptkommissarin. Wenn Åsa mit der Beratung ethische Richtlinien der Stadtverwaltung verletzt haben sollte, tut mir das aufrichtig leid, aber ich fürchte, das ist dann ihr Problem und nicht meins. Beziehungsweise es war ihr Problem, Gott hab sie selig.«

Bingström sah sie mit seinen kleinen Augen an. Er bot ihr also tatsächlich eine Erklärung an. Ein Friedensangebot? Ein weiteres Täuschungsmanöver?

»Ich will die Geschäftsberichte von *Bingsecc* der vergangenen zehn Jahre.«

»Kein Problem.«

»Ich will sie mit einem Wirtschaftsprüfer und deinem Sohn gemeinsam durchgehen.«

»Ist geritzt.«

Wow. Das war mehr, als sie zu hoffen gewagt hatte. War es wirklich möglich, dass die Haft einen anderen Menschen aus Bingström gemacht hatte? Einen besseren Menschen? Hatte sie die Äußerlichkeiten einfach nur falsch gedeutet? Den penetranten Mundgeruch, den fehlenden Zahn und die eingefallenen Wangen? War seine beleidigende Begrüßung nur hilfloses Imponiergehabe gewesen, das zahnlose Kläffen eines altersmüden Hundes?

Beinahe wäre sie der Versuchung erlegen, das zu glauben, beinahe wäre sie ihrem Instinkt gefolgt, in jedem Menschen nach dem Heilen, dem Guten zu suchen, doch die vielen Jahre als Polizistin hatten sie misstrauisch werden lassen. Da war dieser Glanz in Bingströms Augen, ein triumphierendes Flackern, das ihn verriet. Nein, der Mann hatte sich nicht verändert, kein bisschen. Er hielt sie zum Narren. Sicher, die Dinge, die er über Hylander gesagt hatte, waren bestimmt nicht völlig an den Haaren herbeigezogen, seine Firmen hatten mit Sicherheit von ihrem Insiderwissen profitiert. Doch auf eine ganz andere Weise, als von ihm beschrieben, das spürte Nyström nun, da sie in seinem ledrigen Gesicht nach der Wahrheit suchte. Bingström belog sie. Es musste in seiner Geschäftsbeziehung zu der ermordeten Frau noch um etwas anderes gegangen sein, um etwas viel Größeres, Gefährlicheres, und als Nyström das verstand, gelang es ihr, den Mann, der ihr gegenübersaß, wieder als das zu sehen, was er in seinem tiefsten Inneren war. Hinter der Fassade aus Zahnlücke, Mundgeruch und fahlem Teint lauerte ein

Raubtier, das sich danach verzehrte, an ihr Rache zu nehmen.

12

»Ich habe Mats nichts getan!«

Zum dritten oder vierten Mal innerhalb weniger Minuten beteuerte Frans Frisk seine Unschuld. Sein düsterer, resignierter Blick hatte eine neue Nuance bekommen, Stina Forss meinte etwas Flehendes darin zu entdecken.

»Hast du den Draht bei deinem Arbeitgeber mitgehen lassen?«, fragte Forss.

»Warum sollte ich irgendeinen Draht ...?«, begann Frisk und verstummte, als er begriff, was die Frage implizierte.

»Musstest du den Umgang mit einer Axt lange üben, oder bist du ein Naturtalent?«, fragte sie.

»Was willst du damit andeuten?«

»Wo ist die Axt, mit der du Åsa Hylander erschlagen hast? Wo sind die Drahtreste?«

»Ich habe mit den Morden an Mats und dieser Frau nichts zu tun.«

»Woher kennst du Åsa?«

»Ich kenne sie gar nicht.«

»Aber deine Telefonnummer war in ihrem Handy.«

»Was kann ich denn dafür?«

»Statt eines Namens hatte sie nur deine Initialen gespeichert. Warum diese Heimlichtuerei?«

»Woher soll ich das wissen?«

»Im Einzelverbindungsnachweis von Hylanders Mobilfunkanbieter sind in den vergangenen drei Jahren insgesamt fünf Gespräche zwischen euch dokumentiert, das letzte davon vor etwa einem halben Jahr.«

»Keine Ahnung. Ich erinnere mich nicht daran. Wahrscheinlich hat sie sich verwählt.«

»Fünf Mal?«

»Keine Ahnung. Warum nicht?«

Forss lehnte sich mit verschränkten Armen in dem unbequemen Stuhl zurück. Wir tanzen um den heißen Brei, dachte sie, wir kommen nicht weiter. Vargen, der bisher still gewesen war, warf ihr einen fragenden Blick zu. Unmerklich deutete sie ein Kopfschütteln an. Nein, sollte das heißen, jetzt noch nicht. Halte dich noch ein wenig zurück. Vargen verstand und blieb stumm. Forss dachte nach. Warum bietet er uns auf die Frage nach Hylander keine schlüssige Erklärung an, statt sich zu verschanzen und sich damit immer verdächtiger zu machen? Warum sagt er nicht einfach, dass es sich um einen beruflichen Kontakt handelte? Ist er zu einfältig, um darauf zu kommen?

»Wann begann die Affäre zwischen dir und Åsa?«, fragte sie.

»Wir hatten keine Affäre, ich kenne diese Frau nicht.«

»Fünf Telefonate sind nicht von der Hand zu weisen, Frans. Wenn es nur ein oder vielleicht zwei gewesen wären … Aber fünf?«

Forss konnte sehen, wie es in Frisk arbeitete. Seine Gesichtsmuskeln spannten sich an und erschlafften wieder.

»Ich …«, hob er an. Seine Stimme war der Verzweiflung nahe. »Ich gebe es zu. Wir kannten uns. Wir haben uns im Internet kennengelernt und fanden uns attraktiv. Daraufhin haben wir uns einige Male getroffen. Unregelmäßig und ohne Verpflichtungen. Bei ihr zu Hause. Es war nicht oft, nur einige Male, vielleicht vier oder fünf. Es war sehr unverbindlich, wie gesagt.«

Frisk hob den Blick von der Tischplatte und sah ihr in die Augen. In diesem Moment begriff sie, dass er sie anlog.

13

Auf der Rückfahrt nach Växjö dachte Nyström über die Dinge nach, die Bingström gesagt und die er nicht gesagt hatte. Bald tat ihr vor Müdigkeit der Kopf weh. Sie öffnete mehrmals das Autofenster, um frische Luft hineinzulassen, denn sie hatte Angst, am Steuer einzunicken. Vielleicht hatte sie sich mit der Fahrt nach Kalmar übernommen, vielleicht wäre es besser gewesen, den Termin zu verschieben. Aber sie war auch froh, die Begegnung mit Bingström hinter sich gebracht zu haben, auch wenn der Tag insgesamt ein Angriff auf ihre körperliche Unversehrtheit gewesen war. Die Szenen, die sich am Morgen im Haus des toten Rechtsradikalen abgespielt hatten, wirkten so unwirklich, als kämen sie aus einem anderen Leben. War das alles tatsächlich erst vierzehn Stunden her? Obwohl sie Frank Jodenius nicht ausstehen konnte, war sie dankbar, dass er und seine Abteilung den Fall übernommen hatten. Noch ein Toter hätten sie und ihr Team überfordert, das war die Wahrheit, auch wenn sie es Jodenius oder Edman gegenüber ungern zugab. Nach Nyströms desaströser Pressekonferenz und nun auch noch mit einer eigenen Mordermittlung betraut, witterte ihr ehrgeiziger Konkurrent mit Sicherheit seine Chance, sich zu profilieren. Aber sei's drum, daran konnte sie nichts ändern, sie konnte nur weiterhin konzentriert an ihrem Fall arbeiten.

Als sie zurück im Präsidium war, war es bereits Abend. Im Treppenhaus begegnete sie Bo Örkenrud. Der Leiter der Spurensicherung sah so zerknautscht aus, als habe er in seinem Overall übernachtet, und seine Haare wirkten, als habe er sie seit Tagen nicht gewaschen. Wann hätte der Arme dazu auch die Zeit finden sollen?

»Wie läuft es draußen in Rydaholm?«, fragte sie.

Örkenrud warf mit einer kraftlosen Geste halbherzig die Arme in die Luft.

»Was soll ich sagen? Edman hat uns abgezogen. Die beiden Pfeifen vom Staatsschutz haben Spezialisten aus Linköping geordert. Wir sind denen offensichtlich nicht gut genug.«

Er zog eine Schnute, und Nyström musste lachen.

»Nimm es dir nicht zu Herzen, Bo. Sei lieber froh, dass der Kelch an uns vorübergeht. Deine Leute sind doch auch so bis über ihre Belastungsgrenze hinaus mit Arbeit beschäftigt, oder nicht?«

»Sicher, sicher. Aber ich gebe ungern Dinge aus der Hand, die ich einmal angefangen habe.«

»Das kann ich verstehen.« Nyström lächelte. »Weißt du, was Gunnar Berg mir damals gesagt hat, als ich seinen Posten übernommen habe?«

Örkenrud verneinte.

Nyström stellte ihre Stimme zwei Oktaven tiefer: »Man muss auch lernen, für bestimmte Dinge nicht die Verantwortung zu übernehmen, Ingrid.« Sie sah an Örkenruds Lächeln, dass es ihr ganz gut gelungen war, das charakteristische Brummen ihres ehemaligen Vorgesetzten zu imitieren.

»Vielleicht hast du recht, vielleicht sollte ich einfach nur dankbar sein, die Mehrarbeit vom Tisch zu haben.«

»Bestimmt. Hat sich in Bezug auf Hylander/Bäckmo im Laufe des Nachmittags etwas Neues ergeben?«

»Ich habe mir von beiden Tatorten die Fußspuren genauer angesehen und alle vorhandenen Daten miteinander abgeglichen. Die Analyse kam zu dem Ergebnis, dass der Täter mit 96,7-prozentiger Wahrscheinlichkeit in Lammhult dieselben Schuhe getragen hat wie in Sandsbro. So weit also keine Überraschung. Wir sprechen von einem Paar Adidas-Sportschuhe in Größe 42.«

»Das müssen wir mit der Schuhgröße und den Schuhen unseres Hauptverdächtigen abgleichen.«

Örkenrud nickte.

»Das hat Stina auch gesagt. Aber das ist noch nicht alles. Mir ist auch aufgefallen, dass die Krückenspuren, die wir sowohl in Sandsbro als auch in Lammhult gefunden haben, nicht durchgängig die Fußspuren begleiten. Oft ja, aber nicht durchgängig.«

»Wie meinst du das?«, fragte Nyström.

»Der Täter hat die Krücke oder den Gehstock die meiste Zeit benutzt, aber halt nicht immer. Das heißt, er scheint mit der Gehhilfe besser unterwegs zu sein, aber er braucht sie nicht zwingend.«

»Auch das würde zu Frisk passen«, überlegte Nyström. »Nach einem kleinen Eingriff kurz vor Weihnachten war er auf eine Krücke angewiesen. Jetzt läuft er ohne Hilfe, aber es sieht ein wenig mühsam aus. Gut vorstellbar, dass er doch auf eine zurückgreift, wenn es darauf ankommt.«

14

Zwei Stunden nach der Vernehmung tippte Stina Forss das Protokoll. Nach einem langen Gespräch im Team hatten sie gemeinsam beschlossen, ihn wegen dringenden Tatverdachts festzunehmen. Die Überprüfung seiner Schuhgröße hatte ergeben, dass sie zu der Spurenlage beider Tatorte passte. Dazu kam der Werkzeugkoffer, den er am Vorabend von Bäckmos Ermordung mit nach Hause genommen hatte, die eingestandene Affäre mit Åsa Hylander, die Krücke: Die Verdachtsmomente gegen ihn türmten sich höher und höher. Staatsanwalt Börjlind war ihrer Argumentation gefolgt und hatte einen Durchsuchungsbeschluss für Frisks Haus in Lammhult unterzeichnet. Dennoch spürte Forss immer noch dasselbe leichte Unbehagen, das sie am Vortag Knutsson gegenüber geäußert hatte. Sie konnte die Konturen des Falls, die sich um Frisk herum immer deutlicher abzeichneten, dieses komplizierte personelle Geflecht aus Liebe, Sex, Eifersucht, Nötigung und Gewalt, immer noch nicht in Einklang mit der bemerkenswerten Art der Ausführung der Morde bringen, vor allem nicht mit der Falle aus dem gespannten Draht im Wald, die gleichzeitig so primitiv wie effizient war. Dazu kam das starke Gefühl, dass Frisk sie in der Vernehmung angelogen hatte. Alles, was er zu seiner Affäre mit Åsa Hylander zu sagen gehabt hatte, war in ihren Ohren merkwürdig vage und schwammig geblieben. So konnte er zwar in groben Zügen ihr Haus in Sandsbro beschreiben, aber nicht ihr Schlafzimmer. Ihr Gesicht, aber kaum ihren Körper. Das konnte womöglich seiner Scham geschuldet sein, aber überzeugt war Forss davon nicht. Nur: Warum sollte er die Ermittler ausgerechnet was die Art und Weise der Beziehung zu Hylander anging anlügen? Warum sollte er ein Verhältnis mit ihr herbeischwindeln, das ihn massiv belastete, anstatt eine harmlose Erklärung dafür anzubieten, dass er mehrmals mit ihr telefoniert hatte? Forss wusste es nicht. Sie war auch viel zu erschöpft, um ihre Gedanken konsequent zu Ende zu denken. Als sie endlich mit dem Protokoll fertig war, überkam es sie wieder: das Unbehagen viel persönlicherer Natur, das sie den ganzen Tag wie Magengrimmen begleitet hatte. Im Intranet öffnete sie die Akte von Lennart Dahlkvist. Die frische Ermittlung, die Jodenius übernommen hatte, interessierte sie nicht, ihr ging es um etwas anderes. Sie suchte die Adresse des Bruders des Toten, Mattias Dahlkvist, der auf der Beerdigung ihres Vaters gewesen war. Merkwürdigerweise war die Einsicht in die Akte gesperrt. Weil der Staatsschutz in die Untersuchung involviert war? Sie loggte sich aus, suchte stattdessen in einem öffentlichen Namensregister nach der Adresse und wurde fündig. Sie fuhr den Rechner herunter und packte ihre Sachen zusammen. Es war bereits neun Uhr, sie war seit mehr als fünfzehn Stunden bei der Arbeit. Auf dem Weg nach draußen sah sie, dass in Delgados Büro noch Licht brannte. Noch so ein Unermüdlicher. Aus einem Impuls heraus klopfte sie und steckte den Kopf in die Tür.

»Ich wollte mich eigentlich nur verabschieden«, sagte sie.

»Seit wann verabschiedest du dich denn persönlich?«

Sie zuckte mit den Schultern.

»Keine Ahnung. Solidarität mit dem Proletariat?«

Delgado hielt in einer ironischen Geste seine Faust hoch.

»Wacht auf, Verdammte dieser Erde …«, sang er.

Sie warf einen Blick auf seinen Bildschirm.

»Was machst du eigentlich um diese Zeit noch hier? Handtaschen shoppen?«

Delgado erklärte es ihr und Forss, neugierig geworden, trat näher.

»Ohne zu prahlen: Ich kenne mich mit so was aus«, sagte sie.

»Das haben schon andere behauptet.«

»Nein, wirklich.«

Sie stellte sich hinter ihn und betrachtete den Monitor genauer.

»Mal sehen. Was haben wir denn da? Zweimal Louis Vuitton, dann Michael Kors, Gucci, noch mal Kors, noch mal Gucci, Prada, Prada, Chanel, Hermès, Givenchy, Yves Saint Laurent. Das da ist Burberry und die da Dolce und Gabbana. Die da kenne ich nicht, die andere da ist George, Gina und Lucy. Ich hatte in Berlin mal einen Baumwollbeutel mit dem Aufdruck *George, Gina und deine Mudda*.«

»Was heißt *deine Mudda*?«

»Ein deutscher Hip-Hop-Slangausdruck für deine Mutter. Aber ich glaube, der Witz funktioniert in der Übersetzung nicht. Was Hylander angeht, tippe ich jedenfalls ganz entschieden auf die Hermès.«

»Die ist schweinchenrosa!«

»Das ist eine Birkin-Bag.«

»Was ist eine Birkin-Bag?«

»Der feuchte Traum solcher Tanten wie Hylander. Benannt ist das Ding nach der Schauspielerin und Sängerin Jane Birkin. Serge Gainsbourg? *Je t'aime?* Die Stöhn-Tussi! Die Tasche ist jedenfalls ein Klassiker, limitierte Auflage, Wartelisten, wochenlange Handarbeit, bla, bla, bla, furchtbar exklusiv das Ganze, Luxus-Blödsinn, ab hundertzwanzigtausend Kronen aufwärts. Victoria Beckham hat angeblich eine Sammlung von über hundert Stück.«

»Na, dann«, sagte Delgado. »Soll ich?«

Der Cursor fuhr auf das pinkfarbene Taschenmodell.

»Tu's für Posh Spice!«, spornte ihn Forss an.

Delgado klickte.

Der Bildschirm wurde schwarz.

»Weiber«, stöhnte Delgado leise.

15

Als Ingrid Nyström endlich nach Hause kam, wartete ein gedeckter Tisch auf sie. Anders hatte für sie beide gekocht. Er begrüßte sie in der albernen Schürze mit Homer-Simpson-Aufdruck, die ihm Anna vor vielen Jahren einmal zum Geburtstag geschenkt hatte. Wenn Anders diese Schürze trug, bedeutete es meistens, dass er eine Flasche Wein zum Essen geöffnet hatte, dass es Kartoffeln gab und einen Schweinebraten, denn wenn Anders kochte, dann kochte er gern traditionell, dann würde er Hering besorgt haben und im Kühlschrank würde sein selbst gebackener småländischer Käsekuchen stehen, der nach dem Hauptgang mit Vanilleeis, Sahne und Erdbeerkonfitüre serviert wurde. Obwohl sie kaum Hunger verspürte, rang sie sich ein Lächeln ab, als sie ihn begrüßte. Er unterbrach sein konzentriertes Kräuterhacken und gab ihr einen Kuss.

»Wildschweinragout«, sagte er, »mit getrockneten Pfifferlingen. Ole, der Küster aus Tingsryd, hat mir das Rezept gemailt. Etwas Besonderes, dachte ich, wo es doch in der Familie etwas zu feiern gibt. Das Ragout muss allerdings noch eine Weile auf dem Herd stehen und vor sich hin köcheln.«

»Das trifft sich gut«, sagte sie. »Ich kann sowieso erst einmal ein Bad gebrauchen oder wenigstens eine heiße Dusche.«

Anders wusste also von Annas Neuigkeiten. Sie musste es

ihm erzählt haben, bevor sie zu ihrer Mutter ins Präsidium gefahren war. Erneut verspürte Nyström einen Stich. Warum gelang es Anders anscheinend so mühelos, eine unbeschwerte und vertrauensvolle Beziehung zu ihren Töchtern zu pflegen? Warum fiel ihr selbst das so schwer? Wie schaffte er es, sich so vorbehaltlos mit Anna über den kommenden Nachwuchs zu freuen, dass er deswegen sogar ein Festessen zelebrierte? Weshalb sah sie in der Situation nur die negativen Seiten? Woher kamen ihre dauernden Bedenken? Wieso konnte sie nicht die immer warmherzige, mitfühlende, kümmernde Mutter sein, die sie ihrer Vorstellung nach sein sollte? Ich muss mich mehr anstrengen, dachte sie, ich muss mir einfach mehr Mühe geben, meinen Mitmenschen, meiner Familie gerecht zu werden. Gleich hier und jetzt würde sie anfangen, ein besserer Mensch zu sein. Sie würde sich beim Abendessen angeregt mit Anders unterhalten, ihn fragen, wie seine Woche gewesen war und ob er sich bereits Gedanken über die Predigt am Wochenende gemacht hatte, über Anna, Hailey und das Kind sprechen, Anders' Kochkünste loben und sich nach dem Käsekuchen auf dem Sofa an ihn schmiegen.

Kraftlos stolperte Nyström die Treppe hinauf, zog sich aus, ließ sich ein Bad ein. Sie setzte sich in die Wanne, bevor sie voll war, sie war einfach zu ungeduldig, außerdem tat es gut, sich das heiße Wasser auf den Bauch laufen zu lassen. Meine Art zu feiern, dachte sie, als sie eine unvernünftig große Menge Badezusatz in die Wanne ließ. Ihr Körper entspannte sich merklich. Sie schloss für einen Moment die Augen. Ihr komplizierter Fall, Ville Salminen, Edman und der Staatsanwalt, der tote Neonazi und Frank Jodenius, die *Säpo*, Annas und Haileys Kind: Für einen angenehmen Moment war all das ganz weit weg. Hier waren nur sie, das heiße, schaumige Wasser und die Vorfreude auf Anders und sein tolles Essen. Mit den Gedanken an den fantastischen Nachtisch schlief sie bei laufendem Wasser ein.

16

Stina Forss lag in ihrem Bett, die Müdigkeit lastete auf ihren Gliedern wie eine zu schwere Daunendecke. Dennoch fand sie keinen Schlaf. Die Gedanken an Mattias Dahlkvist ließen sie nicht los. Was hatte einer der gefährlichsten Rechtsradikalen des Landes auf der Beerdigung ihres Vaters zu suchen gehabt? Dahlkvist war nicht nur da gewesen, er hatte offensichtlich um ihren Vater getrauert. Dahlkvist musste ihren Vater gekannt haben. Entweder beruflich, was bedeuten würde, dass Dahlkvist ebenfalls einen Armeehintergrund hatte, oder, und diese Möglichkeit war weitaus beunruhigender, die beiden Männer waren miteinander befreundet gewesen. Ihr Vater befreundet mit einem Neonazi?

Sie stand auf. Auch wenn jede Zelle ihres Körpers sie aufforderte, sich wieder hinzulegen. Doch sie konnte sich jetzt keinen Schlaf leisten. Die Frage nach Dahlkvist und ihrem Vater trieb sie um. Außerdem verstand sie nicht, warum der Mann so stark auf sie reagiert hatte. Weil er überrascht war, dass sie eine Polizistin, dass die Tochter von Kjell Forss ein Bulle, eine Vertreterin der verhassten Staatsmacht war? Oder gab es einen anderen Grund?

In der Schublade ihres Nachttischs lag noch ein halbes Päckchen Speed, das sie nach ihrem letzten durchtanzten Berlinwochenende in der Tasche ihrer Jeans gefunden hatte. Sie drückte sich mit den Fingern eine satte Prise des seifigen

Amphetaminpulvers ins Nasenloch und massierte es ein. Die Erfahrung war jedes Mal aufs Neue faszinierend unangenehm. Es brannte und ein taubes chemisches Unbehagen breitete sich schnell bis in den Rachen aus. Genauso gut konnte man Waschmittel sniffen, dachte sie, oder Abflussreiniger. Doch dann setzte die Wirkung ein. Wie eine Ohrfeige. Wie ein Sprung in eiskaltes Wasser. Sofort fühlte sie sich wach und fit. Ein Gedanke jagte den nächsten, jeder war von kristallklarer Reinheit. Gleichzeitig überkam sie ein nicht zu bezwingendes Verlangen nach Nikotin. Eigentlich rauchte sie schon seit Jahren nicht mehr, vermisste die Zigaretten in ihrem Alltag auch nicht, doch nun, auf Speed, war der Gedanke nicht mehr aus dem Kopf zu bekommen. Ihr fiel ein, dass irgendwo noch Kents Marlboros liegen mussten; er mochte es, nach dem Sex zu rauchen. Sie fand die Schachtel in der Küchentischschublade und zündete sich sofort eine an. Dann warf sie sich einen Mantel über, steckte die Zigaretten ein und machte sich auf den Weg nach Värnamo. Der BMW flog durch die Nacht, sie rauchte Kette.

Sie hatte erwartet, unter Dahlkvists Adresse einen Hof oder ein Haus zu finden, das ebenso abgelegen lag wie das seines Bruders, doch Mattias Dahlkvist lebte in einem ruhigen Wohngebiet. Die Fassade einer bürgerlichen Existenz, hatte Delgado gesagt. Es war Freitagabend, noch keine Mitternacht, aber beinahe alle Fenster in der Straße waren unbeleuchtet. Bei Dahlkvist brannte nur im Giebel Licht. Hier machte niemand Party, hier zog niemand Speed, dachte sie. Sie parkte etwa fünfzig Meter von Dahlkvists Haus entfernt, schraubte die Lehne des Fahrersitzes ein Stück zurück, trank einen Schluck Cola und zündete sich eine weitere Marlboro an.

IM NORDOSTEN DER DEMOKRATISCHEN REPUBLIK KONGO, EINIGE JAHRE ZUVOR

Mulopo gewöhnte sich allmählich an das Leben als Soldat. Wenn sie nicht gerade Dörfer oder Siedlungen befreiten, gab es zwischen den täglichen Kampf- und Schießübungen viel freie Zeit. Zu Beginn der Regenperiode waren sie zu einer Einheit gestoßen, die ein großes Basislager unterhielt. In einer ehemaligen Schule gab es Schlafplätze für alle. Eine Küche mit fünf Köchinnen, eine Kirche und einen Pfarrer, einen Sportplatz, einen kleinen Supermarkt und ein sogenanntes Liebeshotel. Die Jungen spielten häufig Fußball, rauchten schon am Vormittag Marihuana und tranken Bier. Mulopo und Clément freundeten sich mit einem etwas älteren Jungen an, der Florent hieß. Florent hatte ein besonderes Sturmgewehr erbeutet, ein deutsches G36 von Heckler & Koch, das im Vergleich zu den gängigen russi-

schen AK47, die mit ihren hölzernen Kolben altbacken und klobig wirkten, schick und elegant war. Alle beneideten Florent um sein Gewehr. Er befestigte es nachts mit Handschellen an seinem Fußgelenk, damit es ihm niemand stahl. Doch noch viel mehr als das deutsche Sturmgewehr faszinierte Mulopo Florents Musik. Florent hatte wirklich Ahnung. Auf seinem MP3-Spieler befanden sich mindestens fünfzig verschiedene Hip-Hop-Alben: Tupac und Snoop Dog, Eminem und 50 Cent, aber auch einheimischer Rap von Passi oder Les Guérisseurs. Gemeinsam lernten sie die Texte auswendig, und Florent brachte ihnen passende Schritte und Moves bei. Vor dem Krieg war Florent, der aus Butembo stammte, Mitglied einer Breakdance-Crew gewesen, die bei Stadtteilfesten und bei Talentwettbewerben aufgetreten war. Die drei übten jeden Tag nach dem Frühstück zu Florents Musik und nachdem sie eine zwanzigminütige Choreografie gelernt hatten, legten sie vor den anderen einen Auftritt hin. Es gab viel Gejohle und Geklatsche und hinterher klopften ihnen alle auf die Schultern, sogar der Leutnant und der Hauptmann der Einheit. Joyce, eins der Mädchen, die im Lager arbeiteten, drückte ihm später bei der Essensausgabe verstohlen etwas in die Hand, das sie für ihn gemacht hatte. Auf dem geflochtenen Armband waren bunte Holzperlen aufgefädelt; in jede war ganz fein ein Buchstabe geschnitzt und mit Farbe ausgefüllt: M U L O P O.

An diesem Tag fühlte er sich zum ersten Mal seit Langem glücklich. Natürlich vermisste er noch immer seine Eltern und seine Geschwister, natürlich musste er immer wieder an die schrecklichen Szenen denken, die sich daheim abgespielt hatten; die Explosion, der Feuerball, der grausame Selbstmord von Bawaka. Dazu kam die nagende Ungewissheit über das Schicksal des kleinen Cédric und der hübschen Nyota. Natürlich. Aber irgendwie musste das Leben, musste sein Leben ja weitergehen, und er hatte Wege gefunden, wie er die schmerzenden Erinne-

rungen im Zaum halten konnte: Bier, Marihuana und vor allem das »brown brown«. Wie alle anderen Jungen auch, war Mulopo längst davon abhängig. Es machte ihn zu einem guten Soldaten. Es machte ihn wach, mutig und hemmungslos. Wenn er bei den Angriffen auf die feindlichen Stellungen Menschen tötete, fühlte er dabei nicht viel. Was machte das schon, einer weniger auf der Welt?

Eben.

Es war sogar gut. Es war ein Opfer, das für die Rebellion unerlässlich war, hatte ihnen der Leutnant erklärt, ein notwendiges Opfer für eine befreite Demokratische Republik Kongo. Mulopo mochte das Wort. Befreit. Es fühlte sich wichtig und gut an, ein Freiheitskämpfer zu sein.

Einige Wochen später, die Regenzeit ging allmählich ihrem Ende zu, lösten die Milizen das Lager weitgehend auf und teilten verschiedene Züge ein. Mulopo winkte Joyce zum Abschied. Er hatte ihr oft aus der Ferne zugelächelt, aber im Freudenhaus hatte er sie nie besucht.

Die drei Jungen hatten Glück. Sie landeten gemeinsam im selben Zug unter dem Kommando des jungen Leutnant Yannick. Mulopo mochte Yannick. Obwohl er leicht hinkte, strahlte er eine überlegte und ruhige Autorität aus, die von den meisten akzeptiert wurde. Nur Falaswa machte abwertende Bemerkungen über ihn, doch nur außer Hörweite des Leutnants. Allerdings gaben die anderen Jungen nicht viel auf Falaswas Meinung. Er trug immer eine auf Hochglanz polierte Machete an seinem Gürtel, die er Abend für Abend am Lagerfeuer mit einem Wetzstein schärfte, und er sprach davon, wie er beim nächsten Kampf seine Gegner skalpieren oder gleich köpfen würde. In seiner Hosentasche trug er einen Lederbeutel mit einem Diamanten bei sich, den er auf brutalste Weise erbeutet hatte. Er hatte eine unheimliche Ausstrahlung und die anderen mieden ihn, so gut es ging. Einmal flüsterte Florent Mulopo und Clé-

ment zu, dass er glaube, Falaswa habe es auf sein Sturmgewehr abgesehen.

»Ich werde eines Morgens mit abgeschnittenem Fuß aufwachen.«

Die Freunde lachten und Falaswa warf ihnen düstere Blicke zu.

Entgegen der Wettervorhersage marschierte der Trupp mehrere Tage durch strömenden Regen. Die Zeltlager waren provisorisch und ungemütlich, bald war alle Kleidung und Ausrüstung nass und klamm, alle froren, die Stimmung war trotz Drogen und Schnaps im Keller. Bei einem kargen Abendessen erklärte der Leutnant, dass sie ihr Ziel bald erreichen würden. Nur eine Stunde entfernt befinde sich ein Dorf, das für den Nachschub der staatlichen Armee wichtig sei, denn es versorge einen nahe gelegenen Stützpunkt mit Fleisch, Milch, Reis und Gemüse. Die Einnahme des Dorfes wäre ein wichtiger strategischer Erfolg. Sofort besserte sich die Stimmung. Die Aussicht auf einen militärischen Sieg und vor allem auf trockene Schlafplätze und warmes, gutes Essen weckte neue Energie. Übermütig machten sich die Jungen kampfbereit, reinigten und luden ihre Gewehre, füllten sich die Hosentaschen mit Magazinen und Handgranaten. Der Späher, ein frecher Rotzlöffel, den alle nur »Zwerg« nannten, erstattete Bericht. Im Dorf seien nach Sonnenuntergang alle Leute in ihre Hütten gegangen, von Armeesoldaten sei nichts zu sehen gewesen.

Nur Zivilisten, ein Kinderspiel.

Der Plan sah vor, dass sich fünf Kämpfer, darunter auch die drei Freunde, auf die Nordseite der Siedlung schlugen. Dort verlief eine Straße in Richtung der Minen und Armeestellungen. Sollten Bewohner versuchen zu fliehen, würden sie wahrscheinlich diese Route nehmen. Westlich des Dorfs lag ein Fluss. Der Rest des Zugs näherte sich von Südosten. Das wichtigste Ziel war das Gemeindehaus, in dem die Vorräte lagerten.

Keine Stunde später machte es der Leutnant mit einer Panzerfaust dem Erdboden gleich. Die Explosion bildete den Auftakt. Die fünf Jungen, die auf der Straße Stellung bezogen hatten, hörten Gewehrsalven und einzelne Schüsse, Menschen schrien, Kinder weinten. Bald standen mehrere Gebäude in Flammen. Zwei Ochsen galoppierten brüllend die Straße herunter, ihnen folgte eine Schar panischer Dorfbewohner: Junge, Alte, Mütter mit Kindern auf dem Arm, sogar ein Mann in einem Rollstuhl.

»Stopp!«, rief ihnen Clément zu. »Stehen bleiben!«

Die Jungen hatten ihre Gewehre im Anschlag.

Zögernd kamen die Menschen zum Stehen. Es mochten fünfzehn sein, vielleicht zwanzig. Vereinzelt hoben sie die Hände. Mulopo erkannte die Todesangst in ihren Augen.

»Zurück!«, befahl Florent. »Alle zurück ins Dorf!«

Die Leute sahen die Jungen entgeistert an. Niemand rührte sich. Sie haben zu viel Angst, um sich zu rühren, dachte Mulopo.

Es war Falaswa, der das Feuer eröffnete. Natürlich Falaswa. In den folgenden Nächten, in denen Mulopo keinen Schlaf fand, sagte er sich die Worte wieder und wieder. Es war Falaswa gewesen. Falaswa, nicht er, nicht einer der anderen. Das stimmte. Es war Falaswa gewesen, der das Feuer eröffnet hatte. Aber richtig war auch, dass die anderen, dass Mulopo selbst ebenfalls geschossen hatten, dass sie zusammen ihre Magazine bis auf die letzte Patrone geleert hatten, bis keiner der unbewaffneten Dorfbewohner mehr gestanden, bis keiner mehr gelebt hatte. Diese Wahrheit war es, die ihn wachhielt, die ihn Nacht um Nacht, wenn die Wirkung des »brown brown« und des Alkohols nachgelassen hatte, lautlos weinen ließ. Diese Wahrheit war es, die dafür sorgte, dass er sich immer weiter isolierte und in sich zurückzog. Und eines Nachts war er einfach da, der Geist. Er stand neben seinem Bett, hatte die Gestalt eines weißen Fuchses und sah ihn mit seltsamen hellblauen Augen an.

SAMSTAG

1

Die Hausdurchsuchung bei den Frisks war nach etwa drei Stunden abgeschlossen. Gefunden hatten sie nichts, weder eine Axt noch ein Beil noch etwas Ähnliches, das als Tatwaffe für den Mord an Hylander infrage kam. Von einem Werkzeugkoffer oder Drahtresten, die zum Tatort auf der Mountainbikestrecke passten, war ebenfalls keine Spur. Auch eine Krücke oder ein Gehstock wurde nicht gefunden, ebenso wenig Adidas-Turnschuhe. Ingrid Nyström hatte auch kaum damit gerechnet, dass die Durchsuchung des Hauses und Grundstücks zu einem schnellen Ergebnis führen würde, dazu hatte Frisk vor seiner Verhaftung zu viel Zeit gehabt, um etwaiges Beweismaterial verschwinden zu lassen. Doch sie wusste auch, dass die meisten Mörder Fehler machten. Beinahe jede Tat hinterließ Spuren, die sich der Täter gar nicht bewusst machte: zum Beispiel Schmauchspuren, DNA oder digitale Fingerabdrücke. Fälle waren gelöst worden, weil eine bestimmte Haarwurzel gefunden und identifiziert worden war, weil sich ein Handy zu einer bestimmten Zeit in eine bestimmte Funkzelle eingeloggt hatte, weil der Täter, bevor er jemanden vergiftete, wochenlang im Internet nach wirkungsvollen Substanzen gesucht hatte, oder weil eine Festplatte eben doch nicht wirklich gelöscht und überschrieben worden war. So banal und abgeschmackt es klang: Die meisten Mörder waren Amateure. Und Amateure machten Fehler. Nyström ließ Frisks Computer beschlagnahmen, ungewaschene Wäsche in Säcke eintüten, sie konfiszierte sogar seine Zahnbürste und seinen Rasierapparat, um für mögliche DNA-Abgleiche Vergleichsmaterial zu haben. Jenny Frisk verfolgte das Treiben in ihrem Haus mit verhärmter Miene und vor der Brust verschränkten Armen. Ab und zu kaute sie an ihren kunstvoll manikürten Fingernägeln, wahrscheinlich ohne dass es ihr bewusst war. Nyström fiel es nicht schwer, sich vorzustellen, was in der Frau vorging. Ihr Leben wurde von einer Katastrophe heimgesucht, nichts Geringeres als das. Wenigstens waren die Kinder nicht zu Hause, dachte sie. Gegen Mittag rückte Örkenruds Team ab. Nyström wandte sich Forss zu, die im Laufe des Vormittags dazugestoßen war. Die Deutschschwedin sah blass und abgekämpft aus, ihr hängendes Augenlid zuckte, außerdem fiel Nyström auf, dass sie nach Nikotin roch. Rauchte Forss etwa neuerdings?

»Wir werden wohl die Laborergebnisse abwarten müssen«, sagte Nyström.

»Mmh«, machte Forss. Die junge Kommissarin schien Nyström kaum zuzuhören. Sie wirkte, als sei sie mit ihren Gedanken woanders. Vielleicht war Forss aber auch nur genauso müde wie sie selbst, überlegte Nyström.

Im selben Moment meldete sich ihr Handy. Es war Knutsson. Sie hörte zwei Minuten konzentriert zu, stellte nur kurze Zwischenfragen. Dann legte sie auf.

»Das gibt es doch nicht«, sagte sie leise vor sich hin.

»Was?«, fragte Forss.

Offensichtlich war sie geistig doch präsenter, als es den Anschein gehabt hatte.

»Das war Lasse. Anscheinend gibt es möglicherweise bereits einen Ermittlungserfolg, was den toten Neonazi angeht. Frank Jodenius springt jedenfalls gerade mit gereckter Faust durchs Präsidium.«

»Wirklich?«, fragte Forss.

»Wie es aussieht, haben sie vor dem Haus in Rydaholm ein wichtiges Beweisstück im Schnee gefunden. An der Stelle, wo Dahlkvist auf seinem Fluchtversuch mit dem Mörder gerungen hat.«

»Und zwar?«

»Ein Armband mit einem ungewöhnlichen Namen darauf. Erinnerst du dich an den toten Flüchtling, den vorigen Monat zwei Skifahrer auf der Insel im Helgasee gefunden haben?«

»Sicher. Der junge Kongolese, der aus dem Fahrwerkschacht des Flugzeugs gefallen ist.«

Nyström nickte.

»Genau. Er hieß den Papieren zufolge, die er bei sich trug, Mulopo Mbemba. Derselbe Vorname steht auf dem Armband.«

»Er ist also von den Toten auferstanden und hat in Rydaholm einen rechtsradikalen Schwerverbrecher abgestochen, oder was willst du damit sagen?«

»Ja, so in etwa«, antwortete Nyström nachdenklich.

2

Obwohl es an Wochenenden im Präsidium ruhiger als sonst zuging, spürte Stina Forss in den Fluren und in der Kantine die Aufregung. Die Nachricht von Jodenius' vermeintlichem Ermittlungserfolg hatte die Runde gemacht. Sein erstes eigenes Tötungsdelikt und er konnte nach weniger als vierundzwanzig Stunden einen Tatverdächtigen präsentieren. Sein Team hatte den afrikanischen Vornamen durch sämtliche Register laufen lassen, doch außer Mulopo Mbemba, dem Toten von der Vogelinsel im Helgasee, gab es in ganz Schweden niemanden, der unter diesem Namen gemeldet war. Jodenius' Coup litt also nur unter dem kleinen Schönheitsfehler, dass sein Verdächtiger seit Monaten tot war.

Knutsson und Vargen diskutierten beim Mittagessen angeregt darüber, was das zu bedeuten hatte. Forss setzte sich zu ihnen.

»In dieser Fantasyfernsehserie, die ich mir angucke, gibt es sogenannte Wiedergänger. Tote, die wieder zum Leben erwachen«, sagte Knutsson und schaufelte sich eine Ladung Kartoffelpüree in den Mund.

»Zombies«, sagte Vargen.

»In meiner Serie heißen die aber anders«, schmatzte Knutsson.

»Du Spinner«, lachte Forss.

Vargen nieste krachend.

»*Gesundheit*«, wünschte Forss auf Deutsch. »Bist du erkältet?«

»Ein bisschen«, antwortete Vargen.

»Der Lachs ist übrigens lecker heute«, empfahl Knutsson.

»Ich bin nicht hungrig«, entgegnete sie und nippte an ihrem Kaffee.

Auch wenn es bereits viele Stunden her war, dass sie die letzte Line Speed gezogen hatte, spürte sie noch immer die appetithemmende Wirkung des Stoffs. Außerdem hatte sie Kopfschmerzen, was wahrscheinlich an den vielen Zigaretten lag, die sie in der Nacht geraucht hatte.

»Die einzige plausible Erklärung, was die Identität des verunglückten Flüchtlings angeht, ist doch, dass die Papiere von uns falsch zugeordnet worden sind«, sagte Vargen. »Vom Gesicht des toten Kongolesen aus dem Helgasee war schließlich kaum noch etwas zu erkennen. Natürlich mussten wir denken, dass der Ausweis, den er bei sich trug, ihm gehörte. Außerdem waren die Papiere vor sechs Jahren ausgestellt worden, der Junge auf dem Passfoto war noch ein halbes Kind. Er wird heute wahrscheinlich ganz anders aussehen.«

»Der wahre Mulopo Mbemba«, sagte Forss.

»Und der läuft jetzt in Rydaholm herum und tötet Nazis, oder was?«, fragte Knutsson.

»Er kam mit dem Auto, sagt Örkenrud«, korrigierte ihn Vargen.

»Sie müssen zu zweit gewesen sein«, überlegte Forss. »In dem Fahrwerkschacht, meine ich. Denkt mal nach: Wir haben nie den fehlenden Schlafsack oder irgendwelches Gepäck gefunden. Ganz einfach, weil es einen zweiten blinden Passagier im Flugzeug aus Malta gab, einen, der augenscheinlich überlebt hat.«

»Aber warum hatte der Tote Mulopo Mbemba Papiere bei sich?«, fragte Knutsson.

»Was weiß ich?«, sagte Forss. »Die Flucht von Zentralafrika bis nach Schweden? Was da alles passieren kann. Wie viele Hindernisse man überwinden muss. Wie viel man aushalten muss. Da ist jeder Tag ein Überlebenskampf, wochenlang. Vielleicht hatte einer seine Papiere verloren? Vielleicht hatten sie sich gemeinsam irgendeine Geschichte überlegt, weil sie meinten, dadurch ihre Chancen auf Asyl zu erhöhen?« Sie hielt inne und dachte einen Moment lang nach. »Natürlich gibt es auch noch die Möglichkeit, dass Mulopo Mbemba der Tote aus dem See ist und dass sein Fluchtpartner aus irgendeinem Grund das Armband seines Schicksalsgenossen getragen hat.«

»Ist die Frage nicht viel spannender, warum überhaupt ein Flüchtling aus dem Kongo diesen Dahlkvist getötet hat?«, fragte Vargen.

»Na, weil Typen wie Dahlkvist Ausländer hassen«, sagte Knutsson. »Afrikaner im Besonderen.«

»Aber andersherum auch?«, fragte Vargen.

»Keine Ahnung«, meinte Knutsson, der nun fertig gegessen hatte. Mit dem Essenstablett in den Händen stand er auf. »Ist zum Glück auch nicht unser Problem, sondern Franks.« Er stieß lautstark auf. »Ich weiß nicht, was ihr heute noch vorhabt, aber ich gehe jetzt Schlittschuhlaufen. Schönen Tag noch.«

Vargen und Forss blieben sitzen.

War er das nun, der Moment, um endlich ein kompliziertes Gespräch zu führen, fragte sich Forss. Über den Abstand, den sie halten wollte? Über die Einsicht, sich besser nicht mehr außerhalb der Arbeit zu treffen? Über ihre Beziehungsunfähigkeit?

»Was ist los?«, fragte er. »Du schaust mich so seltsam an.«

Er sah gut aus, im Licht der tief stehenden Wintersonne.

»Auf meinem Nachttisch liegen noch Zigaretten von dir«, sagte sie.

»Ich könnte eine vertragen.«

»Dann lass uns gehen«, sagte sie.

3

Hugo Delgado hatte am Vormittag einige Stunden im Büro verbracht. Da Nyström gegen dreizehn Uhr alle ausdrücklich bis Montagmorgen nach Hause geschickt hatte, um sich ein wenig auszuruhen und Schlaf nachzuholen, hatte er die Chance genutzt und sich zum Mittagessen mit seiner Freundin Linda im Kafé de luxe verabredet. Das szenige Lokal in der Nähe der Fußgängerzone gehörte zu seinen Lieblingsorten in Växjö. Da Wochenende war, gönnte er sich ein frühes Bier und Hackbraten mit Preiselbeermarmelade und Kartoffelauflauf, Linda entschied sich für das Salatbüfett und koffeinfreien Kaffee.

»Bist du auf dem Gesundheitstrip, oder was?«, fragte er sie verwundert.

»Was spricht denn dagegen, sich bewusster zu ernähren?«, fragte sie zurück.

»Eine Menge«, grunzte er in sein Essen.

Sie lächelte.

»Vielleicht hast du diese Woche einfach zu viel geschuftet.«

»Ach was«, wehrte er ab.

Nach dem Essen und dem Cognac, den er sich demonstrativ bestellt hatte, umrundeten sie auf einem langen Spaziergang den Växjösee. Auf dem Eis waren Schlittschuhläufer unterwegs, Kinder und Jugendliche spielten Eishockey. Linda hatte sich bei ihm untergehakt. Eigentlich war der Moment perfekt. Ihnen schien die Sonne ins Gesicht, die Luft war frisch und klar, Delgado war satt und hatte ein warmes, wohliges Gefühl im Bauch, dennoch merkte er, dass er sich nicht richtig entspannen konnte. Seine Gedanken ratterten, wanderten zu Hylander, Bäckmo und Frisk, zu Bingström und den Fuß- oder Beinpatienten, die er aus den Unterlagen der Krankenhäuser und Arztpraxen gefiltert hatte, und immer wieder zu den sechzehn Handtaschen. Linda erzählte etwas von ihrer Arbeit in der Schule, von einem Mobbingfall in der Klasse, in der sie unterrichtete, und wie ihre Kollegen und sie damit umgingen, aber ihm gelang es kaum zuzuhören und sie nicht merken zu lassen, dass er mit seinen Gedanken in Wirklichkeit ganz woanders war. Das war das Gute mit Anette Hultin gewesen, wurde ihm schmerzhaft bewusst, es war so leicht, mit einer Polizistin zusammen zu sein, die genau wusste, wie es war, in einer schwierigen Ermittlung zu stecken und Tag für Tag mit Tod und Gewalt konfrontiert zu sein. Lindas Erzählungen von ihrem Alltag in der Schule, von den Schülern und Kollegen, dem Unterrichtsstoff und den Klassenarbeiten kamen ihm dagegen manchmal vor wie Geschichten aus einer anderen Welt, einem heilen Paralleluniversum. Aber das stimmte natürlich nicht, und es war unfair von ihm, es so zu sehen. Linda hatte mit so vielen jungen Menschen in schwierigen Lebenssituationen zu tun, Kindern, die kaum mehr oder viel zu viel oder das Falsche aßen, die Psychopharmaka nehmen mussten oder Drogen konsumierten, die sich selbst oder anderen wehtaten, die einander ausgrenzten, verletzten und hassten. Es war dieselbe Welt, mit der Delgado jeden Tag zu tun hatte, wenn auch ein anderer Ausschnitt davon, es waren dieselben Menschen, nur waren sie noch jung.

Auf dem Rückweg bummelten sie Hand in Hand durch die Innenstadt. Linda erstand in einem Modeladen eine neue Hose, er fand ein Sweatshirt mit einem Donald-Duck-Aufdruck, das Linda zum Lachen brachte. Anette hätte mir nur einen doofen Spruch reingedrückt, dachte er, irgendetwas mit Unreife und Kindisch-Sein. Die Einsicht stimmte ihn ein Stück versöhnlicher. Er kaufte das Sweatshirt und zog es direkt im Geschäft an. In einem kleinen *ICA*-Supermarkt erledigten sie ihre Wochenendeinkäufe. Mit Verve warf er Lebensmittel in den Einkaufskorb, er hatte Lust, am Abend zu kochen, etwas Chilenisches, vielleicht den Bohneneintopf seiner Mutter, *porotos granados*, es sprach ja wirklich nichts dagegen, sich ein bisschen bewusster zu ernähren. Als sie in seiner Wohnung waren und er die Einkäufe verstaut hatte, zog Linda ihn ins Bett.

»Oh, verdammt«, fiel ihm ein, »wir haben neue Kondome vergessen.«

»Vielleicht geht es auch ohne«, flüsterte sie und schmiegte sich an ihn.

»Oh«, sagte er. Und dann noch mal: »Oh.«

Als er einige Stunden später, die *porotos granados* köchelten längst auf dem Herd vor sich hin, den Rechner hochfuhr und sich zum x-ten Mal den Handtaschen widmete, trat Linda hinter ihn und massierte ihm die Nackenmuskulatur.

»Wie verspannt du bist.«

»Mach weiter.«

»Willst du mir etwa eine Birkin-Bag schenken? Aber dann bitte nicht in Pink«, lachte sie.

»Von wegen«, sagte er, dann erklärte er ihr ausführlich, was es mit den Handtaschen auf sich hatte.

»Die da!«, sagte Linda, nachdem sie die Taschen eine Weile lang betrachtet hatte.

»Wieso ausgerechnet die?«, fragte er.

»Ich mag Dolce und Gabbana irgendwie, seit die mal eine Werbekampagne mit beinahe unbekleideten italienischen Fußballnationalspielern hatten. Gattuso und Cannavaro, Waschbrettbäuche in hautengen weißen Unterhosen, sexy!«

»Ach so ist das.«

Sie griff nach der Maus.

»Weib, untersteh dich!«, feixte er.

Er war sich sicher, dass sie nicht ernst machte. Sie hatte

immer großen Respekt vor seinen Arbeitsangelegenheiten. Es gab bereits drei Fehlversuche und bei einem vierten wären wahrscheinlich alle geschützten Daten unwiederbringlich verloren.

Aber Linda klickte tatsächlich auf das Taschenmodell von Dolce und Gabbana. Die Handtaschen verschwanden. Dafür erschienen auf dem Bildschirm zweiunddreißig Berggipfel.

»Oh«, machte Delgado.

Zum dritten Mal an diesem Tag.

4

Wenige Dinge im Leben machten Lasse Knutsson mehr Spaß, als Schlittschuh zu laufen. Vielleicht hatte das mit seinem beträchtlichen Gewicht zu tun, beziehungsweise mit dem Gefühl, dieses elende Übergewicht, diese vierzig oder fünfzig Kilo Körpermasse zu viel, für zwei oder drei unbeschwerte Stunden los zu sein, denn wenn er Schlittschuh lief, schien er davon befreit, glitt beinahe schwerelos über die Weiten der zugefrorenen Seen und seine durchaus ausgeprägte Muskulatur fand in einen natürlichen Rhythmus, wurde nicht müde, trieb ihn wie eine PS-strotzende Dampflok über das Eis, bis sich in seinem Bart kleine Zapfen aus gefrorener Atemfeuchtigkeit bildeten und seine Mitläufer erschöpft zum Aufbruch drängten. Und was gab es Besseres, als dann, wenn alle aufgaben, noch eine weitere, einsame Runde zu drehen, allein in die Dämmerung hineinzugleiten? Mit weiten Lungen die trockene Winterluft einzuatmen und zu fühlen, dass man verdammt noch mal lebendig war! Wie sehr er bei sich war, in diesem Moment! Wie klar er alles sah, sich und alles um ihn herum, seinen Platz darin, sein winziges Plätzchen in dieser berauschenden Natur, diesem großen, wilden, wunderschönen Land, dieser unbegreiflichen Welt und dem unvorstellbaren Universum. Dankbar und demütig fühlte er sich dann, den allerletzten Schwung ausnutzend, um auf die anderen zuzugleiten, die bereits ein Lagerfeuer am Ufer in Gang gebracht hatten. Zufrieden griff er nach dem handgebrauten Leichtbier, das ihm jemand reichte und nahm drei lange Schlucke. Die Sonne am Horizont schenkte ihm die letzten Strahlen und während sein Gesicht für einen Augenblick in sattes Orange getaucht wurde, drückte ihm jemand einen warmen Baconmuffin in die Hand. Er biss beherzt ab und dachte daran, wie schön es war, auf der Welt zu sein und zu wissen, wo man hingehörte.

5

Auch wenn Stina Forss eine seltsame Frau war und nicht gerade der Typ, auf den Kent Vargen stand, konnte er sich über das, was in ihrem Schlafzimmer stattfand, nicht beschweren. Beileibe nicht. Atemlos tastete er nach seinen Zigaretten. Die ersten Züge gingen in einen Hustenanfall über. Er hatte eine verflucht starke Erkältung oder sogar einen grippalen Infekt, seit Tagen schon, und es wurde eher schlechter als besser. Als er sich mit rasselndem Atem zurück ins Bett drehte, fühlte Forss ihm die Stirn.

»Du hast Fieber, du Armer.«

»Ach, Quatsch, das warst nur du, die mich so in Fahrt gebracht hat.«

Solche Dinge wollten Frauen doch hören, oder?

»Willst du Grippetabletten und eine heiße Suppe?«

Seit wann war Forss denn der mütterliche Typ?

»Geht schon«, murmelte er, aber ein Nieser, der ihn Sterne sehen ließ, strafte ihn Lügen.

»Ein Hühnchen habe ich nicht da, aber eine Gemüsebrühe würde ich hinbekommen.«

»Danke«, bekam er heraus, bevor ihn ein weiteres Niesen einer Ohnmacht nahebrachte. Jetzt fühlte er auch das Fieber und wie schwer seine Glieder nach dem Sex geworden waren. »Ich hoffe, ich habe dich nicht angesteckt.«

»Das Risiko war es mir wert«, sagte sie, zog sich etwas über und schlüpfte an ihm vorbei aus dem Bett. »Versprich dir nicht zu viel von meinen Kochkünsten.« Sie ging aus dem Zimmer und er hörte ihre Schritte auf der knarrenden Holztreppe, die ins Erdgeschoss führte.

Vargen wartete noch einen Augenblick, dann nahm er ihr Smartphone, das auf dem Nachttisch lag. Es dauerte keine Minute, bis er die Einstellung in einem Untermenü aktiviert hatte.

Standort für Freunde freigeben

Kontakte

Bearbeiten

Kent

Er legte das Handy wieder zurück. Nun konnte er auf seinem eigenen Gerät zu jeder Zeit sehen, wo sie sich gerade befand. So würde sie ihn nicht noch einmal überraschen. Er schloss die Augen und dachte über den merkwürdigen Orden nach, den er in ihrem Schuppen gefunden hatte. Wie war das *Kriegskreuz ersten Grades in Gold des Königlichen*

Schwertordens in den Besitz von Stinas Vater gekommen? Eine Auszeichnung wohlgemerkt, die nie verliehen worden war? Natürlich hatte die Möglichkeit bestanden, dass es sich bei dem ungewöhnlichen Stück um eine aufwendige Replik handelte, eine hochwertige Fälschung. Aber warum sollte Kjell Forss sich um so etwas bemüht haben? Weil er in seiner Fantasie ein hochdekorierter Kriegsheld war? Weil er meinte, einen solchen Orden verdient zu haben? Möglich, hatte Vargen gedacht, die Tochter des alten Forss war ja nun auch nicht gerade ein Paradebeispiel für psychische Unversehrtheit. Andererseits war die Auszeichnung lieblos in einer Metallkassette aufbewahrt gewesen, vermischt mit Kjell Forss' gewöhnlichen Rangabzeichen. Wenn man sich schon für viel Geld eine detailgetreue Replik aus echtem Gold anfertigen ließ, dann verwahrte man sie doch auch an einem besonderen Platz, oder nicht? Vargen hatte es genau wissen wollen. Er hatte vorgestern Abend hochauflösende Fotos des Ordens gemacht und die Bilder in das Forum einer Heraldik-Website gestellt, auf der sich ambitionierte Sammler historischer Militärabzeichen austauschten. Als er einen Tag später nachgesehen hatte, ob irgendein selbst ernannter Experte etwas zu seinen Fotos geschrieben hatte, hatte er seinen Augen nicht getraut. Das Forum war innerhalb eines Tages regelrecht heißgelaufen. Mehr als ein Dutzend Leute hatte wissen wollen, wie er an diese Bilder gekommen sei, und hatten sich eine erbitterte Debatte über die Echtheit der Fotos beziehungsweise des Ordens selbst geliefert, unter ihnen der ehemalige Museumsdirektor der königlichen Schatz- und Waffenkammern in Stockholm sowie der stellvertretende Vorsitzende der Schwedischen Heraldikvereinigung. Dem Urteil beider Experten zufolge musste es sich bei der Auszeichnung um eine Fälschung handeln, denn das einzige Original, das je gefertigt worden war, befand sich in Verwahrung des höchst diskreten Königshauses. Wenn es sich bei den Fotos wirklich um Abbilder des Originals handelte, argumentierten beide Experten übereinstimmend und mit höhnischem Unterton, dann müsste man sich doch fragen, warum der anonyme Besitzer nicht auch die Rückseite des Ordens abgelichtet hätte, denn dort befinde sich neben dem königlichen Siegel eine eingeprägte lateinische Inschrift, die nie auf irgendeinem Foto publiziert oder sonstwie veröffentlicht worden sei und von der nur diejenigen wissen könnten, die die Ehre gehabt hätten, den echten Orden tatsächlich einmal in der Hand gehalten haben zu dürfen. Der anonyme Forumbesucher, der die Fotos seiner zugegebenermaßen detailgetreuen Replik gepostet hatte, habe ja wohl nur deshalb auf Bilder der Rückseite seiner Ordensnachahmung verzichtet, weil dort diese kurze Inschrift sowie das Königliche Siegel fehlten. Andernfalls sei der anonyme User natürlich herzlich eingeladen, die schwedische Heraldikgemeinde eines Besseren zu belehren und mit Fotos der Rückseite die Echtheit des einzigen je gefertigten und niemals verliehenen *Kriegskreuz ersten Grades in Gold des Königlichen Schwertordens*, Schwedens höchster Tapferkeitsmedaille, zu beweisen.

Das hatte Vargen natürlich nicht getan. Er hatte stattdessen den Orden umgedreht und versonnen mit dem Finger über die Inschrift *Pro Patria* gestrichen. *Für das Vaterland.* Er hatte die schwedische Heraldikgemeinde in ewiger, dumpfer Unwissenheit gelassen und den beiden rechthaberischen Ordensonkeln innerlich dafür gedankt, dass sie ihr Insiderwissen so bereitwillig ausgeplaudert hatten. Nur war das Ganze nun rätselhafter denn je: Wie war Kjell Forss in Besitz dieser denkbar exklusiven Auszeichnung gekommen?

Stina Forss kam wieder ins Schlafzimmer, sie trug ein Tablett, auf dem sich ein dampfender Teller Suppe befand, sowie eine Kanne mit Tee, eine Tasse und eine Packung Grippetabletten.

»Voilà«, sagte sie und manövrierte das Tablett neben ihn auf den Nachttisch. Dann ließ sie ihren Bademantel zu Boden gleiten und hob ihre Kleidung auf, die zwischen seinen Sachen über den Boden verteilt lag.

»Ziehst du dich an?«, röchelte er.

»Tja, ich muss wohl noch mal los. Aber du kannst natürlich hierbleiben, bis du dich wieder fitter fühlst.«

»Wo willst du denn jetzt noch hin? Etwa arbeiten?«

Forss saugte an ihrer Unterlippe, etwas, das sie oft tat, wenn sie nachdachte, wie ihm aufgefallen war.

»Eher privat«, sagte sie und stieg in ihre Jeans. Nachdem sie sich vollständig angezogen hatte und bereits fast aus dem Raum gegangen war, drehte sie sich in der Tür noch einmal zu ihm um. »Oder sagen wir: sowohl als auch. Gute Besserung!«

Dann zog sie die Tür hinter sich zu.

Ein wenig verwundert aß Vargen seine Suppe, trank den Tee und spülte zusammen mit seinen anderen Tabletten die Grippemedikamente hinunter. Dann ließ er sich zurück ins Bett fallen und schlief kurz darauf ein.

Als er wieder wach wurde, blickte er auf die Uhr. Es war mitten in der Nacht. Mehr als sechs Stunden waren vergangen, seit sich Forss auf den Weg gemacht hatte. Er war benommen, fühlte sich jedoch wieder etwas kräftiger. Er stand auf, zog sich Unterhose und T-Shirt über und ging zur Toilette. Auf dem Rückweg ins Schlafzimmer bemerkte er, wie ausgekühlt das Haus war. Zur Kontrolle griff er an mehrere Heizkörper. Obwohl sie aufgedreht waren, waren sie kalt. Er fluchte schlotternd und machte sich auf die Suche nach der Heizungsanlage. Sein Gang war alles andere als sicher, er hatte noch immer Fieber. An eine Rückfahrt nach Växjö war nicht zu denken. Außerdem sollte er die Situation ausnutzen und sich noch einmal in Ruhe im Haus umsehen, sofern er dazu überhaupt in der Lage war. Aber vorher musste er die Heizung wieder in Gang bringen, sonst würde es morgen früh ein böses, kaltes Erwachen geben. Außerdem wurde so etwas vom Mann im Haus doch erwartet, oder? Vorsichtig ging er in den Keller. Wie er richtig vermutet hatte, befand sich dort der Heizungsofen. Er sah sogleich, worin das Problem bestand. Die Holzpellets, die den Brenner versorgten, waren ausgegangen, Forss hatte anscheinend versäumt, für einen ausreichenden Vorrat zu sorgen. Vargen stöhnte auf. Er wusste, wo die schweren Pelletssäcke lagerten: Draußen, im Schuppen, den er mittlerweile sehr gut kannte. Er kämpfte sich wieder die Treppen empor bis ins Schlafzimmer, nahm weitere Grippetabletten, zog sich Hose und Pullover an, warf sich die Bettdecke über Kopf und Schultern und machte sich auf wackeligen Beinen auf den Weg zum Schuppen. Dort angekommen packte ihn eine Schüttelfrostattacke und zwang ihn zu einer Pause. Er schaltete das Licht ein und setzte sich schweißüberströmt auf einen der Pelletssäcke. Während er um Atem rang, fiel sein Blick auf die Tür des ehemaligen Plumpsklos. Durch das ausgesägte Herz sah Vargen ein Funkeln. Es musste eine Lichtreflexion der kahlen Glühbirne sein, die über ihm im Schuppen hing. Wahrscheinlich warf das gerahmte Gedicht, das dort hing, den Schein der Lampe zurück. Er erinerte sich: irgendetwas mit einem griechischen oder römischen Brunnen. Wie lächerlich es doch war, solch ein hochtrabendes Gedicht an einem so profanen Ort aufzuhängen, dachte er. Dann stand er unter Zuhilfenahme seines geballten Willens auf, wuchtete einen der Säcke in die Schubkarre, die dort für genau diesen Zweck bereitstand, und machte sich wankend auf den Weg zurück zum Haus. Irgendwie gelang es ihm dort, den Sack unter Aufbietung seiner letzten Kräfte in den Keller zu schaffen und die Pellets in den dafür vorgesehenen Vorratsbehälter zu kippen. Rasselnd und klackernd kam daraufhin der Brennofen wieder in Gang. Ich bin wohl so eine Art Held, dachte Vargen, erklomm erneut beide Treppen und ließ sich endlich entkräftet ins Bett fallen. Keine zwei Minuten später schlief er ein. Seine Träume handelten von einem reich verzierten römischen Brunnen, rauschenden Wasserkaskaden und einer betörenden Nixe mit einer Augenklappe und rostrotem Haar.

IM NORDOSTEN DER DEMOKRATISCHEN REPUBLIK KONGO

Ein Jahr verging und zwei weitere folgten. Mulopo war ein mittelmäßiger Soldat. Er bewegte sich gut im Busch, seine Orientierung war hervorragend, auch im Dunkeln, und er konnte ordentlich mit seinem Gewehr und den Granaten umgehen. Dennoch fehlte ihm etwas, das die anderen hatten, besonders Falaswa und manchmal auch Clément: das innere Feuer. Er tat, was ihm befohlen wurde, marschierte wochenlang durch den nassen Wald, schoss, wenn er schießen musste, aß, wenn er essen musste, schlief, wenn er müde war. Dennoch war ihm, als wäre er nicht ganz bei sich, als wäre es ein anderes Ich, eine Art Schatten von ihm, der da durch den Wald marschierte, auf Befehl tötete, aß und schlief, während sein wahres Selbst nur selten und kurz die Kontrolle übernahm, in den Minuten des Übergangs zwischen Wachsein und Schlaf, zwischen Traum und

Wirklichkeit. In diesen wenigen, kostbaren Momenten kam der Geist zu ihm, ein Fuchs mit weißem Fell und seltsamen hellblauen Augen. Mulopo glaubte, dass dieser Geist eine Art Bote war, ein Gesandter, den ihm seine Eltern geschickt hatten, seine Brüder, seine Schwester. Die geisterhafte Erscheinung des Fuchses kam zu ihm, um ihm etwas mitzuteilen, nur verstand er noch nicht was, um ihm den Weg zu weisen, nur begriff er noch nicht wohin.

Die Einheit, der Mulopo mittlerweile angehörte, umfasste 35 Mann. Leutnant Yannick war bereits vor Monaten an einer Wundinfektion gestorben, ihr jetziger Anführer hieß Leutnant Pierre, er war kampferprobt und bestimmt über dreißig Jahre alt. Falaswa war zur rechten Hand des Leutnants aufgestiegen. Noch immer trug er seine Machete am Gürtel und dazu die Skalps von mehr als zehn Männern, denen er nach dem Kampf die Kopfhaut abgezogen hatte. Mulopo, Clément und Florent waren noch immer zusammen, auch wenn es schon lange her war, dass sie zu Hip-Hop-Musik getanzt hatten. Überhaupt war die Stimmung im Trupp schlecht. Sie waren in einer Gegend unterwegs, die kaum besiedelt zu sein schien, und ihre Vorräte gingen zur Neige. Alkohol und Aufputschmittel waren seit Langem aufgebraucht, viele litten unter Entzugserscheinungen und waren angespannt und gereizt. Immer wieder versuchte Leutnant Pierre, die Kämpfer zu motivieren, aber die Siedlungen und Armeestellungen, von denen er sprach, tauchten einfach nicht auf.

An diesem Morgen erwachten sie in feuchten Decken am Rande eines verkümmerten Maniokfelds. Die vier Jungen, die Küchendienst hatten, bereiteten bereits das Frühstück zu, das wie an den Tagen zuvor überwiegend aus Hirsebrei bestand. Mit steifen Gliedern kam Mulopo auf die Beine. Zusammen mit Florent ging er zu dem nahe gelegenen Fluss, den sie am Vorabend passiert hatten, um sich zu waschen. Mulopo stand gerade bis zu den Knien in dem braunen Wasser, als er das Brummen am Himmel hörte.

Ein Flugzeug!

Sie warfen die Köpfe in den Nacken.

Aus dem Brummen wurde ein Dröhnen.

Die Luft-Boden-Raketen wurden mit einem böse zischenden Geräusch abgefeuert, das nur Sekunden später von zwei gewaltigen Detonationen übertönt wurde. Hinter den Bäumen, die den Fluss von ihrem Lager trennten, quollen schwarze Rauchwolken auf. Das Kampfflugzeug verschwand jaulend am Horizont. Mulopo und Florent rannten aus dem Wasser zurück zum Lager ihrer Einheit. Nur dass dort kein Lager mehr war, sondern nur noch zwei metertiefe Krater und brennende Bäume; überall lagen Tote und schreiende Schwerverletzte herum. Sie fanden den Leichnam des Leutnants neben zwei Kameraden, deren Gesichter man nicht mehr erkennen konnte. Wie in einem Albtraum wankten sie zwischen den Leichen und Verletzten umher. Ihr Freund Clément lag leblos zwischen schmorenden Maniokpflanzen, ihm fehlten beide Beine. Falaswa kam auf sie zu gestolpert. »Ich will das Gewehr!«, rief er immer wieder, »gebt mir das deutsche Gewehr!« Wenige Schritte vor ihnen klappte Falaswa zusammen. Er hielt sich den blutenden Bauch. Seine Worte gingen in ein wirres Brabbeln über, aus seinem Mund quoll roter Schaum, dann verstummte er ganz, fiel zu Boden und regte sich nicht mehr. In diesem Moment entdeckte Mulopo den weißen Fuchs zwischen den brennenden Bäumen. Er griff in die Hosentasche des leblosen Falaswa und nahm einen kleinen Lederbeutel heraus. Es war an der Zeit fortzugehen und Falaswas Kriegsbeute würde ihnen dabei helfen.

MONTAG

1

Ingrid Nyström hatte sich am Sonntag so gut es ging von der Arbeit abgeschirmt. Sie hatte es am Vormittag sogar gewagt, für einige Stunden das Handy auszuschalten und war mit Anders in die Kirche nach Ormesberga gefahren, um an seinem Gottesdienst teilzunehmen. Anders' Predigt, die von Barmherzigkeit und den weltweit Flüchtenden gehandelt hatte, hatte ihr gut gefallen, dennoch war sie über weite Strecken der Messe nur halb bei der Sache gewesen, hatte stattdessen an Anna und an ihren Fall gedacht, auch wenn sie Letzteres eigentlich hatte vermeiden wollen. Nachmittags hatte sie mit Anders einen langen Spaziergang unternommen und anschließend mit ihrer Mutter Kaffee getrunken und Karten gespielt. Abends vor dem Fernseher, als in einer humoristischen Wochenrückschau der Fahndungsaufruf der Polizei Kronoberg nach dem längst verstorbenen Schauspieler Ville Salminen thematisiert worden war und sie sich selbst noch einmal in der elenden Pressekonferenz sitzen gesehen hatte, war ihr klar geworden, dass das winzige Wochenende, das sie sich gegönnt hatte, endgültig vorbei war. Also hatte sie sich in ihr kleines Arbeitszimmer zurückgezogen und die nächsten Ermittlungsschritte geplant.

Den Montag begann sie mit einer Teambesprechung. Nyström blickte in die Runde. Lasse Knutsson und Hugo Delgado sahen aus, als hätten sie sich über das Wochenende ein Stück weit von der arbeitsintensiven Vorwoche erholt, Kent Vargen dagegen war stark erkältet und hatte fiebrige Augen. Sie war ein wenig darüber besorgt, dass er trotzdem zum Dienst erschienen war. Noch schlimmer allerdings schien es um Stina Forss zu stehen. Hätte Nyström es nicht besser gewusst, hätte sie vermutet, dass die Deutschschwedin Drogen nahm und nächtelang wach blieb. Forss sah ausgezehrt aus und leichenblass. Hatte sie sich womöglich auch irgendwo einen Virus eingefangen? Hoffentlich machte der nicht die Runde.

Nyström ergriff das Wort.

»Vor euch findet ihr der Vollständigkeit halber den abschließenden Obduktionsbericht von Åsa Hylander. Ehrlich gesagt sind mir keine neuen Erkenntnisse aufgefallen. Erwähnenswert ist möglicherweise, dass der Beschaffenheit der Leber zufolge das Opfer regelmäßig Alkohol getrunken hat, allerdings nicht im Übermaß.«

»Wer tut das nicht?«, brummte Knutsson leise.

»Damit wird der Leichnam für die Angehörigen freigegeben«, fuhr Nyström fort. »Ich habe heute Morgen bereits mit dem Bruder der Verstorbenen telefoniert. Am Mittwoch soll in der Nähe von Uppsala die Beerdigung stattfinden. Ich finde, dort sollten wir mindestens mit einer Person zugegen sein. Besonders angesichts des verunglückten Fahndungsaufrufs, der ja leider für so viel Wirbel gesorgt hat, sind wir es meiner Meinung nach den Angehörigen schuldig, unseren besonderen Respekt zu zeigen.«

»Da ich die Familie bereits getroffen habe, könnte ich doch fahren«, sagte Forss. »Es wäre natürlich toll, wenn wir ihnen dort persönlich mitteilen könnten, dass wir den Täter gefasst haben.«

»Danke, dass du das machst, Stina. Du spielst auf ein Geständnis von Frans Frisk an. Nun, ich denke, darauf hoffen wir alle. Ich bin gespannt, was er uns heute zu sagen hat, nachdem er zwei Tage Zeit hatte, in der Untersuchungshaft über alles in Ruhe nachzudenken. Gleichzeitig habe ich für den Vormittag sowohl noch einmal Lina Bäckmo als auch Jenny Frisk einbestellt.«

»Mein Bauch sagt mir, dass wir den Kerl am Wickel haben«, meinte Knutsson.

»Dein Bauch sagt mir ganz andere Dinge«, zog ihn Delgado auf. »Pizza, Zimtschnecken, Indian Pale Ale …«

»Natürlich hätte ich mir gewünscht, dass uns die Hausdurchsuchung am Samstag etwas in die Hand gegeben hätte, um den Druck auf ihn zu erhöhen, aber bis jetzt sind Bos Leute noch auf nichts gestoßen. Einige Tests und Untersuchungen des beschlagnahmten Materials stehen allerdings auch noch aus, daher hoffe ich, dass im Laufe des Tages oder auch später ein für uns positives Ergebnis auftaucht.«

»Ich habe eben mit der Kollegin gesprochen, die sich am Wochenende Frisks Computer und sein Handy angesehen hat«, sagte Delgado. »Nach ihrer Einschätzung war da nichts, was für uns interessant sein könnte, insbesondere keine Verbindung zu Åsa Hylander. Ich kann es aber gerne noch mal überprüfen.«

»Mach das bitte, Hugo, es wäre ärgerlich, gerade an dieser Front etwas zu übersehen. Und wo du mir schon das Stichwort Hylander lieferst: Wir müssen ihr gesamtes Umfeld auf die angebliche Beziehung zu Frans Frisk abklopfen. Genau das ist bis jetzt die Schwachstelle unserer Anklage. Frisks Verwicklung in den Tod von Bäckmo sehe ich mittlerweile deutlich vor mir. Voraussetzungen, Möglichkeit, Motiv – das alles haben wir herausgearbeitet. Was dagegen ihn und Hylander angeht, ist nach meinem Gefühl noch viel zu viel im Unklaren. Die Treffen zwischen ihnen: Wann und wo haben sie genau stattgefunden? Wann hat sich der Charakter ihrer Liebesbeziehung so drastisch ins Negative verändert? Warum hätte er sie überhaupt töten sollen, wenn sie nur eine unverbindliche Affäre für ihn dargestellt hat, wie er behauptet? Auf diese Fragen brauchen wir dringend Antworten.«

»Ich könnte mit ihren Freundinnen sprechen«, schlug Vargen vor. »Und ich habe Kontakt zu einigen ihrer ehemaligen politischen Weggefährten. Das könnte uns auch in Bezug auf ihr berufliches Engagement bei Bingström weiterhelfen.«

»Danke, Kent, ein guter Vorschlag. Was unseren Freund Bingström angeht, konnte ich für diese Woche ein Treffen mit seinem Sohn, einem unabhängigen Wirtschaftsprüfer und zwei Kollegen aus der Abteilung Wirtschaftskriminalität arrangieren. Die *Bingsecc* wird ihre Bücher der vergangenen zehn Jahre offenlegen müssen. Edman ist darüber alles andere als froh. Wie ich gehört habe, macht ihm der Bürgermeister bereits Druck, es soll natürlich kein schlechtes Licht aufs Rathaus fallen.«

»Natürlich nicht«, unkte Knutsson.

»Wenn herauskommt, dass Hylander Bingströms Firmengeflecht tatsächlich systematisch mit Insiderwissen versorgt hat, wird man sich schneller von ihr distanzieren, als wir alle gucken können«, sagte Delgado. »Der Bürgermeister wird von einem verbrecherischen Einzelfall sprechen.«

»Vielleicht ist es das ja auch«, sagte Nyström. »Was macht eigentlich inzwischen dieses Labyrinth?«

Delgado lächelte verschmitzt.

»Ich habe gehofft, dass du danach fragst. Wenn ihr mal schauen wollt?«

Er drehte seinen Laptop so, dass die anderen den Bildschirm sehen konnten.

»32 Berge«, sagte Knutsson. »Ist das da nicht der Kilimandscharo?«

»Nein, das ist der Fudschijama«, korrigierte ihn Delgado. »Das da unten rechts ist der Kilimandscharo. Siebzehn Berge habe ich bis jetzt identifiziert.«

»Klingt nach einer harten Nuss«, sagte Nyström. »Ich denke, es wäre hilfreich, wenn sich alle von uns, die mit Hylanders Umfeld in Kontakt kommen, danach umhören, ob für sie ein Berg von besonderer Bedeutung war. Es ist doch zum Beispiel gut möglich, dass sie auf ihren vielen Reisen einen dieser Berge besucht hat.«

Die Kollegen nickten zustimmend.

»Das wäre hilfreich«, sagte Delgado, »denn einen weiteren Fehlversuch können wir uns wahrscheinlich nicht leisten.«

»Also hört euch um«, wiederholte sich Nyström.

»Es gibt da noch etwas anderes, das wir trotz der vielen Indizien, die auf Frans Frisk hindeuten, nicht gänzlich aus den Augen lassen sollten«, sagte Delgado. »Ich habe mich um die Patientenakten der Krückenmänner aus ganz Kronoberg gekümmert und drei Kandidaten herausgefiltert, von denen ich denke, dass wir sie uns vielleicht näher ansehen sollten.«

»Ein breiter Ermittlungsansatz hat noch niemandem geschadet«, sagte Nyström. »Kümmere du dich bitte mit Lasse darum.«

Knutsson grunzte unwillig.

»Die kleinen Dinge sind auch wichtig, Lasse«, tadelte sie, auch wenn sie spürte, wie wenig überzeugend sie dabei klang.

Nyström beendete die Besprechung pünktlich, denn sie hatte anschließend ein Treffen mit Rosanna Lukasson vereinbart, um die weitere Pressestrategie zu koordinieren und das Ville-Salminen-Desaster so gut es ging wieder wettzumachen. Lukasson hatte ihr am Wochenende einige Vorschläge gemailt, unter anderem die Idee, in den sozialen Medien mehr Präsenz zu zeigen. Nyström war sich nicht sicher, was es eigentlich bedeutete, wenn ihre Abteilung einen eigenen Instagram-Account haben würde, aber grundsätzlich war es ja nicht verkehrt, etwas frischen Wind in die Außendarstellung zu bringen.

2

Auch wenn sich Forss nach drei mehr oder weniger durchwachten Nächten in einem ausgekühlten Auto wie eine lebende Tote fühlte und unter massiven Konzentrationsschwierigkeiten litt, war sie doch feinfühlig genug, um zu erkennen, dass das Präsidium keine gute Umgebung war, um Lina Bäckmo dazu zu bringen, mehr von sich, ihrem Mann und Frans Frisk zu erzählen. Deshalb hatte sie entschieden, die junge Frau im Eingangsbereich abzuholen und einen Ort mit einer freundlicheren Atmosphäre aufzusuchen. Die beiden Frauen gingen zu Fuß Richtung Innenstadt, wo einige Minuten entfernt die Konditorei Askelykans lag. Sie suchten sich einen Tisch im Obergeschoss des Traditionscafés, das zu dieser Uhrzeit kaum besetzt war. Lina Bäckmo waren ihr Unbehagen, die Niedergeschlagenheit und die Trauer anzusehen. Auch als der Kaffee vor ihr stand, den sie sich zögerlich ausgesucht hatte, machte sie keine Anstalten, ihren gefütterten Mantel und ihre Wollmütze abzulegen, obwohl der große Raum behaglich beheizt war. Forss ihrerseits wollte die Frau nicht unter Druck setzen, sondern ihr Zeit geben. Anstatt die Initiative zu ergreifen, machte sie sich in aller Ruhe an ihr Käsebrötchen und nippte dann und wann an ihrem Latte macchiato.

»Warum wurde Frans festgenommen?«, fragte Bäckmo sie nach einer gefühlten Ewigkeit.

»Weil er möglicherweise derjenige ist, der Mats getötet hat.«

»Möglicherweise?«

»Es spricht einiges dafür. Anderes dagegen liegt noch im Dunkeln.«

»Ich glaube nicht, dass er es getan hat. Er hat Mats nicht gehasst.«

»Wie kannst du dir da sicher sein? Bei dem, was Mats dir angetan hat?«

Bäckmo blickte sie mit ihren dunklen Vogelaugen an. Sie sah heute wie eine arme, gerupfte Krähe aus, fand Forss.

»Aber was hat er mir denn schon getan? Es ist ja nicht so, dass ich grundsätzlich keinen Sex mit ihm wollte! Es war doch nur die ruppige Art und manchmal der Zeitpunkt, die mir nicht gefielen.«

Sie rudert zurück, dachte Forss, sie relativiert. Sie macht sich für seinen Tod verantwortlich. Die Vorstellung, dass Frans Mats ihretwegen ermordet hat, ist für sie unerträglich. Wer konnte ihr das verdenken?

»Wenn er gegen deinen Willen mit dir geschlafen hat, dann waren das Vergewaltigungen«, insistierte Forss.

»Ach was«, entgegnete Bäckmo kraftlos. Die Haut um ihre Nase herum bebte sanft. »Es kommt in jeder Beziehung vor, dass einer mal weniger Lust hat als der andere. Ich hätte mich ja mehr wehren können, wenn ich es wirklich nicht gewollt hätte. Was war schon das bisschen an Schmerz verglichen mit allem Guten, das wir hatten, mit unseren Kindern, unserer Ehe, dem Haus und unseren Freunden? Eine echte Frau muss Schmerzen ertragen können. Hast du selbst Kinder?«

Forss verneinte.

»Dann weißt du gar nichts. Eine Geburt, das sind Schmerzen, dass es dich dort unten zerreißt! So ein Penis ist lächerlich dagegen.«

Sie verleugnet sich, dachte Forss, ihre Schuldgefühle sind so groß, dass sie ihr jahrelanges Leid wie so viele Missbrauchsopfer verleugnet.

»Dennoch hast du Frans auf einem Gartenfest davon erzählt.«

»Ich war betrunken.«

»Als wir beide in der vergangenen Woche um den See spaziert sind, warst du es nicht.«

»Ich stand unter Schock. Es war ein Fehler, davon zu sprechen. Erst recht gegenüber Frans. Hätte ich doch damals bloß den Mund gehalten, dann wäre nichts passiert. Dann wäre Mats heute noch am Leben.«

»Dann glaubst du also selbst daran, dass es Frans war, der Mats getötet hat?«

»Das habe ich nicht gesagt! Ich … ich weiß es doch auch nicht.«

Jetzt nahm Bäckmo endlich ihre Mütze vom Kopf. Einige Haarsträhnen standen ab wie widerspenstiges Gefieder.

»Was, wenn es irgendein Wahnsinniger war, der draußen im Wald diesen Draht über den Weg gespannt hat? Ein depressiver Jugendlicher? Was, wenn die ganze Sache überhaupt nichts mit uns zu tun hat, mit Frans, mit mir, mit Mats …?«

Nach Schuld und Verleugnung kommt nun die Hoffnung, dachte Forss. Lina Bäckmo hofft in ihrem Innersten auf Vergebung – Vergebung für etwas, woran sie gar keine Schuld trägt. Aber ich bin kein katholischer Priester, ich erteile keine Absolution.

»Wie oft hast du dich allein mit Frans getroffen?«

»Nicht oft. Drei oder vier Mal vielleicht. Es war ein Fehler!«

»Wo?«

»Einmal vormittags bei uns zu Hause, als wir beide eigentlich krank geschrieben waren. Ein anderes Mal bei Frans im Haus, als Jenny mit den Kindern im Schwimmbad war und Mats mit unseren Kindern bei seinen Eltern in Vrigstad. Wir haben uns auch einmal in einem Naturschutzgebiet getroffen, das muss im Herbst gewesen sein.«

»Wann wart ihr das letzte Mal miteinander intim?«

»Am 26. November.«

»Warum weißt du das Datum so genau?«

»Weil … weil es Mats' Geburtstag war. Wir haben mit einigen Freunden zu Hause gefeiert, es wurde ziemlich wild. Irgendwann waren alle gegangen und Mats war so betrunken, dass er, ohne seine Sachen auszuziehen, eingeschlafen ist. Frans und ich sind dann in die Garage gegangen. Es war fürchterlich … es war falsch. Er wollte, dass es weitergeht, aber ich habe das nicht mehr gekonnt. Sicher, es war ein gutes Gefühl, das er mir gegeben hat. Dass er zugehört und mir Aufmerksamkeit geschenkt hat. Die Komplimente, die netten SMS. Aber ich wusste die ganze Zeit über, dass es nicht richtig war. Nach Mats' Geburtstag habe ich deshalb einen Schlussstrich gezogen und ich bin dabei geblieben, obwohl er versucht hat, mich zu erpressen.«

»Frans hat dich erpresst?«

»Er hat es versucht. Er hat gesagt, dass er Mats alles erzählt, wenn ich nicht weiter mit ihm schlafe.«

»Und hat er es Mats erzählt?«

»Nein, das war ich. Ich habe es ihm erzählt, weil ich nicht länger mit der Unwahrheit leben wollte. Deshalb habe ich reinen Tisch gemacht.«

»Wann war das?«

»Im Dezember. Einen Tag nach dem Luciafest, um genau zu sein. Es gab natürlich einen riesigen Streit. Mats ist ausgerastet.«

»Hat er dir etwas getan?«

»Ach wo«, beschwichtigte Bäckmo, aber wandte gleichzeitig ihr Gesicht auf eine Weise ab, dass Forss verstand, dass er sie geschlagen hatte.

Forss dachte nach. Der zeitliche Rahmen passte. Delgado hatte herausgefunden, dass die digitale Dauerkorrespondenz zwischen Mats und Frans vor etwa einem Monat zum Erliegen gekommen war.

»Woher kannte Frans Åsa Hylander?«

»Die ermordete Frau aus Växjö? Ich habe keine Ahnung, ob Frans sie gekannt hat.«

»Bist du ihr jemals begegnet?«

»Nein, ganz sicher nicht.«

»Und Mats?«

»Nicht dass ich wüsste.« Bäckmo rührte zum ersten Mal ihre Kaffeetasse an, aber sie trank nicht, sie drehte sie nur, sodass der Henkel der Tasse in die andere Richtung zeigte. »Glaubt ihr etwa, dass Frans auch diese Åsa Hylander getötet hat? Warum sollte er das getan haben?«

Eine gute Frage, dachte Forss, zweifellos eine gute Frage.

3

Lasse Knutsson brauchte den ganzen Vormittag, um Aleksandar Markovic aufzustöbern. Die stadtbekannten Treffpunkte der Zocker und halb legalen Sportwettenplatzierer hatten zu dieser Uhrzeit noch geschlossen, daher hatte ihm ein Kollege von der Streife den Tipp gegeben, die Gegend um den Bahnhof nach Markovic abzusuchen, doch dort hatte Knutsson den Vorbestraften genauso wenig angetroffen wie bei seiner Meldeadresse, einer heruntergekommenen Bude im Stadtteil Araby. Der entscheidende Hinweis war schließlich von Markovics Bewährungshelfer gekommen, einem desillusionierten Altachtundsechziger namens Hasse Bärtås, den Knutsson seit Jahrzehnten kannte. Er fand Markovic schließlich in einer Kebabbude, in der auf drei Monitoren Sport lief, Biathlon, Rugby und Trabrennen. Irgendwo auf der Welt war immer etwas los, worauf man wetten konnte. Markovic saß in einem Jogginganzug allein an einem Tisch, vor sich eine Coladose und blickte auf den Bildschirm, der das Pferderennen übertrug, gleichzeitig fummelte er an einem Smartphone herum. Seine beiden Krücken hatte er an den Stuhl neben sich gelehnt. Knutsson setzte sich ihm gegenüber an den Tisch, in der Hand seinen Dienstausweis. Erschrocken versuchte Markovic aufzustehen, doch Knutsson hatte längst seine schwere Pranke auf die Krücken gelegt, womit Markovics Fluchtimpuls aufs Erste ausgehebelt war.

»Schön sitzen bleiben, mein Freundchen.«

»Ich habe mit der Abzocknummer in dem Pokerclub nichts zu tun!«

Markovic hob die Arme zu einer Geste der Unschuld, in etwa so glaubwürdig wie ein notorischer Vorstopper nach einem üblen Foul.

»Darüber reden wir später«, sagte Knutsson, der keine Ahnung hatte, wovon Markovic da sprach, und es interessierte ihn auch nicht sonderlich. »Zuerst einmal will ich wissen, was du mit Åsa Hylander und Mats Bäckmo angestellt hast.«

»Wer sind die?«, fragte Markovic mit einem Gesichtsausdruck, der unmissverständlich klarmachte, dass er nicht zu den hellsten Kerzen im Leuchter gehörte.

»Du hast bei Åsa Hylander den Rasen gemäht.«

»Häh?«

»Im Sommer, als du für die Gärtnerei gearbeitet hast, da hast du bei Åsa Hylander den Rasen gemäht. Ein großes Haus auf einem Seegrundstück in Sandsbro. Klingelt da was?«

»Möglich«, sagte Markovic, »möglich. Wir haben bei ziemlich vielen Leuten den Rasen gemäht, und da waren auch Häuser am See dabei. Aber wie die hießen? Da musst du den Chef fragen, Harry. Weißt du, wie anstrengend stundenlanges Rasenmähen ist? Was hatte ich Blasen an den Händen!«

Knutsson hielt das Gespräch jetzt schon für Zeitverschwendung. Trotzdem fragte er der Form halber noch einmal nach Mats Bäckmo.

»Wer?«

Offensichtlich hatte Markovic keinen Schimmer, was Knutsson von ihm wollte.

»Geh mal«, forderte Knutsson zum Abschluss auf.

»Häh?«

»Steh auf und geh mal mit deinen Krücken durch den Laden!«

Markovic tat, wie ihm geheißen. Anscheinend wollte er jeden unnötigen Ärger mit der Polizei vermeiden. Er musste sich zum Fortbewegen auf beide Krücken stützen, sein verletztes Bein berührte dabei nicht den Boden.

»Was hast du für eine Schuhgröße?«, fragte Knutsson pflichtbewusst.

»45«, antwortete Markovic.

»Einen schönen Tag noch«, sagte Knutsson, stand auf und verließ den Imbiss, bevor ihn die einladenden Kebabdüfte zu einem frühen Mittagssnack verleiten konnten.

4

Die Mitbewohnerin von Marcus Lyxzén, eine junge Frau mit Nasenring, machte aus ihrer Geringschätzung für die Polizei kein Geheimnis, dachte Hugo Delgado, als sie ihm die Tür öffnete und seinen Dienstausweis misstrauisch musterte. *A.C.A.B.* stand in großen Lettern auf ihrer Baseballkappe, unter der pinkfarbenes Haar hervorlugte, die Abkürzung stand für *All Cops Are Bastards*, es war das international benutzte Kürzel, um Antipathie für den Staat im Allgemeinen und seine Gesetzeshüter im Besonderen zum Ausdruck zu bringen, und war unter Linksautonomen, Punks, Fußballultras, Graffitisprayern, Skatern, aber auch Skinheads oder Hooligans verbreitet. Der Aufdruck auf ihrem ausgefransten schwarzen Kapuzensweatshirt, *Refugees Welcome*, Flüchtlinge Willkommen, verdeutlichte zudem, dass sie nicht irgendeiner jugendlichen Subkultur angehören wollte, sondern eine politische Agenda hatte. Delgado musste an sein neues

Sweatshirt denken, auf dem Donald Duck zu sehen war. Wahrscheinlich war es besser, dass er seinen Mantel zugeknöpft ließ und das *A.C.A.B.* nicht persönlich nahm. Höflich erkundigte er sich nach Marcus Lyxzén.

»Er ist nicht da«, sagte die Frau, die die Tür nicht weiter öffnete, als es nötig war.

»Wo könnte ich ihn denn finden?«

»Keine Ahnung.«

»Es geht nur um ein paar Fragen.«

»Wie gesagt: keine Ahnung.«

Delgado seufzte.

»Müssen wir das Spiel wirklich spielen?«, fragte er. »Du machst weiter auf ahnungslos, ich werde sauer, ich komme wieder, ich bringe meine Kollegen mit, wir warten hier vor der Tür, protokollieren, wer hier ein und aus geht, stellen Fragen, kommen noch mal wieder, schnüffeln rum, gehen euch auf den Geist und verschwenden eure Lebenszeit und unsere. Das alles nur, weil du mir nicht sagen willst, wo ich Marcus finden kann; gib mir zumindest seine aktuelle Handynummer.«

Die junge Frau schien über seine Ausführung nachzudenken.

»Seine Nummer könnte ich dir unter Umständen geben, dann kann er selbst entscheiden, ob er mit euch sprechen will.«

»*Muchas gracias*«, sagte Delgado und lächelte sein charmantestes Lächeln.

Vor ihm knallte die Tür zu.

Zwei Minuten später ging der Briefschlitz auf, und ein Post-it-Zettel wurde hindurchgeschoben. Delgado bückte sich, hob den Zettel auf und wählte die Nummer, die darauf notiert war. Nach nur einem Klingeln nahm jemand ab.

»Was wollt ihr von mir?«, fragte die Stimme.

Offensichtlich hatte die junge Frau Lyxzén bereits telefonisch vorgewarnt.

»Delgado, Kriminalpolizei Kronoberg. Spreche ich mit Marcus Lyxzén?«

»Ja.«

»Wir sollten uns dringend mal unterhalten.«

5

Kent Vargen hatte nach wie vor mit seiner Grippe zu kämpfen. Das Fieber war zwar deutlich nach unten gegangen, aber seine Lungen rasselten noch immer bösartig und schmerzten beim Husten. Sich krankzumelden kam nicht infrage, er wollte unter keinen Umständen das Bild vom eifrigen, einsatzfreudigen Ermittler gefährden, an dem er in den vergangenen Monaten so sorgfältig gearbeitet hatte, außerdem war es wirklich der falsche Zeitpunkt, um Forss aus den Augen zu lassen, nun, wo sie sich Abend für Abend auf stundenlange Ausflüge begab, zu denen sie ihm gegenüber keine Erklärungen abgeben wollte. Und dann war da noch der mysteriöse Orden, den Kjell Forss besessen hatte. Hatte dieses Ehrenabzeichen etwas damit zu tun, weshalb man ihn auf Stina Forss angesetzt hatte? Er rang seit Tagen mit sich, ob er seine Auftraggeber über den Fund unterrichten sollte. Im Grunde genommen wusste er, was er zu tun hatte: seine Kollegin im Auge behalten, die Lage sondieren, Besonderheiten melden. Und was war eine Besonderheit, wenn nicht dieses sagenumwobene Kriegskreuz? Dennoch hielt ihn etwas zurück, dennoch ließ ihn etwas zögern, eine Gefühlsregung, die er sich selbst nicht erklären konnte. War es Neugier? War es Vorsicht? Oder musste er sich eingestehen, dass er diese kleine Frau, dass er diesen schrägen Pippi-Langstrumpf-Verschnitt mit hängendem Augenlid am Ende des Tages irgendwie mochte? Wie absurd wäre das denn?

Vargen hatte nach der Besprechung Hylanders Freundinnen Ann-Louise Ahrnbom, die Jalousienhändlerin, und Selma Josefsson, ihre Arbeitskollegin und Mobbingverbündete, aufgesucht. Obwohl er sich bei den beiden Tanten wirklich ins Zeug gelegt hatte, konnte er ihnen nichts Neues entlocken, weder in Bezug auf Hylanders Verbindung zu Bingströms Immobilienfirmen noch auf Frans Frisk. Beide hatten Frisks Namen noch nie gehört, auch ein Foto des Verdächtigen hatte ihnen nichts gesagt. Zu einem bestimmten Berg fiel ihnen ebenfalls nichts ein.

Als Nächstes stand Helena Tegner auf Vargens Liste, die Freundin, mit der Hylander ihre Urlaube verbracht hatte. Tegner arbeitete in der Stadtbücherei. Sie trafen sich im Café Alma, das im Eingangsbereich des modernen und auffälligen Bibliotheksgebäudes lag.

Tegner war Mitte fünfzig, zu stark geschminkt und roch so leicht nach Schnaps, dass es nur einem anderen Alkoholmissbrauch-Erfahrenen auffallen konnte. Aber wer war er schon, andere zu verurteilen? Für die meisten Vom-Leben-Betrogenen hatte er volles Verständnis. Es ging auf Mittag zu, das Café füllte sich mit hungrigen Angestellten aus den umliegenden Büros und Geschäften, die das preiswerte Mittagsbüfett schätzten. Tegner und Vargen suchten sich einen Platz an der Fensterfront.

»Ulmen«, sagte Tegner versonnen und strich über das Holz des Tischs. »Die Möbel, der Fußboden, alles im vergangenen Jahr aus den Ulmen gefertigt, die bis vor Kurzem draußen an der Straße standen. Jahrhundertealte Bäume, die die Esplanade zu Växjös Prachtstraße gemacht haben.«

»Davon ist wohl nicht mehr so viel übrig«, sagte Vargen, der aus dem Fenster auf gekappte Baumstümpfe im trüben Winterwetter blickte.

»Ein Schädling war schuld, *Ophiostoma ulmi*, ein Schlauchpilz, der vor etwa hundert Jahren aus Asien über die Niederlande nach Europa eingeführt wurde.«

»Hier spricht die Expertin.«

»Ich arbeite schließlich in einer Bibliothek.«

»Jedenfalls düstere Zeiten für die Ulme.«

»Wahrlich düstere Zeiten«, sinnierte Tegner und unter ihrem ganzen Make-up erkannte Vargen die Trauer um die verstorbene Freundin.

»Wie ich höre, ist am Mittwoch die Beerdigung«, sagte Vargen.

»Ich weiß, ich fahre morgen schon hoch.« Tegner seufzte. »Ich habe der Familie eine buddhistische Bestattungszeremonie vorgeschlagen, weil Åsa Asien doch so mochte. Ihr Bruder war sehr aufgeschlossen, aber die Eltern wollten davon nichts wissen.«

»Wie schade«, sagte Vargen und setzte sein mitfühlendes Gesicht auf.

»Nicht wahr? Menschen können so verbohrt sein.«

Vargen nickte.

Empathie, Baby!

Tegner umfasste sein Handgelenk und presste ihre pudrigen Wimpern aufeinander.

»Wir tun, was wir können«, flüsterte Vargen. »Wir tun was wir können, um den Teufel zu schnappen, der ihr das angetan hat. Aber wir sind auch auf Mithilfe angewiesen.«

Jetzt war es Tegner, die nickte.

»Sagt dir der Name Bingström etwas?«, fragte Vargen.

»Gibt es nicht eine Immobilienfima, die so heißt? *Växjö wächst?*«

»Genau die. Weißt du, ob Åsa diesen Bingström vielleicht persönlich kannte?«

»Na ja, das kann schon sein. Sie hatte ja schließlich beruflich mit Häusern und dem Bauwesen zu tun. Aber ob sie diesen Bingström persönlich getroffen hat, das weiß ich nicht. Ich kann mich jedenfalls nicht erinnern, dass sie ihn mir gegenüber erwähnt hätte.«

»Hat sie jemals über ihr Einkommen gesprochen? Sie hat ja schließlich einen bestimmten Lebensstil gepflegt. Das Haus am See, ein schickes Auto, eure vielen gemeinsamen Reisen ...«

»Åsa wird schon nicht schlecht verdient haben auf ihrem Posten. Aber über Geld haben wir uns nie unterhalten. Das war nicht nötig. Sie war keine Angeberin, falls du das andeuten wolltest, Åsa war diskret, aber nicht geizig. Sie wusste, wie man es krachen lässt! Einmal in dieser Strandbar auf Koh Samui, als wir Tequila Sunrise getrunken haben ...«

»Kennst du diesen Mann?«, unterbrach Vargen sie und zeigte ihr ein Foto von Frans Frisk.

Tegner musterte lange das Bild, dann sah sie Vargen an.

»Ja, den habe ich schon einmal gesehen.«

»Wo?«

»Bei Åsa zu Hause. Das muss im vergangenen Jahr gewesen sein, im Spätsommer. Das weiß ich noch genau, weil wir uns im Garten gesonnt haben und anschließend im See schwimmen gegangen sind. Es war einer der letzten schönen Augusttage.«

»Und dieser Mann war bei euch?«

»Was heißt, er war bei uns? Er war dort und hat gearbeitet. Wenn ich mich richtig erinnere, hat Åsa etwas von einer Beleuchtung ihres Gartenpavillons erzählt. Sie hatte dauernd irgendwelche Projekte.«

»Der Mann hat dort gearbeitet? Im Blaumann und voller Montur?«

»So etwas tragen Elektriker normalerweise bei der Arbeit.«

»Er war dort nicht, nun ja, als ihr besonderer Freund?«

»Als ihr *Lover*, meinst du?«

Tegner lachte auf, legte sich die Hand auf den Mund.

»Um Gottes willen, doch nicht dieser bärtige Samson! Für Åsa mussten Männer gepflegt daherkommen, manierlich. Nie im Leben hätte sie sich mit einem grobschlächtigen Handwerker eingelassen. Du dagegen, du wärst schon eher ihr Typ gewesen.«

Vargen lächelte.

»Ich fühle mich geschmeichelt.« Er sah auf sein Handgelenk, das auf der Tischplatte lag und das Tegner noch immer fest im Griff hatte. »Leider muss ich jetzt bereits schon wieder los. Termine.«

Die Zwangsvorstellung, dass der Schlauchpilz, der Ulmenschädling in seine Poren eindrang, ließ ihn schaudern. Er befreite seine Hand, so sanft es ging, und stand auf.

»Eine Frage hätte ich allerdings noch. Åsa und du, wart ihr jemals zusammen Bergsteigen?«

6

Jenny Frisk kam Ingrid Nyström nervös und fahrig vor. Immer wieder führte sie ihre aufwendig manikürten Fingernägel zum Mund, als wollte sie daran knabbern, hielt sich aber im letzten Moment zurück und klemmte beide Hände zwischen ihre Oberschenkel. Kurz darauf begann das Ganze wieder von vorne. Aber wer wollte der Frau ihre Unruhe verdenken? Das Leben ihrer Familie war im Begriff, aus den Fugen zu geraten.

»Wir verstehen, dass es für dich im Moment nicht leicht ist«, sagte Nyström. Sie wusste, dass es nun darauf ankam, Jenny Frisk zu stabilisieren, ihr Hilfe anzubieten und das Gefühl zu geben, nicht allein zu sein. Ihre Aussage war ein zentraler Bestandteil in der Anklage gegen ihren Mann. »Wenn wir irgendetwas für dich tun können, lass es uns bitte wissen. Wir arbeiten in Krisensituationen mit ausgezeichneten Fachkräften zusammen.«

»Ich brauche keinen Seelenklempner«, presste Frisk hervor.

»Ich habe auch nicht ausschließlich Psychologen gemeint. Oft gibt es ja auch ganz praktische Probleme. So ließe sich zum Beispiel über die Kommune eine Haushaltshilfe organisieren.«

»Ich putze in meinen eigenen vier Wänden selbst, und das wird sich auch in Zukunft nicht ändern.«

»Oder jemand, der etwas mit den Kindern unternimmt. Mal mit ihnen schwimmen geht oder ins Kino.«

Frisk warf ihr einen eisigen Blick zu.

»Sara und Siri brauchen ihren Vater, kein Kindermädchen!«

»Es gibt in diesem Bereich sehr gut geschulte Sozialarbeiter.«

»Die Kinder fragen nach ihm. Was soll ich ihnen denn sagen? Dass ihr Papa im Gefängnis sitzt?«

»Wie gesagt, es ist für alle keine leichte Situation.« Nyström spürte, dass ihr die Argumente ausgingen, denn Jenny Frisk hatte ja vollkommen recht, natürlich brauchten die Kinder ihren Vater. Das Problem war nur, dass ihr Vater allem Anschein nach einen Doppelmord verübt hatte und ihm eine lebenslange Haftstrafe drohte. »Dennoch sollten wir noch einmal über Frans' Verhalten in den vergangenen Wochen sprechen, besonders über den Tag vor Mats' Tod.«

Auf Frisks Stirn hatte sich eine steile Falte gebildet. Jetzt rieb sie sich mit den Händen über die Oberschenkel.

»Ja«, sagte sie, »vielleicht sollten wir das.«

»Möchtest du von dir aus etwas dazu sagen?«

»Ja, ich glaube schon.«

»Nur zu«, ermutigte Nyström sie.

Ein Ruck schien durch Frisk zu gehen.

»Also, das mit dem Werkzeugkoffer, das stimmt gar nicht.«

»Was?«

Nein, dachte Nyström, nein, nein, nein!

»Das habe ich mir ausgedacht, weil ich so wütend auf ihn war. In Wirklichkeit habe ich seine Arbeitsausrüstung nicht gesehen. Er hatte sie nicht mit nach Hause gebracht.«

Nyström ahnte, dass die Frau ihr ins Gesicht log. Doch was konnte sie dagegen tun?

»Sein Werkzeugkoffer war an dem Abend nicht da?«

»Nein.«

»Und da bist du dir ganz sicher?«

»Ja.«

»Du weißt, dass eine bewusste Falschaussage ernsthafte Konsequenzen hat oder, Jenny?«

Frisk antwortete nicht, die Hände hatte sie nun auf den Tisch gelegt, die Finger gespreizt, und schien in die Betrachtung ihrer glitzernden Nägel versunken zu sein.

Nyström erkannte in diesem Moment, dass die Nägel, die doppelt so lang waren wie ihre eigenen, nicht einfach nur lackiert waren, sondern dass jeder einzelne von ihnen ein sich wiederholendes Motiv zeigte: eine Nachtlandschaft mit Mond, in der eine baumbewachsene Hügelkuppe und ein fliegender Raubvogel zu sehen waren. Ein Traumland, eine Kitschminiatur mal zehn.

Sie spürte, dass sie etwas unternehmen musste, sonst drohte ihr Jenny Frisk zu entgleiten, etwas, das ihrer Natur widerstrebte, etwas Gemeines, Unfaires und Manipulatives. Sie holte tief Luft, dann tat sie etwas, das sie noch nie getan hatte. Sie schaltete die Tonaufnahme aus, die das Verhör mitschnitt, denn sie wollte diese Worte nur ein einziges Mal aus ihrem Mund kommen hören.

»Er hat dich betrogen, Jenny«, sagte sie und betonte jedes einzelne Wort, »er hat dich mit deiner Freundin Lina betrogen. Er hat dich belogen und sich hinter deinem Rücken mit ihr getroffen, um mit ihr zu schlafen. Wir wissen, dass er auch noch andere Affären hatte, Jenny. Andere Frauen, mit denen er ins Bett gegangen ist. Er selbst hat es uns gesagt. Da ist zum Beispiel Åsa Hylander, eine Frau, die zwanzig Jahre älter ist als du. Wir glauben, dass er ihr auch etwas angetan hat, genau wie Mats. Frans ist ein gefährlicher Mann, Jenny. Er steht unter Verdacht, zwei Menschen auf die brutalste Art und Weise getötet zu haben. Womöglich bist du selbst in Gefahr, du, Sara und Siri. Willst du das? Willst du wirklich einen Mörder schützen und das Leben deiner Kinder gefährden?«

Frisk nahm die Hände vom Tisch und verschränkte ihre Finger ineinander. Zehn glitzernde Landschaften im Mondschein mit lautlos dahinschwebenden Nachtvögeln.

»Kinder brauchen ihren Vater«, wiederholte sie.

7

Der Vater der Kinder saß zwei Zimmer weiter Stina Forss gegenüber und mied jeden Blickkontakt. Wenn ihn die zwei Tage in Untersuchungshaft zum Nachdenken gebracht hatten, ließ er sich davon wenig anmerken. Forss grübelte über Vargens Anruf, den sie auf dem Rückweg vom Café Askelykans ins Präsidium erhalten hatte. Sie entschied, Frisk gleich zu Beginn des Verhörs mit der Aussage von Helena Tegner zu konfrontieren.

»Du hattest nie eine sexuelle Beziehung zu Åsa Hylander, nicht wahr, Frans? Es waren ausschließlich elektrische Leitungen, die du bei ihr verlegt hast, mehr war da nicht.«

Frisk schwieg. In sich zusammengesunken saß er da und rieb Daumen und Zeigefinger seiner linken Hand aneinander, als prüfe er die Qualität eines unsichtbaren Stoffs.

»Die Frage, die ich mir stelle, ist natürlich, warum du uns so ein Ammenmärchen aufgetischt hast. Die Geschichte von dir und Hylander war von Anfang an nicht stimmig, hatte zu viele Unklarheiten, zu viele Lücken. Viel einfacher wäre es doch gewesen, dein berufliches Engagement bei ihr zuzugeben. Warum ist das so schwer? Warum reitest du dich immer weiter rein und lieferst uns ein erstklassiges Mordmotiv, anstatt einfach zu erzählen, dass du bei Hylander gearbeitet hast?«

Frisk suchte nach einer anderen Sitzposition. Sein massiger, muskulöser Körper war zu groß für den Stuhl, auf dem er saß. Dennoch erinnerte er Forss an ein schüchternes Kind, das sich unwohl hin und her windet, während es sich beim Schuldirektor einen Anpfiff abholt.

»Weil es Schwarzarbeit war.« Seine Stimme klang heiser. Womöglich weil es der erste Satz war, den er seit zwei Tagen ausgesprochen hatte. »Mein Arbeitgeber wusste nichts davon, das Finanzamt natürlich auch nicht.«

War das möglich? War der Mann wirklich so dumm, dass er sich lieber immer tiefer in eine Mordermittlung verstrickt hatte, als Schwarzarbeit zuzugeben? War er tatsächlich eher sehenden Auges auf eine lebenslange Haftstrafe zugestolpert, als eine Geldbuße zu zahlen und sich womöglich einen neuen Arbeitsplatz suchen zu müssen? Forss hatte in ihrem Beruf bereits viel erlebt. Sie hatte Hunderte von Menschen befragt, Dutzende Verhöre geführt. Sie wusste, dass Menschen dumme Dinge taten, dass sie aus den falschen Gründen die falschen Sachen machten, dass sie Handlungen und Aussagen nicht zu Ende dachten, dass sie von überflüssigen Ängsten, unnötigen Sorgen und falschen Hoffnungen getrieben wurden. Dennoch war sie sich in Bezug auf Frans Frisk unsicher. Sie wurde das Gefühl nicht los, dass er seine Karten noch immer nicht offen auf den Tisch legte.

»Warum hast du Åsa Hylander getötet?«, fragte sie.

8

Magnus Holt war um einiges leichter aufzustöbern als Aleksandar Markovic. Lasse Knutsson traf den alternativen Jäger und Fallensteller in dessen Outdoorgeschäft in der Innenstadt an. Holt war ein mittelgroßer hellblonder Mann mit wuchtiger Stirn und fliehendem Kinn, der ein Wildlederhemd und einen Federohrring trug und sich auf einer Krücke abstützte.

»Howgh!«, dröhnte Knutsson zur Begrüßung und hob seine flache Hand, aber Holt verstand den Scherz nicht oder er ging nicht darauf ein, stattdessen fischte er eine Lesebrille aus der Brusttasche seines selbst genäht wirkenden Hemds, setzte sie sich auf die Nasenspitze und betrachtete Knutssons Dienstausweis, als sei er ein schwer zu identifizierender Huf- oder Klauenabdruck.

»Was wollt ihr jetzt schon wieder von mir?«, fragte er, nachdem er Knutsson den Ausweis zurückgegeben hatte.

»Dreiundzwanzig Anzeigen, zwei Verurteilungen, vier laufende Verfahren«, sagte Knutsson. »Nicht gerade wenig Ärger.«

»Alles, was ich tue, steht in Einklang mit den Gesetzen der Cree-Indianer.«

»Tja«, sagte Knutsson, »es ist nur leider so, dass ich nicht im Auftrag der Cree hier bin, sondern der Kriminalpolizei Kronoberg, und ich bin mir auch nicht sicher, was deine Cree davon halten, wenn man Menschen mithilfe von gespannten Drähten beinahe köpft oder ihnen die Finger abhackt und den Schädel spaltet.«

»Wovon redest du da?«, fragte Holt, der seine Brille wieder sorgfältig in der Hemdtasche verstaute.

»Ich spreche von Mats Bäckmo und Åsa Hylander.«

Holt zuckte mit den Schultern.

»Die Namen sagen mir nichts.«

»Liest du keine Zeitung oder guckst Nachrichten im Fernsehen?«

»Die Mainstream-Medien interessieren mich nicht.«

»Ach so«, sagte Knutsson. »Na dann. Jedenfalls sind die beiden gewaltsam ums Leben gekommen, ein junger Familienvater aus Lammhult und eine Frau aus der Stadtverwaltung hier in Växjö. Sie wurde mit einem axtähnlichen Gegenstand erschlagen und verstümmelt, er wurde mit einer Art Drahtfalle getötet, die ihm die Kehle durchtrennt hat.«

Bei diesen Worten konnte Knutsson zum ersten Mal so etwas wie Interesse bei Magnus Holt erkennen.

»Eine Falle im Wald sagst du?«

»Eigentlich nicht mehr als ein Draht, der in der richtigen Höhe über eine abschüssige Mountainbikestrecke gespannt war.«

»Durchaus faszinierend«, sagte Holt, »simpel, aber sehr effektiv. Tiere jagt man so jedenfalls nicht. Wie sollte das auch funktionieren?«

»Mmh«, machte Knutsson, der nun nicht mehr so recht weiterwusste. Auch wenn Holt ein schräger Vogel war, schien seine Reaktion doch glaubwürdig zu sein.

»Wie hast du dir eigentlich den Knöchel gebrochen?«, fragte er, als sein Blick auf die futuristische Metallkonstruktion fiel, die Holts Unterschenkel stabilisierte.

»Bei der Wildschweinpirsch mit Pfeil und Bogen.«

»Leiden die Tiere dabei nicht?«

»Ach was, der Einzige, der gelitten hat, das war ich, als ich unglücklich gestolpert bin und mir den Fuß verletzt habe. Die gekonnte Jagd mit Pfeil und Bogen ist humaner als die konventionelle mit Schusswaffen. Wusstest du, dass die meisten Jäger Teilmantelmunition benutzen? Die pilzt im Gewebe des Tieres auf und verursacht viel mehr Schmerzen, als der schmale Einschusskanal eines Pfeils. Wenn ich einen Blattschuss setze, ist das Tier nach wenigen Herzschlägen tot.«

So genau hatte es Knutsson gar nicht wissen wollen. Er musste an die grauenvolle Kopfwunde von Hylander denken. Da fiel ihm doch noch eine Frage ein.

»Wie baut man sich eigentlich einen Tomahawk?«

9

Hugo Delgado traf Marcus Lyxzén in einer sozialen Einrichtung, in der der junge Mann neben seinem Informatikstudium arbeitete. Der karitative Verein, der seinen Sitz in einem großen, aber etwas heruntergekommenen Haus am südlichen Stadtrand hatte, kümmerte sich um jugendliche Flüchtlinge, die ohne Eltern oder sonstigen familiären Anschluss in Schweden gelandet waren. Als Delgado das Gebäude betrat, erinnerte ihn die Atmosphäre an ein typisches Jugendheim: selbst bemalte Wände, dröhnende Hip-Hop-Musik, das charakteristische Klackern und Knallen eines Tischfußballmatches, der Geruch von billigem Putzmittel und Pizza. Er folgte den Geräuschen und ging eine knarrende Treppe hinauf. Oben, in einem breiten, lichtdurchfluteten Flur waren drei Teenager mit dunklem Teint und schwarzen Haaren sowie ein junger Mann mit rötlichem Haar in schwarzer Kleidung, den er als Marcus Lyxzén identifizierte, in ein Kickermatch vertieft. An den Wänden lehnten fünf weitere Jugendliche, ihrem Aussehen nach aus dem arabischen oder nordafrikanischen Raum, kauten Kaugummi, tranken aus Coladosen und sahen dem Spiel zu. Delgado, der das Kickermatch nicht unterbrechen wollte, betrachtete die einfach gerahmten Fotos an den Wänden: Jugendliche auf einer Kanutour, an einer Kletterwand, beim Verzieren der Außenwände des Gebäudes mit Graffitischriftzügen. Auf einem Bild war offensichtlich die Fußballmannschaft der Einrichtung in typischer Pose zu sehen. In zwei Reihen standen beziehungsweise hockten die Teenager aus aller Herren Länder in einheitlichen Trikots, Shorts und Stutzen und blickten ernst in die Kamera. Delgado besah sich ein Gesicht nach dem anderen. Der Jüngste mochte vielleicht zwölf sein, die Ältesten wirkten beinahe erwachsen. Flankiert wurden sie von Lyxzén und seiner Mitbewohnerin mit dem rosa gefärbten Haar, wahrscheinlich war sie ebenfalls Sozialarbeiterin. Die Trikots waren grün-weiß gestreift und hatten einen kleinen Hund als Logo.

Delgado spürte, dass jemand neben ihn getreten war.

»Meine Jungs«, sagte Lyxzén, nicht ohne Stolz in seiner nasalen Stimme. »Seit dem, nun ja, Vorfall mit meinem Knie kann ich zwar nicht mehr selbst spielen, aber als Trainer bin ich wohl noch einigermaßen zu gebrauchen. Wir haben im vergangenen Jahr drei Turniere gewonnen, einige der Youngster sind richtig talentiert. Muhammad hier«, er zeigte auf einen Schlacks in der hinteren Reihe, »spielt mittlerweile in der Jugend von Kalmar FF, und Faruk, der Torwart, ist bei Östers IF im Probetraining.«

»Gute Wahl.« Delgado lächelte und löste den Knoten seines blau-roten Schals, den er als überzeugter Fan des traditionsreichen Växjöer Fußballvereins bei fast jedem Wetter trug.

»Gehen wir in mein Büro«, schlug Lyxzén vor. »Da ist es ein bisschen ruhiger.«

Das Büro war nicht mehr als eine schmale Dachkammer, in der gerade einmal Platz für einen Schreibtisch, ein Regal und zwei Stühle war. Delgado fiel der anachronistische PC auf, dessen bauchiger Monitor den halben Schreibtisch in Anspruch nahm.

»Die Ausstattung hier ist nicht gerade die beste«, erriet Lyxzén seine Gedanken. »Wir bekommen zwar von der Kommune Zuschüsse, aber falls du zufällig ein paar schicke Laptops oder eine Wagenladung Smartphones übrig hast, würden wir uns nicht wehren.«

»Ich werde mal in der Asservatenkammer nachschauen«, scherzte Delgado. Lyxzén war ihm sympathisch.

Der junge Mann hustete schwer.

»Klingt gar nicht gut«, sagte Delgado. »Grippe?«

Lyxzén nickte und rieb sich die Brust.

»Ich sollte wohl eigentlich gar nicht hier sein, sondern im Bett liegen. Aber unsere Personaldecke ist dünn. Wenn ich heute nicht gekommen wäre, würden die Kids hier vor verschlossenen Türen stehen. Und wo sollen sie sonst hin? Im Einkaufszentrum abhängen und auf dumme Gedanken kommen? In den Einrichtungen, in denen sie untergebracht sind, fehlt es jedenfalls an Beschäftigungsmöglichkeiten.«

»Sollten sie nicht um diese Uhrzeit in der Schule sein?«

»Sicher«, antwortete Lyxzén und schnäuzte in ein Taschentuch. »Theoretisch schon. Theoretisch hat auch jeder von ihnen einen Platz in einer Förderklasse, in denen sie von ausgebildeten Fachkräften auf den Regelunterricht vorbereitet werden. Theoretisch.«

»Und in der Praxis?«

Lyxzén hob in einer resignierten Geste die Arme.

»In der Praxis warten einige seit Wochen oder sogar Monaten auf einen Schulplatz. Andere schwänzen, weil sie in der Schule nichts verstehen. Manche sind auch viel zu traumatisiert, um zur Schule zu gehen, sie brauchten viel eher einen Psychologen oder einen Platz in einer Therapieeinrichtung. Natürlich gibt es auch die, die einfach keinen Bock auf Schule haben.«

Delgado nickte. Er warf einen Blick auf die Krücke, die Lyxzén an den Schreibtisch gelehnt hatte. Sie war über und über mit Aufklebern bedeckt.

Autonome Antifa, las Delgado.

Kein Fußball den Faschisten!

Malmö FF

Fight Homophobia! Fight Rassism!

Refugees Welcome

»Was ist eigentlich mit deinem Knie passiert?«, fragte er.

Wieder hustete Lyxzén, bevor er antwortete.

»Eine politische Auseinandersetzung, so muss man es wohl nennen. Ich war in Malmö Mitglied einer Gruppe von Aktivisten, die sich im Umfeld unseres Fußballclubs besonders gegen Rassismus und die Diskriminierung von Homosexuellen stark gemacht haben. Wir haben regelmäßig für entsprechende Plakate und Banner in der Fankurve gesorgt, haben die Themen im Stadion sichtbar gemacht. Das hat nicht allen gepasst. Eines Nachts sind wir nach einer Veranstaltung überfallen worden. Die Faschos hatten Eisenstangen und Messer. Mich hat es nur das Knie gekostet, ein Freund von mir hat dagegen einen Stich in die Lunge bekommen. Er lag wochenlang im künstlichen Koma. Die Schweine haben wirklich versucht ihn umzubringen.«

»Heftig«, sagte Delgado.

»Für mich war das der Schock meines Lebens. Ich hätte nie gedacht, dass diese Fanatiker so weit gehen. Mir war das zu krass. Ich hatte das Gefühl, etwas ändern zu müssen. Meine politischen Überzeugungen habe ich behalten, aber ich wollte sie in einen anderen Kontext setzen, in dem mein Leben nicht in Gefahr ist. Deshalb bin ich nach Växjö gekommen, deshalb arbeite ich hier.«

»Tischfußball statt Stadion«, sagte Delgado. »Provinz statt Großstadt.«

»Sozusagen.«

Lyxzén nahm ein Hustenbonbon aus der Schreibtischschublade, wickelte es aus und steckte es sich in den Mund.

»Sagen dir die Namen Åsa Hylander und Mats Bäckmo etwas?«

Lyxzén nickte.

»Die beiden Ermordeten. Ich habe davon in der Zeitung

gelesen. Aber darüber hinaus habe ich noch nie von ihnen gehört.«

Lyxzén wurde von einem dritten Hustenanfall gepackt.

»Für mich klingt das nach einer schweren Bronchitis«, sagte Delgado. »Vielleicht solltest du wirklich bald zurück ins Bett.« Er lächelte. »Falls dir doch mal wieder nach Stadionatmosphäre zumute ist: Bei Östers IF ist immer ein Platz frei.«

»Irgendwann bestimmt«, sagte Lyxzén. »Schließlich muss ich mir doch Faruks Glanzparaden ansehen.«

10

Kent Vargen hatte den Nachmittag damit verbracht, Freundinnen, Bekannte und politische Weggefährten von Åsa Hylander aufzusuchen. Die meisten Gespräche waren im Sand verlaufen. Außer Helena Tegner schien niemand Frans Frisk zu kennen, weder der Name noch sein Foto lösten irgendwelche Erinnerungen aus. Auch in Bezug auf Jan-Åke Bingström und sein Firmengeflecht fiel keinem etwas ein, niemand wollte davon gewusst haben, dass Hylander für den Växjöer Immobilienkönig gearbeitet hatte. Ebenso unergiebig waren Vargens Nachfragen nach einem Berggipfel gewesen, der für Hylander eine besondere Bedeutung gehabt haben könnte. Als Letztes stand Tobias Wadmark auf Vargens Liste, der überhebliche Reittrainer Hylanders, den er bereits vor einigen Tagen gesprochen hatte. Es war schon Abend, und Vargen fühlte sich krank und müde, die einzige Motivation auch noch dieses Gespräch hinter sich zu bringen, bestand darin, unangemeldet das Abendessen der Familie Wadmark zu torpedieren und unangenehme Fragen zu stellen, denn das arrogante Grinsen, mit dem der Kerl ihm gegenüber aufgetreten war, ärgerte ihn noch immer.

Die Frau, die ihm die Haustür öffnete, war viel hässlicher, als er vermutet hatte, wie er schadenfroh zur Kenntnis nahm: knubbelige Nase, Übergewicht, schlecht gekleidet. Sie führte ihn ins Wohnzimmer. Zwar saßen die Wadmarks nicht beim Abendessen, dafür aber beim gemeinsamen Brettspiel um den Couchtisch versammelt. Drei Blagen und Wadmark selbst, in Jogginghose und Pantoffeln, der Reitstalldandy als Spießerdaddy, wer hätte das gedacht?

»Vielleicht gehen wir lieber in die Küche?«, schlug Wadmark vor und warf einen besorgten Blick auf seine Kinder. Seine Frau sah misstrauisch abwechselnd ihn und Vargen an.

»Was macht die Polizei hier, Tobias?«

»Das erkläre ich dir später.«

»Reine Routine«, sagte Vargen und lächelte süßlich.

Sie gingen in die Küche, in der es nach gebratener Leber und Zwiebeln roch.

»Ich habe doch bereits ausgesagt«, beschwerte sich Wadmark. »Ich weiß wirklich nicht mehr über Åsa!«

Seine Selbstgefälligkeit war wie weggeblasen, wie Vargen nicht ohne Genugtuung registrierte. Er nahm Wadmark eine Viertelstunde lang in die Mangel. Immer wieder fragte er danach, ob der Reittrainer eine Affäre mit Hylander gehabt hatte. Wadmark stritt das so vehement ab wie bei ihrem ersten Treffen, doch Vargen war sich gewiss, dass die Worte, die durch die Tür gedämpft ins Wohnzimmer drangen, auch so ihre Wirkung entfalten würden. Am Ende schien Wadmark so weichgeklopft, dass er mit Sicherheit wahrheitsgemäß auf die Fragen antworten würde, auf die es Vargen wirklich ankam. Doch Wadmark konnte weder mit dem Namen Frans Frisk noch mit Jan-Åke Bingström etwas anfangen. Vargen glaubte ihm. Als Letztes stellte er seine obligatorische Frage, ob Wadmark von einem Berg wüsste, der für Hylander eine besondere Bedeutung gehabt haben könnte. Wadmark dachte nach.

»Ja«, sagte er schließlich, »dazu fällt mir etwas ein. Ich weiß nicht, ob es von Belang ist, denn es handelt sich um keinen richtigen Berg, sondern eher um einen Gipfel im metaphorischen Sinn.«

»Und zwar?«

»Wenn ich Åsa auf einen Wettkampf vorbereitet habe, haben wir bisweilen auch mental gearbeitet. Es geht dabei darum, das Ego des Wettkämpfers zu stärken, sich voll und ganz auf den Weg zum Sieg zu fokussieren und alles andere auszublenden. Es gibt diverse Übungen und Autosuggestionstechniken, um so etwas zu trainieren. Jedenfalls hat Åsa dabei ein inneres Bild entwickelt, das ihr geholfen hat. Der Weg zum Sieg als Gipfelbesteigung.«

»Originelle Metapher«, kommentierte Vargen spöttisch, aber Widmark ignorierte seinen Sarkasmus.

»In ihrem inneren Bild ging es um die Bezwingung des K2, das ist der zweithöchste Berg der Welt. Allerdings viel anspruchsvoller zu besteigen als der Mount Everest. Åsa hatte sich offensichtlich viel mit dem K2 beschäftigt, sie kannte die Namen der Erstbesteiger, die Anzahl der Gescheiterten und der Erfolgreichen. Wenn ich mich richtig erinnere, endet jeder vierte Besteigungsversuch tödlich.« Wadmark befeuchtete sich mit der Zungenspitze die Lippen. »Irgendetwas an diesem Berg hat sie sehr fasziniert.«

11

Es war nach sieben Uhr, ihre Kollegen waren bereits vor einiger Zeit nach Hause gegangen, und Ingrid Nyström beschloss, für diesen Tag ebenfalls Schluss zu machen, als es an ihrer Bürotür klopfte. Es war Erik Edman. Die beiden aktuellen Fälle schienen ihm ganz schön zuzusetzen, anders war es nicht zu erklären, dass er um diese Uhrzeit noch im Präsidium war.

»Wie sieht es aus?«, fragte er. »Gibt es Neuigkeiten im Fall Hylander/Bäckmo?«

Nyström schüttelte den Kopf.

»Die Luft um Frans Frisk wird dünner und dünner. Aber einen handfesten Beweis oder ein Geständnis haben wir noch nicht.«

»Wie schätzt du die Situation ein?«

Nyström wog ihre Worte sorgfältig ab.

»Wir ermitteln natürlich weiterhin in alle Richtungen. Ich bin jedoch zuversichtlich, dass es nur eine Frage der Zeit ist, bis Frisk den Mund aufmacht und ausführlich gesteht. Womöglich wird unsere Ermittlung aber auch noch andere Dinge ans Licht bringen, Erik, zum Beispiel unschöne persönliche Verstrickungen des Rathauses in die private Bauwirtschaft.«

»Aua«, sagte Edman und machte ein Gesicht, als sei ihm gerade ein Stück Zahn abgebrochen.

»Nicht wahr?«

»Du musst natürlich selbst wissen, welche Prioritäten du setzt, Ingrid, aber vielleicht ist es gar keine schlechte Idee, sich zuerst einmal auf diesen Frisk zu konzentrieren.«

Nyström lächelte schmal.

»Wie schlägt sich eigentlich Frank?«, fragte sie.

»Ausgezeichnet, ganz ausgezeichnet. Auch die Zusammenarbeit mit der *Säpo* klappt hervorragend.«

»Ihr macht Fortschritte?«

»Genau, die Fahndung nach dem kongolesischen Flüchtling läuft bereits seit Tagen auf Hochtouren. Es ist nur eine Frage der Zeit.«

»Ich gratuliere«, sagte Nyström und schulterte ihren Lederbeutel, in dem leere Tupperdosen klapperten.

12

Es war der vierte Abend in Folge, an dem sich Stina Forss auf den Weg nach Värnamo machte. Sie begriff selbst kaum, wie sie die Energie aufbrachte, sich Nacht für Nacht in einem kalten Autositz um die Ohren zu schlagen, um einen rechtsextremen Mann zu beschatten, dessen Bruder vor einigen Tagen erstochen worden war, von einem jungen Migranten aus der Demokratischen Republik Kongo, wie es aussah, der in einem Flugzeugfahrwerksschacht nach Schweden geflohen war. Doch der Tod von Lennart Dahlkvist interessierte sie im Grunde gar nicht, es war vielmehr die Frage, was ein gefährlicher Neonazi wie Mattias Dahlkvist auf der Beerdigung ihres Vaters verloren gehabt hatte. Außerdem dachte sie darüber nach, warum Dahlkvist am Tatort so erschrocken auf ihren Anblick reagiert hatte. Lag es an der Erkenntnis, dass sie, die Tochter von Kjell Forss, eine Polizistin war? Zuerst hatte sie das geglaubt. Doch wenn ihr Vater und Mattias Dahlkvist einander sehr nahegestanden hatten, müsste Dahlkvist doch sicherlich über den Beruf der Tochter seines Freundes Bescheid gewusst haben. Oder hatte ihr Vater anderen gegenüber nicht über sie gesprochen? Dieser Gedanke war schmerzhaft. Trotz allem, was vorgefallen war, hegte sie im Grunde ihres Herzens die Hoffnung, dass ihr Vater stolz auf sie gewesen war. Eine andere Möglichkeit, an die sie eher glauben mochte, war, dass sich ihr Vater und Dahlkvist nicht gut gekannt, dass sie womöglich nur beruflich miteinander zu tun gehabt hatten. In diesem Fall wäre es natürlich plausibel, dass Dahlkvist nichts über sie wusste. Aber warum dann seine starke Reaktion? Drei Nächte lang hatte ihr amphetaminsaures Hirn über diese Fragen gegrübelt, nun war das Speed aufgebraucht, sie zwang sich trotzdem, wach zu bleiben, und die einzige Antwort, auf die sie kam, lautete, dass es noch einen anderen Grund geben musste, etwas, das erst einmal nichts mit ihr oder ihrem Vater zu tun hatte.

Aber was sollte das sein?

Sie stellte den Autositz zurecht, nippte an ihrer Cola, behielt die beleuchtete Haustür im Auge und versuchte, sich in Mattias Dahlkvist hineinzuversetzen. Ich erfahre, dass mein Bruder ermordet wurde, dachte sie, ich lasse alles stehen und liegen und fahre zu seinem Haus. Was fühle ich dabei? Ich fühle Schmerz, Wut und Trauer. Die Gefühle überwältigen mich, ich bin außer mir. In dieser Gefühlslage komme ich am Tatort an. Ich will zu Lennart, ich will meinen toten Bruder sehen, aber die Polizei hält mich zurück. In diesem Moment erkenne ich eine der Polizistinnen, es ist die Tochter eines verstorbenen Bekannten von mir.

Ich erschrecke.

Ich erstarre.

Ich lasse mich daraufhin widerstandslos wegführen.

Warum?

Was ist in dieser Sekunde in mir passiert?

Was ist mir klar geworden?

Dahlkvists Haustür öffnete sich. Forss rappelte sich in ihrem Sitz auf. Es war 23.47 Uhr. Dahlkvist schloss die Haustür hinter sich und ging zu seinem Wagen, der vor dem Haus an der Straße parkte. Er stieg ein, ließ den Motor an und fuhr los. Forss, die in Fahrtrichtung zu seinem Wagen geparkt hatte, ließ ihm zweihundert Meter Vorsprung, dann folgte sie ihm mit ausgeschaltetem Licht. Dahlkvist bog mehrmals hintereinander ab, er verließ das Wohngebiet und folgte einer Hauptstraße stadtauswärts. Forss ließ sich noch ein Stück zurückfallen. Nachdem sich ein anderes Auto zwischen ihnen eingefädelt hatte, wagte sie es, das Licht anzustellen. An einem Kreisel hinter einer Tankstelle bog Dahlkvist rechts ab. Es war die Landstraße 151 Richtung Süden. Was hatte Dahlkvist vor? Wollte er auf die Autobahn? Die E4 führte nördlich nach Jönköping und weiter Richtung Stockholm, südlich nach Helsingborg. Doch Dahlkvist ignorierte die Autobahnauffahrt und folgte stattdessen weiter der Landstraße, die parallel zur E4 und dem Ufer des lang gestreckten Lagansees verlief. Forss war zu Dahlkvists Wagen bis auf hundert Meter aufgerückt. Vor ihr schimmerte der feuchte Asphalt im Scheinwerferlicht, das Thermometer auf dem Armaturenbrett zeigte minus zwei Grad. Sie durchfuhren die kleine Ortschaft Dörarp, überquerten einen Ausläufer des Lagan, passierten dann das Dorf Vittaryd. Forss ließ sich wieder ein Stück weiter zurückfallen. Sie folgten der Staße über zehn Kilometer. Dem Navigationsgerät zufolge bewegte sich Dahlkvist auf das Seengebiet des Bolmen zu, in ein kaum besiedeltes Niemandsland. Nach einigen weiteren Kilometern bog Dahlkvist scharf in einen Waldweg ab. Forss fuhr absichtlich an der schmalen Einmündung vorbei, dann wendete sie, fuhr ohne Licht zurück und folgte Dahlkvist. Obwohl die schneebedeckte Natur das Restlicht verstärkte, sah Forss zwischen den hohen Fichten kaum etwas. Ihr blieb nur übrig, auf ihr Fahrgefühl zu vertrauen und den Rücklichtern Dahlkvists mit mäßiger Geschwindigkeit zu folgen. Immer wieder verschwanden die beiden roten Punkte im Nichts, da sich der Weg in engen Kurven wand. Äste streiften ihren Wagen, klatschten gegen die Windschutzscheibe und immer, wenn die Geräusche von aufgeworfenem Schnee oder Geröll am Unterboden zu laut wurden, lenkte sie gegen. Irgendwann sah sie Dahlkvists Bremslichter etwa zweihundert Meter vor sich aufleuchten, dann erstarben auch die Rücklichter. Sie bremste ebenfalls und schaltete den Motor aus. Sie wartete einen Augenblick, öffnete dann so leise wie möglich die Fahrertür und stieg aus. Die kühle Waldluft tat ihr gut. Sie zog ihre Waffe und entsicherte sie. Gebückt schlich sie langsam vorwärts. Natürlich war es möglich, dass Dahlkvist bemerkt hatte, dass er verfolgt worden war. Womöglich war dieser Waldweg nichts anderes als eine Falle, womöglich wartete er irgendwo in der Nähe seines Autos auf sie. Aber was blieb ihr anderes übrig, als weiter in die Dunkelheit vorzudringen? Ein Abbruch der Verfolgung kam nicht infrage. Falls Dahlkvist sie nicht bemerkt hatte, was wollte er dann hier, mitten in der Nacht an diesem gottverlassenen Ort? Schritt für Schritt folgte sie den Reifenspuren, ihre Augen hatten sich mittlerweile an das Dunkel angepasst. Sie konnte die flüchtigen Wölkchen sehen, die ihr Atem produzierte. Das Blut rauschte in ihren Ohren. Sie zwang sich langsamer und tiefer zu atmen, versucht ihren Puls zu kontrollieren. Nach zehn weiteren Schritten wähnte sie die Umrisse von Dahlkvists Wagen vor sich. Sie streckte die Arme durch, die Waffe schussbereit. Aber das Auto war verlassen, Dahlkvist war weiter in den Wald gegangen. Sie sah Fuß- und Reifenspuren, dann hörte sie plötzlich etwas, Menschen, die miteinander sprachen und dann wieder verstummten. Dahlkvist war also nicht allein. Jetzt nahm Forss einen Lichtschimmer zwischen den Bäumen wahr. Der Weg, auf dem sie sich befand, machte eine scharfe Linkskurve. Vorsichtig ging sie weiter, achtete dabei darauf, so gut es ging in Dahlkvists Spuren zu treten. Das Licht zwischen den Bäumen wurde heller, noch ein kleines Stück, dann sah sie, woher es kam: Etwa hundert Meter vor ihr lag auf einer Lichtung eine große Jagdhütte. Die Fenster waren beleuchtet. Sie sah die Silhouetten von Männern, die sich darin bewegten. Es mussten mindestens drei oder vier sein, und wenn Forss sich nicht irrte, trugen sie Militärhaarschnitte. Kurz sah sie Dahlkvist, er hielt einen antiquiert wirkenden Stab in der Hand, der in der Umgebung seltsam fehlplatziert wirkte. Wie die Requisite in einem schlechten Theaterstück, dachte sie. Dann war Dahlkvist aus dem Blickfeld verschwunden. Sie sah sich weiter um und erkannte zwei Geländewagen und einen zu einem Imbisswagen umgebauten Transporter, *Karims Kebab-Kiste* stand darauf.

Was war das hier?

Wo war sie hier gelandet?

Der Boden um die Hütte herum war voller Auto- und Fußspuren, als hätte es in den Tagen nach dem letzten Neuschnee ein reges Hin und Her gegeben. Aus dem Schornstein der massiven Holzhütte rauchte es. Forss schätzte das Gebäude auf fast hundert Quadratmeter, groß genug, um mit einer kleinen Gruppe eine Zeit lang darin zu wohnen. Die Frage war natürlich: *Wozu?* Forss wog ihre Optionen ab. Sich der Hütte zu nähern, um etwas von den Gesprächen mitzuhören, war zu gefährlich. Die Wahrscheinlichkeit, dass sie jemand entdeckte, während sie sich durch die recht hell erleuchtete Zone um die Hütte herum bewegte, war zu groß. Dennoch wollte sie sich nicht einfach so zurückziehen. Sie hatte das starke Gefühl, dass hier etwas im Gange war. Sicher, es war natürlich möglich, dass Dahlkvist eine halbe Stunde durch die Nacht in den tiefsten Wald gefahren war, um Kumpels zum Kartenspielen zu treffen. Aber es sah irgendwie nicht danach aus. Es roch nach etwas anderem. Nur wonach?

Der Imbisswagen erregte ihre Neugier. *Karims Kebab-Kiste.* Auf einem nächtlichen Treffen, an dem einer der bekanntesten Rechtsextremen des Landes teilnahm? Forss dachte nach. Wenn sie sich dem Wagen vom Waldrand aus näherte, blieb sie außerhalb des Blickwinkels der Hütte. Vorsichtig arbeitete sie sich vorwärts, bis sie das Fahrzeug erreichte. Die hintere Ladetür war verschlossen. Sie holte ihr Werkzeug aus der Tasche. Das Schloss hielt den Dietrichen keine Minute stand. Langsam und leise öffnete sie die Tür. Sie wagte es nicht, ihre Mini-Maglite einzuschalten. Schemenhaft erkannte sie die typische Einrichtung eines Imbisswagens. Fritteuse, Kühltruhe, Dönerspieß. Sie schlüpfte hinein. Erkennen konnte sie kaum etwas. Auf dem Boden vor ihr stand ein großer Karton. Papierservietten, entzifferte sie mühsam den Aufdruck. Sie versuchte, den Karton zur Seite zu schieben, um weiter in den Wagen vordringen zu können, aber das ging nicht, er war viel zu schwer. Da waren keine *Papierservietten* drin, sondern etwas anderes. Sie kniete sich hin und öffnete den Karton. Nein, das waren keine Servietten. Es war etwas Großes, Schweres und von weißer Plastikfolie umwickelt. Was konnte das sein? Sie tastete in ihrer Jackentasche nach ihrem Taschenmesser. Dann hörte sie plötzlich Stimmen. Die Hüttentür musste geöffnet worden sein. So schnell sie konnte, verschloss sie den Karton wieder und krabbelte rückwärts aus dem Wagen. Sie duckte sich in den Schatten. Ja, da waren Männerstimmen, ganz in der Nähe. Sie hörte ein Lachen und irgendetwas mit

»Schnee« und »pissen«. Eine andere Stimme antwortete etwas, das Forss nicht verstand. Sie schloss die Wagentür, so leise es ging und verschwand in der Dunkelheit.

IN ZENTRAL- UND NORDAFRIKA

Bald sahen Mulopo und Florent nicht mehr wie Soldaten aus, sondern wie andere Flüchtende auch: abgerissen und hungrig. Die vielen Tage, in denen sie orientierungslos umhergeirrt waren, hatten ihre Spuren hinterlassen. Dennoch war da etwas mit ihren Gesichtern, vielleicht war es der Ausdruck in ihren Augen, der dafür sorgte, dass sie trotz ihres jungen Alters nicht herausgefordert, sondern in Ruhe gelassen wurden. Niemand wusste von den Messern unter ihren Jacken oder, viel wichtiger, von dem Geld, das sie dem toten Leutnant abgenommen hatten, oder von Falaswas Diamanten. Zu Fuß folgten sie im Regen den vielen anderen Flüchtlingen ostwärts bis zur Grenzstadt Bunagana und weiter nach Uganda. Eine Zeit lang lebten sie in einer Zeltstadt der UN kurz hinter der Landesgrenze. Dort fassten sie einen Plan. Florent hatte einen Onkel in Nigeria. Das war un-

fassbar weit entfernt, aber dort wollten sie hin, dort würden sie in Sicherheit sein. Es war eine lange Reise, aber es war nicht unmöglich. Sie waren jung, mutig, und sie hatten Geld. Sie begannen, sich im Lager umzuhören und kamen mit Männern ins Gespräch, die versprachen, sie für einen guten Preis die 500 Kilometer bis Kampala zu bringen. Dort gab es einen Flughafen. Florent gelang es nach einigen Versuchen, seinen Onkel am Telefon zu erreichen. Der Onkel weinte vor Freude, er hatte gedacht, dass alle Familienmitglieder ums Leben gekommen seien. Er versprach, die Jungen am Flughafen in Abuja abzuholen, auch wenn es für ihn eine Drei-Tages-Reise bedeutete. Sie verabredeten ein Datum. Die Männer brachten Mulopo und Florent in einem Auto nach Kampala. Solch eine Großstadt hatten die Jungen noch nie gesehen. Nachts schien es kaum dunkel zu werden, so hell schimmerte der Himmel über der Stadt. Sie übernachteten eine Woche in einer Herberge, während sie auf ihre Papiere warteten, mit denen sie nach Nigeria reisen durften. Für die Visa und Flugtickets mussten sie viel Geld bezahlen, aber das war es ihnen wert. Nigeria war eine Verheißung. Kein Krieg mehr, kein Töten. Florents Onkel hatte eine kleine Farm, auf der sie arbeiten konnten. Abends flanierten sie durch die Straßen und aßen Matooke mit Erdnüssen und Omelett in Fladenbrot. In einer Bar, in der Hip-Hop lief, tranken sie Bananen-Gin, bis ihnen schwindelig war, und tanzten übermütig. Nach acht Tagen waren ihre Papiere fertig, und sie nahmen den Bus nach Entebbe, wo der Flughafen lag. Vor der Sicherheitskontrolle warfen sie ihre Messer verstohlen fort. Beim Start der Maschine waren sie aufgeregt und eingeschüchtert, sie waren zuvor noch nie geflogen. Mulopo sprach ein Gebet, vielleicht gab es doch einen Himmel, überlegte er. Ihm wurde klar, dass er seit sehr langer Zeit zum ersten Mal völlig unbewaffnet war. Im Flüchtlingslager der UN oder auf den Straßen von Kampala hatte er den weißen Fuchs nicht gesehen, aber trotzdem hatte er das Gefühl, das Richtige zu tun. In die richtige Richtung unterwegs zu sein. Sie mussten zweimal das Flugzeug wechseln, in Nairobi und in Addis Abeba, Orte, deren Namen Mulopo noch nie zuvor gehört hatte. Nach mehr als zwölf Stunden landeten sie endlich in Abuja, Nigeria.

Fünf Tage warteten sie auf den Onkel von Florent, doch er tauchte nicht auf, und unter seiner Telefonnummer meldete sich niemand mehr. Sie wussten nicht, was sie tun sollten. Sie kannten auch nicht den Namen des Dorfes, in dem er gelebt hatte. Zwei Wochen trieben sie sich in der fremden Stadt herum. Zunehmend wurden sie verzweifelter. Sie verstanden noch nicht einmal die Sprache der Menschen hier. Irgendwann wurden sie von einem Mann auf Französisch angesprochen. Er war freundlich und spendierte ihnen ein Essen, dennoch waren Mulopo und Florent auf der Hut, die Tage in der fremden, großen Stadt hatten sie misstrauisch gemacht. Der Mann erzählte während des Essens von Europa. Er habe einen Cousin in Frankreich, erzählte er, und wie toll das Leben dort sei. Die Leute würden edlen Wein trinken, und selbst wenn man keine Arbeit finde, bekomme man eine Wohnung und Geld vom Staat. Das sei aber im Übrigen gar nicht nötig, denn es gebe dort Arbeit für alle, als Ingenieur oder Friseur, und sie würden sich ein Auto kaufen können und eine schöne Frau heiraten. Die Jungen sahen sich an und traten sich unter dem Tisch gegenseitig gegen das Schienbein. Was würde so eine Reise kosten, fragte Florent, als sie ihr Hühnchen gegessen hatten.

DIENSTAG

1

Es fühlte sich beinahe schon wie Routine an, das Ertönen des trillerartigen Handysignals mitten in der Nacht und das Ankämpfen gegen das übermächtig erscheinende Bedürfnis ihres Körpers weiterzuschlafen. Den natürlichen Impuls, in der Geborgenheit ihres Betts zu verweilen, niederzuringen und aufzubrechen in das Dunkle, Kalte, Ungewisse, das jenseits der Grenze ihres Schlafzimmers lag. Und doch musste es so sein, dachte Ingrid Nyström. Sie warf einen Blick auf den Radiowecker. Es war 3.48 Uhr. Sie nahm ihre Kleidung vom Stuhl und zog sich im Bad an. Ein Schlag Wasser ins Gesicht musste reichen. Sie verließ das Haus und fuhr zu der Adresse, die die Zentrale ihr genannt hatte. Der Verkehrskreisel Norremark lag an Växjös nordöstlicher Innenstadtgrenze, sie brauchte von Ör, dem kleinen Dorf, in dem sie lebte, etwas mehr als zwanzig Minuten für den Weg. Ein Streifenwagen mit Blaulicht markierte die Fundstelle. Nyström parkte hinter dem großen Volvo am Straßenrand und stieg aus. Sie kannte die beiden Kollegen, die ihr entgegenkamen, Per Magnusson und Milena Kovac.

»Ein Lkw-Fahrer hat das Fahrrad und das Blut bemerkt und den Notruf gewählt«, erklärte Kovac und sah auf ihre Uhr. »Das war vor einer knappen Dreiviertelstunde. Wir waren etwa fünfzehn Minuten später hier und haben schnell gemerkt, dass wir Verstärkung brauchen.«

»Wo ist der Lkw-Fahrer?«, wollte Nyström wissen.

»Hat gar nicht erst auf uns gewartet«, antwortete Magnusson. »Aber die Zentrale hat Namen und Nummer.«

»Okay. Zeigt mir jetzt das Fahrrad.«

»Hier entlang.«

Sie folgte den beiden etwa zehn Meter hinter den Streifenwagen, dann sah sie das zusammengequetschte Fahrrad, das im orangefarbenen Licht der hohen Straßenlaternen in die verbeulte Leitplanke gedrückt dalag. Auf der Leitplanke und im Schnee waren deutlich große Blutflecken zu erkennen.

»Der Leichnam liegt ein Stück weit entfernt zwischen den Fichten da drüben«, erklärte Kovac. »Wir haben uns vorsorglich ein paar Meter neben den Fußspuren bewegt.«

»Das war gut so«, lobte Nyström.

Magnussons Stablampe war auf die Fußspuren im Schnee gerichtet und auf die Blutspur, die sich wie ein gekräuselter Faden auf dem Boden entlangspann. Zwanzig, fünfundzwanzig Meter ging das so. Dann sah Nyström den Toten. Er lag hinter einem winterkahlen Busch, Arme und Beine von sich gespreizt. In seinem Kopf steckte ein Beil. Im Umkreis von einem Meter war der Schnee tiefrot gefärbt. Endlich nahm sie wahr, was sich ihr Bewusstsein aufzunehmen geweigert hatte. Neben den Fußspuren war klar und deutlich der immer wiederkehrende, kreisrunde Abdruck einer Krücke zu sehen.

2

Einige Stunden später, nachdem der Tatort gesichert und der Leichnam abtransportiert worden war, kam das Team im Besprechungsraum zusammen. Stina Forss fühlte sich wie eine Schlafwandlerin, sie hatte in der Nacht kaum mehr als zwei Stunden die Augen zugemacht. Mechanisch goss sie sich Kaffee nach, es war bereits ihre fünfte Tasse, seit sie aufgestanden war.

»Der Tote heißt Patrik Nihlstorp, ist zwanzig Jahre alt und wohnt hier in Växjö bei seiner Mutter«, erklärte Nyström. »Sie hat ihn vor einer halben Stunde in der Pathologie zweifelsfrei identifizieren können. Ihrer Aussage zufolge hat er sich gegen halb zwölf mit dem Fahrrad auf den Weg zur Arbeit gemacht. Er jobbt als Verkäufer in einer Tankstelle in Norremark, seine Nachtschicht sollte um zwölf beginnen. Ann-Vivikas erster Einschätzung zufolge liegt der Todeszeitpunkt zwischen 23.30 und 0.30 Uhr, wir können also davon ausgehen, dass Nihlstorp auf dem Weg zur Arbeit getötet worden ist. Sein Arbeitskollege sagt zudem aus, dass Nihlstorp nicht erschienen sei und er vergeblich auf die Schichtübernahme gewartet habe. Er habe mehrmals erfolglos versucht, ihn auf dem Handy zu erreichen. Diese Aussage deckt sich mit den eingehenden Anrufen auf Nihlstorps Smartphone. Bo Örkenruds erste Hypothese zum Tathergang bestätigt den Eindruck, den ich vor Ort gewonnen habe.«

»Uns andere hat ja keiner angerufen«, muffelte Knutsson.

»Schonung der Ressourcen, Lasse«, beschwichtigte Nyström. »Da draußen am Verkehrkreisel gab es für uns wenig zu sehen und wenig zu tun. Unsere Arbeit beginnt im Grunde erst jetzt.« Sie machte eine Pause, um ihre Worte wirken zu lassen. »Wir können davon ausgehen, dass Nihlstorp auf seinem Rad beim Überqueren der Straße vom Täter mit einem Auto abgedrängt und gegen die Leitplanke gedrückt worden ist. Nihlstorp muss dann zu Fall gekommen und über die Leitplanke geschleudert worden sein, hinter der er zunächst liegen blieb. Daraufhin hat der Täter seinen Wagen gestoppt, ist ausgestiegen und mit dem Beil bewaffnet auf Nihlstorp zugegangen. Der junge Mann konnte sich trotz seiner Verletzungen noch aufrappeln und in Richtung der Bäume, die den Erik-Norbergsvägen vom dahinterliegenden Wohngebiet trennen, fliehen, bis ihn der Täter zwanzig Meter weiter zwischen den Fichten erwischt und ihm mit einem Hieb den Schädel gespalten hat.«

»Wie bei Åsa Hylander?«, fragte Delgado.

»Jedenfalls sehr ähnlich«, antwortete Nyström. »Mit dem Unterschied, dass Nihlstorp keine Gliedmaßen fehlen. Dafür hat der Täter jedoch die Tatwaffe zurückgelassen, sie steckte in Nihlstorps Kopf.«

»Wie in einem Holzklotz«, sagte Forss.

»Die entscheidende Parallele zum Fall Hylander/Bäckmo ist jedoch eine andere«, fuhr Nyström mit einem Seufzen fort. »Die Fußspuren, die der Täter am Norremarkkreisel hinterlassen hat, einschließlich der Abdrücke einer Gehhilfe, scheinen mit denen aus unserem Doppelfall identisch zu sein.«

»Wie bitte?«

»Was?«

»Unmöglich!«

Knutsson, Delgado und Vargen redeten alle auf einmal.

Nyström hob eine Hand, um für Ruhe zu sorgen.

»Das bedeutet, dass ich mich geirrt habe«, fuhr sie fort. »Wir haben nach dem jetzigen Ermittlungsstand den ernsthaften Anlass, von einer Mordserie zu sprechen. Aus unserem Doppelfall ist eine regelrechte Reihe geworden: Hylander, Bäckmo und nun Nihlstorp. Das bedeutet im Weiteren natürlich auch, dass unser Hauptverdächtiger Frans Frisk allem Anschein nach unschuldig ist. Er kann ja nicht gleichzeitig in Untersuchungshaft sitzen und in Norremark Menschen erschlagen.«

»Aber er muss der Mörder von Hylander und Bäckmo sein!«, insistierte Knutsson. »So vieles spricht gegen ihn!«

»Ich weiß«, sagte Nyström leise. »Aber wie es scheint, müssen wir uns trotz allem geirrt haben.«

»Besteht vielleicht die Möglichkeit, dass es ein Nachahmungstäter war?«, fragte Vargen.

»Natürlich können wir das in Betracht ziehen«, antwortete Nyström, »aber wir müssen auch berücksichtigen, dass sehr viele Details übereinstimmen. Interna wie der immer wiederkehrende Krückenabdruck oder die Fußspuren von Adidas-Turnschuhen der Größe 42.«

»Was ist mit Jenny Frisk?«, wollte Knutsson wissen. »Oder mit Lina Bäckmo? Beide wissen über diese Dinge Bescheid, zumindest teilweise. Was, wenn eine von ihnen diesen jungen Mann getötet hat, um Frans Frisk zu entlasten?«

Nyström seufzte.

»Das erscheint mir zwar weit hergeholt, aber du hast natürlich recht, wir dürfen diese Möglichkeit auf jeden Fall nicht ausschließen. Wir werden Frans Frisk dennoch zunächst einmal freilassen müssen. Unser Fokus sollte jetzt auf

Patrik Nihlstorp gerichtet sein. Was war er für ein Mensch? Was verbindet ihn mit Åsa Hylander und Mats Bäckmo? Finden wir womöglich doch eine Verknüpfung zu Frans Frisk? Oder waren wir bisher auf der falschen Fährte, drehen sich die Morde um etwas vollkommen anderes?«

Ja, dachte Stina Forss, wir waren offenbar bisher auf der falschen Fährte. Wir brauchen einen frischen Betrachtungswinkel, einen anderen Ausgangspunkt, ein neues Axiom. Aber dennoch: Frans Frisk war bis über beide Ohren in diesen Fall verwickelt, davon war sie überzeugt. Sie zwang sich den bitteren, lauwarmen Kaffee hinunter.

»Ich würde mir gerne Nihlstorps Wohnung vornehmen«, sagte sie.

3

Hugo Delgado brauchte nicht lange, um herauszufinden, dass Patrik Nihlstorp alles andere als ein unbeschriebenes Blatt war. Die ersten Einträge in seine polizeiliche Akte hatte er sich mit vierzehn Jahren verdient, als er wiederholt beim Ladendiebstahl erwischt worden war. Danach folgten die Einschläge in einem steten Rhythmus: Schwarzfahren im Bus, Graffiti-Schmierereien, Alkoholkonsum in der Schule, Dealen von kleinen Mengen Marihuana, Beklauen von Mitschülern. Es folgten Schulabbruch, vom Gericht verordnete Sozialarbeit, die Nihlstorp so lange geschwänzt hatte, bis er zu drei Monaten in einer Jugendbesserungsanstalt verurteilt worden war. Dort begann er eine Ausbildung, die er allerdings vorzeitig abbrach. Im Moment hielt er sich mit

Aushilfsjobs über Wasser. Delgado forderte die Akten des Jugendamts an und telefonierte mit einem Sozialpädagogen, der längere Zeit mit Nihlstorp gearbeitet hatte. Nach dem Gespräch hatte Delgado ein klareres Bild vor sich: Nihlstorp war mit drei kleinen Schwestern, aber ohne Vater aufgewachsen. Er hatte eine alleinerziehende Mutter, die die Familie mit Niedriglohnarbeiten über Wasser hielt, doch offenbar damit überfordert war, den widerspenstigen Sohn in den Griff zu bekommen. Spätestens mit vierzehn kam es zu einer pubertären Rebellion, der niemand Grenzen setzte, schon gar nicht der Teenager selbst, der dem Sozialarbeiter zufolge nicht gerade zu den hellsten Köpfen unter der Sonne gehörte. Dazu kamen Alkoholprobleme, wenige Freunde, kaum sozialer Halt. Was für eine arme Sau, dachte Delgado. Was der Typ mit Åsa Hylander oder Mats Bäckmo gemeinsam haben sollte, war ihm ein Rätsel.

4

Wie sich herausstellte, war Hasse Bärtås nicht nur der Bewährungshelfer des spielsüchtigen Kleinganoven Aleksandar Markovic, sondern auch von Patrik Nihlstorp. Lasse Knutsson freute sich, seinen alten Bekannten zum zweiten Mal innerhalb von zwei Tagen zu sprechen, dieses Mal telefonierten sie jedoch nicht nur, sondern verabredeten sich zum Mittagessen im Bistro des 4 Krogar, von wo aus man beim Essen eine wunderbare Aussicht auf den Växjösee genoss, selbst an nasskalten, diesigen Tagen wie heute. Als Knutsson das Restaurant betrat, wartete Bärtås bereits auf ihn. Wie eh und je trug Bärtås seine mehr als schulterlangen, mittlerweile ergrauten Haare zu einem lässigen Pferdeschwanz gebunden, dem tristen Wetter zum Trotz thronte eine ins Haar geschobene Sonnenbrille auf seinem Kopf und seine dick besockten Füße steckten in ausgetretenen Schlappen mit Korksohle. Bärtås war ein Original, wie es leider immer weniger gab, fand Knutsson. Die beiden Männer begrüßten einander herzlich, bevor sie sich ausgiebig am Büfett bedienten. Bärtås gönnte sich ein großes Bier und dazu einen Aquavit, um beides wurde er von Knutsson sehr beneidet, aber wie sagte man so schön? Dienst war nun mal Dienst, und Schnaps war Schnaps, auch wenn der Althippie das nicht so genau zu nehmen schien.

»Was soll man groß herumpsychologisieren?«, fragte Bärtås nach dem Essen, während er sich eine Zigarette drehte. »Wer weiß schon, wie sein Weg in einer intakten Familie ausgesehen hätte? Fest steht jedenfalls, dass es Kindern nicht guttut, wenn sich ein Elternteil völlig zurückzieht. Ob Patrik noch einmal auf den rechten Pfad zurückgefunden hätte? Da bin ich überfragt. Nach der Zeit im Jugendknast hat er eine Ausbildung als Schweißer begonnen, aber das hat er nicht lange durchgezogen. Er kommt morgens nicht rechtzeitig aus den Federn, sagt er. Von daher kam ihm der Job in der Tankstelle, den ich ihm vermitteln konnte, ganz gelegen. Er mochte es irgendwie, sich die Nächte um die Ohren zu schlagen und danach den ganzen Tag durchzupennen. Immerhin hat er es dort seit über einem Dreivierteljahr ausgehalten, ohne hinzuwerfen oder gefeuert zu werden. Für Patrik war das eine Ewigkeit. Vor allen Dingen hatte er so keine Zeit mehr, Scheiße zu bauen. Er hat zum ersten Mal in seinem Leben Geld verdient und es auch beiseitegelegt, im Herbst hat er dann den Führerschein gemacht und sich ein eigenes Auto geleistet, zwar nur einen mehr oder weniger schrottreifen 850er-Volvo, aber Hauptsache er fährt, oder?« Bärtås lachte dröhnend, sein mächtiger Brustkorb und vierzig Jahre filterlose Zigaretten sorgten für einen sehr speziellen Resonanzraum. »Und jetzt rate mal, was passiert ist.«

»Keine Ahnung«, sagte Knutsson und trank schlürfend von seinem Kaffee.

»Am Tag des Luciafests ist ihm diese Schrottkarre geklaut worden! Man hat den Wagen später ausgebrannt in einer Sackgasse in Araby gefunden.«

»So ein Pechvogel!«

»Du sagst es, mein Lieber, du sagst es.«

Bärtås roch genießerisch an seiner fertig gedrehten Zigarette. Knutsson war nie in seinem Leben Raucher gewesen, aber irgendwie juckte es ihn gerade. Es musste doch etwas Gemütliches haben, nach dem Essen auf der Außenterrasse zu stehen, über den zugefrorenen See zu blicken und eine zu schmöken. Und wo er jetzt schon auf das Bier, den Schnaps und den Nachtisch verzichtet hatte …

»Meinst du, du könntest mir auch so eine drehen?«

5

Ronnie Söndag war Nihlstorps Mutter zufolge einer der wenigen Kumpel, die ihr Sohn gehabt hatte. Kent Vargen traf Söndag zu Hause an, in einer kleinen Wohnung im Stadtteil Öster, die nahe an der Umgehungsstraße lag. Er war der Typus Abhänger, das war Vargen in dem Moment klar, als der Anfang Zwanzigjährige ihm die Tür öffnete. Schlechte Zähne, ungewaschenes Haar, säuerlicher Körpergeruch, die

Angst vor ungesunden Bakterienkulturen machte es Vargen fast unmöglich, die Wohnung zu betreten, und hätte er nicht vorher im Wagen seine Tabletten mit einigen Schlucken Wodka heruntergespült, wäre er mit Sicherheit an der Türschwelle gescheitert, so aber gelang es ihm unter Aufbringung all seiner inneren Kräfte, die Fassade des harten Bullen aufrechtzuerhalten. Er hielt Söndags einfältiger Visage seinen Polizeiausweis entgegen, drückte den langen, mageren Kerl in Jogginghose und Tarn-T-Shirt beiseite und betrat den Flur, der nach alten Socken miefte. Vargen hätte am liebsten Einweghandschuhe und einen Mundschutz übergezogen, aber das war leider nicht mit dem Bild vereinbar, das er von sich vermitteln wollte. Mittlerweile waren sie im Wohnzimmer angelangt, oder vielmehr dem, was der junge Typ darunter verstand. Wie ein eingeschüchtertes, kleines Tier huschte er vor Vargen her. Die Jalousien in dem Raum waren heruntergelassen, ein Computerbildschirm auf einem Schreibtisch, der irgendein Ballerspiel im Pause-Modus zeigte, war die einzige Lichtquelle. Vargen erkannte ein verranztes Ledersofa, einen niedrigen Couchtisch, auf dem leere Getränkedosen, ein überquellender Aschenbecher und eine billige bunte Plastik-Bong, wie sie zum Rauchen von Marihuana benutzt wurde, standen. An der Wand hing ein Poster des neuesten *Fast-and-Furious*-Streifen. Als würde der Loser jemals auch nur in die Nähe eines getunten Sportwagens kommen, dachte Vargen.

»Drogenbesitz, illegaler Film-Download, illegal beschaffte PC-Games«, zählte Vargen auf.

»D-d-das Spiel ist eine l-l-legale Sicherheitskopie«, stotterte Söndag. Mehr hatte er Vargens wild ins Blaue hinein vermuteten Anschuldigen nicht entgegenzusetzten. Wie kläglich!

»Reden wir über Patrik!«

»Ü-ü-über Patrik Nihlstorp?«

»Wie viele Patriks kennst du denn?«

»W-w-was ist denn mit Patrik?«

»Patrik ist tot, er ist gestern Nacht ermordet worden.«

»W-w-was?«

Söndag starrte ihn mit offenem Mund an.

»Jemand hat ihn über den Haufen gefahren und ihm anschließend ein Beil in den Schädel geschlagen. Rohe Gewalt. Wie in deinen Games dort.«

Vargen deutete mit dem Kinn auf den Bildschirm.

»I-i-ich war das nicht.«

In Söndags Augen stand gleichzeitig Angst, Erstaunen und Verzweiflung.

»Sicher nicht?«

Vargen ließ ihn aus reiner Freude ein wenig zappeln.

»N-n-nein!«

»Und wenn ich dir kein Wort glaube?«

»I-i-ich …«

»Du und Patrik, ihr habt öfter zusammen abgehangen?«

»M-m-manchmal.«

»Gekifft, gezockt, Filme angeguckt?«

Söndag nickte.

»Hat Patrik jemals erwähnt, ob er mit jemandem Stress hatte?«

Söndag schien ernsthaft über die Frage nachzudenken, jedenfalls wenn Vargen sein leichtes Schielen richtig deutete.

»J-j-ja«, antwortete er nach einer Weile. »Ja.«

»Mit wem denn?«

»M-m-mit seiner M-m-mutter.«

Schwachkopf! Vargen unterdrückte ein Seufzen.

»Sagen dir die Namen Åsa Hylander beziehungsweise Mats Bäckmo etwas?«

Wieder das zehnsekündige Schielen.

»N-n-nein.«

»Kennst du jemanden, der eine Krücke zum Gehen benötigt?«, versuchte er es.
Söndag schüttelte den Kopf.
Nichts wie raus hier, dachte Vargen.
»Her mit deinem Gras!«, verlangte er und hielt Söndag die offene Hand entgegen.

6

Erik Edman stellte Ingrid Nyström auf dem Flur.
»Die Landespolizeichefin ist persönlich besorgt!«, donnerte er. »Der dritte Mord deines Krückenmanns! Das ist kein Doppelfall mehr, Ingrid, das ist eine Mordserie! Die Öffentlichkeit ist verunsichert, die Presse macht Druck, den ganzen Morgen über klingelt mein Telefon!«
Als wäre das alles meine Schuld, dachte sie. Als wäre ich persönlich dafür verantwortlich zu machen, dass da draußen ein Wahnsinniger wütete und Menschen abschlachtete. *Mein* Krückenmann? Von wegen!
Sie zog Edman mit sich in ihr Büro und warf hinter sich die Tür zu.
»Jetzt hörst du mir mal zu, Erik«, verlangte sie und bohrte ihm den Zeigefinger in die Brust. »Ich bin deine ständigen Anschuldigungen satt! Wir tun hier alle, was wir können, um den Fall zu lösen. Meine Leute arbeiten bis zum Umfallen. Wir haben allein in der vergangenen Woche über hundert Überstunden angehäuft, und zwar nicht, damit die Landespolizeichefin oder die Kripo Kronoberg oder du gut aussiehst, sondern weil das unser Job ist, weil es das ist, wo-

für wir ausgebildet sind und bezahlt werden, weil die Menschen es von uns erwarten dürfen, Erik. Das Einzige, was du mir vorwerfen kannst, ist der unglückliche Fehler auf der Pressekonferenz mit Ville Salminen. Das war unprofessionell, das hätte uns auffallen müssen. Für diesen Fehler stehe ich persönlich ein. Alles andere jedoch ist heiße Luft, die du fabrizierst, um meinen Leuten und mir Druck zu machen!«

Nyström atmete tief aus.

»Aber du hast den Fall falsch eingeschätzt«, versuchte sich Edman zu rechtfertigen, auch wenn er schon viel kleinlauter klang als zuvor.

»Ja, das habe ich. Das hätte jeder. Ich kann doch auch nicht mehr, als aufgrund einer bestimmten Sachlage Schlüsse zu ziehen. Wenn sich diese Sachlage ändert, müssen bisweilen neue, andere Bewertungen gefunden werden. So ist das nun mal im Leben, Erik.«

»Vielleicht hättet ihr im Team genauer analysieren können, bevor wir an die Öffentlichkeit gegangen sind.«

»Unser Team besteht aus fünf Mitarbeitern, und da bin ich bereits mit eingerechnet. Vor einem Jahr waren wir noch sechs. In den vergangenen fünf Jahren habt ihr mit euren tollen Reformen die Zahl der Polizisten in Kronoberg von 320 auf 250 gesenkt, gleichzeitig ist die Arbeit, die zu verrichten ist, jedoch nicht weniger geworden, sondern mehr. Meinst du, das bleibt ohne Folgen, Erik? Fast alle hier arbeiten bis zum Anschlag, nur traut sich keiner, ehrlich darüber zu reden.«

»Meine Tür steht immer allen offen«, verteidigte sich Edman halbherzig.

»Ach ja, ist das so?« Nyström marschierte um ihren Schreibtisch herum, öffnete eine Schublade und holte eine Handvoll Blätter heraus, die sie auf die Tischplatte knallte. »Dann lies das mal!«

Chef (geistig) abwesend
Bin beim Golfen
Öffnungszeiten: Von Mitternacht bis nachts um zwölf
Hier denkt der Chef (dass er der Größte ist)
Einfach mal den Chef fragen, was er beruflich so macht

»Was ist das?«, fragte Edman verdattert.

»Das sind Sprüche, die an deiner Bürotür hingen, Erik. Zettel, die ich abgemacht habe, weil ich Mobbing zum Kotzen finde, egal in welche Richtung es geht.«

Ratlos stand Edman da, die ausgedruckten Sprüche in der Hand.

»Was mache ich denn jetzt damit?«, fragte er schließlich.

»Da steht der Papierkorb«, antwortete Nyström. »Im Übrigen hatten wir einen ausgezeichnet ausgebildeten Vertrauensbeamten für Mobbingfälle, aber der wurde ja abgezogen und sichert jetzt in Schonen unsere Außengrenze zu Dänemark.«

7

Bevor Frans Frisk aus der Untersuchungshaft entlassen worden war, hatte Stina Forss noch einen letzten Versuch unternommen, den Mann zum Reden zu bringen, aber Frisk schwieg angesichts seiner anstehenden Freilassung beharrlicher als zuvor. Er hatte lediglich mitgeteilt, dass er bereits alles gesagt habe, was es zu sagen gebe. Dennoch blieb bei Forss das starke Gefühl zurück, er würde ihr etwas Wesentliches vorenthalten. Nachdenklich machte sie sich nun auf den Weg zur Wohnung der Nihlstorps. Beim Verlassen des Präsidiums begegnete sie im Eingangsbereich Daniel Norén, einem Kollegen, der der Hundestaffel vorstand. Auch jetzt hatte er einen Schäferhund an der Leine. Als sie sich flüchtig grüßten und aneinander vorbeigingen, begann der Hund anzuschlagen und wäre an ihr hochgesprungen, wenn Norén ihn nicht zurückgezogen hätte.

»Halt, Alva, *down*!«, befahl er dem Tier.

Tatsächlich ließ der Schäferhund von Forss ab und legte sich gehorsam auf den Boden.

»Du hast wohl Drogen in der Tasche«, scherzte Norén.

»Na klar«, lächelte Forss zurück.

Innerlich erschrak sie. Der Hund konnte doch unmöglich das Speed gewittert haben? Es war zwei Tage her, dass sie den Rest des Amphetamins genommen hatte. Gab es irgendwelche mikroskopisch kleine Spuren davon an ihrem Mantel? Hatte der Schäferhund wirklich eine so feine Nase?

»Schönen Tag noch«, sagte Norén und gab dem Hund das Kommando aufzustehen.

»Man sieht sich«, verabschiedete sich Forss und trat durch die Eingangstür nach draußen.

Die Wohnung von Irene Nihlstorp und ihren Kindern war vom Präsidium zu Fuß zu erreichen. Forss ging hinter der Stadtbücherei vorbei zu den Mehrfamilienhäusern, die in der Nähe der verwaisten, schneebedeckten Skateanlage standen. Patriks Mutter öffnete ihr die Tür, eine kleine, sehnige Frau mit ausgeprägtem Kinn. Sie waren sich bereits am frühen Morgen in der Pathologie begegnet. Die Schatten im Gesicht von Irene Nihlstorp schienen dunkler geworden zu sein, vielleicht lag das aber auch an der ungünstigen Beleuchtung in dem engen Flur oder an Forss' von fahriger Müdigkeit verzerrten Wahrnehmung, die die Formen und Farben an den Rändern ihres Blickfelds ausfransen ließ. Stumm führte Irene Nihlstorp die Ermittlerin in das Zimmer ihres Sohns. Sie war eine Frau, die es ihr Leben lang gewohnt war, ihren Schmerz nach innen zu kehren, wo er in einem endlosen Echo widerhallte, dachte Forss.

Das Zimmer von Patrik Nihlstorp war aufgeräumt, sauber und überraschend kindlich eingerichtet. Über dem schmalen Bett hing ein gerahmtes *Spongebob*-Poster, auf einem Regal drängten sich Kuscheltiere aneinander, *Angry Birds* zierten die Bettwäsche. Die weiteren Poster über dem Schreibtisch, der von einem PC-Monitor dominiert wurde, standen im Kontrast dazu: martialische Science-Fiction-Kämpfer, knapp bekleidete Amazonen, ausgestattet mit Atombusen und Lichtschwertern, Raumschiffflotten. Fantastische Spielewelten und pubertäre Fantasien. Unter den Plakaten war ein Flyer an die Wand gepinnt: *Odins Söhne*, ein Aufruf zur Gründung einer Bürgerwehr. Das kam ihr vage bekannt vor. Hatte Lasse Knutsson in seinem Bericht über die Möbelfabrik in Lammhult nicht so etwas erwähnt? Sie nahm den Flyer von der Wand und steckte ihn ein. Dann untersuchte sie den Schreibtisch. In den Schubladen befanden sich Unmengen gebrannter CDs und DVDs. Der krakeligen Beschriftung zufolge überwiegend Technomusik, Computerspiele, Actionfilme und einige Pornos. *Wandas Wichsparade 3*, na dann, dachte Forss, jedem das Seine. Im Kleiderschrank herrschte eine fast pedantische Ordnung. Billige Kleidung, No-Name-Jeans, jede Menge schwarzer Kapuzenshirts mit Totenschädeln und Flammenschrift in sämtlichen Variationen. Pseudo-Rocker-Plunder. In einem Paar aufgerollter Tennissocken fand sie ein Tütchen mit Graskrümeln. Waren das schon alle deine Geheimnisse, Patrik Nihlstorp, oder gibt es noch etwas, das du vor mir versteckst?

Sie machte sich auf die Suche nach der Mutter, die mit einem Glas Wasser am Küchentisch saß.

»Ich werde veranlassen, dass gleich ein Kollege vorbeikommt, um Patriks Computer abzuholen«, sagte Forss.

Irene Nihlstorp nickte abwesend. Nun erkannte Forss, dass sie ein Foto ihres Sohns in der Hand hielt und innig betrachtete.

»Er hatte so liebevolle Augen, mein Kleiner«, sagte die Mutter leise.

8

Bevor sich Hugo Delgado an das Handy von Patrik Nihlstorp machte, versuchte er es erneut in Hylanders Labyrinth. Kent Vargen hatte ihm am Morgen den Tipp gegeben, es einmal mit dem K2 zu versuchen, Hylanders ehemaligem Reittrainer war irgendetwas dazu eingefallen. Delgado klickte sich durch den ihm mittlerweile bekannten Pfad: die Birken, der Hai, der Saab 99, die Handtasche von Dolce und Gabbana. Dann stand er vor den zweiunddreißig Berggipfeln. Der K2 mit seinem markanten Profil gehörte zu den fünfzehn Bergen, die er bisher hatte identifizieren können. Sicherheitshalber googelte er den Berg noch einmal und überflog den entsprechenden Wikipediaeintrag. Oh ja, dieser Berg war extrem anspruchsvoll, galt als der wahrscheinlich schwierigste aller vierzehn Achttausender und hatte jede Menge Todesopfer gefordert. Eine Diva, wenn man so wollte. Das passte zu Åsa Hylander, dachte Delgado. Einerseits. Andererseits gab es da noch die anderen einunddreißig Berggipfel. Der Hinweis von Hylanders Reitlehrer klang gut, fand er, aber auch gut genug? Sicher eine Möglichkeit, aber in Anbetracht der Tatsache, dass er sich nach drei Fehlversuchen wahrscheinlich keinen weiteren falschen Klick erlauben durfte? Es juckte ihm im Finger, aber er beherrschte sich. Die Gefahr, dass Hylanders Daten für immer verschwanden, erschien ihm zu groß. Er würde auf einen konkreteren Hinweis warten.

Mit einem Stöhnen legte er das Labyrinth beiseite und nahm sich Nihlstorps Smartphone vor. Wie so viele Android-Handys lief es nicht mit der neuesten Version des Betriebssystems und bot Delgados Software zu viele Angriffspunkte, um dessen Hackerkünsten lange zu widerstehen. Keine zehn Minuten später lag Nihlstorps Kommunikation offen wie ein Buch. Als Erstes suchte Delgado mithilfe eines selbst geschriebenen Programms nach Querverbindungen zu Åsa Hylander und Mats Bäckmo. Er fand nichts. Keine Telefonnummern oder andere Kontaktdaten und keine gemeinsamen Bekannten. Auch in den Fotodateien fand er nichts. Dann wiederholte er die Prozedur mit Frans Frisk, ebenfalls erfolglos. Auch die Analyse der Kommunikation Nihlstorps und sein Bewegungsprofil waren unauffällig. Nach zwei Stunden gab Delgado auf. Wenn es eine Verbindung zwischen den drei Mordopfern gab, dann war sie nicht auf Nihlstorps Handy zu finden. Als Letztes versuchte er es, indem er wild drauflosgoogelte, doch auch in den Weiten des Internets erzielte er keinen Treffer. Delgado wollte gerade aufstehen, um sich in der Kantine einen Snack zu holen, als Magnusson von der Streife mit einem altmodischen PC-Turm in den Armen in sein Büro kam.

»Mit schönen Grüßen von Stina Forss«, ächzte Magnusson, als er das Ungetüm abstellte.

»Die Festplatten hätten es auch getan«, sagte Delgado.

9

Birgitta Bergfeldt war eine ehemalige Lehrerin von Patrik Nihlstorp, die sich seiner Mutter zufolge in den letzten Schuljahren sehr intensiv um ihn gekümmert hatte. Lasse Knutsson traf sie am späten Nachmittag an ihrem Arbeitsplatz. Bergfeldt war trotz ihrer etwa sechzig Jahre eine sehr sportlich wirkende Frau mit einer herzlichen, aber auch professionellen Ausstrahlung.

»Es muss vier oder fünf Jahre her sein, dass Patrik die Schule abgebrochen hat«, erzählte sie. »Natürlich kann ich mich gut an ihn erinnern. Ich war enttäuscht, dass er vorzeitig gegangen ist, ich habe das auch als persönliche Niederlage erlebt. Fast drei Jahre lang war ich seine Klassenlehrerin, von der siebten bis zum Abbruch in der neunten Klasse. Er war kein guter Schüler, das war allen im Kollegium klar, die mit ihm zu tun hatten, aber wenn er nur ein bisschen mehr Willen, ein wenig mehr Durchhaltevermögen gezeigt hätte, dann hätte er durchaus das Zeug für einen handwerklich orientierten Beruf gehabt.«

»Wie war sein Ansehen in der Klasse?«, fragte Knutsson.

»Wie man sich denken kann, war es nicht so hoch. Patrik war weder besonders leistungsstark noch sehr kommunikativ. Er kam aus einem finanziell nicht sehr gut ausgestatteten Elternhaus, hatte keines der damals bei den Schülern beliebten Statussymbole, keinen Motorroller, keine Markenkleidung, kein angesagtes Handy, kurzum, man sah ihm seine Armut an. Dazu kamen seine wenig ausgeprägten sozialen Kompetenzen. So traurig es klingt: Patrik hatte kaum etwas in die Waagschale zu werfen, um Freunde zu gewinnen und zu halten.«

»Wurde er von seinen Mitschülern gemobbt?«

»Das nicht. Aber er war nicht besonders beliebt, um es mal deutlich zu formulieren. Wenn ich mich richtig erinnere, hatte er ein, zwei lose Kumpel, mit denen er online Computerspiele gespielt hat, aber sonst war da wenig. Ich würde ihn als Mitläufer charakterisieren, der den anderen gerne gefallen hätte, dem aber die richtigen Mittel dazu gefehlt haben.« Bergfeldt nahm ihre Brille ab, hielt sie ins Licht und polierte die Gläser dann mit einem Zipfel ihrer Bluse. »Ich erinnere mich an einen sehr unschönen Vorfall, der das vielleicht ganz gut illustriert. Es muss sich im letzten Schuljahr abgespielt haben, kurz bevor er alles hingeschmissen hat. Wir machen in der neunten Klasse immer einen Ausflug nach Stockholm, das Vasa-Museum anschauen, das Parlament, das Königsschloss ... du kannst es dir vorstellen. Am Ende haben die Schüler dann die Gelegenheit, die Innenstadt für ein paar Stunden auf eigene Faust zu erkunden. Eine Mitschülerin hat mir später von der Episode erzählt: Eine Gruppe von etwa zehn Jugendlichen, darunter Patrik, ist irgendwo vor einem Fast-Food-Restaurant auf einen gebrechlichen, bettelnden Obdachlosen getroffen. Es fing wohl damit an, dass ihm einer der Schüler aus Boshaftigkeit eine brennende Zigarettenkippe in seinen Sammelbecher geworfen hat. Als der Obdachose daraufhin die Schülergruppe beschimpft hat, ist die Situation eskaliert. Zwei oder drei Jungs haben angefangen, den Mann mit Abfällen aus einer Mülltonne zu bewerfen. Patrik verlor die Kontrolle über sich. Er hat anscheinend sogar Verpackungsmaterial angezündet und auf den Mann geworfen und ihn mit Essensresten beschmissen. So wie es mir erzählt wurde, mussten die anderen ihn am Ende regelrecht wegziehen. Natürlich habe ich ihn später zur Rede gestellt, als ich von der Sache erfahren habe, aber Patrik hat nur bockig dagesessen und geschwiegen. Es ist mir nicht gelungen, mit ihm über diesen Vorfall ins Gespräch zu kommen. Er hat selbstverständlich eine Strafe bekommen, so wie die anderen Beteiligten auch, aber ich bezweifle, dass er wirklich verstanden hat, was an seinem furchtbaren Benehmen falsch war. Als wäre dieser obdachlose Mann gar kein richtiger Mensch gewesen, sondern nur ein seelenloses Objekt, mit dem man seinen Schabernack treiben kann.« Bergfeldt setzte ihre Brille wieder auf. »Da fragt man sich als Lehrerin schon, was ein junger Mensch wie Patrik in neun Schuljahren überhaupt gelernt hat.«

10

Kent Vargen hatte den Nachmittag damit verbracht, ermüdende und wenig ergiebige Gespräche mit Nihlstorps Kollegen von der Tankstelle und seinem vorherigen Arbeitgeber zu führen, einem Baumarkt, wo der Junge ein Praktikum als Lagerarbeiter angefangen und bald darauf abgebrochen hatte. Nun fühlte er sich abgekämpft und müde, die Grippe spürte er noch immer in seinen Gliedern. Auf dem Rückweg von einer Befragung in Risinge bog er von der 25 in einen kleinen Waldweg ab, dem er einige Hundert Meter folgte, bis er unter hohen Kiefern zum Stehen kam. Er ließ die Scheibe herunter. Kühle Luft drang in den Wagen, sie tat seinen geplagten Lungen gut. Draußen hatte Tauwetter eingesetzt, von den Bäumen um ihn herum tropfte es ohne Unterlass. Er fummelte das kleine Päckchen Gras aus der Hosentasche, das er dem stotternden Ronnie Söndag abgeknöpft hatte. Warum eigentlich nicht, dachte er, während er an seiner kleinen Wodkaflasche nuckelte, ein bisschen Entspannung hatte noch niemandem geschadet. Da er nichts zum Rauchen dabeihatte, schüttete er sich kurz entschlossen die trockenen Krümel in den Mund und spülte sie mit einem Schluck Schnaps hinunter. Mal sehen, was passierte. Dann lehnte er sich, so weit es ging, in seinem Sitz zurück und schloss die Augen. Als er wieder aufwachte, war es draußen dunkel geworden. Er hatte fast eine Stunde geschlafen. Von dem Gras merkte er nichts, oder? Noch einmal ließ er die Scheibe herunter. Wie gut die frische Luft tat! Wie schön es da draußen tropfte und plätscherte! Das Bild des römischen Brunnens aus dem Gedicht in Kjell Forss Schuppen tauchte in seinem Bewusstsein auf, wie ein U-Boot, das sich nachts aus dunklen Tiefen erhebt und dessen Konturen sich schimmernd vor einem zerrissenen Nachthimmel abzeichnen … Der Brunnen, dachte er mit einer plötzlichen Klarheit, der Brunnen! Kjell Forss hatte einen Brunnen in seinem Garten angelegt, ein Brunnen mit irgendwelchem pseudoantiken Figurengedöns … die Imitation eines römischen Brunnens, wenn man so wollte.

Natürlich war es nur eine Idee, eine vage Möglichkeit … Aber dennoch! Er ließ die Scheibe wieder hoch, schnallte sich an und startete den Wagen. Bis zu Forss' Haus brauchte er etwa vierzig Minuten.

Er hatte Glück, im Haus brannte kein Licht, anscheinend arbeitete Stina noch. Vargen parkte den Wagen, stieg hastig aus und ging mit einer Taschenlampe ausgestattet in den Garten. Als er den Brunnen erreichte, musste er ihn erst vom Schnee befreien, um ihn besser betrachten zu können. Was für ein hässliches Ding, was für ein kruder Stilmix! Augenscheinlich hatte Kjell Forss auf einen klassischen gemauerten Ziehbrunnen mit Winde verschiedene antik anmutende Steingussfiguren montiert. Einen Pferdekopf, eine Feldherrenbüste, eine Frauenstatue à la *Venus von Milo*. War das wirklich nur Geschmacksverirrung? Einen Versuch war es jedenfalls wert. Er packte die Winde und versuchte zu kurbeln, doch das Seil bewegte sich nicht. Vargen fluchte. War der Scheißcimer etwa festgefroren? Er versuchte es noch mal, legte all seine Kraft in die Kurbel. Tatsächlich löste sich dort unten etwas mit einem Krachen. Dezimeter für Dezimeter zog er das Seil nach oben. Schweiß lief ihm die Arme hinab und über den Rücken, seine Muskeln brannten. Dann war der Eimer endlich oben. Vargen leuchtete hinein. Auf dem Boden des derben Holzeimers, eingefroren unter einer zentimeterdicken Eisschicht, lag ein Schlüssel mit einem kompliziert aussehenden Bart. Im selben Moment sah Vargen die Scheinwerfer eines Autos, die sich wie lange, steife Lichtfinger zwischen den Bäumen hindurchtasteten. Verdammt, warum hatte er nicht Stinas Aufenthaltsort auf dem Handy lokalisiert?

11

Stina Forss hatte den Nachmittag über an ihren Berichten der vergangenen beiden Tage geschrieben und anschließend Nyström und Delgado dabei geholfen, das Aktenmaterial der drei Mordfälle neu zu sortieren. In Ermangelung weiterer Whiteboards hatten sie mehrere eigentlich schon seit Jahren aussortierte Stellwände aus dem Keller geborgen und versucht, die wichtigsten Fakten übersichtlich zu visualisieren. Bisweilen seien Korkpinnwände und

Stecknadeln dem Reich des Digitalen doch noch überlegen, hatte Nyström gemeint. Als der Besprechungsraum schließlich aussah wie eine Schulaula am Tag der offenen Tür, hatte Nyström sie und Delgado mit der Bemerkung nach Hause gescheucht, dass ihre Abteilung in den vergangenen Tagen bereits viel zu viele Überstunden geleistet habe.

Forss fühlte sich so erschöpft, dass sie schließlich froh war, die Autofahrt nach Hause überstanden zu haben, ohne am Steuer eingeschlafen zu sein. Kraftlos ließ sie im Flur ihren kurzen Mantel auf den Boden fallen. Konnte es wirklich sein, dass Noréns Schäferhund Reste des Amphetamins am Mantel gerochen hatte? Denn bis auf dieses Kleidungsstück hatte sie nach dem letzten Konsum der Aufputschmittel ihre Garderobe doch vollständig gewechselt. Geduscht und sich die Haare gewaschen hatte sie schließlich auch. Unglaublich, wozu diese Hunde in der Lage waren. Sie hielt in der Bewegung inne. Nein, begriff sie plötzlich, Alva hatte überhaupt nicht auf das Speed reagiert, sondern auf etwas anderes. Der Karton in *Karims Kebab-Kiste*! Dahlkvist und seine Männer hatten sich in der Tat nicht zu einem fröhlichen Jagdausflug oder einem nachweihnachtlichen Umtrunk im Wald getroffen. Ihr Gefühl, dass dort etwas Ungesetzliches in Gange war, stimmte: Mattias Dahlkvist und seine Gang bereiteten dort offenbar einen Drogendeal von großem Ausmaß vor. Ihr war es kaum gelungen, das Paket auch nur zu verrücken. Schwer zu schätzen, was es wiegen könnte? Fünfzig Kilo? Siebzig? Gar hundert? Es wäre nicht das erste Mal, dass sich rechtsextreme Gruppierungen über Drogenhandel finanzierten, dachte Forss. Erst im vergangenen Jahr war bei Eskilstuna eine ganze Motorradgang mit offen rechtsnationaler Gesinnung wegen Heroinhandels im großen Stil festgenommen worden. Auch aus ihrer Zeit beim Berliner LKA kannte sie zwei Fälle, in denen Neonazis mit größeren Mengen Crystal Meth verhaftet worden waren.

Was sollte sie nun unternehmen? Frank Jodenius und die Leute von der *Säpo* alarmieren, die den Tod von Lennart Dahlkvist untersuchten? Das kam auf keinen Fall infrage. Jodenius war ein karrieregeiler Mistkäfer, ihm diesen Coup zuzuspielen, würde sich anfühlen, wie Nyström ein Messer in den Rücken zu rammen. Also sollte sie damit direkt zu ihrer Chefin gehen. Das wäre das Richtige. Sollte Nyström entscheiden, ob sie die Sache an das Rauschgiftdezernat oder direkt an den Staatsschutz übergeben wollte. Wenn es wirklich um Drogen ging, wie sie vermutete, stand für Mattias Dahlkvist und seine Männer verdammt viel auf dem Spiel. Man musste davon ausgehen, dass sie bewaffnet waren. Vielleicht sollte Nyström gleich ein Einsatzkommando anfordern? Sie kramte ihr Handy aus der Handtasche und scrollte zur Nummer ihrer Chefin. Aber was wäre eigentlich, wenn sie sich irrte? Wenn sich in dem Paket im Imbisswagen etwas völlig Harmloses befunden hatte? Der Hund konnte auf Gott weiß was reagiert haben. Womöglich mochte Alva einfach ihren Geruch nicht, oder es waren doch minimale Amphetaminrückstände an ihrem Mantelärmel gewesen. Und mal angenommen, Dahlkvist plante wirklich einen Drogendeal: Würde er seine wertvolle Ware dann nicht besser bewachen? Was also, wenn sie sich wirklich irrte, wenn sie einen Sturm im Wasserglas entfachte, Nyström, das Drogendezernat, die *Säpo* und ein zwölfköpfiges Einsatzteam sowie Himmel und Hölle in Bewegung setzte, um am Ende nichts zu finden? Sie stände wie eine idiotische Anfängerin dar. Überhaupt: Wie sollte sie dann erklären, warum sie sich mitten in einer brisanten und kräftezehrenden Mordermittlung die Nächte mit der Verfolgung von Personen um die Ohren schlug, die mit ihrem Fall nichts zu tun hatten? Wegen des seltsamen Blicks eines Manns, der zufälligerweise ihren Vater gekannt hatte?

Je mehr sie darüber nachdachte, desto unsicherer wurde sie. Sollte sie Lasse um Rat fragen? Ihr Herz sagte ihr etwas anderes. Sie wollte mit Kent sprechen. Hören, was er dazu zu sagen hatte. Er war ein guter, ein erfahrener Polizist. Außerdem vermisste sie es, ihn in den Arm zu nehmen. Sie sehnte sich nach seiner Nähe, ob sie wollte oder nicht. Statt Nyström rief sie ihn an. Sie ließ es zehnmal klingeln, aber er nahm nicht ab. Dann musste es halt ohne ihn gehen. Sie hob den Mantel vom Boden auf und zog ihn wieder an. Draußen, im Wald, im verschneiten Seengebiet des Bolmen würde sie ihn brauchen. Sie wollte Gewissheit.

12

Hugo Delgado hatte die Festplatte von Patrik Nihlstorps PC vorsorglich mit nach Hause genommen. Nyströms Anweisung, sich auszuruhen, ignorierte er geflissentlich. Zu Hause konnte er sich oft viel besser konzentrieren als an seinem Arbeitsplatz. Nachdem er sich ein leichtes Abendessen zubereitet und mit Linda telefoniert hatte, machte er sich wieder an die Arbeit. Dass Nihlstorp auf seinem Rechner einen Proxy-Server eingerichtet hatte, war für Delgado keine große Überraschung. Mittlerweile benutzten viele Internet-User einen solchen Dienst, der es zum Beispiel ermöglichte, anonym im Netz zu surfen. Technisch betrachtet, war ein Proxy-Server eine Art Stellvertreter, der der Kommunikation zwischen Benutzer und Internet zwischengeschaltet war. Er konnte den Webseiten, die man besuchte, nicht nur die normalerweise automatisch überlieferten Informationen wie die eigene IP-Adresse vorenthalten, die jeden Rechner identifizierte, sondern bei entsprechenden Einstellungen auch eine andere, falsche Identität vorgaukeln. Wollte man verhindern, dass Webseiten oder datenhungrige Suchdienste das eigene Nutzerverhalten speicherten und analysierten, war ein Proxy-Server dafür eine einfache Lösung, und man musste kein Computerfachmann sein, um damit zurechtzukommen. Schwieriger war es für Delgado dagegen, Nihlstorps anonymisierte Internetaktivitäten zu rekonstruieren. Er musste tief in den Protokollen graben, um nachvollziehen zu können, wohin es Nihlstorp im Netz mit Tarnkappe gezogen hatte. Dass zunächst mehrere Seiten mit Sexvideos auftauchten, war bei einem jugendlichen Außenseiter, der noch nie in seinem Leben eine Freundin gehabt hatte, erwartbar gewesen. Doch Nihlstorps verschleierte Pfade führten auch zu obskureren Orten. So hatte er öfter eine Website besucht, auf der sehr authentisch wirkende Folterfilme zu sehen waren. Delgado drehte sich der Magen um, und er klickte sich schnell weiter. Was für ein Mensch musste man sein, um sich so etwas gerne anzuschauen, dachte er. Dann landete er auf einer Seite, die *Arena Växjö* hieß. Delgado hatte schon davon gehört: Ein Internetforum mit regionaler Verankerung. Nihlstorp hatte sich dort in einem Chatroom getummelt, der merkwürdig überschrieben war:

Mein Humor ist so schwarz, dass er Baumwolle pflücken geht.

Sollte das irgendwie witzig gemeint sein, oder war das offener Rassismus? Wahrscheinlich beides. Delgado konnte allerdings nicht darüber lachen. In dem Chat, der vor etwa einem halben Jahr eröffnet worden war, zählte er fünf Teilnehmer.

Bürger
Mrs. Tobler 1
Spongebob
Rot
Unerbittlich!

Spongebob musste aller Wahrscheinlichkeit nach Patriks Benutzername sein. Der Name stammte von der Zeichentrickfigur *Spongebob*, ein kantiger gelber Comic-Schwamm in kurzen Hosen. In der lustigen Serie hieß der beste Freund der Hauptfigur *Patrick*. Außerdem hatte Delgado in Nihlstorps Akte Fotos aus dem Jugendzimmer des Mordopfers gesehen, die Forss gemacht hatte. Über dem Bett hing ein Poster der populären Comicfigur. Delgado las den Chat chronologisch. Die Überschrift hatte nicht getäuscht, er begriff schnell, dass es fünf fremdenfeindliche Spinner waren, die sich hier zusammengefunden hatten. Patrik Nihlstorp und seine vier Gesinnungsgenossen ergingen sich in Tiraden über die vermeintlich falsche Regierungspolitik, viel zu viele Asylbewerber ins Land zu lassen. Die Flüchtlinge und Migranten wurden in den Beiträgen aufs Übelste beschimpft. Delgado fühlte, wie sich ihm beim Lesen vor Beklemmung die Kehle zuschnürte. Die Kommentare wurden im Verlauf des Chats zunehmend hasserfüllter, hetzten nicht nur gegen Asylsuchende, sondern allgemein gegen Muslime, Juden und Roma, Homosexuelle und Linke, Feministinnen und Transgender-Aktivisten. Besonders der Teilnehmer *Unerbittlich!* tat sich durch abstoßende Gewaltfantasien hervor, die vor allem von *Spongebob* gutgeheißen wurden. Weiter fiel Delgado auf, dass *Mrs. Tobler 1* immer wieder laut darüber nachdachte, dass man doch Wohnungen und Unterkünfte anzünden könnte, in die bald Asylsuchende einziehen sollten. Mehrmals nannte sie sogar konkrete Adressen in der weiteren Umgebung von Växjö.

Bürger war am zurückhaltendsten und auch als Erster aus der Chatgruppe ausgestiegen. Sein letzter Beitrag war auf den 25. November datiert. *Mrs. Tobler 1* hatte zum letzten Mal am 3. Dezember geschrieben. Danach verschärften sich die Einträge noch einmal. Immer wieder forderte *Unerbittlich!*, dass man endlich ein wirkliches Zeichen setzen und jemanden umbringen müsse. Delgado musste schlucken.

Und was dann kam, mochte er kaum glauben.

Spongebobs Eintrag vom 13. Dezember:

»Ich hab es getan. Guckt morgen in die Zeitung. Ein Nigger weniger.«

Am nächsten Tag folgte der letzte Eintrag des Chats. *Unerbittlich!* hatte geschrieben: »Glückwunsch und Sieg Heil!«

Delgado wusste, was am 13. Dezember passiert war. Am Tag des Luciafests. Ein Autofahrer hatte einen jungen Mann überrollt, der auf dem Fahrrad unterwegs gewesen war, und danach Fahrerflucht begangen. Der dunkelhäutige Jugendliche war wahrscheinlich ein nicht registrierter afrikanischer Flüchtling gewesen, der sich ohne Papiere in Schweden aufgehalten hatte. Weder die Polizei noch die Einwanderungsbehörde hatten seine Identität feststellen können. Es hatte nach einem Unfall ausgesehen, der Fahrer hatte nie ermittelt werden können. War es denkbar, dass *Spongebob*, dass Patrik Nihlstorp am Steuer dieses Wagens gesessen hatte? Dass der Tod des jungen Migranten kein tragischer Unfall gewesen war, wie die Polizei angenommen hatte, sondern dass der Fahrer mit Absicht und Vorsatz gehandelt hatte? Delgado schüttelte ungläubig den Kopf. Dann fiel ihm etwas ein, was er vor noch nicht einmal zwei Stunden in Knutssons Bericht gelesen hatte. Nihlstorp hatte im vergangenen Monat sein Auto als gestohlen gemeldet, später war es ausgebrannt in

Araby aufgefunden worden. War das nur ein Tarnmanöver gewesen, um Spuren des vermeintlichen Unfalls zu verwischen? Delgado musste dringend das Datum der Anzeige überprüfen. Dann fiel ihm ein, wie Nihlstorp selbst in der vergangenen Nacht gestorben war. Als er auf dem Fahrrad saß, hatte ihn sein Mörder mit dem Auto überfahren, bevor er ihm mit einem Beil den Schädel gespalten hatte. Delgados Gedanken überschlugen sich. Er griff zum Telefon und wählte Nyströms Nummer.

13

Ingrid Nyström war noch im Büro gewesen und hatte mit Ausdrucken aller Akten auf dem Schoß im Besprechungsraum vor den Stellwänden gesessen, als sie Delgados Anruf erreicht hatte. Eine Viertelstunde später war er bei ihr gewesen, um ihr zu zeigen, was er vorher atemlos am Telefon berichtet hatte. Als Erstes überprüften sie gemeinsam das Datum, an dem Patrik Nihlstrop seinen Wagen als gestohlen gemeldet hatte. Es war der Morgen des 14. Dezember gewesen, dreizehn Stunden nachdem der junge Afrikaner tödlich verunglückt war. Sechs Stunden nach Eingang der Anzeige waren Streifenpolizisten auf das ausgebrannte Autowrack in Araby aufmerksam geworden. Der Zeitrahmen passte also. Es war tatsächlich denkbar, dass *Spongebobs* alias Patrik Nihlstorps widerliche Prahlerei mit der vorsätzlichen Tötung des Flüchtlings der Wahrheit entsprach. Nyström und Delgado lasen nun zum wiederholten Mal den Verlauf des Chatprotokolls. Die verschiedenen Charaktere, die sich hinter den albernen Decknamen verbargen, traten immer deutlicher zum Vorschein: *Mrs. Tobler 1* war der Aufhetzer, *Bürger* der Zögernde, *Unerbittlich!* der radikale Hardliner, *Rot* der angeblich Besorgte und *Spongebob* der Mitläufer, der sich hatte aufhetzen lassen, seinen Hass in die Tat umsetzte und anschließend um Beifall buhlte.

»Es würde zu dem passen, was wir bisher über Nihlstorp wissen«, fasste Delgado zusammen, was sie beide dachten. Nyström schwirrte der Kopf. Sie war fassungslos angesichts der abscheulichen Worte, die sie wieder und wieder hatte lesen müssen, und entsetzt über das, was die menschenverachtenden Sätze beinhalteten.

»Ganz ehrlich«, sagte sie schließlich, »ich muss mit mir kämpfen, um die Fassung nicht zu verlieren.« Delgado legte ihr die Hand auf die Schulter. Sie spürte, dass ihr die Berührung guttat. »Was sind das für Menschen, Hugo?«, fragte sie und sah ihn an.

»Rassistenpack«, antwortete Delgado.

Er stand auf.

»Tee?«, fragte er.

»Gerne stark.«

Was sind das für Menschen, wiederholte sie in Gedanken, die sich hinter solchen lächerlichen Namen verbergen und doch ihr wahres Gesicht zeigen?

Wer bist du, *Bürger?*

Mrs. Tobler 1?

Rot?

Unerbittlich!?

Dann bemerkte sie ein Kribbeln unter ihrer Haut. Die Härchen an ihren Unterarmen stellten sich auf. Sie hatte das Wort erst vor Kurzem in einem ganz anderen Zusammenhang gelesen. *Unerbittlich!* Sie griff zum Telefonhörer und wählte Bo Örkenruds Durchwahl. Sie hatte Glück, der Chef der Spurensicherung hatte ebenfalls noch keinen Feierabend gemacht, sondern war dabei, in seiner Abteilung im Keller des Präsidiums die Ergebnisse der Tatortsicherung am Norremarkkreisel zu analysieren. Das Gespräch dauerte keine Minute. Eine weitere Minute später hatte Örkenrud ihr die entsprechenden Fotos gemailt, die seine Leute auf dem abgelegenen Hof hinter Rydaholm gemacht hatten, bevor das Team der *Säpo* die Spurensicherung vor Ort übernommen hatte. Die Aufnahme, auf die es Nyström angekommen war, zeigte den unbekleideten Leichnam von Lennart Dahlkvist.

Blood and Honour stand dort in Frakturschrift auf seinen Rücken tätowiert. Und darunter: *Unerbittlich!*

14

Kent Vargen stand im Schutz der Nacht zwischen den Bäumen und blickte auf die beleuchteten Fenster im Haus. In seiner Hand lag der ungewöhnliche Schlüssel, der noch immer kalt vom Eis war, das ihn umgeben hatte. Er fragte sich, was er nun tun sollte. Eigentlich war alles klar. Es war höchste Zeit, sich bei seinen Auftraggebern zu melden, denn er hatte etwas Wichtiges gefunden, und das bereits vor Tagen: eine Kriegsauszeichnung, die nie verliehen worden war. Nun war noch etwas dazugekommen, ein ungewöhnlicher Schlüssel, der wahrscheinlich ebenfalls Kjell Forss gehört hatte. Den dieser versteckt hatte, allerdings mit einem Hinweis versehen, zumindest interpretierte Vargen das gerahmte Gedicht im Schuppen so. Der Schlüssel *sollte* gefunden werden. Ein bisschen wie bei dem magischen Ring aus Tolkiens *Der Herr der Ringe*, der gefunden werden wollte. Nun, ob der Schlüssel ebenso ein Geheimnis barg wie Saurons Ring war fraglich, sicher war jedoch, dass er das Netzwerk genauso interessieren würde wie der rätselhafte Orden. Warum also zückte Vargen nicht einfach sein Handy und rief den Kontaktmann in Stockholm an? Hatte es wirklich etwas mit der so schwer zu beschreibenden Anziehungskraft von Stina Forss zu tun? Bedeutete ihm das Funkeln ihrer grünen Augen *wirklich* etwas? Sein Körper schien ihm die Entscheidung abzunehmen. Er wollte raus aus der feuchten Kälte des Waldes, hinein zu ihr in das helle, warme Haus. Doch kaum hatte er die ersten Schritte gemacht, ging die Tür unerwartet wieder auf, und Forss trat hinaus in die Nacht.

15

Stina Forss brauchte mehr als eine Stunde Fahrtzeit, bevor sie die Stelle erreichte, wo der Waldweg in Richtung des Bolmensees von der Landstraße abbog. Sie schaltete die Autoscheinwerfer aus. Es kam ihr zugute, dass der Himmel, der den Tag über wolkenverhangen gewesen war, aufgeklart hatte. Ein fahler Mond zeigte sich und ließ Forss die Konturen des Waldwegs erahnen, sodass sie sich im Schritttempo mit ihrem Auto vortasten konnte. An einer Fichte, die so schief gewachsen war, dass ihre Zweige über das Autodach strichen, erkannte sie die Wegzweigung, an der sie am Tag zuvor ihren Wagen abgestellt hatte. Sie nutzte die Stelle, um zu wenden und den BMW ein Stück weit rückwärts in die falsche Abzweigung hineinzufahren. Am Vortag hatte sie nicht an diese Vorsichtsmaßnahme gedacht, aber heute wollte sie auf Nummer sicher gehen. Sollte sich jemand auf die Hütte zu- oder von ihr wegbewegen, würde ihr Wagen nicht im Weg stehen und Fragen aufwerfen. Außerdem konnte sie dadurch, dass der Wagen nun in Fahrtrichtung abgestellt war, im Notfall schneller den Rückzug antreten. Zusätzlich hatte sie auf dunkle Kleidung geachtet, schwarze Wollmütze, schwarzer kurzer Mantel, schwarze Jeans, Doc Martens. Mit gezogener SIG Sauer huschte sie den Weg entlang. Es kam ihr diesmal viel länger vor, bis sie die Hütte erreichte. Sie schlich durch einen kleinen Hain junger Tannen und nahm das Fernglas hervor, das sie dieses Mal eingesteckt hatte. Wieder brannte Licht, wieder sah sie aus der Entfernung Männer im Haus. Dahlkvist war unter ihnen, er trug ein Barett wie ein militärischer Anführer. Ein anderer Mann war dabei, eine Handfeuerwaffe zu reinigen. Jetzt oder nie, dachte sie und ging geduckt auf den Imbisswagen zu, der noch an derselben Stelle stand. Als sie die Rückseite erreicht hatte, nahm sie ihr Werkzeug hervor. Ihre Hände waren kalt, ihre Finger steif, sie brauchte viel zu lange, um das Schloss der Hintertür des umgebauten Transporters zu öffnen, wenigstens kam es ihr so vor. Schnell jetzt, dachte sie, als das Schloss endlich aufsprang, es muss schnell gehen. Behände schlüpfte sie hinein und zog die Tür hinter sich zu. Auf diese Weise würde kein Licht nach draußen dringen, wenn sie ihre Taschenlampe anmachte. Im Schein der Maglite wandte sie sich dem großen Karton mit der Aufschrift *Papierservietten* zu. Servietten? Von wegen. Sie faltete den Deckel auf und sah sofort, dass sich etwas verändert hatte. Auf der weißen Plastikfolie war ein kleiner, metallener Kasten, darauf isolierte Drähte, Leuchtdioden, die blinkten. Scharf sog sie Luft ein. Das waren keine Drogen. Sie hockte neben einer Bombe. Sie musste den Gedanken festhalten, um ihn wirklich zu begreifen: Ich hocke neben einer Bombe, neben fünfzig bis hundert Kilogramm Sprengstoff. Deshalb hatte Noréns Spürhund also gebellt, er hatte auf die Sprengstoffpartikel reagiert. Sie versuchte ihren Atem zu kontrollieren, nachzudenken. Dahlkvist und seine Männer planten einen Anschlag. Sie verstand: Das war die Erklärung für Dahlkvists ambivalente Reaktion im Haus seines ermordeten Bruders. Wut und Schmerz über den plötzlichen Tod von Lennart, aber gleichzeitig auch Verärgerung darüber, bei der Vorbereitung von etwas Wichtigem und Großem gestört worden zu sein. Dazu die Verwirrung über ihren Anblick am Tatort: die Tochter von Kjell Forss als Kriminalpolizistin. All das hatte sich in seinem Gesicht gespiegelt.

Etwas Wichtiges, Großes.

Es war in dem Karton neben ihr.

Dann entdeckte sie noch etwas, das gestern nicht hier gewesen war. Beinahe wäre sie vor Schreck zurückgewichen und hätte sich den Kopf gestoßen. Auf einer Ablagefläche stand eine Figur. Sie war aus Holz geschnitzt und rot bemalt, wie Forss erkannte, bestimmt einen Meter hoch und stellte einen altertümlich wirkenden Mann mit Bart dar. Eine Galionsfigur, erkannte sie.

Eine nordische Gottheit.

Sie musste hier raus, sie musste hier weg, so schnell es ging Verstärkung anfordern. Sie verschloss den Deckel wieder und drehte sich um. Dann geschah alles gleichzeitig. Stimmen, die sich näherten. Das gedämpfte Geräusch eines Autos, das angelassen wurde. Die Tür der Fahrerkabine, die geöffnet wurde. Sie löschte die Taschenlampe. Ein Hundebellen hinter der Wagentür. Ein Rückzug war unmöglich, begriff sie. Sie saß in der Falle. Auf allen Seiten trennten sie nur ein paar Zentimeter Stahl von den Männern, die sich im Aufbruch befanden. Oder sie bemerkt hatten. Jeden Moment konnte die Hintertür geöffnet werden. Forss überlegte fieberhaft. Sie war klein, sie war schlank, sie war gelenkig. Dann öffnete sie die Kühltruhe, die leer und nicht in Betrieb war, stieg in die muffige Enge und zog den Deckel über sich zu.

16

Unerbittlich!

Mit Ausrufezeichen. Der Benutzername in der rassistischen Chatgruppe und die Tätowierung von Lennart Dahlkvist waren identisch.

Das kann kein Zufall sein, dachte Ingrid Nyström. Sie spürte, wie ihr das Unbehagen den Nacken hinaufkroch.

»Vielleicht so etwas wie ein Schlagwort, ein Slogan der rechtsextremen Szene?«, schlug Delgado vor.

Er gab den Begriff einschließlich des Nachdruck verleihenden Satzzeichens in eine Suchmaschine ein, doch im Internet fand sich nichts, was seine Hypothese belegt hätte.

»Nur einmal angenommen«, überlegte Nyström laut, »hinter dem Pseudonym steckt wirklich Lennart Dahlkvist. Was würde das für unsere Fälle bedeuten?«

»Dahlkvist und Nihlstorp hetzten in derselben Chatgruppe gegen Migranten und Flüchtlinge«, ließ sich Delgado auf das Gedankenspiel ein. »Dahlkvist stachelt den beeinflussbaren Jungen immer weiter auf, bis Patrik Nihlstorp tatsächlich einen Mord an einem farbigen Flüchtling begeht und anschließend im Chat damit prahlt. Keinen Monat später werden beide in einem Abstand von nur vier Tagen gewaltsam getötet. Was würden wir denken?«

»Wir würden zu der Schlussfolgerung kommen, dass Dahlkvist und Nihlstorp vom selben Täter getötet worden sind«, nahm Nyström den Faden auf. »Dass jemand Vergeltung für den Mord an dem jungen Afrikaner genommen hat.«

»Wenn wir dazu an die Krückenabdrücke denken, würde dies wiederum bedeuten …«, folgerte Delgado.

»… dass der Mörder von Dahlkvist und Nihlstorp auch Hylander und Bäckmo getötet haben muss«, vervollständigte Nyström den Gedankengang.

»Und falls das Armband, das vor Dahlkvists Haus in Rydaholm gefunden wurde, wirklich dem Täter gehörte, handelt es sich aller Wahrscheinlichkeit nach um Mulopo Mbemba, einen kongolesischen Migranten, der in dem Fahrwerkschacht eines Flugzeugs versteckt nach Schweden gekommen ist.«

»Ein junger afrikanischer Flüchtling rächt den Tod eines anderen jungen afrikanischen Flüchtlings«, überlegte Nyström. »Die beiden müssen sich gekannt haben, miteinander befreundet oder womöglich verwandt gewesen sein. Wer weiß, vielleicht sind sie gemeinsam hierhergekommen, vielleicht waren sie zu dritt in dem Flugzeug und nicht zu zweit, wie wir ursprünglich gedacht hatten.«

»Aber warum musste Hylander sterben? Warum Bäckmo?«, fragte Delgado. »Ich sehe nicht, wie sie ins Bild passen.«

Nyström ließ Delgados Worte auf sich wirken. Åsa Hylander war eine selbstbewusste, starke Frau gewesen, die Karriere gemacht hatte. Nach einer geschiedenen Ehe hatte sie wechselnde Partner und Liebhaber, einer davon mit iranischen Wurzeln. Sie war gerne und viel gereist, hatte etwas von der Welt gesehen. Doch es hatte auch eine dunkle Seite im Leben dieser modernen Frau gegeben. Ihre Konsumorientierung, ihr Hang zum Luxus hatten sie anfällig für eine unlautere Geschäftsverbindung in die Immobilienbranche gemacht. Wahrscheinlich hatte sie Insiderwissen aus ihrem Ressort an Bingström verkauft. Aber deutete irgendetwas in ihrem Leben auf niederträchtigen Rassismus hin? Und was war mit Mats Bäckmo, dem dreifachen Familienvater, Möbelbauer und Sportenthusiasten, der sich in Lammhult die rechtschaffene Fassade eines Glücks im Kleinen aufgebaut hatte? Dahinter hatte sich eine unglückliche, gewalttätige Ehe verborgen und eine bis jetzt noch nicht ganz aufgeklärte Verwicklung mit der Familie des ehemals besten Freunds. Ein kleinbürgerliches Drama mit vielen Zutaten. Aber brodelte in diesem Sud auch dumpfester Fremdenhass?

»Falls unsere Überlegungen stimmen, haben sie wahrscheinlich ebenfalls zu der Chatgruppe gehört«, stellte Nyström fest. »Nur so ergibt es einen Sinn. Mulopo Mbemba erfährt nach dem Tod seines Freundes oder Verwandten von dem Chat und Spongebobs Geständnis und findet heraus, wer sich in Wirklichkeit hinter den Benutzernamen verbirgt.«

»Wie sollte er das anstellen?«, fragte Delgado. »Wahrscheinlich spricht er doch kaum Schwedisch, wenn er erst wenige Monate hier ist. Zusätzlich brauchte er hervorragende IT-Kenntnisse, um über die echten IP-Adressen …«

»Es sei denn«, unterbrach ihn Nyström, »er hatte Hilfe und war von Anfang an nicht allein. Erinnerst du dich daran, was Stina bei unserer ersten Besprechung gesagt hat? Sie hat auf den Widerspruch hingewiesen, dass der Täter einerseits eine so starke Behinderung hat, dass er eine Krücke zum Gehen benötigt, aber andererseits sehr agil zu sein scheint. Er kriecht durch Kellerfenster, benutzt geschickt sein Beil, steigt auf einen Hochsitz. Stina hatte recht, da passt etwas nicht zusammen und wir haben bisher darüber hinweggesehen. Oder denk an Lennart Dahlkvist. Wir, Edman, Jodenius und die *Säpo* haben den Fall im Grunde doch nur so rasch aussortiert, weil wir von den vielen Hakenkreuzen abgelenkt waren und es eben keine Abdrücke einer Gehhilfe gab. Wir haben uns blenden lassen! Was, wenn sich auf Dahlkvists Hof der hinkende Teil des vermeintlichen Täterduos im Hintergrund gehalten hat, im Auto gewartet, mit einer Grippe im Bett gelegen, oder was weiß ich? Dann würde der Mord in die Reihe der anderen passen.«

»Dann hätte der ganze Nazi-Krempel in Dahlkvists Haus nicht in die falsche Richtung gewiesen, sondern in die richtige, und wir waren zu blind, um es zu bemerken.«

»Ich besorge die Fallunterlagen von Jodenius«, sagte Nyström. »Und von dir brauche ich die Klarnamen von *Bürger, Rot* und *Mrs. Tobler 1*.«

»Jetzt?«

»Wenn du noch die Kraft dazu hast.«

17

Kent Vargen hatte gerätselt, was hinter Forss' Ausflügen nach Värnamo stecken mochte, die er mehrere Nächte in Folge dank ihres Handysignals verfolgt hatte. Die Adresse, zu der sie gefahren war, war jedes Mal dieselbe gewesen. Das Naheliegendste war ihm jedoch erst nach drei Tagen bewusst geworden, seine Selbstbezogenheit und vor allem das absurde, überraschende Gefühl, wirklich etwas für diese Frau zu empfinden, hatten ihn gegenüber dem Offensichtlichen blind werden lassen. Forss musste sich in Värnamo einen weiteren Liebhaber halten, hatte er zuerst gedacht, einen zweiten Lover. Er selbst reichte ihr offenbar nicht. In einem plötzlichen Anfall von bitter schmeckender Eifersucht hatte er überprüft, wer alles in der besagten Straße wohnte und war dabei auf Mattias Dahlkvist gestoßen. Sie und Dahlkvist? Ein Neonazi? Dann erst begriff er. Nein, Stina Forss hatte keine Affäre in Värnamo, es gab kein heimliches Liebesnest in dem beschaulichen Wohngebiet, sie beschattete den Bruder des Mordopfers Lennart Dahlkvist. Vargen hatte zwar nicht verstanden, warum sie sich in den Fall des Lackaffen Jodenius einmischte, aber er war dennoch erleichtert gewesen.

Gestern Nacht war dann etwas passiert, das mit der Routine der Vortage gebrochen hatte. Forss war aus Värnamo nicht auf direktem Weg nach Hause gefahren, sondern südwestwärts, in die Nähe des Bolmensees, wo sich ihr Handysignal in der wenig besiedelten Gegend verloren hatte und erst eine Stunde später wieder aufgetaucht war. Sie musste Dahlkvist gefolgt sein, eine andere Erklärung gab es nicht.

Und heute?

Unschlüssig hatte er beobachtet, wie die Rücklichter ihres BMW zwischen den Bäumen verschwanden. Irgendwo in seinem Inneren hatte sich der Impuls geregt, ihr hinterherzufahren, doch stattdessen war er zurück in seine traurige Wohnung gekehrt, wo er zwei Stunden lang im Internet nach Schlüsseln gesucht hatte, die dem von Kjell Forss glichen. Erfolglos. Nun taten ihm die Augen weh, und sein Brustkorb schmerzte von der Husterei, die kein Ende nehmen wollte. Bevor er sich ins Bett legte, griff er sein Smartphone und tippte sich durch das Menü bis zur Option *Freunde finden*.

Aber die einzige Freundin, die er hatte, war verschwunden. Stinas Signal wurde nicht geortet.

18

Stina Forss steckte in der Kühltruhe fest wie in einem Sarg. Mit dem einen entscheidenden Unterschied, dass ein Sarg auf die menschlichen Proportionen ausgelegt und daher bestimmt weitaus bequemer war. Sie lag auf dem Rücken, die Beine in Embryonalstellung angezogen, den Kopf nach vorne gedrückt, sodass sich ihr Kinn auf die Brust presste, die Schultern waren zwischen den Seitenwänden eingeklemmt. Ihr Körper schmerzte, ihr Herz hämmerte. Wo die Gummidichtung der jahrzehntealten Kühltruhe ausgefranst war, drang ein diffuser Lichtschimmer in das klaustrophobische Dunkel und in homöopathisch dosierten Mengen auch ein wenig Sauerstoff, was ihr bis hierhin das Leben gerettet hatte. Ihr Kopf dröhnte. Es roch, als seien in der engen Kiste Fleischreste verrottet. Sie kämpfte gegen den Brechreiz an. Forss wusste: Ein einziger Laut würde ihr Ende bedeuten, denn die Männer befanden sich nun ebenfalls hinten im Wagen, zwischen ihnen und ihr war nichts weiter als ein wenig Blech, Isolierung und Kunststoff. Den Stimmen zufolge waren es zwei. Forss versuchte zu verstehen, worüber sie sprachen. Es ging um etwas Technisches. Es ging gleichzeitig aber auch um etwas Mythologisches.

Thors Hammer.

Sie sprachen über die Bombe.

»Wir haben eine lange Nacht vor uns«, sagte die eine Stimme.

»450 Kilometer bis Walhalla«, lachte die andere.

Forss hörte Schritte, die Hintertür fiel zu, der Lichtschimmer erlosch. Die beiden Männer waren ausgestiegen.

Eine lange Nacht, dachte Forss, 450 Kilometer.

Morgen also sollte die Bombe explodieren, sollte *Thors Hammer* zuschlagen.

Ihr Handy steckte in der Manteltasche, sie konnte es sogar spüren, doch ihre Arme waren in einem Winkel eingeklemmt, der es unmöglich machte, es zu erreichen. Sie musste aus der Truhe heraus. Sie versuchte, sich hochzustemmen, aber es ging nicht. Es war einfach zu eng. Das Einzige, was sie bewegen konnte, waren ihre Beine. Mit aller Kraft drückte sie gegen den Deckel der Kühltruhe, spürte aber sofort, dass da ein großer Widerstand war. Etwas, das den Deckel nach unten presste. Die Männer mussten etwas Schweres auf der Truhe abgestellt haben. Ihr gelang es zwar, den Deckel einen Spalt zu öffnen, wenn sie jedoch weiterdrückte, würde der Gegenstand ins Rutschen geraten und herunterfallen. Solange womöglich jemand in der Nähe des Wagens war, konnte sie das Risiko nicht eingehen, laute Geräusche zu machen. Im selben Moment hörte sie draußen wieder Stimmen, die sich näherten. Sie ließ den Deckel sachte herunter. Die Autotüren wurden geöffnet und wieder geschlossen. Der Motor startete, und der Wagen setzte sich ruckelnd in Bewegung.

19

Die Situation war vollkommen lächerlich. Nyström saß Schulter an Schulter neben Frank Jodenius, eingequetscht auf einem viel zu engen Sofa, während Erik Edman ihnen in einem Bademantel mit eingesticktem Playboy-Logo, hochrotem Kopf und abstehenden Haaren gegenübersaß.

Es war spät, sie befanden sich bei Edman zu Hause und hatten ihren Vorgesetzten beim Saunagang unterbrochen. Edman hatte finnische Vorfahren und sein abendlicher Aufguss war ihm heilig. Entsprechend angespannt war die Stimmung in dem schick eingerichteten Wohnzimmer. Edman, der das Blatt in seiner Hand überflogen hatte, legte es sorgfältig vor sich auf den Couchtisch und sah Nyström an.

»Das reicht leider nicht, Ingrid. Wegen einer Tätowierung, wegen eines einzigen Worts …«

»Immerhin mit Ausrufezeichen!«, spottete Jodenius.

»Der Staatsschutz hat sich nun mal ausgebeten, möglichst wenige unserer Leute in die Untersuchung einzubeziehen. Die Sache ist heikel. Ich fürchte, solange du keine handfeste Verbindung zwischen deinem Fall und Lennart Dahlkvist hast, muss ich Frank recht geben und dir die Einsicht in die Akten verwehren. So leid es mir tut.«

Jodenius grinste.

»Einen Moment bitte«, sagte sie, stand auf, ging in den Flur und wählte Delgados Nummer.

»Weißt du eigentlich, wie spät es ist …?«, rief ihr Edman hinterher.

Sie betete, dass Delgado mittlerweile etwas für sie hatte. Eine Minute später trat sie wieder ins Wohnzimmer.

»Was wäre, wenn der Mensch hinter dem Decknamen *Unerbittlich!* seine Beiträge von Lennart Dahlkvists Computer aus verfasst hätte?«

»Das wäre natürlich ein echter Beweis«, antwortete Edman.

Nyström hielt ihm und Jodenius ihr Smartphone entgegen, Delgado hatte ihr eine Nachricht geschickt. »Dies ist die IP-Adresse, von der *Unerbittlich!* im Chat geschrieben hat.«

Edman nickte Jodenius zu, der daraufhin in seinen Unterlagen zu blättern begann.

»Sie stimmt mit der von Dahlkvists Rechner überein«, sagte Jodenius zerknirscht, nachdem er die entsprechende Information gefunden hatte.

Nyström lächelte.

IN NORDAFRIKA UND AUF MALTA

Die Route führte Mulopo und Florent nach Agadez im Niger und von dort nördlich über die Grenze nach Tamanrasset in Algerien. Weiter ging es durch die endlos erscheinende Wüste bis nach Ouargla. Die Reise war ganz anders verlaufen, als ihnen der Mann in der Bar erzählt hatte. Sie fühlte sich so anstrengend an wie der Krieg selbst, nur dass sie dieses Mal weder Waffen hatten, um sich zu verteidigen, noch Drogen, um sich zu betäuben. Der Weg nach Norden war ein einziges Versteckspiel. Sie unternahmen nächtliche Gewaltmärsche über Grenzen, fuhren zusammengepfercht auf Lkw-Ladeflächen, bei 45 Grad Hitze zugedeckt unter Kunststoffplanen, einmal sogar mit sechzehn Leuten im Gepäckstauraum eines Busses versteckt. Oft wurden das Essen und das Wasser knapp. Viermal wurden sie und die Mitreisenden überfallen und verloren dabei ihr gesamtes Geld.

Ein Fahrer hatte mit einer Gruppe Räuber zusammengearbeitet und sie direkt in ihren Stützpunkt gefahren, wo die Männer verprügelt und die Frauen vergewaltigt worden waren. In Agadez arbeiteten Mulopo und Florent acht Wochen in einer Uranmine, um Geld für die Weiterfahrt zu sparen, in Tamanrasset blieben sie fast fünf Monate und schufteten auf Baustellen und Plantagen. Von Ouargla aus schlossen sie sich einer Gruppe Sudanesen und Somalier an, die nach Libyen fuhren. Beim Grenzübertritt bestachen sie Polizisten, doch sie wurden trotzdem festgenommen, durchsucht und fotografiert. Sogar die Fingerabdrücke nahm man ihnen ab, bevor man sie nach einer Nacht in einer eiskalten Zelle wieder freiließ. In Tripolis verkauften sie Falaswas Diamanten, den Mulopo, immer wenn es kritisch gewesen war, in seinem Anus versteckt hatte. Der Preis, der ihnen für den Edelstein geboten wurde, kam ihnen sehr niedrig vor, aber sie fanden niemanden, der ihnen mehr geben wollte. Die libyschen Küstendörfer waren überfüllt mit jungen Männern wie ihnen, die auf die Möglichkeit einer Überfahrt zur italienischen Küste warteten. Von dem Erlös des Diamanten erstanden sie Plätze auf einem Boot, das sie auf die Insel Malta bringen sollte. Dort würden sie eine Fähre zum italienischen Festland nehmen und weiter nach Frankreich fahren können. Das Boot war viel kleiner, als sie es sich vorgestellt hatten, und es waren viel mehr Menschen darauf als gedacht. Es gab so wenig Platz, dass alle stehen mussten, überall roch es nach Urin und Schlimmerem. Kleine Kinder weinten. Mulopo wusste, dass er eigentlich Angst haben sollte, die Wellen waren hoch, und er konnte nicht gut schwimmen, doch er fühlte kaum noch etwas. Sein Körper, sein Geist waren taub, abgestumpft. Er wusste, dass es Florent ähnlich ging. Sie sprachen seit Wochen immer weniger miteinander. Einmal, in der algerischen Wüste, hatte er nachts den weißen Fuchs entdeckt, aber das war schon wieder so viele Tage her, dass er sich kaum daran erinnerte.

Als das Boot endlich nach vielen Stunden in einer kleinen Bucht anlegte, war es bereits Nacht. Wie kleine Tiere huschten die Menschen von Bord, warfen ihre Schwimmwesten weg und erklommen einen flachen Hügel. Es dauerte nicht lange, bis Polizeisirenen ertönten und Suchscheinwerfer die Dunkelheit durchschnitten. Viele blieben stehen und hoben die Hände über den Kopf, doch Mulopo und Florent entfernten sich geduckt von der Gruppe und versteckten sich in einer Erdsenke. Sie beobachteten, wie die anderen auf Lastwagenpritschen gebracht wurden. In dem Moment begriffen sie, dass es für sie keine Fähre nach Italien geben würde.

»Wir müssen uns etwas einfallen lassen«, sagte Florent, und Mulopo stimmte ihm zu.

Die Idee mit dem Flugzeug kam von Florent. Sie hatten in Algerien und Libyen Gerüchte darüber gehört. Angeblich gab es Leute, die es auf diese Weise geschafft hatten, auch wenn es schwierig und gefährlich war, sich im Fahrwerkschacht eines Passagierflugzeugs zu verstecken. Es kam auf das richtige Timing an, auf Geduld, Schnelligkeit und Durchhaltevermögen, außerdem auf die richtige Ausrüstung, damit man hoch oben im Himmel nicht erfror.

Die Jungen brauchten zwei Wochen, um auf Malta in die Nähe des Flughafens zu kommen. Sie hielten sich weitgehend auf kleinen Wegen und Pfaden abseits der Dörfer und Städte, um nicht von der Polizei aufgegriffen zu werden. Mehrmals trafen sie auf andere, meistens junge Afrikaner, die sich entlang der Küste bewegten, in verborgenen Zeltlagern schliefen und nach einer Möglichkeit suchten, unbemerkt über das Mittelmeer auf das europäische Festland zu kommen. Mulopo und Florent erstanden in einem dieser wilden Camps zwei Schlafsäcke, gefütterte Jacken, Handschuhe, ein Fernglas und eine Drahtschere, außerdem ein Taschenmesser und ein Klapphandy. Endlich am Flughafengelände angekommen, legten sie sich hinter dem Zaun am abgelegenen Ende einer Startbahn auf die Lauer. Drei Tage lang beobachteten sie die dröhnenden Stahlungetüme, die nur wenige Meter über ihre Köpfe hinwegdonnerten. Die Beschriftungen am Heck der Maschinen klangen wie Verheißungen: Swiss, Iberia, Lufthansa, Air France.

Air France!

Das war ihr Ziel, das war ihr Ticket nach Frankreich!

Jeden Abend gegen 21.35 Uhr wurde ein Airbus 320 von Air France auf dem Rollfeld bereitgestellt. Während das Flugzeug in Startposition rollte, passierte es eine Art Wendeschleife, eine lang gezogene 180-Grad-Kurve, in deren Scheitel es an zwei von drei Abenden für mehrere Minuten stehen geblieben war, bevor die Crew vom Tower die Erlaubnis bekommen hatte weiterzufahren. Dies war der Moment, den Mulopo und Florent ausnutzen wollten. Unweit der Startposition des Flugzeugs befanden sich Betonquader, hinter denen man sich bis zum entscheidenden Augenblick gut verstecken konnte. Am vierten Abend warteten sie, bis es dunkel geworden war, dann schnitten sie ein Loch in den Drahtzaun, der das Flughafengelände umgab, und sprinteten durch die wenig beleuchteten Zonen am Rande des Rollfelds in den Schutz der Betonblöcke. Jetzt kam es darauf an! Die Lungen der Jungen pumpten, so atemlos waren sie. Sie sahen sich an.

»So weit sind wir gekommen«, sagte Mulopo.

»Und darüber hinaus«, entgegnete Florent.

Sie nahmen sich in den Arm. Das Flugzeug näherte sich im Schritttempo.

Air France.

Der Schriftzug war gut zu lesen. Sie pressten sich die aufgerollten Schlafsäcke an die Brust. Das Flugzeug wurde immer größer, es rollte auf sie zu.

Und dann an ihnen vorbei. Es stoppte nicht. Es durchrollte die Kurve, fuhr weiter auf die Startbahn und beschleunigte mit

Schub, bis es abhob. Mulopo und Florent sahen sich entgeistert an. Und nun? Sie waren so weit gekommen …

»Was sollen wir denn jetzt machen?«, fragte Florent. »Einen Tag warten? Es morgen noch einmal versuchen?«

»Nein«, entgegnete Mulopo. »Das geht nicht. Sie werden das Loch im Zaun entdecken. Wir haben nur eine Chance: Wir nehmen das nächste Flugzeug.«

Es dauerte keine fünf Minuten, bis die nächste A320 anrollte.

SCANDINAVIAN AIRLINES, entzifferte Mulopo.

Das Flugzeug hielt.

Sie rannten los.

MITTWOCH

1

Moa Lyxzén arbeitete für einen Verein, der sich um Menschen kümmerte, die ohne gültige Papiere und legalen Aufenthaltsstatus eingewandert waren, sogenannte Klandestine oder Statuslose, Gestrandete der internationalen Flüchtlingsbewegungen. Lyxzén hatte in Ingrid Nyströms Augen ein durchaus unkonventionelles Erscheinungsbild: Nasenring, rosa gefärbtes Haar, schwarzes Kapuzenshirt. Aus dem Aufdruck auf ihrer Baseballkappe wurde Nyström nicht schlau. *A.C.A.B.* Wahrscheinlich der Name irgendeiner Band. Die beiden Frauen standen sich in Lyxzéns Büro gegenüber. Nyström war der Nachname der Sozialarbeiterin aufgefallen. Sie kannte ihn aus den Ermittlungsakten.

»Bist du zufällig mit Marcus Lyxzén verwandt?«, fragte sie.

»Das ist mein Bruder. Was kann ich für dich tun?«, fragte

Lyxzén zurück. Ihr Misstrauen gegenüber der Polizei wurde durch eine steile Stirnfalte zum Ausdruck gebracht.

»Es geht um den Tod eines afrikanischen Migranten, der vor etwa einem Monat bei einem Verkehrsunfall ums Leben gekommen ist«, antwortete sie. »Ein junger Mann, dessen Identität wir nicht feststellen konnten. Wahrscheinlich hielt er sich ohne gültige Papiere im Land auf.« Lyxzén verschränkte die Arme vor ihrer Brust. Nyström registrierte die Abwehrhaltung der Frau. »Es gibt nun Anhaltspunkte dafür, dass es vielleicht gar kein Verkehrsunfall war, der seinen Tod verursacht hat«, fuhr sie fort, »sondern womöglich ein politisch motivierter Mord.«

Die Blicke der beiden Frauen maßen sich.

»Wie du dir denken kannst, arbeitet unsere Organisation nicht mit der Polizei oder anderen Organen des Abschiebesystems zusammen.«

»Hier geht es doch nicht um eine Abschiebung, sondern um die Aufklärung eines Todesfalls«, sagte Nyström, in ihrem Ton um Sachlichkeit bemüht.

»Ist ja klar, dass du das sagen musst.«

Lyxzéns Unterlippe zuckte.

»Du weißt von der Sache?«, fragte Nyström. »Du kanntest den Mann? Hatte er vielleicht einen Begleiter, einen Freund oder Verwandten? Sagt dir der Name Mulopo Mbemba etwas?«

»Dazu mache ich keine Aussage.«

»Es gibt womöglich einen Tatverdächtigen. Wir sind noch dabei, alles zu überprüfen, aber im Moment deutet einiges auf einen rechtsradikalen Hintergrund hin.«

In Lyxzéns Gesicht geschah etwas. Ihre hübschen Züge verwandelten sich für einen Augenblick, Abscheu und Hass formten ein anderes Antlitz. Dann hatte sie ihre Mimik wieder unter Kontrolle.

»Wie gesagt, wir kooperieren prinzipiell nicht mit der Polizei.«

Der Satz klang wie auswendig gelernt.

»Du schützt durch dein Schweigen unter Umständen einen rechtsextremen Mörder.«

Das war ein harter Vorwurf, ins Blaue hinein geäußert. Aber Nyström war ungeduldig und hoffte darauf, die junge Frau durch eine Provokation zum Reden zu bringen.

Lyxzéns Lippen bebten, aber sie sagte nichts.

Nyström entschied, es anders zu versuchen.

»Die Menschen, die ihr betreut, die Schutzbedürftigen ... gab es Drohungen gegen sie oder den Verein?«

Lyxzén schnaubte. Nyström hatte gegen die richtige Tür geklopft. Die junge Frau öffnete sich.

»Worauf du wetten kannst.« Sie stand auf, holte einen Ordner aus dem Regal hinter sich und legte ihn auf den Schreibtisch. »Kannst du gerne mitnehmen. Wird etwas länger dauern, das alles durchzulesen. Die Fotos sind noch keine drei Monate alt.«

Nyström griff nach dem Ordner und schlug ihn auf. Drei großformatige Abzüge zeigten das Gebäude von außen. Es war über und über mit Hakenkreuzen und abstoßenden Graffiti beschmiert.

Wir ficken euch tot!

Nyström musste schlucken.

»Danke«, sagte sie. »Wir werden das natürlich auswerten. Habt ihr das der Polizei gemeldet?«

Lyxzén entgegnete nichts, sah sie nur mit versteinerter Miene an.

Natürlich kannte Nyström die Antwort auf ihre Frage. Sie griff in ihren Umhängebeutel.

»Ich lasse ein Foto des jungen Kongolesen da. Es ist nicht besonders schön anzusehen, denn es wurde nach seinem

Tod in der Rechtsmedizin aufgenommen. Aber ein anderes haben wir nicht. Es würde uns wirklich weiterhelfen, wenn du es herumzeigen würdest. Jeder Hinweis kann uns weiterhelfen.«

»Wie gesagt …«

»… arbeitet ihr nicht mit der Polizei zusammen. Das habe ich verstanden. Aber vielleicht denkst du noch einmal darüber nach.«

2

Neben der Identifizierung von Nihlstorp und Dahlkvist unter den Chatteilnehmern war es Hugo Delgado noch in der Nacht gelungen, die IP-Adresse des Benutzernamens *Bürger* zu orten, sie gehörte zu einem Internetcafé unweit der Fußgängerzone. Dagegen hatten *Mrs. Tobler 1* und *Rot* ihre Forumsbeiträge von ständig wechselnden IP-Adressen geschrieben, die auf den Britischen Jungferninseln beziehungsweise in Usbekistan zu lokalisieren gewesen waren, ein Hinweis darauf, dass beide über Proxy-Server kommuniziert hatten. Eine Sackgasse also. An diesem Morgen überlegte Delgado, wie er trotzdem an die IP-Adressen kommen könnte. Wenn es von dem Forum aus keine zu verfolgenden Spuren zu Hylander oder Bäckmo gab, dann musste er es andersherum versuchen, und die Rechner der beiden Mordopfer nach Programmen durchsuchen, die auf Verbindungen mit den entsprechenden Proxy-Servern hindeuteten. Doch er fand nichts, alle sichergestellten Festplatten, alle Smartphones waren sauber, soweit er das sehen konnte.

Soweit er das sehen konnte.

Einen Bereich gab es natürlich, der sich seinen Blicken immer noch entzog. Das Labyrinth. Es könnte ihm zumindest in Hinblick auf Hylander weiterhelfen. Delgado spürte, dass er von seinem Büro aus nicht weiterkam. Wenn überhaupt würde er in ihrem Haus einen entscheidenden Hinweis auf den richtigen der 32 Berggipfel finden; vielleicht etwas, das die These vom K2 bestärkte. Das Suchen in Hylanders häuslicher Umgebung hatte zwar bei den Handtaschen nicht funktioniert, aber immerhin bei den Bäumen. Er schwang sich auf sein Rad und fuhr durch den Schneeregen nach Sandsbro. Hylanders Haus war ausgekühlt, deshalb drehte er als Erstes die Heizungen auf und machte sich einen Tee. Aus dem Küchenfenster winkte er dem Nachbarn Nisse Norrstedt zu, der neugierig vom Füttern der Vögel aufsah. Dann schlenderte er durch das geräumige Wohnzimmer und betrachtete zum dritten Mal die aufwendig gerahmten Fotos. Es waren ausnahmslos maritime Motive, keine Berge, nirgends. Im Bücherregal, das nicht gerade üppig war, gab es zwei Bildbände, einen über Afrika, einen über Australien. Er blätterte beide durch. Darin gab es einige Bergfotos, den Kilimandscharo natürlich, das Mount-Kenya-Massiv, die Stanley-Berge. Den Uluru, besser bekannt als Ayers Rock. Der Kilimandscharo und der Uluru waren im Labyrinth abgebildet. Immerhin zwei Möglichkeiten, dachte Delgado, auch wenn keine ins Auge stach. Er stellte die Bildbände zurück und nahm stattdessen ein Fotoalbum aus dem Regal. Hylander und ihr Exmann als junges Paar, Taufbilder der Tochter, Einschulung, Abitur. Der Lauf des Lebens. In einem weiteren Fotoalbum waren Urlaubsschnappschüsse. Auf vielen war Hylanders Freundin Helena Tegner zu sehen, meistens mit einem bunten Cocktail in der Hand. Berge? Fehlanzeige. Erst recht nichts vom K2. Er ging in die Küche, um sich eine zweite Tasse Tee zu machen. Gab es hier nicht vielleicht noch irgendwo etwas Süßes, einen kleinen Kick für seine Konzentration? Im Kühlschrank fand er mehrere Packungen Toblerone, eine davon angebrochen. Hylander schien ein Faible für diese Schweizer Schokolade gehabt zu haben, sie hatte gleich mehrere Sorten davon gebunkert. Er brach sich einen Schokoladenzacken ab. Vollmilch mochte er am liebsten. Eigentlich stand er gar nicht so auf Süßigkeiten, aber seit er Linda versprochen hatte, weniger zu rauchen, überkam ihn manchmal ein regelrechter Heißhunger. Toblerone kam ihm da gerade recht, besonders wenn er so übermüdet war wie jetzt. Allein schon wenn man die verheißungsvolle goldene Verpackung betrachtete …

War da das *Matterhorn* abgebildet?

Für einige Sekunden vergaß er das Kauen.

Und dann verstand er noch etwas.

Mrs. Tobler 1

Mrs. Tobler One

Toblerone

Hektisch fuhr er den Rechner hoch.

Er eilte durch das Labyrinth und klickte auf das Bild des Matterhorns.

3

»Wir sind ein sehr kleines, aber feines Unternehmen mit 16 Mitarbeitern und knapp 7000 registrierten Nutzern«, erklärte Gunilla Eliasson, die Geschäftsführerin von *Arena Växjö*, Lasse Knutsson, als sie ihn durch die Büroräume führte. »Mein Mann und ich haben die Internetplattform 2004 gegründet, ursprünglich, um ein Forum für lokale Anbieter von Tierfutter zu schaffen. Freunde haben uns damals auf die Idee gebracht. Daher haben wir noch heute ihren damaligen Hund Fifi im Logo.« Sie lächelte und reichte Knutsson einen Kaffeebecher mit Werbeaufdruck. Das Motiv war ein schwarz-weiß gefleckter Mischling im Comicstil, der Knutsson zuzwinkerte. »Aus der Idee ist dann ganz schnell mehr geworden«, fuhr Eliasson fort, »eine Kauf- und Tauschbörse für alles nur Denkbare: Autos, Möbel, sogar vegane Bratwürstchen. Aber auch ein sozialer Treffpunkt. Wir haben eine Singlebörse und alle möglichen Diskussionsforen, von Eishockey bis zu Politik. Wichtig ist uns dabei die lokale Verankerung. Wir sind für die Menschen aus Växjö und Umgebung da. Wenn man so will eine Art digitaler Marktplatz.«

»Und womit wird hier das Geld verdient?«, fragte Knutsson.

»Ähnlich wie bei einem klassischen Printmedium: Man zahlt für Werbung und Annoncen.«

»Wie sieht es denn mit der Verantwortung aus für die Dinge, die auf eurer Seite geschrieben werden? Was passiert zum Beispiel, wenn jemand in einem dieser Foren rassistische Hetze betreibt?«

»Nun, wir haben natürlich Nutzungsbedingungen, die so etwas sehr streng untersagen. Außerdem herrscht bei uns eine *Netiquette* beziehungsweise *Chatiquette*, an die sich die meisten unserer User halten.«

»Aber was geschieht, wenn sich nicht daran gehalten wird?«

»Unsere Seiten werden natürlich betreut. Wenn es Hinweise auf Verstöße gegen die Nutzungsbedingungen gibt, gehen wir dem nach, verwarnen die entsprechenden User und sperren sie notfalls.«

»Kommt so etwas häufiger vor?«

»Es gab einzelne Fälle, in denen Streits eskaliert sind oder wo aus Liebeskummer eine Art Online-Stalking wurde. Aber das sind wie gesagt Einzelfälle. Unsere User sind ganz normale Menschen aus der Umgebung, Leute wie du und ich.«

»Bei der Kripo haben wir es den ganzen Tag mit Leuten *wie du und ich* zu tun«, grummelte Knutsson. »Du glaubst gar nicht, wozu Leute wie du und ich in der Lage sind.«

Er legte Eliasson Ausdrucke des Chatrooms *Mein Humor ist so schwarz, dass er Baumwolle pflücken geht* vor. Die Geschäftsführerin wurde beim Lesen blass.

»Das ist von unserer Seite?«, fragte sie, als sie zu Ende gelesen hatte.

Knutsson nickte.

»Da muss uns wohl etwas durchs Netz gegangen sein.«

»*Leute wie du und ich*«, wiederholte Knutsson. »Gibt es hier eine Möglichkeit, die echten Namen der Chatteilnehmer festzustellen?«

»Nur wenn sie sich bei uns mit ihren Klarnamen registriert haben. Um sich anzumelden, braucht man allerdings nur eine E-Mail-Adresse.«

»Ein echt vertrauenswürdiges System«, höhnte Knutsson.

»Wie gesagt, wir möchten ein sehr niedrigschwelliges Angebot für die Menschen …«

»… aus der Region. Ja, ja, das habe ich mittlerweile verstanden.«

»Wir nehmen unser Engagement für die Region wirklich ernst.«

Sie waren mittlerweile wieder im Eingangsbereich angekommen, wo über einem Wasserspender ein großes, gerahmtes Foto einer Fußballmannschaft hing. Auf ihren grün-weiß gestreiften Trikots zwinkerte Fifi. Knutsson zapfte sich einen Becher Wasser. »Ich bin mal so frei«, sagte er, trank und blieb auf Fußballen und Zehen wippend vor dem Foto stehen. »Haben die alle Migrationshintergrund?«, fragte er.

»Das ist eines unserer vielen sozialen Projekte«, erklärte Eliasson. »Eine Flüchtlingsmannschaft. Die Spieler sind beinahe alle junge Asylsuchende aus der Umgebung. Wir haben ihnen die Ausrüstung finanziert und ein bisschen was für die Mannschaftskasse. Im Grunde geht der Kontakt und die Initiative auf einen unserer System-Administratoren zurück, Marcus Lyxzén, ein sehr engagierter junger Mann. Er trainiert die Mannschaft.«

Eliasson wies auf einen jungen Mann im Trainingsanzug. Er hatte rötliche Haare und eine von Aufklebern bedeckte Krücke in der Hand. Knutsson sah nun genauer hin. Der Name kam ihm bekannt vor. Und dann traute er seinen Augen kaum. Marcus Lyxzén hatte einem jungen, farbigen Mann den Arm kumpelhaft auf die Schulter gelegt. Knutsson kramte das Foto aus seinem Lederrucksack, das Nyström am Morgen bei der Besprechung verteilt hatte. Es stammte aus der Pathologie und zeigte den afrikanischen Flüchtling, der am Luciatag bei dem tragischen Fahrradunfall ums Leben gekommen war. Der ja wahrscheinlich gar kein Unfall, sondern ein kaltblütiger, rassistisch motivierter Mord war. Knutsson hielt die Aufnahme vor das gerahmte Mannschaftsfoto. Kein Zweifel, es war derselbe junge Mann. Und dann bekam er endgültig eine Gänsehaut: Marcus Lyxzén trug auf dem Bild schwarze Adidas-Turnschuhe und die Co-Trainerin neben ihm, die pinkfarbenes Haar hatte und einen Nasenring trug, ebenfalls.

4

Nachdem Kent Vargen aufgewacht war, hatte er als Erstes zu seinem Handy gegriffen, um zu schauen, ob Stina Forss wieder aufgetaucht war. In der Tat hatte sich ihr Smartphone in den frühen Morgenstunden mehrmals mit dem Internet verbunden und ihren jeweiligen Standpunkt angezeigt. Sie befand sich offenbar auf der Autobahn Richtung Norden, wo heute in der Nähe von Uppsala die Beerdigung Åsa Hylanders stattfinden sollte. Vargen verstand zwar nicht, warum Forss in aller Herrgottsfrühe aufgestanden war, um mit dem Auto zu fahren, anstatt bis Stockholm zu fliegen und sich dann einen Mietwagen zu nehmen, dennoch war er beruhigt. Er hatte sich Sorgen gemacht, als ihr Signal bei der Beschattung Dahlkvists verschwunden war. Dahlkvist war ein gefährlicher Mann.

Vargen betrat das Internetcafé, in dem *Bürger* seine Einträge in dem Chatroom verfasst hatte. Die Bezeichnung Café war ein Euphemismus, das Einzige, was in dem lieblos eingerichteten Laden auf Getränke hinwies, war ein Kaffeeautomat, an dem ein Zettel mit der Aufschrift *defekt* klebte. Vargen zählte sieben Tische, auf denen Computertastaturen und Monitore standen, zwei davon waren besetzt, von Männern, die ihrem Aussehen nach aus dem Nahen Osten stammten. Am Tresen saß eine dickliche Frau und glotzte gelangweilt auf ihr Handy. Vargen hielt ihr seinen Polizeiausweis unter die Nase.

»Nicht viel los hier«, sagte er.

»Wer geht heutzutage noch in Internetcafés?«, fragte die Frau.

»Kennst du diesen Mann?«

Vargen lehnte sich auf den Tresen und wedelte mit einem Foto von Mats Bäckmo.

»Nie gesehen.«

»Sicher, dass er hier kein Kunde ist?«

»Hierher kommen nur Ausländer«, sagte die Frau. »Siehst du die Telefonboxen dort drüben? Wir haben günstige Tarife nach Afrika. Ich könnte dir eine entsprechende Telefonkarte verkaufen.«

»Danke, keinen Bedarf«, sagte Vargen und drehte sich um. »Einen schönen Tag noch.«

Als er wieder auf der Straße stand und die Tür des Ladens hinter sich zumachte, fiel sein Blick auf die andere Straßenseite, wo zwei große Transporter parkten. Die Folienbeschriftung war bei beiden identisch und wiederholte sich an einer Fensterscheibe des Gebäudes, vor dem die Autos standen.

Elektroinstallation Sjöberg

Das war der Betrieb, bei dem Frans Frisk angestellt war.

Vargen stieß mit gespitzten Lippen einen Pfiff aus.

5

Stina Forss war irgendwann während der Fahrt weggedämmert, wieder aufgewacht und wieder weggedämmert. Als sie erneut aufwachte, hatte sie jedes Zeitgefühl verloren, vermochte nicht einzuschätzen, wie lange sie geschlafen oder wach gelegen hatte, geschweige denn wie lange sie bereits in dem Wagen unterwegs war. Ihr Rücken war ein einziger reißender Schmerz, ihre Blase drohte zu platzen, gleichzeitig hatte sie unbändigen Durst. Sie spürte, dass sich das Auto noch immer bewegte, nicht mehr so schaukelnd und schlingernd wie zu Beginn der Fahrt durch den Wald, sondern gleichmäßig. Anscheinend waren sie auf einer großen Straße unterwegs. Das lauter und dann wieder leiser werdende Summen, das in relativ regelmäßigen Abständen an ihr vorbeirauschte, konnte möglicherweise von überholenden Autos stammen. Sie lauschte angestrengt, ob sich außer ihr noch jemand im Innenraum befand. Sie hörte keinen Laut, aber das musste natürlich nichts heißen. Sie wog ihre Optionen ab. Wenn tatsächlich niemand da war, konnte sie versuchen, unbemerkt aus der Truhe zu steigen, selbst wenn dabei etwas zu Boden polterte. Die Verkehrsgeräusche in der Fahrerkabine könnten laut genug sein, um Forss' Befreiungsaktion zu übertönen. Dann würde sie mit ihrem Handy Hilfe anfordern können.

Könnte. Würde.

Konjunktiv.

Aber was war die Alternative? Sich zuerst in die Hose zu machen und dann in die Luft gesprengt zu werden?

Los jetzt!

Sie zählte bis drei, dann stemmte sie mit den Beinen gegen den hohen Widerstand den Deckel auf. Ihre Beine kribbelten. Etwas Schweres geriet ins Rutschen und fiel mit einem Rums auf den Boden. Ihr Herz pochte wie verrückt. Es war viel lauter gewesen, als sie gedacht hatte. Doch in dem Rechteck über ihr tauchte kein Gesicht auf. Mit einem schmerzhaften Kribbeln kehrte das Blut in ihre eingeschlafenen Beine zurück. Als ihr die Muskeln wieder einigermaßen gehorchten, hängte sie ihre Waden über den Rand der Truhe und drückte ihren Oberkörper hoch, bis sie auch mit den Händen über den Rand greifen, sich vollends hochziehen und aus der Truhe steigen konnte. Ihr Rücken fühlte sich an, als sei ihre Wirbelsäule in die falsche Richtung gebogen worden, aber um die Schmerzen konnte sie sich jetzt nicht kümmern, auch nicht um ihre volle Blase. Sie zog das Handy aus der Tasche, doch im selben Augenblick merkte sie, dass der Wagen abbremste und langsamer wurde. Verdammt! Hektisch wählte sie den Notruf. Während sie noch ungeduldig auf das tutende Signal wartete, sah sie, dass sie keinen Empfang hatte. Der Wagen kam zum Stehen. Sie drückte wie besessen auf dem Handy herum, zog gleichzeitig ihre Waffe, entsicherte sie und zielte auf die Hecktür.

6

Ingrid Nyström beendete das Telefonat. Sie sah Knutsson und Delgado an.

»Das war Kent«, sagte sie. »Wie es aussieht, ist der fünfte Chatteilnehmer Frans Frisk. Der Betrieb, in dem er arbeitet, liegt direkt gegenüber dem Internetcafé, in dem *Bürger* seine Beiträge verfasst hat.«

»Er ist der Einzige der fünf, der noch am Leben ist«, sagte Knutsson. »Wenn wir davon ausgehen, dass sich hinter dem Namen *Rot* Mats Bäckmo verbirgt.«

»Die Möbelfirma in Lammhult überprüft gerade noch ihre Arbeitsrechner auf den Proxy-Server«, sagte Delgado. »Der Bescheid müsste bald kommen.«

»Warum überhaupt *Rot*?«, fragte Nyström. »Politisch gesehen ist das doch eher die Farbe der Linken.«

»Eine mögliche Erklärung: Frisk hat ganz am Anfang unserer Ermittlungen zu Protokoll gegeben, dass Bäckmo Fußballfan des Liverpool FC sei«, meinte Delgado. »Die werden *Reds* genannt, *die Roten*.«

»Vielleicht ist es wirklich so simpel«, sagte Nyström.

»Spongebob, Toblerone und jetzt ein Fußballverein«, sagte Knutsson. »Das ist ja wie im Kindergarten.«

»Ein Rassisten-Kindergarten«, sagte Delgado.

»Auch wenn die Fahndung nach Marcus und Moa Lyxzén sowie Mulopo Mbemba auf Hochtouren läuft, befindet sich Frisk in Lebensgefahr«, sagte Nyström. »Wir müssen ihn so schnell wie möglich finden.«

In dem Augenblick öffnete sich die Bürotür. Es war Edman. Er hatte einen Ausdruck in der Hand.

»Gerade habe ich eine E-Mail der libyschen Behörden bekommen. Nun haben wir endlich ein aktuelleres Foto von diesem Mbemba. Es wurde aufgenommen, als er im vergangenen Sommer beim illegalen Grenzübertritt von Algerien auf libysches Staatsgebiet aufgegriffen worden ist.«

Nyström nahm das Bild entgegen und musterte es. Dann griff sie nach dem Foto des ermordeten Afrikaners, das auf ihrem Schreibtisch lag.

»Das ist ein und derselbe Mann«, sagte sie, hielt die beiden Aufnahmen nebeneinander und betrachtete sie. »Ganz zweifellos: Mulopo Mbemba ist der kongolesische Flüchtling, der von Patrik Nihlstorp überfahren wurde.«

»Aber wer trug dann in Rydaholm sein Armband?«, fragte Knutsson.

»Moa Lyxzén«, antwortete Nyström. Sie dachte an das beherrschte und doch emotionale Auftreten der jungen Frau zurück. »Vielleicht war mehr zwischen ihr und Mbemba. Vielleicht war sie seine Freundin.«

»Dann suchen wir also nur noch nach diesem Geschwisterpaar«, sagte Delgado.

»Bonnie und Clyde«, grunzte Knutsson.

»Nein, den Lyxzéns ging es nicht um Geld, sondern um Rache und einen politischen Auftrag«, sagte Nyström nachdenklich.

7

Seit Kent Vargen die SMS gelesen hatte, starrte er auf den blinkenden Punkt auf der Karte in seinem Smartphone. *Hil* hatte Stina geschrieben, zwanzig Minuten war das jetzt her. Zu dem Zeitpunkt war sie auf der Autobahn Richtung Stockholm, kurz vor der Abfahrt nach Södertälje. Dann hatte sie die E4 verlassen, war ein Stück durch Södertälje gefahren und schien nun zum Stehen gekommen zu sein. Vargen war beunruhigt. Wozu die SMS? Was wollte Stina in Södertälje, wo die Beerdigung Hylanders doch bei Uppsala war, hundert Kilometer weiter nördlich? Stimmte etwas mit ihrem Auto nicht? War sie auf der Suche nach einer Werkstatt? Aber dann hätte sie ihm doch nicht so eine kryptische Nachricht geschickt.

Hil.

Warum ging sie nicht ans Telefon? Er sah sich den Ort, an dem sie sich jetzt befand, genauer an. Wenn das Signal stimmte, war sie neben dem Fußballstadion von Södertälje. Nein, sie war *im* Fußballstadion. Vargen googelte. Er brauchte keine Minute, um herauszufinden, dass dort am Abend ein Freundschaftsspiel stattfinden sollte, Assyriska FF gegen Syrianska FC, beides Zweitligamannschaften aus Södertälje, die von asyrischen beziehungsweise aramäischen Einwanderern gegründet worden waren. Das Spiel war bereits ausverkauft, ein Lokalderby, fast ausschließlich Zuschauer mit Migrationshintergrund. Vargen lief es kalt den Rücken hinunter. Forss hatte am Vorabend Dahlkvist beschattet. Jetzt hatte sie ihm einen abgehackten Ruf gesendet und befand sich in einem Stadion, in dem in wenigen Stunden 6400 Fans sein würden, die meisten von ihnen mit asyrischen oder aramäischen Wurzeln.

Hil

Hilfe

Vargen schob sich zwei Tabletten in den Mund und startete den Wagen. Er hatte keine Zeit zu verlieren.

8

Sie waren zu dritt, jeder mit gezogener Waffe, Stina Forss blieb nichts anderes übrig, als ihre SIG Sauer sinken zu lassen. Einen hätte sie ausschalten können, vielleicht auch zwei, aber drei waren unmöglich. Auf Dahlkvists Anweisung hin nahm ihr einer der beiden anderen Männer die Waffe ab und durchsuchte sie. Das Handy fand er nicht, sie hatte es rechtzeitig fallen lassen und in den schmalen Schlitz unter der Kühltruhe gekickt. Hoffentlich würde die SMS, die sie begonnen hatte, rausgeschickt, wenn das Handy wieder Empfang hatte. Sie sah, dass Dahlkvist versuchte, ruhig zu bleiben, aber dennoch erkannte sie seine Wut und seine Überraschung.

»Was tust du hier?«, fragte er.

Sie antwortete nicht.

»Was weißt du?«

Sie presste die Lippen aufeinander. Der Mann, der sie abgetastet hatte, trat wieder näher und hielt ihr seine Pistole an die Schläfe.

»Wer weiß noch Bescheid?«

Sie antwortete nicht. Der Mann schlug ihr mit der flachen Hand ins Gesicht. Sie spürte, wie ihre Lippe aufplatzte, Blut floss über ihr Kinn und in ihren Kragen.

»Was tust du hier?«, wiederholte Dahlkvist.

Sie spuckte Blut auf den Boden.

»Lass sie mich umlegen«, sagte der Mann zu Dahlkvist.

»Nicht hier.« Dahlkvists Mund war ein schmaler Strich. »Zum letzten Mal, Forss, was weißt du?«

Diesmal schlug der Mann mit der Faust zu. Der Schlag schien in ihrem Mund zu explodieren, Zähne brachen, gleichzeitig taumelte sie einen Schritt nach hinten, schlug mit dem Kopf gegen die Innenwand. Ihre Beine sackten weg, und sie ließ sich an der Wand zu Boden gleiten. Ihr Kopf dröhnte, ihr Blickfeld verschwamm, der Schmerz raubte ihr den Atem.

»Wer weiß noch Bescheid?«

Sie spuckte wieder aus, hauptsächlich Blut, ein Schneidezahn war dabei.

Diesmal schlug der Mann mit seiner Waffe zu, und sie verlor das Bewusstsein.

9

Der Wagen raste mit Blaulicht die L30 hinauf. Nyström hatte Frans Frisk nicht erreicht, aber seine Frau Jenny. Nach ihrer Aussage war ihr Mann heute wieder zur Arbeit gegangen. Frisks Chef hatte ihnen daraufhin gesagt, dass der Elektriker bei einer Hausrenovierung in Moheda eingesetzt sei. Nyström, Delgado und Knutsson hatten sich sofort auf den Weg gemacht. Knutsson saß am Steuer und fuhr wie ein Irrer. Sie schafften die dreißig Kilometer in siebzehn Minuten. Das einzige Auto in der Auffahrt war ein Lieferwagen von Frisks Firma. Sie stürmten in das Haus. In der Küche lief ein Radio und spielte einen Rockklassiker aus den Siebzigerjahren. Sie riefen nach Frisk. Nyström zog das Netzteil des Radios aus der Steckdose. Frisk war nicht in der Küche und nicht im Wohnzimmer, das gesamte untere Stockwerk war leer. Warum antwortete er nicht? Nyström ahnte das Schlimmste. Sie gingen die Treppe hinauf, Knutsson hatte seine Waffe gezogen. Sie fanden seinen Leichnam im Schlafzimmer. Im Brustkorb steckte ein langes Küchenmesser.

10

Als Forss wieder zu sich kam, konnte sie sich nicht bewegen. Ihr Körper schmerzte, ihr Kopf drohte zu platzen. Sie brauchte einige Momente, um zu verstehen, dass sie mit Textilklebeband gefesselt war und auf dem Wagenboden lag. Das Atmen fiel ihr schwer, ihr Mund war zugeklebt. Ihr Gesicht fühlte sich geschwollen an und starrte vor geronnenem Blut. Ihr Unterleib war kalt und feucht, ihre Blase hatte sich entleert. Jetzt nahm sie wahr, dass sie nicht allein war. Ihr gegenüber an der Wand kauerte der Mann, der sie geschlagen hatte. Er hatte eine Automatikwaffe in der Hand.

Angespannt kaute er auf seiner Lippe. Die Bombe stand keinen Meter von ihr entfernt. Trotzdem war sie unerreichbar. Forss war außer Gefecht gesetzt, es gab nichts mehr, was sie tun konnte, um die Männer aufzuhalten.

Doch wem galt das Attentat? Erst jetzt begann sich ihr Gehör zu weiten. Sie nahm Geräusche wahr, die von außerhalb des Wagens zu ihr drangen. Ein Brummen, ein Raunen. Gleichzeitig war da auch Musik. Eine Art arabische Melodie, darunter ein Technobeat? Die Musik entfernte sich, verstummte, stattdessen setzte eine blecherne Lautsprecherstimme ein. Werbung für ein Autohaus? Rabatte für Internetwetten? Sie begriff gar nichts. Dann wieder Musik, diesmal ein Radiohit. Dann wieder das Raunen und Murmeln wie von vielen Tieren. Nein, das waren keine Tiere, das waren Menschen. Viele, viele Menschen. Ein Rummel, ein Zirkus? Nach einigen Minuten war das bekannte Lied zu Ende und die Stimme setzte wieder ein. Namen wurden verlesen, die Menschenmenge jubelte. Rhythmisches Klatschen. Anfeuerungsrufe erklangen. Endlich verstand Forss. Sie befanden sich in einem Fußballstadion, den gedämpften Geräuschen zufolge irgendwo unterhalb der Tribünen. Natürlich, der Imbisswagen, *Karims Kebab-Kiste*, eine perfekte Tarnung. Dahlkvist plante ein Bombenattentat auf ein Fußballstadion. Der Mann, der sie bewachte, blickte immer wieder auf seine Armbanduhr. Wie viel Zeit würde ihr noch bleiben?

11

Als Kent Vargen das Stadion erreichte, blieben noch zweiundzwanzig Minuten bis zum Anpfiff. An den Eingangskontrollen wies er sich aus und wurde durchgelassen. Das Signal kam von der Nordtribüne. Er schlängelte sich im Dauerlauf zwischen den Menschenmassen hindurch, die auf dem Weg zu ihren Plätzen waren. Das Spiel hatte Volksfestcharakter, überall Menschen in weiß- beziehungsweise gelbroten Trikots, die sich mit Getränken, Würstchen und Popcorn versorgt hatten. Viele Familien, viele Kinder. Laut dröhnende Musik. All das nahm Vargen nur am Rande wahr. Er erreichte trabend die Nordseite des Stadions, wechselte in ein Schlendern und blickte immer wieder auf sein Smartphone. Er war nur noch rund fünfzig Meter von der Signalquelle entfernt. Rechts vor ihm am Zaun. Da stand nur ein Imbisswagen, der nicht geöffnet hatte. Stina Forss musste sich darin befinden. Noch sechzehn Minuten bis zum Anpfiff. Er sah sich um. An einem Betonpfeiler etwa zwanzig Meter vor dem Imbisswagen identifizierte er Mattias Dahlkvist. Er hatte sich einen Schal in den rot-gelben Farben Syrianskas um den Hals gelegt, dennoch wirkte er so, als würde er nicht hierhergehören. Zwanzig bis dreißig Meter weiter meinte er noch einen zweiten und dritten Mann auszumachen, die fehl am Platze wirkten. Falsche Kleidung, falscher Gesichtsausdruck, falsche Anspannung. Drei Gegner und wahrscheinlich weitere im Wagen. Vielleicht war es ein Fehler gewesen, keine Verstärkung anzufordern. Aber für derlei Gedanken war es nun zu spät. Er zog seine Waffe.

12

Die Wohngemeinschaft war so verlassen, wie sie die Streife vor zwei Stunden vorgefunden hatte. Nyström stand im Zimmer von Marcus Lyxzén. Das Bett war ungemacht, der Kleiderschrank stand offen, auf dem Boden lagen verstreut einzelne Kleidungsstücke herum, so als sei hastig ein Koffer zusammengepackt worden. Die Geschwister waren fort und würden nicht zurückkehren, da war sich Nyström sicher. Sie waren zu spät gekommen, zum zweiten Mal an diesem Tag. Nun waren alle Teilnehmer der Chatgruppe tot. Marcus und Moa Lyxzén hatten den Mord an Mulopo Mbemba gerächt.

»Komm einmal her«, rief Delgado. Sie ging durch den Flur zu ihm. Er befand sich im Zimmer von Moa. Er wies auf die Fotos, die mit Stecknadeln an der Wand befestigt waren und sich zu einer Collage zusammenfügten. Sie trat näher und betrachtete die Aufnahmen. Sie waren wahrscheinlich alle auf demselben Ausflug entstanden, im Spätsommer oder im frühen Herbst. Sie zeigten Moa und Mulopo Hand in Hand, sich umarmend, küssend. Bei einem Picknick, beim Baden im See. Spritzendes Wasser. Lachende Gesichter, überbordende Lebensfreude, der Rausch, jung zu sein und verliebt. Wahrscheinlich hatte Marcus die Fotos geschossen. Auf einer Aufnahme, vielleicht mit Selbstauslöser gemacht, waren sie alle drei zu sehen, die Geschwister hatten Mulopo in ihre Mitte genommen. Moas Geliebter, Marcus' Freund, ihr gemeinsamer Schützling. Alles das war nun vorbei, dachte Nyström, auch wenn die Fotos nicht älter als wenige Monate waren, stammten sie doch aus einer lange vergangenen Zeit.

Aus einem anderen Leben.

13

Forss hörte einen Schuss. Dann noch einen und noch einen. Der Mann neben ihr stand auf. Es folgten weitere Schüsse, Menschen schrien auf. Der Mann öffnete die Hecktür. Noch ein Schuss. Der Mann fiel in den Wagen zurück. Ein Teil seiner Stirn fehlte. Dann trat ein Schatten in die offene Tür. Forss erkannte die Silhouette eines Menschen. Es war Kent. Er blutete am Kopf und am linken Arm. Nun war er bei ihr. Er kniete sich hin und riss ihr das Klebeband vom Mund.

»Eine Bombe«, flüsterte sie krächzend und nickte in Richtung des Kartons.

Vargen warf einen Blick in den Karton. Dann drehte er sich wieder zu ihr um, packte sie und trug sie vorsichtig aus dem Wagen. Sanft legte er sie auf dem Betonboden ab. Vargen hielt sie einen Augenblick, streichelte ihr über den Kopf, blickte ihr in die Augen und zog etwas aus seiner Manteltasche, das er in Stinas verschwinden ließ. Dann hastete er, ohne sich noch einmal umzudrehen, auf die Fahrerkabine zu, vor der Dahlkvists Leichnam lag. Er bückte sich, tastete den Toten ab und zerrte den Wagenschlüssel aus der Jackentasche. Aus der Mauer verschreckter Menschen löste sich ein weiterer Schuss. Forss sah, wie Vargen an der Schulter getroffen wurde. Er taumelte, aber er fiel nicht. Er stand auf, öffnete die Fahrertür und stieg ein. Der Motor startete, und der Wagen fuhr an. Weg von der Tribüne, auf ein Rolltor zu. Ein Ordner in einer neongelben Weste öffnete dem wie wild hupenden Wagen das Tor. Er verschwand aus Forss' Blickfeld. Kurz danach zerriss eine furchtbare Explosion Zeit und Raum. Ihr Bewusstsein erlosch wie eine Kerze, die ausgepustet wird.

SCHWEDEN

Die Tage nach Florents Tod waren mehr ein Irren als ein Suchen. Desorientiert streifte er durch unbekannte Landschaft, ein unbekanntes Land. Er war im Norden Europas gelandet, in Schweden, so viel verstand er. Aber darüber hinaus?

Er hielt sich abseits der Straßen im Wald verborgen. Sich verstecken, das konnte er gut, auch wenn die Bäume hier Nadeln hatten und im Nacken kratzten. Die Tage erschienen ihm endlos lang, die Sonne stand viele Stunden am Himmel, es wurde spät dunkel und früh wieder hell, außerdem war er verwundert, wie warm es war, obwohl er sich doch so hoch im Norden befand. Alles Geld, seine und Florents Papiere und das Handy waren zusammen mit Florent aus dem Flugzeug gefallen. Immer wieder musste er an den Moment denken, in dem sich unter ihren Füßen die Luke geöffnet hatte und sein einziger

Freund sich nicht mehr hatte festhalten können und gefallen war. Nachts träumte er davon.

Tagsüber fand er Beeren im Wald, die süß schmeckten und seine Finger violett färbten, spät am Abend plünderte er die Mülltonne eines Schnellrestaurants am Stadtrand. Trotzdem hatte er die meiste Zeit Hunger und sein rasselnder Husten machte ihm zu schaffen. Doch am schlimmsten war die Einsamkeit. Er vermisste Florent, er vermisste seine Geschwister und die Eltern, er vermisste sogar seine Kameraden aus der Rebellenarmee. Sie alle waren tot, nur er war übrig geblieben, allein und verirrt in einem fremden Land. Was sollte er tun? Kraft schöpfen und sich auf den Weg nach Frankreich machen? Die Worte des Schleusers in Nigeria, der Florent und ihm das Land als ein friedliches Paradies ausgemalt hatte, klangen nur noch wie hohle Lügen in seinem Kopf. Aber auch wenn keine Karriere als Ingenieur oder Hip-Hop-Star auf ihn wartete, wusste er doch, dass es dort andere junge Männer wie ihn gab, andere Flüchtlinge aus Zentralafrika, und dass dort Französisch gesprochen wurde und man ihn verstehen würde. Wenn er sich Mühe gab, würde er dort einen Job finden, dachte er, denn irgendwer musste die vielen neuen und großen Autos doch bauen, die es in Europa gab, oder die asphaltierten Straßen oder die Gebäude aus Stein, Holz und Glas. Frankreich wäre also möglicherweise ein Ziel, doch um es zu erreichen, würde er Geld brauchen für eine Zugfahrkarte oder ein Busticket. Zu anderer Zeit waren seine Gedanken weitaus dunkler. Frankreich schien dann unerreichbar und bedeutungsleer. Nichts und niemand wartete dort auf ihn. Warum sich noch die Mühe machen? War es nicht viel einfacher, hier am Ufer dieses großen Sees auf dem warmen Felsen liegen zu bleiben, der Sonne auf ihrem Weg über den Horizont zuzuschauen und nie wieder aufzustehen? Jedes Ziel, jede Hoffnung fahren zu lassen? Für immer loszulassen? Einfach darauf zu warten, für immer einzuschlafen?

Er steckte tief in diesen düsteren Gedanken, als er sie zum ersten Mal sah. Das Glitzern des Wassers auf ihrer Haut. Die rosafarbenen Haare, die sich wie Wasserpflanzen mit den Wellen bewegten. Ihr Lachen, ein Lachen mit dem Krausziehen der Nase, in der sie einen Ring trug, ein Lachen, mit dem Mund und mit den Augen, ein Lachen wie er es lange, wie er es Ewigkeiten nicht gesehen hatte. Zwei Tage hintereinander kam sie zusammen mit einer Freundin zum Schwimmen. Am dritten Tag war sie allein. Er trat aus dem Schatten unter den Bäumen heraus und winkte schüchtern. Sie winkte aus dem Wasser zurück.

So fing es an.

Sie hieß Moa.

Sie konnte Französisch sprechen wie er, mit einem lustigen Akzent. Sie war neugierig. Sie mochte ihn. Sie sagte, sie könne ihm helfen. Sie nahm ihn mit auf ihrem Fahrrad in die Stadt und schien nichts dagegen zu haben, dass er sich an ihren Hüften festhielt. Die Fahrt ging an roten Holzhäusern vorbei, die weiße Fenster hatten und hübsche Gärten. Moa brachte ihn in ein großes Haus, vor dem Jugendliche und junge Männer in seinem Alter Fußball spielten, Menschen mit brauner und schwarzer Hautfarbe. Ein sicherer Ort, sagte Moa, an dem es Essen gebe und Kleidung und ein Bett für jeden. Sie führte ihn in das Gebäude und stellte ihm einen blassen jungen Mann mit rotem Haar vor, es war ihr Bruder, Marcus. Auch er sprach einige Brocken Französisch, allerdings längst nicht so gut wie Moa. Sie unterhielten sich lange. Anfangs war Mulopo misstrauisch, aber die Anwesenheit Moas ermunterte ihn, von seiner Flucht zu erzählen. Beide hörten ihm aufmerksam zu, stellten nur hier und da Fragen. Anschließend erklärte Marcus, es gebe eine Menge Papierkram zu erledigen und es würde einige Zeit dauern, aber wenn Mulopo tatsächlich den weiten Weg aus der Demokratischen Republik Kongo käme, dann hätte er auch ein Recht, hier zu sein, ein eigenes Bett zu bekommen, neue Kleidung, Essen, sogar etwas Geld. Er würde zur Schule gehen dürfen.

In dieser Nacht schlief Mulopo in einem richtigen Bett und im Zwielicht zwischen Wachsein und Traum erschein sein weißer Fuchs und rollte sich auf der Bettdecke zusammen. Da wusste er, dass er hier richtig war, und obwohl er in der Nacht wie fast immer vom Krieg träumte und vom Töten, von Florent und Cédric, von Nyota und Bawaka und all den anderen, und mit Magenschmerzen erwachte, blieb dieses Gefühl der Geborgenheit am nächsten Morgen bestehen und schenkte ihm Zuversicht.

Er durfte in dem Heim wohnen bleiben, dafür sorgte Marcus. Er freundete sich mit einigen der anderen Jungen an, oft spielten sie zusammen Fußball, manchmal auch Computerspiele. Er begann die neue Sprache zu lernen. Aber am meisten Zeit verbrachte er mit Moa. Oft holte sie ihn mit ihrem Fahrrad ab und sie fuhren hinaus zum See, wo sie zusammen baden gingen. Dort war es, wo sie sich zum ersten Mal in den Arm nahmen und küssten. Er schmeckte ihre Lippen und spürte die Wärme ihres Körpers. Er war schon mit anderen Frauen zusammen gewesen, im Krieg, in dunklen, engen Räumen, die nach süßem Parfum stanken und vor denen man Schlange stehen musste. Doch mit Moa war es etwas vollkommen anderes. Sie wollte ihn. Sie mochte ihn. Er sah es in ihren Augen. Und er mochte sie.

Der Sommer ging, und der Herbst kam, die Tage wurden kürzer und kühler, die Blätter der Bäume änderten ihre Farbe in Gelb und Rot und fielen auf den Boden, nur die Nadelbäume blieben grün. Moa war seine Freundin. Sie war für ihn da, sie hörte ihm zu, sie lachte, wenn er für sie Hip-Hop tanzte. Sie nahm ihn mit zu einem Rechtsanwalt. Der sollte dafür sorgen, dass er in Schweden bleiben durfte. Dass er richtige Papiere bekam und endlich einen Platz in der Schule. Er erzählte seine Geschichte erneut und füllte mit Moas Hilfe Anträge aus.

Es wurde Winter und zum ersten Mal in seinem Leben sah er es schneien. Moa zeigte ihm, wie man einen Schneemann baute und wie man auf dem weißen Boden liegend mit seinem Körper und wedelnden Armen und Beinen Engel zeichnen konnte. Zusammen mit Marcus feierten sie in der Küche der Wohngemeinschaft Mulopos Geburtstag. Es gab Torte und Rotwein. Von Marcus bekam er ein gebrauchtes Rennrad geschenkt, er freute sich wahnsinning darüber. Moa hatte auch ein Geschenk für ihn: Sie würden gemeinsam in eine Wohnung ziehen, wenn er wollte. Die Mutter einer Bekannten habe eine kleine Eigentumswohnung in Teleborg, die in einem Monat frei würde. Und ihr Zimmer in der WG könne ein Freund von Marcus übernehmen. Natürlich wollte er! Raus aus dem engen Heimschlafplatz, stattdessen zusammenleben mit ihr! Nachts, im Bett, sagte er ihr, dass er für immer bei ihr bleiben werde. Sie lachte, zog dabei die Nase kraus und drückte sich an ihn. Er machte sein Armband los und band es ihr ums Handgelenk. Sie küsste ihn innig.

Eine Woche später konnten sie die Wohnung besichtigen. Marcus begleitete sie. Die Wohnung lag im fünften Stock, man fuhr mit einem Fahrstuhl hinauf. Alles roch neu und war sauber und schön. Vom Balkon aus konnte man weit über die weiße Landschaft sehen. Zwei Tage zuvor waren sie erneut bei dem Anwalt gewesen. Es sah gut aus, es waren nun alle Unterlagen zusammen, um einen Asylantrag zu stellen, der große Aussicht auf Erfolg hatte. Moa stellte sich zu ihm auf den Balkon, der kalte Wind wehte in ihr rosafarbenes Haar und es kitzelte ihn. Ich bin glücklich, dachte Mulopo in diesem Moment, ich bin endlich im richtigen Leben angekommen.

Sie entschieden sich, die Wohnung zu nehmen. Natürlich taten sie das! Feierlich unterzeichnete Moa den Mietvertrag. Marcus und er gaben sich High-five. In ausgelassener Stimmung radelten sie danach zu dritt durch die Dämmerung. Er fühlte sich frei auf dem schnellen Fahrrad, schwerelos. Wie gefährlich nahe das Auto hinter ihm war, bemerkte er erst, als er Moas Schrei hörte. Er drehte sich um und blickte in aufgeblendete Scheinwerfer.

Dann sah er gar nichts mehr.

AUS DEM CHATPROTOKOLL

Rot: Heute im Supermarkt schon wieder drei mit Kopftuch. Und wie die reden! Arabisch klingt mehr wie eine Tiersprache, wenn man mich fragt.
Bürger: Aber dich fragt ja keiner ;) Aber jetzt mal im Ernst: Uns alle fragt doch niemand. Die da oben machen, was sie wollen, egal, wer gerade an der Regierung sitzt.
Rot: Alles dieselben Verbrecher.
Bürger: Kopftücher sollten in der Öffentlichkeit verboten werden.
Rot: Warum denn nur in der Öffentlichkeit?
Spongebob: Oder gleich eine Bombe in die Burka!
Unerbittlich!: ☺☺
Bürger: Muss man denn gleich so weit gehen?
Unerbittlich!: Und ob! Die Kanaken sollten sich gar nicht

erst hier breitmachen. Wir dürfen nicht einen Zentimeter zurückweichen. Die nehmen sich sonst alles. Unsere Kultur, unsere Sprache, unsere Heimat!!!

Spongebob: Die Ziegenficker mit einer Machete bearbeiten!

Unerbittlich!: ☺

Bürger: Ich weiß nicht …

Rot: Wehren muss man sich, da hat der Unerbittliche schon recht. Was für ein Land wollen wir unseren Kindern denn eines Tages übergeben? Ein unfreies Land, in dem nur noch Arabisch gesprochen wird und in dem sich die Frauen zwangsverschleiern und die Geschlechtsorgane zunähen lassen müssen?

Unerbittlich!: Diese Tiere! Man sollte die an die Wand stellen. Oder gleich aufschlitzen oder schächten oder wie die das nennen!

Spongebob: Hi, hi. Du bist so geil krass drauf, Alter!

Bürger: Reicht es nicht, die alle einfach abzuschieben? Zurück nach Syrien und Afrika?

Unerbittlich!: Oder gleich nach Auschwitz.

Spongebob: ☺☺☺

Rot: Irgendetwas tun muss man auf jeden Fall.

Mrs. Tobler 1: Bei Alvesta planen sie jetzt schon wieder ein Asylantenheim.

Rot: Kein Wunder, dass da die Kriminalitätsrate steigt. Erst vorige Woche haben da drei Schwarze einen alten Mann ausgeraubt.

Unerbittlich!: Diese verfluchten Dachpappen!

Spongebob: Dachpappen?

Unerbittlich!: Neger.

Spongebob: LOL!

Mrs. Tobler 1: Und in Lammhult wurde ein junges Mädchen entführt und vergewaltigt. Gleich in der Nähe eines Flüchtlingsheims.

Rot: Da muss man nur eins und eins zusammenzählen.
Bürger: Man macht sich so seine Gedanken über diesen Staat. Die Polizei unternimmt jedenfalls nichts.
Unerbittlich!: Dann muss man das Gesetz halt selbst in die Hand nehmen.
Mrs. Tobler 1: Wie gesagt, kurz vor Alvesta soll noch ein Asylantenheim hin. Die bauen da die alte Schule um. Südlich von Änganäs. Für dieses Pack! Da muss man doch reagieren.
Unerbittlich!: Gleich einen Molly rein!
Spongebob: Hi, hi. Grillparty!
Unerbittlich!: Ist ganz einfach: Leere Flasche nehmen, zwei Drittel Öl, ein Drittel Benzin, Lappen rein, fertig.
Spongebob: Ich arbeite an einer Tankstelle ☺.
Mrs. Tobler 1: Wer sich das traut, tut der Allgemeinheit einen Gefallen.
Spongebob: Ich könnte es machen.
Unerbittlich!: Große Töne spucken kann jeder. Aber es hat nicht jeder den Mumm dazu.
Spongebob: Wart's ab …

19 TAGE NACH DER EXPLOSION, MONTAG

Ingrid Nyström kam sich vor wie ein mechanisches Spielzeug, ein batterienbetriebenes Häschen, das fleißig marschiert und trommelt, das weitergeht und immer weiter. Eine leere Hülle, die funktionierte. Sie hatte das Gefühl, den Kontakt zu ihrem Inneren verloren zu haben, dazu hatten sich die furchtbaren Geschehnisse der vergangenen Wochen viel zu schnell entwickelt. Sie kam nicht mehr mit. Dennoch musste sie weitermachen, die Dinge aufarbeiten, überprüfen, nacharbeiten. Protokolle und Berichte mussten geschrieben, eine umfangreiche Anklage gegen Marcus und Moa Lyxzén zusammengetragen werden. Vor zwei Tagen war das Geschwisterpaar in der Nähe eines linksautonomen Zentrums in Athen festgenommen worden, nachdem bei einer Personenkontrolle ihre Papiere überprüft worden waren. Nyström war im Nachhinein zufrieden, dass sie einen internationalen Haftbefehl erwirkt hatte. Das war der Teil, der mit ihrer tagtäglichen Arbeit zu tun hatte. Es war anstrengend und kräftezehrend, doch damit kam sie zurecht. Schwieriger war es mit den anderen Dingen. Die Beisetzung Kent Vargens an einem diesigen Morgen auf einem abgelegenen Friedhof nördlich von Stockholm, zu der keine Familienangehörigen oder Freunde erschienen waren. Die Tage, in denen Stina Forss mit einem Metallsplitter im Kopf, den sie sich bei der Explosion eingefangen hatte, im Koma gelegen und ihr Leben auf der Kippe gestanden hatte. Die Deutschschwedin war mittlerweile über den Berg, aber sie würde für den Rest ihres Lebens auf einem Auge blind sein. Die 23 Toten und 146 Verletzten, die das Bombenattentat im Stadion von Södertälje gekostet hatte. Die Tausenden von Zuschauern, denen Stina Forss, aber vor allem Kent Vargen durch seinen selbstlosen Einsatz das Leben gerettet hatten. Die trostlosen Beerdigungen Mats Bäckmos, Patrik Nihlstorps und Frans Frisks.

Nyström ging in langsamen, aber regelmäßigen Schritten die Anhöhe hinauf. Noch sind die Batterien nicht leer, dachte sie, noch tragen mich meine Beine. Über den Weiden und Feldern stand frostiger Nebel, auch wenn es in den vergangenen Tagen getaut hatte und der Schnee verschwunden war. Das kraftlose Wintergras, das zum Vorschein gekommen war, hatte die Farbe alten Kreppbands und eine matschige Konsistenz. Nyström war dem Weg gefolgt, den ihr Stefan und Astrid Hylander beschrieben hatten, und nun erreichte sie die Hügelkuppe. Bei klarem Wetter wäre die Aussicht von hier oben bestimmt beeindruckend gewesen, und Nyström verstand, warum Åsa Hylander hier auf dem alten Waldfriedhof hatte bestattet werden wollen, aber an diesem Tag sah man statt der Weite des Tals nur eine diesige

Wand. Als sie das frische Grab erreichte, war der Nebel so dicht, dass sie sich wie im Bauch einer Wolke fühlte. Gleichzeitig auf eine merkwürdige Weise geborgen und doch fehl am Platz. Dennoch war es wichtig, dass sie hierhergekommen war. Auch wenn Åsa Hylander kein guter Mensch gewesen war, hatte sie es verdient, dass man ihrem gewaltsamen Tod mit Respekt begegnete. Das war Nyström ihren Toten schuldig. Sie kniete sich für einen Moment auf die feuchte, kalte Erde und sprach ein Gebet. Dann erhob sie sich wieder und wandte sich zum Gehen. Sie hatte ihrer Pflicht Genüge getan. Doch sie stockte. Der Nebel hatte für einen Augenblick aufgeklart, und Nyström erkannte hinter dem Grab eine Baumkonstellation. Drei Birken standen dort, alle waren irgendwann in gleicher Höhe abgesägt worden, sodass fast symmetrisch kräftige Seitentriebe gewachsen waren, die die Bäume wie eine kleine Armee mehrarmiger Kerzenleuchter wirken ließen. *Lilla Björka* hieß dieser Ort hier auf dem Hügel, kleiner Birkenplatz. Nyström war sich sicher, diese Bäume irgendwann und irgendwo in den vergangenen Tagen bereits einmal gesehen zu haben. Dann fiel es ihr ein. Sie zückte ihr Handy und schoss ein Foto.

Als sie fünf Stunden später zurück im Präsidium in Växjö war, rief sie Delgado zu sich. Es war ihnen immer noch nicht gelungen, das letzte Tor in Hylanders Labyrinth zu passieren. Deshalb schauten sie nun gemeinsam zum x-ten Mal auf 64 Landschaftsaufnahmen. 64 willkürlich ausgesucht wirkende Schnappschüsse von Naturbildern. Wälder, Wiesen, Wüsten. Dort! Nyström hatte sich nicht geirrt. Die seltsam verwachsenen Birken waren tatsächlich dabei. Delgado hielt Nyströms Foto neben das Bild auf dem Monitor. Es waren zweifelsfrei dieselben drei Bäume.

»Sie begann mit Birken und hörte mit Birken auf«, sagte Delgado.

»Sie hat sich den Ort ausgesucht, an dem sie begraben werden wollte.«

»Sollen wir es wagen?«

Sie nickte, Delgado klickte.

Die Bilder verschwanden, das letzte Tor stand offen. Sie hatten das Layrinth besiegt.

Sie holten Lasse Knutsson dazu, dann begannen sie zu dritt damit, Hylanders geheime Dateien zu lesen.

Nyström stellten sich schon nach wenigen Sätzen die Nackenhaare auf.

Der Mann, den sie von Anfang an gesucht, nach dem sie landesweit gefahndet hatten, befand sich die ganze Zeit in ihrer unmittelbaren Umgebung. Hylanders Liebhaber *Johan* hieß mit richtigem Namen Frank Jodenius. Hylander hatte seine echte Identität ihrem Umfeld gegenüber verschleiert, da sie mit dem verheirateten Kriminalpolizisten nicht nur das Bett teilte, sondern auch in verbrecherische Machenschaften verwickelt war, die so perfide und abstoßend waren, dass es Nyström zunächst schwerfiel, zu glauben, was sie da las. Aber sie waren wahr. Hylander hatte alles notiert, die Geschäftszahlen, die Gewinne, die Strategie. Als Leiterin des Wohnressorts war sie dafür verantwortlich, im Auftrag der Kommune Immobilien für die Unterbringung von Flüchtlingen und Asylsuchenden zu kaufen und anzumieten. Verkäufer beziehungsweise Vermieter vieler dieser oft sehr heruntergekommenen Objekte war in den meisten Fällen die Firma von Jan-Åke Bingström, die gezielt Schrottimmobilien, die bestimmte Auflagen an Größe und Unterbringsmöglichkeiten erfüllten, im Landkreis Kronoberg aufkaufte, um sie dann mit hohem Gewinn an die Kommune weiterzuverkaufen oder zu vermieten. So weit, so zynisch, hatten sie gedacht. Kungelei, Bestechung, Filz. Die Geschäftspraktiken Hylanders, Bingströms und Jodenius' gingen jedoch an diesem Punkt erst richtig los, denn die meisten Wohneinrichtungen und Asylunterkünfte bewirtschaftete die Kommune aufgrund begrenzter eigener Ressourcen nicht selbst, sondern schrieb diese ursprünglich staatlichen Aufgaben an private Dienstleistungsunternehmen aus. Die meisten dieser Ausschreibungen gingen wie durch ein Wunder an die *Bingsecc*, die dank ihres externen Beraters Frank Jodenius mit überzeugenden Sicherheitskonzepten aufwarten konnte. Dennoch war unter den Wohneinrichtungen, die *Bingsecc* verwaltete, die Quote an Brandstiftungen auffällig hoch. Die Verträge zwischen der *Bingsecc* und der Kommune waren so gestaltet, dass die Verwalterfirma für jede ausgebrannte Unterkunft eine hohe Verdienstausfallprämie kassierte, denn die Brände waren ja offenbar auf die angespannte politische Gemengelage zurückzuführen und damit vom Staat zu verantworten. Hylanders Unterlagen zufolge waren jedoch von 23 Brandstiftungen in Asylunterkünften oder Wohnungen von Migranten in den vergangenen anderthalb Jahren acht von Jodenius selbst gelegt und vier von einem in die Machenschaften eingeweihten befreundeten Elektriker, Frans Frisk, durch manipulierte Sicherungskästen ausgelöst worden. Wie durch ein Wunder waren bei diesen Aktionen keine Menschen gestorben, aber es war in sieben Fällen zu Rauchvergiftungen oder Verbrennungen gekommen. Erst als die Feuerwehr wegen der nach einem immer wiederkehrenden Muster gelegten Brände misstrauisch wurde, ging Hylander zu einer neuen Strategie über und begann damit, gezielt in lokalen Internetforen gegen die Umwandlung alter Höfe und leer stehender Landheime in Flüchtlingsunterkünfte zu hetzen und so fremdenfeindliche Mitbürger dazu anzustacheln, selbst Streichholz und Benzinkanister in die Hand zu nehmen und zum Brandstifter zu werden. Das alles mit einem einzigen Ziel: der persönlichen Bereicherung. Aus reiner Gier.

Nyström, Delgado und Knutsson sahen sich während der Stunden, die sie brauchten, um die ganze Tragweite des Materials zu erfassen, immer wieder an. Das alles war kaum zu glauben, aber so vieles ergab plötzlich einen Sinn: Das Interesse, das Jodenius an ihrem Fall an den Tag gelegt hatte. Die hartnäckige Weigerung von Frans Frisk, die Art seiner wahren Beziehung zu Hylander zu erklären und seine Bereitschaft, sich eher in der Morduntersuchung des Falls Bäckmo / Hylander selbst zu belasten und darauf zu hoffen, dass die Polizei seine Unschuld schon herausfinden würde, als seine Verstrickung in die lebensgefährlichen Brandstiftungen zuzugeben. Bingströms vermeintlich großzügiges Kooperationsangebot, während er gleichzeitig wahrscheinlich panisch versuchte, die Spuren seiner wahren Machenschaften zu verwischen.

»Es entbehrt am Ende nicht einer gewissen Ironie, dass Hylander und auch Frisk zum Opfer der Geschehnisse wurden, die sie selbst in Gang gesetzt haben«, sagte Delgado und lächelte schmal. »Nur dass Patrik Nihlstorp anders gehandelt hat, als von ihnen gewünscht. Anstatt ein Wohnheim anzuzünden, hat er einen jungen Migranten überfahren.«

»Die Rache der Lyxzéns für den Mord an Mulopo Mbemba war denkbar radikal und brutal«, sagte Nyström. »Hylander, Bäckmo, Dahlkvist, Nihlstorp und zuletzt Frisk. So viele Tote, so viel Elend, ausgelöst von Gier, Vorurteilen, blindem Hass und Vergeltungsdrang.«

»Ich frage mich, was uns Moa und Marcus Lyxzén zu ihrer Rechtfertigung zu sagen haben werden«, bemerkte Knutsson.

»Sie sind und bleiben Mörder«, sagte Nyström. »Wo kommen wir hin, wenn wir anfangen, für Selbstjustiz Verständnis zu zeigen?«

»Schon«, entgegnete Knutsson, »Aber wenn man die Sache weiterdenkt, dann sind wir dank ihrer Taten auf die Pläne von Mattias Dahlkvists Terrorgruppe aufmerksam geworden und Tausenden wurde das Leben gerettet.«

»Ich weiß nicht«, sagte Nyström. »Ich finde das alles einfach nur sehr deprimierend.«

»Wie gehen wir nun weiter gegen Frank Jodenius vor?«, fragte Delgado nach einem langen Moment der Stille.

Nyström schluckte. Es fühlte sich an, als steckte ihr etwas Unangenehmes im Hals, etwas Kantiges, Großes. Sie spürte keinen Triumph über Jodenius, nur Abscheu und Resignation. Sie sah auf die Uhr. Es war weit nach Mitternacht.

»Das ist ein Fall für die Interne Ermittlung. Wir gehen morgen als Erstes mit unserem Beweismaterial zu Edman. Bis dahin bitte zu niemandem ein Wort«, sagte sie, dann suchte sie ihre Sachen zusammen und zog ihren Wollmantel über. Der Winter war noch lange nicht vorbei. Sie verabschiedete sich, verließ das Büro und das Präsidium. Auf dem Weg zum Parkplatz, wo ihr Auto stand, nicht weit von der Stelle entfernt, an der sie damals von Bingström überfallen worden war, hatte sie eine Idee. Morgen, noch vor der Arbeit würde sie in die Fußgängerzone gehen. Sie würde irgendwo einen Babystrampler kaufen, etwas Weiches, Kleines, das man gut mit der Post verschicken konnte.

EINEN TAG SPÄTER, DIENSTAG

Jeder ihrer Schritte fühlte sich unbeholfen an. Das lag nicht an ihren Beinen, die vom vielen Liegen noch ganz steif waren oder an ihrer schlechten körperlichen Gesamtverfassung, sondern an dem fehlenden Auge. Die Ärzte hatten erklärt, ihr Sehsinn würde eine Weile brauchen, um sich an das neue Sichtfeld zu gewöhnen. Mit wackeligen Schritten ging sie zum ersten Mal den Krankenhausflur entlang, den Infusionsständer schob sie langsam neben sich her. Er gab ihr Halt. Sie war auf dem Weg in die Cafeteria, sie verzehrte sich nach einem guten Cappuccino. Die Augenklappe drückte. Die Schwester hatte ihr den Mantel übergeworfen, in der Cafeteria würde es ziehen, hatte sie gesagt und mit erhobenem Finger gemahnt, dass Forss spätestens in einer Stunde in ihrem Krankenzimmer zurückerwartet würde. Jeder

Schritt schmerzte. Forss war dankbar, als sie den Fahrstuhl erreichte. Sie fuhr ins Erdgeschoss und kämpfte sich dann durch die endlos erscheinenden Korridore des riesigen Stockholmer Krankenhauses. Als sie endlich vor ihrem Cappuccino saß, war sie völlig erschöpft und schweißnass. Das Getränk war eine Enttäuschung, außerdem hatte die Krankenschwester recht gehabt, in der Cafeteria herrschte unangenehmer Durchzug. Forss zog den Mantel enger um sich, grub ihre Hände in die Taschen. Der Stoff roch noch immer nach Rauch. Seltsam, in der Tasche war etwas. Sie holte es heraus. Zwei Gegenstände kamen zum Vorschein, die sie vorher noch nie gesehen hatte.

Ein Schlüssel und ein Orden.

EPILOG

Der alte, mächtige Mann tobte. Auch wenn man es ihm äußerlich nicht ansah. Scheinbar ruhig saß er in seinem Ledersessel und betrachtete das jahrhundertealte Schlachtengemälde. Im Kamin prasselte ein Feuer, der Westwind drückte Schneeregen gegen das Bleiglasfenster.

Wie hatte das passieren können?

Wie hatte so viel schiefgehen können?

Der Angriff auf das Stadion hätte ein Fanal sein sollen, ein triumphales Zeichen des Aufbruchs in eine neue Ära Schwedens. Stattdessen war daraus ein Rohrkrepierer geworden. Sein Feldherr hatte jämmerlich versagt. Doch nicht nur das: Der eigentliche Irrsinn bestand darin, dass Dahlkvist offenbar einer der eigenen Leute in die Quere gekommen war. Der alte Mann schnaubte. Er stand dem Netzwerk bereits seit mehr als drei

Jahrzehnten vor, aber so etwas hatte es noch nicht gegeben. Die eine Hand wusste nicht, was die andere tat. Sein gesamter Stab würde ihm Rechenschaft ablegen müssen. Köpfe würden rollen, denn so etwas durfte kein zweites Mal geschehen. Aber damit nicht genug. Es galt auch endlich, eine ganze Reihe von politischen Gegnern auszuschalten, cin für alle Mal. Besonders was eine bestimmte Person anging, war er viel zu lange geduldig gewesen.

Ganz gleich welche Verdienste sich ihr Vater PRO PATRIA erworben hatte.

Mord in Lappland

Klara Nordin. Totenleuchten. Ein Lappland-Krimi. Taschenbuch. Verfügbar auch als E-Book

Jokkmokk am Polarkreis. Auf dem zugefrorenen See finden Husky-Rennen statt, und die Einheimischen bereiten den alljährlichen samischen Wintermarkt vor, als ein junger Mann ermordet wird. Geschlachtet wie ein Rentier ... Ein hochspannender, brisanter Fall, der alle Gewissheiten infrage stellt.

Klara Nordin. Septemberschuld. Ein Lappland-Krimi. Taschenbuch. Verfügbar auch als E-Book

Es ist Mitte September, Lappland leuchtet in den kräftigen Farben des Herbstes. Es ist die Zeit, in der die Samen ihre Rentiere zusammentreiben und schlachten, als mitten unter den getöteten Tieren die Leiche einer Frau gefunden wird ...

Leseproben und mehr unter www.kiwi-verlag.de

KiWi